용의 삼 형제

김 영 장편무협소설

서경문예

머리글

『용의 삼 형제』란 장편무협소설의 제목은 소설 제목으로는 아주 소박하고 순수하지만 작가가 독자들에게 말하고 희망하는 것은 단순히 굴곡적인 신들의 무협 이야기가 아니라 우리 모두가 어떻게 살아가야 하는가에 해답하기에 노력하였다.

용, 귀신, 요정, 마귀, 신선, 옥황상제, 하느님과 같은 신들이 이 세상에 실제 존재하는가? 존재하지 않는가? 하는 문제를 떠나서 우리 문화 속에 그리고 적지 않은 사람들의 정신 속에 확실히 신이 존재하고 있는 것만은 그 누구도 부인할 수 없는 현실이다. 작자는 한 옛사람의 연장을 빌어 화전 일구어 보듯이 우리 문화와 정신 속에 존재하는 신들을 이용하여 이야기를 엮었을 뿐이다.

정신이란 이 세상에 확실히 존재하지만 우리는 그것을 눈으로 바라볼 수도 없고 손으로 만져볼 수도 없다. 그것이 그 어떤 형식으로 표현되었을 때에만 우리는 그것을 느낄 수도 바라볼 수도 있는 것이다.

정신이란 범주 안에는 여러 가지 정신이 존재한다. 예를 들면 귀신을 믿는 정신, 믿지 않는 정신, 불교학설을 믿는 정신, 믿지 않는 정신, 맑스 레닌주의를 믿는 정신, 믿지 않는 정신, 하느님을 믿는 정신, 하느님을 믿지 않는 정신, 유물론정신과 유심론정신… 그야말로 종교 신앙과 사상 정신을 말하면 천차만별이며 부지기수이다. 이 세상 그 어떤 단체나 사상과 정신은 모두 자신들의 정신이 제일 세밀하고 깨끗이 정제된 정신이라고 주장한다. 하기에 정신상에 논쟁, 연구, 투쟁이 생기는 것이다.

정신면에서 우리는 없애 버려야할 정신, 제창하지 말아야할 정신들이 존재한다. 이 면에서 각자 모두 공인하는 정신 외의 정신문제는 본 작품의 주인공들처럼 인간이라는 범주 안에서 친 형제이기에 서로 공존, 토론, 변론, 연구하며 인류 발전의 최종 목표에 도달하여야 하지 않겠는가? 하는 생각을 하여 본다.

현실은 부단히 변화발전하고 있으며 인류는 우리 모두 상상 외로 변화 발전할 것이다. 이에 맞추어 앞으로 보다 위대한 정치가, 사상가, 종교가, 철학가들을 포함한 수없이 많은 위인들이 탄생하리라고 믿어 의심치 않는다.

허나 우리가 바라는 훌륭한 후대는 본 작품의 이야기처럼 선조의 시신을 명당에 모신다하여 해결된다고 작자는 생각하지 않는다. 그저 인류의 간절한 소망을 표현하기 위해 이야기를 그렇게 엮었을 뿐이다. 훌륭한 후대는 우리 모두 훌륭한 후대가 탄생 성장할 수 있는 사회 환경을 창조하고 마련하는데서 이룩될 것이다. 이 점을 감안하면서 이 작품을 읽기 바라는 바이다.

마지막으로 이 작품 무협이야기 속에 나오는 산과 동굴 지명 같은 것은 실제 존재하는 것이며 또한 신선들도 민간설화 속에 다소나마 유전된 이름들이다. 등산, 관광, 설화문화, 역사, 종교, 정치 등 면에 일정한 도움이 되었으면 하는 바람으로 쓰여졌다는 것을 미리 밝히는 바이다. 감사합니다.

저자 김　영

김　영 장편무협소설

1회

동해용왕은 천기를 누설하고
천상공주는 흑용을 유혹하다

콰르릉!

나무뿌리 같은 번갯불이 먹장구름을 가르며 노호하는 동해를 내리쳤다. 그 바람에 우르릉 하고 마귀 떼 같은 시꺼먼 구름이 산산이 부서지고 찢어져 그대로 물줄기가 되어 쏟아져 내려 도대체 하늘이 동해인지 아니면 동해가 하늘인지 도무지 분간할 수가 없었다.

그것은 마치 미쳐 날뛰는 무서운 귀신들이 천지를 마구 바꾸어놓고 서로 붙안고 싸우며 아우성치는 모습 같기도 하고 갑자기 대노한 옥황상제의 호령소리에 탁 탑 이 천왕이 뇌성을 울리며 십만 천병을 몰아 동해와 싸우는 것만 같았다.

홀연 천둥소리와 함께 두 마리의 은빛지렁이 같은 불줄기가 꿈틀거리며 먹장구름을 뚫고 솟아올라 꿈틀거리다 갑자기 동해에 내리꽂히듯 날아 내리더니 다시 먹장구름을 뚫고 솟아오르며 모습을 드러내는데 그것은 흉악하게 생긴 두 마리의 북해 흑용들이었다. 두 마리 흑용은 앞발로 먹장구름을 딛고 산악 같은 동해의 파도를 이윽히 노려보더니 퉁방울 같은 눈을 희번뜩거리며 말을 주고받았다.

"오늘 동해용왕이 우리들을 부름은 분명 우리들이 시조이신 천황용시신 때문일 것이거늘 태자는 한치의 망동됨도 없어야 하느니라."

"예, 부왕님의 분부를 명심하겠나이다."

"일전에 옥황상제는 여색 때문에 북해태자의 명이 짧다 하였거늘 태자는 부디 조심하도록 하라."

"맹세코 그런 일은 없을 것이오니 부왕께서는 심히 염려 마시기 바라나이다."

"이놈, 짐이 네가 천상공주를 눈독 들이고 있는 줄 모르는 줄 아느냐?! 천상공주는 동해 청용 왕이 총애하는 황후로서 함부로 침범하면 안 되느니라."

"아니? 무슨 천만부당한 말씀을…"

태자 흑용은 어이가 없다는 듯이 아가리를 쩍 벌리고 북해용왕을 흘겨보며 마구 머리를 저어보았다.

"뭐라?! 천만부당? 으하하하 그런데 짐이 마음 왜 이리도 불안할꼬? 일전에 옥황상제께서는 북해태자 때문에 동해가 크게 출렁이고 북해 색정으로 세상이 크게 문란해진다 하였거늘 짐이 어이 마음 놓으랴."

북해용왕이 하늘을 우러러 앞발을 펼쳐 먹장구름을 짚으며 한탄하고 급작스레 몸을 솟구쳤다 동해에 내리꽂히니 세찬 물기둥이 치솟으면서 동해가 갈라지고 회오리바람 일어나듯 동해 해심이 세차게 소용돌이쳤다. 잇따라 태자 흑용도 번개불빛과 함께 동해에 날아 들어가니 삽시에 비가 끊고 구름이 흩어지면서 동해하늘가에 별이 총총 모습을 드러내기 시작하였다.

한편 동해 용궁에서는 잔치준비가 한창이었다. 시녀들이 각종 과일과 음식 쟁반들을 들고 오락가락하고 흥겨운 풍악 속에서 해초 같은 궁녀들이 날아갈 듯 쓰러지듯 춤을 추는데 늙은 동해용왕과 요염하게 생긴 천상공주의 양편에는 남해 홍용 왕과 서해 청용 왕이 희색이 만면하여 용상에 앉아있는 모습이 바라보였다.

그 계단 아래 양편에는 상어를 비롯한 무관들과 자라대신을 비롯한 문관들이 허리 굽히고 서있는데 저쪽 아래 계단으로 동해용왕의 아들 청룡이 총총걸음으로 올라와 읍하고 큰소리로 고하였다.

"북해용왕과 태자가 동해용궁에 입궁하였나이다."

"그래? 어서 영접하여 모시도록 하라."

"하하하 이미 면전에 당도하였나이다."

저 멀리 계단 아래에서부터 북해용왕이 크게 웃으며 대청 계단으로 올라오니 동해용왕이 황급히 용상에서 내려와서 북해용왕의 팔소매를 정답게 잡고 자리에 모시니 북해용왕이 크게 기뻐하며 말하였다.

"일전에 태백산(백두산) 천지 천황 용님을 만나보러 갔었다가 천상공주를 동해황후로 모신 기쁨 다하지 않았는데 오늘은 형님께서 또 어인 일로 아우들을 불렀나이까?"

"옥황상제께서 용궁에 엄하게 명을 내렸나이다."

"무슨 명이나이까?"

사해용왕들이 이구동성으로 반문하며 정색하니 사해파도가 일시에 멎고 해와 달이 빛을 잃은 듯 용궁이 삽시에 굳어졌다.

"옥황상제께서는 태백산 천지에 억만년 전 암석으로 굳어진 천황 용님의 시신이 생시와 다름없고 특히 용두(용의 머리)에는 태백산 정기가 모여 있기에 인간이 산소로 쓰면 사해는 물론 땅과 하늘까지 쥐락펴락하는 영재가 태어난다 하였나이다. 하여 사해용왕들과 모든 하늘 아래 신들에게 엄히 막으라고 명을 내렸나이다."

"하하하… 그러하다면 우리 용왕님들 시신을 사후에 그곳에 모시면 이후 옥황상제도 감히 우리 용궁을 어쩌지 못할 것이 아니오리까? 하하하…"

북해태자 흑용이 크게 너털웃음을 하며 소리쳤다.

"……."

순간 사해용왕들은 일시에 혼이 나간 듯 멍하니 서로 마주 쳐다보기만 하였다. 그것도 그럴 것이 흑용이 말대로라면 이후 어느 용왕이 시신을 태백산 천지 천황 용님이 용두에 모시는가? 하는 문제가 제기 되어 사해용왕들의 생사를 건 치열한 싸움은 물론 옥황상제와 모든 신들을 진노시켜 천하가 불바다 물바다가 될 수도 있는 지극히 무서운 상황 예감 때문이었다.

갑자기 북해용왕이 벌떡 자리에서 일어서서 수염을 부르르 떨며 잠깐 말을 못하고 입술만 머뭇거리더니 북해태자 흑용을 삿대질하며 호통쳤다.

"너 이놈?! 무슨 망언을 하는 거냐?! 사족이 참형 당하고 싶으냐?!"

"그 무엇이 두려워 그리 하나이까? 제가 있지 않소이까?!"

북해태자 흑용은 산악처럼 쩍 벌어진 앞가슴을 주먹으로 탕탕 치며 오기를 부렸다. 그리고는 불이 이는 퉁방울눈을 부질없이 부라리며 그 누가 감히 맞서겠느냐 묻는 듯 사해용왕들을 둘러보며 위엄을 부렸다.

그러자 북해용왕은 억이 막힌 듯 눈이 휘둥그래져서 부질없이 입만 쩝쩝 다시다 손가락질만 하는데 남해 용왕은 어색하게 웃으며 북해용왕만 쳐다보았다. 그 양에 북해용왕은 어찌 할 바를 몰라 하며 동해용왕의 기색만 살피는데 늙은 동해용왕 오광은 두 눈을 지그시 감고 머리만 끄덕끄덕거리고 있었다.

바로 이때 동해용왕의 아들인 청용이 성큼 앞에 나서더니 사해용왕들을 향해 정중히 읍하고 입을 열었다.

"황송하오나 소인이 북해태자님께 한 가지 묻고자 하나이다."

그렇지 않아도 이 어색하고도 긴장한 분위기 속에서 어쩔 바를 몰라 하던 사해용왕들은 요행 난처한 국면에서 빠져나올 구멍수가 생겼다고 연신 머리를 끄덕이며 청용을 지켜 보고 있었다.

청용은 훤칠한 키에 흰색 전포를 걸치고 있었는데 다부지게 쩍 벌어진 앞가슴 아래 가는 허리에는 부용검이 엇비스듬히 걸려 있었고 영준하게 생긴 갸름한 얼굴에 칼등 같은 콧마루와 불꽃이 튕기는 듯한 눈동자는 비상히 날렵하고도 단호한 용자임을 여실히 말해 주고 있었다. 그는 사해용왕들을 둘러보다 북해태자 흑용을 지켜보며 나직하고도 엄엄한 어조로 입을 여는 것이었다.

"당돌하오나 북해태자님은 어느 용왕님을 천황 용왕님의 용두에 모시려 하나이까?"

"하하하… 자고로 강한 자가 약자를 이기고 잡아먹는 터라 당연히…"

"도대체 무엇이 강하고 무엇이 약하다는 것이나이까? 호랑이는 산중왕이라 하지만 모기를 이기지 못하고 코끼리는 힘이 천하무적이라 하지만 쥐새끼를 이기지는 못하니 강한 것이 강한 것이 아니고 약한 것이 약한 것이 아니나이다. 이세상은 모든 것이 더불어 살아가야 하는데 그 어찌 스스로 강하다고 오기를 부리나이까?"

"뭐라?!"

북해태자 흑용은 저도 모르게 창대를 부여잡으며 소리쳤다.

"한판 승부로 고약한 장황설을 가르쳐 줘야겠구나!"

"하하…"

동해태자 청용은 웃으며 태연히 말을 이었다.

"사양하지 않겠소이다. 이내 부용검이 흑용이 무례함을 참지 못하겠다 하오니 저도 어쩔 수 없나이다."

북해태자 흑용이 대노하여 장창을 잡아 쥐고 동해태자 청용은 허리에서 부용검을 뽑아 쥐는데 느닷없이 생간을 녹이는 간드러진 웃음소리가 살기에 얼어붙은 동해용궁 대청을 녹이며 울려 왔다.

"호호호…"

"……"

모두 놀라 머리 돌려 바라보니 천상공주가 늙은 동해용왕 오광의 어깨에 얼굴을 비비며 웃고 있었다. 버들가지처럼 가늘고도 날씬한 몸매로 늙고 여읜 동해용왕을 감아 안을 듯 기대어 두 용 태자들을 내려다보며 웃는 천상공주의 바다처럼 푸르고 달처럼 은근한 두 눈에서는 음란한 정욕이 이글거리고 있었고, 그 밑으로 부드러운 곡선을 그리며 오뚝 솟은 코와 방실 열린 촉촉하고 육감적인 앵두 같은 입술은 그의 용모로 엿보이는 당돌하고 음란한 내심을 한결 더 말해 주고 있었다. 워낙 천상공주는 백두산에서 살아가던 한 마리의 보통 여우였다.

어느 하루 천상공주는 선녀와 나무꾼이 살고 있는 집에 닭을 잡아먹으려다 나무꾼이 놓은 덫에 걸려 거의 죽게 되었다. 살려고 덫에 걸린 앞다리를 이빨로 물어뜯어 끊으려다 지쳐 죽어가는 여우를 발견한 선녀는 "살려고 이빨로 자신의 다리를 끊다니 아유 가엾어라. 진짜 오래 살려면 도를 닦아 신선이 되어야 하느니라." 하고 타이르며 덫에서 풀어주고 상처까지 치료하여 주었다. 이에 감격하여 깨달음을 얻은 여우는 천년 동안 하루도 빠짐없이 도를 닦아 신선이 되자 스스로 천상공주라 불렀다. 허나 신선이 되자 그에 만족하여 도는 닦지 않고 선녀와 나무꾼이 사랑을 시기하며 부러워하였다. 결국 천상공주는 본심이 발동하여 요괴가 되어 백두산천지 천황 용님을 만나려 오신 동해용왕을 유혹하는데 성공하였던 것이었다.

그러나 동해용왕은 너무 늙어 기력이 빠진지라 천상공주는 도저히 욕정을 채울 수가 없었다. 젊음이 그리워 잠을 이루지 못하던 천상공주는 동해용왕의 아들 청용을 유혹하려고 온갖 방법과 수단을 다 하였다. 허나 매번마다 창피만 당하고 말았다. 그런데 오늘 흑용이 나타났으니 천상공주로서는 그야말로 절호의 기회였다.

"호호호 두 용 태자가 용맹무쌍함은 세인들이 다 알고 있는데 왜들 이러 시나이까? 승패를 가를 날은 소털처럼 많은데 오늘 옥황상제의 어명을 전하는 날 이러면 천하가 웃을 줄로 아옵니다. 첩이 비록 재주는 없으나 춤으로 분위기를 잡아 드리려 하나이다."

"……."

요염하고 매력적인 천상공주의 말에 돌연 모든 것이 그 자리에 굳어져 버리는 듯 고요해졌다. 어찌 할 바를 몰라 서성거리던 문무백관들과 사해용왕들은 급작스레 신비한 마술에 걸려든 것처럼 멍해서 천상공주만 바라보고 있었다. 그 모습에 천상공주는 수줍은 듯 살짝 얼굴을 붉히며 북해용 태자 흑용에게 추파를 던지니 굳어진 북해용 태자 흑용의 두 눈에서 정욕이 용암처럼 이글거리기 시작하였다.

"음, 그 듣던 소리 중 제일 반가운 소리로다. 허허."

우악스럽게 생긴 서해용왕 오 윤이 눈알을 희뜩희뜩거리더니 제 정신이 드는지 잠꼬대 같은 소리를 토하며 어줍게 웃어 보이였다.

"해해, 천상공주님께서 친히 춤으로 분위기를 돋우려 하시니 해해."

작고 여윈 체구를 가진 남해 홍용 왕 오소는 좌중을 살피며 어색하게 웃어 보이였다.

"황송하오나 북해태자의 죄는 백번 죽어 마땅하오나 사해용왕님들의 면전에서 다스리기 부끄럽고 송구스러워 참고 참던 중 천상공주님께서 이렇게 너그럽게 처사하여 주시니 실로 참괴함을 금할 수가 없나이다."

북해용왕은 조심스레 자리에서 일어나 사해용왕들을 향해 일일이 허리 굽혀 보이며 말하였다.

"음—"

동해용왕은 감았던 눈을 간신히 뜨며 손짓으로 북해용왕을 자리에 앉으라고 권하며 무겁고도 침울한 어조로 말을 이었다.

"금일 경들을 부른 것은 옥황상제의 어명을 전하고 천황용 시신을 보호할 대책들을 토의하기 위해였소이다."

"호호호… 주상도? 호호호…"

천상공주는 동해용왕의 어깨에 매달리 듯 두 손을 얹고 곱게 눈을 흘기며 응석부리듯 속삭이었다.

"서리뫼(금강산) 구경도 식후경이라 하였거늘 주상께서는 어이하여 소첩의 청을 무시하나이까?"

"어어허."

동해용왕은 천상공주를 보며 마지못해 토해내는 뜻한 군소리를 내더니 좌중을 둘러보면서 목 갈린 소리로 명하였다.

"어서 술을 부어 올리고 풍악을 울리도록 하라 내 그대 화용월태에 마음껏 취해 보리다."

"황송하오나 실은 소첩이 춤을 잘 추어서가 아니라 난처한 분위기를 깨고 사해용왕들이 한자리에 모임을 경하들이고 싶어서이니 주상께서는 소첩의 당돌함을 용서하소서."

천상공주는 말을 마치고 조용히 자리에서 일어나 용상에서 계단 아래로 사푼사푼 걸어 내려오는데 홍조를 살짝 띤 배꽃처럼 해말쑥한 얼굴에 우아한 이마아래 정열로 불타는 커다란 쌍꺼풀눈과 옴폭 파인 보조개는 요염하게 조화되어 이 세상을 유혹하는 것 같았고 파도에 하느작거리는 해초처럼 날씬한 몸매와 팽팽히 솟아오른 봉긋한 젖가슴은 그야말로 매혹적이었다.

문무백관들과 사해용왕 모두 넋이 나간 듯 입을 헤 벌리고 천상공주만 응시하고 있는데 갑자기 동해대자 청용이 성큼 앞에 나서더니 읍하고 큰소리로 말하였다.

"황송하오나 부왕께서는 영을 거두어들이시기 바라나이다. 천상공주는 동해황후이신데 그 어찌 문무백관들 앞에서 춤을 추게 하나이까? 당치 않나이다. 이는 예의에도 어긋나고 또한 자고로 이런 해괴망측한 사례는 없는 줄로 아나이다."

"해괴망측하다니?!"

동해용왕은 저도 모르게 흠칫 놀라며 부르짖었다.

"아이_ 주상전하?!"

불쑥 당황한 천상공주의 목소리는 얼어붙는 듯한 용궁의 긴장한 정적을 울리며 들려오는 것 같았다.

동해용왕은 태자의 몸에서 눈을 떼고 천상공주를 내려다보았다. 얼굴이 해쓱하게 질린 천상공주가 가쁘게 숨을 몰아쉬며 한없이 서글픈 눈길로 동해용왕을 쳐다보며 하소연하였다.

"소첩이 난감한 분위기를 깨고 사해용왕님들 한자리 모임을 경하드리려 함이 흑흑."

천상공주는 말끝을 흐리며 머리 숙이고 눈물을 훔치는 척하면서 팔소매 밑으로 북해 용 태자 흑용을 바라보며 왼눈을 요염하게 깜박해 보이니 북해태자는 금시 달려들어 천상공주를 잡아먹을 듯 퉁방울눈으로 그를 뚫어지게 노려보고 있었다.

북해태자 흑용의 혈액은 그 어떤 괴이한 힘이라도 증가된 듯이 빠르고 힘차게 높뛰었고 욕심과도 같고 쾌락과도 같은 이상야릇한 감각이 요술방망이처럼 일어나는 바람에 북해태자 흑용은 견딜 수가 없었다. 이 순간 머리에 불꽃처럼 번뜩이는 것은 (과연 천하절색이로다. 이런 미인이라면 그 무엇이 아까우랴) 하는 생각뿐이었다. 일 년 전 처음 천상공주를 보았을 때부터 은근히 천상공주를 사모하여 부왕께 꾸지람 들은 적이 한두 번이 아니었으나 모든 사유의식이 성벽 쇠대문처럼 활짝 열린 흑용인지라 별로 대수로워하지 않았다.

"어서 풍악을 울려 황후의 흥을 돋우지 않고 뭣들 하느냐?!"

늙은 동해용왕은 난감한 기색으로 좌우를 향해 되는 대로 손을 마구 저어보이며 호령하였다. 순간 청용이 또 나서서 간하려는데 동해용왕이 시끄럽다는 듯이 손을 저어 막으며 연신 풍악을 재촉하니 어디선가 자못 웅글 지고 은은한 음악이 궁중을 신비하게 울리며 들려오기 시작하였다.

그제야 사해용왕들과 문무백관들이 기색을 펴며 한숨을 쉬는데 천상공주는 청용을 향해 죄송하다는 듯 머리 숙여 보이면서도 눈을 흘기며 입을 삐쭉해 보였다.

그리고는 사해용왕들을 향해 살그머니 머리를 숙이며 추파를 보내더니 곡에 맞추어 몸을 서서히 움직이며 머리를 드는데 그 모습은 마치 노을 비낀 고요한 동해 물 위에 떠 미풍에 흐느적거리는 무궁화 같았다. 이어 미묘한 음악에 따라 입가에 미소를 짓고 나비마냥 날아갈 듯 춤을 추다 갑자기 태풍을 만난 해초처럼 쓰러질 듯하니 문무백과들과 사해용왕들은 넋이 빠져 입을 헤 벌리고 천상공주만 바라보고 있었다. 이윽고 북해태자 흑용이 끝내 용암처럼 치솟는 욕정을 이기지 못하여 소리치는 것이었다.

"황송하오나 소인이 천상공주와 더불어 사해용왕들이 즐거움을 더해드리겠나이다!"

말을 마치자마자 북해태자 흑용이 좌중에 뛰어들어 창을 휘두르며 춤을 추니 천상공주는 더욱 흥이 올라 흑용이 긴 창을 희롱하듯 끼고 춤을 추는데 그 섬세하고도 우아한 모습은 분명 꽃송이에 달려드는 호랑나비 애간장 태우는 짓 같았다. 그 모습에 얼굴을 찡그리고 지켜보고만 있던 청용은 더는 못 참겠다는 듯 부용검을 쑥 뽑아들며 큰소리로 말하였다.

"자고로 창에는 칼이 어울리나이다. 사해용왕님들을 모시고 위로하는 마당에 소인이 어찌 구경만 하오리까?"

동해태자 청용이 크게 소리치며 부용검을 휘두르며 춤판에 뛰어 드니 문무백관들과 사해용왕 모두가 모골이 송연하여 어찌 할 바를 몰라 하였다.

2회

동해용왕은 분하여 피를 토하고
잉어공주는 청용에게 용비녀를 주다

　북해태자 흑용이 해용롱주법(용이 구슬을 희롱하는 법)으로 한창 천상
공주를 유혹하며 창을 휘둘러대는데 홀연 동해태자 청용이 부용검을
추켜들고 가을 새가 뫼에 내리는 추준하산법으로 흑용에게 덮쳐드니
흑용은 급히 창으로 부용검을 막으며 몸을 솟구치자 천상공주는 황급
히 중간에 끼어들어 거미 나비를 얽는 모양으로 일진일퇴하면서 청용
과 흑용을 양편에 끼고 춤을 추었다.

　하여 서리발 같은 칼날과 번개 같은 창끝이 천상공주를 갈기갈기 찢

고 토막 내는 것 같아 흡사 회오리바람에 꽃잎이 신기하게 감기어 날리는 것 같기도 하고 백설화가 날리는 것 같기도 하였다.

흑용은 사나운 청용의 칼을 막아 치면서도 잔나비 실과를 훔치는 미후투과 법으로 히쭉히쭉 웃으며 천상공주를 희롱하니 청용은 분함을 이기지 못하여 버럭 소리 지르며 푸른 매 꿩을 움켜잡는 검응확치 법으로 흑용에게 덮치자 검과 창이 일시에 어울리어 떨어지지 않는 것이었다.

이윽고 창검과 사람은 간데 없고 검은색과 흰색 기운이 노란색을 끼고 반공에서 서로 엉키어 싸우는데 홀연 노란 기운이 요염한 웃음소리와 함께 용궁에서 사라지자 잇따라 흑용도 한 줄기 검은 기운이 되어 가붓없이 사라지는 것이었다. ㄱ 앙에 문무백관들과 사해용왕 모두 할 말을 잃고 어안이 뻥뻥하여 굳어져 있는데 동해태자 청용이 모습을 드러내고 아뢰었다.

"부왕님께 아뢰나이다. 천상공주는 북해태자 흑용을 따라 도망쳤나이다."

"무슨 소리?"

북해용왕 오염은 벌떡 자리를 차고 일어서며 대성치고 잠깐 말을 잇지 못하고 좌중을 둘러보며 어찌할 바를 몰라 서성대더니 급기야 깨달은 듯 동해용왕에게 황급히 허리 굽혀 읍하고 조심스레 말을 이었다.

"소인의 소자 흑용이 무례함은 백번 죽어 마땅하오나 그 어찌 감히 천상공주를 유혹하여 달아나기까지 하겠나이까? 천상공주의 안위가 걱정되어 잠깐 뒤쫓아갔을 뿐이오니 과인이 급히 뒤쫓아가 그 연유를 알아보고 잡아오리다. 하오니 형님께서는 심히 염려 마시고 아우의 청을 윤허하시기 바라나이다."

청용이 급히 고하였다.

"아니 되옵니다! 부왕께서는 즉시 북해용왕을 인질로 잡아 두어야 하나이다!"

"어허."

서해용왕은 황급히 두 손을 내저으며 자리에서 일어나더니 동해용왕에게 정중히 읍하고 아뢰었다.

"황송하오나 오늘 일은 예사로운 일이라고는 말할 수 없으나 그렇다고 중대사라 말할 수도 없나이다. 이런 일로 사해의 용궁과 하늘을 진동시키고 용왕 형제들의 정을 끊을 수는 없는 줄로 아나이다. 형님께서는 식노하시고."

"당치 않나이다! 백주에 용궁의 황후를 유혹하여 달아남을 눈감아 주라니?! 이는 동해용왕과 하늘도 무시하고 저질은 불륜으로써 즉시 잡아다 능지처참해야 마땅한 줄로 아나이다. 소자 급히 쫓아가 흑용의 목을 베어 부왕의 울분과 동해의 치욕을 풀어드리겠나이다!"

"음―"

늙고 여윈 동해용왕 오광은 그제야 잠꼬대를 하듯 긴 군소리를 내면서 눈을 떴다. 그리고는 아무 말도 못하고 긴 수염만 부르릉 떠는 것이었다.

태백산 천지에 수만 년 전 암석으로 굳어진 천황 용님의 장손인 동해용왕 오광은 사해용왕들 중에서 줄곧 큰형 구실을 하여 왔었다. 그것은 나이가 많은데다 천황 용님의 장손이었고 특히 천황 용님이 물려준 용비녀를 갖고 있었기 때문이었다.

용비녀는 용들을 다스리는 무서운 독침이었다. 용비녀에 찔리면 용들은 풍운조화와 변신수를 부릴 수 없을 뿐만 아니라 중하면 목숨을 잃을 수도 있었다. 허나 동해용왕은 오래전에 벌써 용비녀를 동해황후였던 서리뫼(금강산)산 잉어공주에게 선물로 주었던 것이다.

지금 동해용왕은 마음 착했던 잉어공주와 용비녀를 생각하고 있었다. 잉어공주라면 이런 망측하고 해괴한 불륜을 범하지 않았을 것이고 또한 용비녀만 수중에 갖고 있다면 서해태자 흑용과 사해용왕들이 이렇게까지 자신을 무시하지 못했을 것이었다.

　그는 잉어공주를 부르며 하소연이라도 하고 싶었다. 가슴에 피가 흘렀다. 아팠다. 사해를 호령하던 자신이 위엄이 한 요염한 여우 요괴 때문에 한순간에 밑바닥에 떨어지다니… 울분이 울컥 올라오며 눈물이 저절로 쏟아질 것만 같았다. 허나 그는 용왕의 존엄으로 애써 내심을 묵삭이며 짐짓 예사로운 기색을 지으려고 애쓰고 있었으나 세차게 떨리는 수염만은 숨길 수가 없었다.

　"고약한 것들."

　동해용왕은 저도 모르게 주먹을 불끈 부르쥐며 사해 용왕들을 둘러보며 느릿느릿 말을 이었다.

　"경들도 보았지만 북해태자 흑용이 감히 과인의 후궁을 범하였으니 그 어이 용서하리오. 여봐라?"

　"잠깐!"

　남해용왕 오소는 급히 자리에서 일어나 동해용왕의 앞에 정중히 허리 굽혀 읍하고 말을 이었다.

　"황송하오나 자고로 대인은 큰일은 작은 일로 만드시고 작은 일은 없던 일로 마무리하라 하였나이다. 비록 북해태자 흑용이 동해 용궁의 후궁을 범하여 망사지죄(용서 못할 죄)를 범하였다 하오나 아직 진상이 똑똑하게 밝혀지지 않은 상황에서 징벌함은 마땅치 않나이다. 소신이 재주는 없으나 서해용왕과 함께 북해용왕을 따라가 삼촌지설(세치 되는 혀로 하는말)과 덕으로 감화시켜 진심으로 죄를 느끼고 동해용왕님이 용대(용서)를 받게 하겠나이다. 믿고 윤허하여 주시기 비나이다."

"윤허하여 주시서소!"

서해용왕과 북해용왕도 잇따라 읍하며 청들었다.

"아니 되나이다! 천부당만부당한 일이나이다!"

동해태자 청용이 큰소리로 울부짖듯 고하였다. 잇따라 계단 아래 문무 대신들이 이구동성으로 아뢰었다.

"아니 되나이다. 통촉하여 주소서!"

늙고 여읜 동해용왕은 눈을 게슴츠레 감고 지친 듯 맥없이 손을 들어 흔들어 보였다. 그것은 모두 물러들 가라는 뜻이었다.

"성은이 망극하나이다!"

세 용왕들은 이구동성으로 동해용왕한테 하직 인사를 올리고 급급히 대청을 걸어 나갔다.

"……."

청용은 하도 어이가 없어 멍하니 부왕을 지켜보았다. 눈을 감고 용상에 조용히 앉아 있는 동해용왕의 얼굴은 무섭게 찡그러져 있었고 뿌드득 뿌드득 이빨 가는 턱 아래 흰 수염은 세차게 떨리고 있었다. 먼 산불을 구경하듯 방관하고 급급히 피해 달아나는 세 용왕들을 한주먹에 때려죽이고 싶었으나 그럴 기운도 그럴 상황도 아니었다. 그래서 더욱 울분이 터져 올랐다.

"괘씸한 것들!"

갑자기 동해용왕은 벌떡 자리에서 일어나 두 주먹을 쳐들고 미친 듯이 울부짖더니 용상을 내리치고 발로 걸어차며 발광하였다.

"부왕 부디 식노하소서!"

"식노하소서!"

문무백관들이 일제히 청용을 따라 부르짖으며 머리를 조아렸다.

"이 동해의 치욕을 어떻게 씻는단 말이냐?!"

"부왕 소자 즉시 군사를 일으켜 흑용의 목을 베어 동해의 치욕을 풀려하나이다. 윤허하여 주소서!"

"안 되나이다. 이런 일은 암암리에 성사하여야 하나이다. 소문이 나면 날수록 세상은 황후를 빼앗겼다고 동해를 비웃을 것이나이다."

동해용궁의 정승인 거북신이 급히 나서며 아뢰었다.

바로 이때 새우신이 한손에 창을 쥐고 다른 한손에는 서한 봉투를 흔들며 총망히 달려 들어와 무릎 꿇고 아뢰었다.

"천상공주와 북해태자 흑용은 태백산으로 달아났고 세 용왕님들은 저마다 본 용궁으로 돌아갔나이다. 북해용왕은 이 서한을 보내 왔나이다."

"그, 그…"

동해용왕은 너무 분하여 말도 잇지 못하고 한손을 들어 동해의 정승이신 거북이를 부르며 입술만 씰룩거리었다. 그것은 분명 동해의 정승이신 거북이더러 읽어 고하라는 뜻인지라 거북이는 조심스레 서한을 받아 펼쳐 들고 큰소리로 읽어 내려갔다.

"동해용왕님 전, 아뢰기 황송하오나 부처는 마음이요 욕심은 마귀라 마귀가 성하면 자연 천리를 거역하여 천하가 크게 혼잡해지나이다. 동물은 동물끼리 인간은 인간끼리 신은 신끼리 화합하여 정을 나누며 후대를 번식시키는 것이 천리인즉 어이하여 여우요괴를 동해황후로 책봉하였소이까? 금일 과인의 소자가 불효하여 천상공주를 취한즉 이는 천하에 없는 불륜이라 과인은 부끄러워 얼굴을 쳐들 수가 없나이다. 하기에 따지고 보면 과인의 소자가 천상공주의 유혹에 빠져 동해의 화근을 스스로 뒤집어쓰고 달아난즉 동해로서는 다행이요 북해에는 불행이니 동해용왕님은 부디 식노하시고…"

"이제 그만 닥치지 못할꼬?!"

동해용왕은 대노하여 부르짖으며 하늘을 우러러 장탄식하였다.

"이 치욕을 어이 씻는단 말이냐?!"

문무백관들은 수군수군거리며 의론이 분분하였다. 태자 청용을 비롯한 무관들은 군사를 일으켜야 한다고 주장하였고 거북이를 비롯한 문관들은 머리를 저어대며 군사를 일으킬 명문도 서지 않고 설사 싸워도 승산이 없다고 하였다. 하여 동해용왕은 결단을 못하고 우락부락 성만 가까스로 삭이고 있는데 동해의 정승이신 거북신이 나서서 아뢰었다.

"아뢰옵기 황송하오나 우선 동해태자 청용께 명하여 이번 일을 옥황상제에게 상주하여 하늘의 지지를 얻는 것이 마땅한 줄로 아나이다. 그 후 군사를 일으켜도 늦지 않사오니 통촉하여 주소서."

"음."

동해용왕은 잠깐 생각에 잠기더니 그리 하라고 머리를 끄덕였다.

동해태자 청용은 별로 달갑지 않았으나 부왕의 어명인지라 즉시 거북신이 작정한 상주문을 품에 지니고 몸을 솟구쳐 하늘에 올라 상서로운 구름을 잡아타고 곧게 동천문으로 날아갔다. 청용은 문지기들의 인사를 받으면서 영관전으로 들어가 옥황상제께 무릎 꿇고 머리를 조아리며 아뢰었다.

"동해태자 청용이 부왕의 상주문을 가지고 왔사옵니다."

"음."

옥제는 머리를 가볍게 끄덕이자 시종이 급히 달려 내려와 상주문을 받아 옥황상제께 전하였다. 상주문을 받아들고 보던 옥황상제는 문무백관들을 둘러보며 입을 쩝쩝 다셨다.

"어허, 이런 해괴망측한 일이라고? 북해태자 흑용이 백주에 동해의 황후를 유혹하여 북두칠성 아래 태백산으로 데리고 도망쳤으니 마땅히 천벌을 내려야 한다는 상주문인데 경들은 어떻게 생각하는고?"

태백금성이 먼저 반열에서 나서서 읍하고 아뢰었다.

"아뢰옵기 황공하오나 자고로 가정에는 가법이 있고 나라에는 국법이 있고 하늘에는 하늘법이 있나이다. 북해태자의 행실은 그 어느 법에도 모두 위반되는 극악무도한 범죄로써 당연히 징벌함이 마땅한 줄로 아나이다."

태백금성이 말에 태상로군이 썩 나서서 반박하였다.

"하오나 북해태자 흑용이 천상공주를 유혹하였는지 아니면 동해황후 천상공주가 흑용을 유혹하였는지 분명치 않나이다. 이런 일은 서로 눈이 맞아 발생되는 일이라 북해태자 흑용만 징벌할 일도 아닌 줄로 아나이다. 죄를 묻는다면 동해용왕이 죄가 더 중하나이다. 동해용왕은 정용의 진모인 현숙한 잉어공주를 내쫓고 태백산 요염한 여우 요괴를 황후로 책봉하고 주색에 빠져 정사를 게을리할 뿐만 아니라 그 부화방탕함이 하늘에 사무친다고 소문이 자자하나이다."

"아니나이다! 그 모든 것은 요망한 여우 요괴인 천상공주의 소행 때문이나이다. 부왕께서는 잠시 미혹되어 옥석을 분별치 못하고 중무소주(속에 주대가 없어)했을 뿐이오니 천상공주와 북해태자 흑용에게 엄벌을 내리시기 바라나이다. 제발 통촉하여 주소서!"

동해태자 청용은 머리를 연신 조아리며 아뢰었다.

무거운 침묵이 흘렀다.

옥황상제는 난감한 기색을 짓고 잠깐 깊은 생각에 잠기었다. 북해태자 흑용에게만 벌을 내릴 수도 없었고 그렇다고 동해용왕까지 징벌할 수도 없었으며 유독 천상공주에게만 벌을 내릴 수도 없었다. 벌을 내리자면 삼자 모두에게 벌을 내려야 했다. 그러면 사해가 요동치고 십만 천병을 일으켜야 했으니 그야말로 시끄러운 일이었다. 특히 하늘을 놓고 서로 치열하게 쟁탈전을 벌이고 있는 상황에서 잘못하면 사해가 천주에게 항복하고 넘어갈 수도 있었고 아니면 우 마왕에게 넘어가 반란을 일으킬 수도 있었다. 깊은 생각에서 깨어난 옥황상제는 좌중을 둘러보며 나직하고도 부드러운 목소리로 어명을 내렸다.

"동해태자 청용은 들으라. 이런 춘정지사는 자고로 궁중에 흔히 발생하는 일이니 사사로운 일로 명성을 더럽히지 마시고 사해와 천하 태평성대를 도모함이 마땅하니 그리 알고 짐의 뜻을 부왕께 전하라."

"……"

옥황상제의 명에 모두 어안이 벙벙하여 굳어졌다가 수군거리기 시작하는데 옥황상제는 급히 조회를 마치라고 팔을 내저어 보이며 자리에서 일어서니 문무백관들은 크게 만세를 부르며 사례할 뿐이었다.

동해태자 청용은 너무나 억울하고 분하여 짐짓 "성은이 너무 너무 망극 하나이다!" 하고 고래고래 소리치고는 그 자리에서 몸을 돌려 영관전을 나선 후 몸을 솟구쳐 원형을 드러내고 부질없이 영관전 상공에서 용을 쓰다 곧추 동해로 날아갔다.

동해 용궁에 들어선 청용은 부왕이 병석에 누워 있다는 말을 듣고 급히 대신들을 이끌고 부왕의 침소로 찾아갔다.

"부왕?!…"

청용은 이마에 수건을 얹고 조용히 누워 있는 부왕의 신변으로 다가가 낮고 부드러운 목소리로 불렀다. 동해용왕은 청용의 목소리에 번쩍 눈을 뜨고 반쯤 몸을 일으키며 다그쳐 물었다.

"갔던 일은 어떻게 되었는고? 바른대로 고하라."

청용은 차마 부왕을 숨길수가 없어 사실대로 아뢰었다.

"……"

청용의 말에 동해용왕은 두 눈을 부릅뜨고 하늘을 노려보려 침묵을 지키더니 울컥 피를 토하며 가슴을 부여안았다.

"부왕마마?!"

"용왕폐하?!"

동해태자 청용이 급히 부왕을 부축하는데 대신들은 놀라 일제히 무릎을 꿇고 동해용왕을 지켜보았다. 무섭게 두 눈을 부릅뜬 동해용왕의 온 몸의 피는 온통 얼굴에 솟구쳐 올라 근육은 푸들푸들 떨렸고 노기는 양 뿔을 불태울 성싶었다.

"동해태자 청용은 들으라. 태자의 친모 잉어공주를 폐하고 천상공주로 봉한 것은 후회막급이지만 금일 백두산 천지 천황 용님의 시신에 대한 논의는 천기를 누설한 것이니 하늘과 땅에 만회 못할 후환을 남긴 것이라. 태자 청용은 즉시 출마하여 흑용과 천상공주의 목을 베어 이 세상 후환을 없애고 과인의 분을 풀도록 하라."

"흑용과 천상공주의 목을 따기 전에는 맹세코 돌아오지 않겠소이다!"

"북해태자 흑용은 무예가 출중하고 천상공주 또한 천년 묵은 여우 요괴라 태자는 경솔히 대할 일이 아닌지라 가는 길에 금강산에 들러 친모를 만나 뵙도록 하라."

"황은이 망극하나이다!"

태자 청용은 머리를 조아리며 사례하고 자리에서 일어나 대신들을 이끌고 나와 부왕과 용궁을 부탁한 후 급히 길 떠날 차비를 하였다. 이윽고 청용이 몸을 솟구쳐 하늘에 날아올라 원형을 드러내고 용을 쓰니 급작스레 풍랑이 일고 번개가 치면서 동해가 요동치기 시작하였다. 가슴속에 울분을 토하듯 확확 불줄기를 뿜으며 마귀 떼 같은 먹장구름을 앞발로 짚고 태어나서 자란 정든 동해를 내려다보는 청용의 두 눈에서는 어느새 눈물이 고여 번뜩이었다.

그 모습에 동해 용궁 전 대문 앞에 모여선 문무백관들은 청용의 생사를 근심하며 일제히 무릎을 꿇고 전송하니 청용은 크게 한번 용을 쓰며 용궁을 뒤돌아보고는 급히 구름을 헤가르며 서리뫼로 향하였다.

비구름을 타고 몰며 단숨에 금강산에 이른 청용은 구룡폭포 아래에서 인간의 모습으로 변신하고 구룡폭포를 바라보았다.

청용을 환영하듯 와야 고함을 지르면서 떨어지는 폭포수들은 바위너덜에 찢기고 부딪쳐서 옥을 부시며 천군만마의 말굽소리처럼 산악을 진동하고 있었다.

들쑹날쑹 톱날처럼 솟은 뭇 봉우리들은 발밑에 주름주름 뻗은 허리에 물안개를 두르고 숭엄하고도 기이하게 엉켜 있는데 그 사이로 이따금 유령 같은 검은 구름장들이 배회하고 있었다.

청용은 구룡폭포을 향하여 무릎을 꿇고 두 손을 합장한 후 입속으로 중얼중얼 주문을 외우고 "어마마마?!"하고 연속 세 번 소리쳐 불렀다. 그 부름 소리는 애절하고도 급촉한 감정이 세차게 사품치는 듯 광풍폭우가 쏟아지고 우레가 울리듯 서리뫼에 메아리치는 것 같았다.

갑자기 구룡폭포에 칠색 기운이 비껴 흘러넘치더니 그것이 부름 소리에 서서히 모여 아름다운 잉어공주의 모습을 이루며 나타났다.

"어마마마 소자 불초하여 인제야 찾아와 문안드림을 용서하소서."

"태자?!"

잉어공주는 한동안 말을 잃고 청용을 지켜보다 와락 청용을 한품에 안으며 눈물을 흘렸다.

"천지만물이 생생지리를 모르는 자 없고 자모지정을 모르는 자 없거늘 첩이 오늘 태자를 만나 보았으니 죽어도 여한이 없나이다."

"어마마마, 천상공주는 북해태자 흑용과 눈이 맞아 백두산으로 달아났나이다. 하여 소자 어명을 받고 흑용과 천상공주를 잡으러 가는 길이나이다."

"……."

갑자기 잉어공주의 얼굴이 해쓱해졌다.

"일찍 첩이 듣기로는 북해태자 흑용은 그 위용이 출중하여 사해에
당할 자 없다고 들었나이다."

"성패는 재천이라 소자 장담할 수는 없으나 맹세코 흑용의 머리를
베어 동해의 치욕을 씻으려 하나이다."

"어명을 받들고 생사를 무릅쓰고 싸움에 나서는 태자를 붙잡지 못하
는 소첩의 마음 타서 재가 되어도 떠나보내 여야 하니 가더라도 이 용
비녀만은 갖고 가소."

머리에서 용비녀를 뽑아 청용의 손에 쥐여 주는 잉어공주의 두 눈에
서는 눈물이 비 오는 듯히였다.

"용비녀?! 이건…"

"이 용비녀는 부왕께서 결혼 선물로 소첩에게 준 것이나이다. 그때
부왕마마는 이 용비녀는 용의 시조이신 천황 용님이 사해 용들을 길들
이는 무기였다 하면서 과인이 황후에게 못된 짓을 하면 찌르라고 하였
나이다. 이번 싸움은 분명 용과 용의 싸움인지라 이 용비녀를 무기로
사용함이 마땅한 줄로 아나이다."

"알겠나이다."

청용은 용비녀를 받아들고 보았다.

눈이 부실 듯 반짝반짝 은빛 뿌리는 용비녀 한쪽 머리는 살기 어린
두 눈을 부릅뜬 용이 머리로 되어 금시 덮쳐들 듯하였고 가는 허리에
박힌 작디작은 용 비늘들은 괴이한 향기를 뿜으며 불의에 백광을 발산
하며 작아졌다 커졌다 하면서 예리한 바늘 끝 같은 꼬리에 살기를 전
하고 있었다.

부왕한테서 용비녀의 위력을 들은 바 있는 청용은 너무나 감격하여

풀썩 무릎 꿇으며 "어마마마!" 하고 머리를 들었다.

"태자?!"

잉어공주는 청용을 끌어안고 눈물 흘리며 청용의 잔등을 정답게 만지며 그의 귀가에 입을 대고 용비녀를 다루는 주문을 속삭이듯 차근차근 알려 주었다. 그리고는 주문을 가슴 깊이 새기고 함부로 발설하면 아니 된다고 하면서 주문을 되새겨 보라고 하였다.

청용은 속으로 주문을 새기다 머리를 들었다. 잉어공주는 보이지 않았다. 청용이 급히 머리를 돌려 보니 어느새 잉어공주는 채운이 넘쳐나는 구룡폭포에서 눈물 머금고 그를 향해 손을 저으며 서서히 사라지고 있었다.

"어마마마?!"

동해태자 청용은 저도 모르게 무릎 꿇고 목이 터지게 잉어공주를 부르고 또 불렀다. 그러나 잉어공주는 나타나지 않았다. 그립고 그립던 어머니를 이렇게 상봉하고 이별하다니? 청용은 한없이 억울하고 서글퍼졌으나 방법이 없었다.

청용은 자리에서 일어나 옷깃을 단정히 여미고 구룡폭포를 향하여 세 번 절을 올리었다. 이윽고 그는 하늘을 우러러 크게 한숨을 내쉬더니 부지중 몸을 솟구쳐 하늘에 날아올라 원형을 드리내고 구룡폭포 상공에서 잠깐 용을 쓰다 곧게 북두칠성 아래 태백산을 향하여 날아가기 시작하였다.

3회

청용은 아리수압록을 구원하고
천상공주는 음특한 궤계로 청용을 대적하다

서리뫼를 꼬리에서 밀어내고 동으로 흘러가는 구름을 감아치며 어느 새 태백산에 이른 청용은 인간이 모습으로 변신하여 태백산 용문봉에 내렸다.

청용이 태백산을 둘러보니 구름 위에 장엄하게 우뚝 솟은 태백 연봉들은 저마다 앞가슴을 내밀고 하늘의 은혜로운 모든 생명수를 모아 안은 듯 푸른 천지를 품고 거연히 솟았는데 그 산정기는 어찌나 강렬한지 청용은 부지중 모든 피곤이 말끔히 가시고 꿈속에서 깨어난 듯 정신이 번쩍 들었다.

지금 흑용과 천상공주가 나타난다면 단매에 때려 죽일 것만 같았다. 이놈들이 도대체 어디에 숨어 있단 말인가? 아무래도 내 이제 태백봉과 천지 상공에서 용을 쓰며 내가 왔음을 알려야 하겠다. 이렇게 생각한 청용은 몸을 솟구쳐 태백산 상공에서 원형을 드러내고 마구 구름을 몰아 천둥번개를 일으키며 용을 썼다.

"너 이놈 흑용아! 감히 황후와 사통하다니?! 소자 부왕의 명을 받들어 네 놈의 목을 걷으러 왔으니 어서 썩 나서지 못하겠느냐?!"

"하하하…"

"호호호…"

홀연, 비류봉 아래 물안개 속에서 웃음소리가 들려왔다. 이윽고 천상공주와 흑용이 손을 잡고 물안개를 헤치며 날아올라 왔다. 청용을 만난 흑용은 아무런 인사 수작도 없이 청용에게 삿대질하며 욕설부터 퍼부었다.

"이 어린 필부야! 늙고 무능한 동해 용왕만 천상공주를 독차지해야 된다는 법은 없지 않느냐?! 정욕도 인간이 밥을 먹고 똥 싸는 것과 마찬가지라 먹고 싶으면 당연히 먹어야 하느니라. 내 오늘 그 천륜지락의 맛을 보았느니라. 하하하."

"아이, 참…"

천상공주는 곱게 눈을 흘기며 흑용을 쳐다보았다.

"너 이놈! 밥도 아무 곳에서 아무렇게 먹고 아무 곳에 함부로 내 싸는 것이 아니거늘 어이 유부녀와 사통하고도 죄가 없다고 하느냐?! 긴 말 할 것 없이 칼을 받아라!"

청용이 부용검을 뽑아 들고 흑용을 내리 덮치자 흑용도 장창을 꼬나들고 청용을 맞아 싸우기 시작하였다. 맹호처럼 달려드는 청용과 사자 같은 흑용이 천지 상공에서 싸우니 험준한 태백봉도 숙연히 숨을 죽이고 침묵을 지키는데 아연해진 듯 천지의 검푸른 물에는 창검이 맞부딪치는 소리와 불꽃이 서려 살기로 가득 차 번뜩이는 것 같았다

이윽고 청용과 흑용이 원형을 드러내고 싸우자 급작스레 광풍이 일고 번개가 치는데 먹장 같은 구름 속에서 서로 쫓고 서로 덮치고 때로는 서로 엉겼다 떨어져 무섭게 용을 쓰다가는 천지에 내려와 세찬 물보라와 물기둥을 일으키며 싸우기도 하였다.

청용과 흑용이 백여 합을 싸워도 승부가 나지 않자 천상공주는 더는 참지 못하겠다는 듯 "쌕" 콧소리를 내며 눈알을 까뒤집더니 허리춤에서 끈 달린 쌍 갈고리를 꺼내 휘두르며 흑용을 도와 청용을 끼고 싸웠다. 이에 사기 배배한 흑용은 싸울수록 힘이 났으니 청용은 점점 지쳐 갔다. 형세가 불리하다고 생각한 청용은 흑용의 창끝을 비껴치고 슬그머니 용비녀를 품에서 꺼내 들었다.

순간 흑용은 주춤하고 몸을 떨더니 급작스레 한 가닥 실구름으로 변신하여 사라졌다. 이에 당황하여 천상공주는 영문도 모르고 꽁지 빠지게 줄행랑을 놓았다. 황급히 태백산 후선동에 들어선 천상공주는 아연실색해 서 있는 흑용을 보고 의아하여 물었다.

"청용이 목을 당금 취할 수 있는 임박에 돌아서다니? 웬 일이시나이까?"

"후-"

흑용은 몸에 긴장을 풀며 말을 이었다.

"과인이 일전에 부왕한테서 듣기로 동해용왕에게 능히 사해용왕들을 다스릴 수 있는 용비녀가 있는데 그 용비녀에 한 번 찔리면 죽기보다 못한 고통을 당할 뿐만 아니라 십 년 넘어 용으로 변신할 수 없다고 하오. 하기에 늙고 무능한 동해용왕은 사해용왕 노릇을 하였지…"

"아이, 그럼 어떻게 해야 하나이까? 소첩은 그저 북해태자만 믿고… 흑흑…"

"후–"

흑용은 한숨을 내쉬며 어안이 벙벙해서 퉁방울눈만 껌벅껌벅거렸다.

"지난밤에는 동해용자는 물론 사해용왕들도 두렵지 않다고 큰소리 탕탕 치더니 용도 아닌 용비녀에 비녀?"

천상공주는 앵두 같은 입술로 말끝을 씹으며 실눈을 짓고 잠깐 깊은 생각에 잠기더니 요염하게 웃으며 말을 이었다.

"호호호… 북해 용태자가 일개 용비녀를 두려워하다니? 호호호…"

"어허, 용비녀를 우습게 보다니?"

"용비녀의 위력이 아무리 대단해도 일개 물건에 불과하나이다. 물건이란 따로 정한 주인이 없나이다. 호호호…"

"무슨 말인고?"

천상공주는 찰거머리처럼 흑용이 어깨에 들러붙어 흑용의 귀가에 손을 모아 대고 속삭였다.

"……"

귀를 기울이고 연신 머리를 끄덕이던 흑용의 눈이 점점 커져 금시 터질 것만 같았다. 이윽고 흑용은 미친 짐승마냥 웃어댔다.

"으하하하…"

"호호호…"

"여봐라! 모두 뭣들 하느냐?! 어서 술상을 차리지 않고 으하하하."

후신동이 벅적 끓어 번지기 시작하였다. 굴 한가운데 삐죽이 솟아난 너럭바위 위에는 커다란 솔 기름등잔이 뿌직뿌직 으스스한 소리를 내며 타고 있었고 그 아래 높직한 옥상에 마주앉은 흑용과 천상공주의 뒤편 구석진 벽에는 예쁜 하녀로 변신한 여우 요괴들의 술상 차리는 그림자가 너울너울 춤을 추고 있었다.

한편 청용은 흑용과 천상공주의 종적을 찾아 며칠간 태백산 일대를 빗질하듯 샅샅이 살펴보며 돌아다녔다. 허나 흑용과 천상공주의 그림자도 찾지 못하였다. 하여 청용의 마음은 조급해졌다. 용비녀에 놀란 흑용이 멀리 도주하여 나타나지 않을 것만 같은 불길한 예감에 청용의 마음은 불안하기도 하였다. 그러던 어느 하루 청용이 흑용의 종적을 찾아 돌아다니다 갈증이 나서 천지호숫가에서 목을 적시는데 저쪽 천문봉 아래 호숫가에서 느닷없이 오리의 비명소리가 들려왔다.

청용이 머리 들어보니 웬 구렁이 한 마리가 꿈틀거리면서 오리를 바싹 쫓고 있었다. 오리는 날개가 상했는지 높이 날지 못하고 허공에 떴다가는 떨어지곤 했는데 그때마다 구렁이도 반공중에 떴디가는 떨어졌는데 그것은 흡사 구렁이가 아니라 용이 봉황을 덮치는 것만 같았다.

“고약한 놈!”

청용은 부용검을 뽑아 들고 급히 달려갔다.

청용이 달려오는 것을 발견한 구렁이는 황급히 몸을 돌려 비류봉 쪽으로 도망쳤다. 청용은 살생하기 싫어 뒤쫓지 않고 그대로 돌아서는데 뒤에서 오리가 애처롭게 그를 부르듯 걀걀거렸다.

머리를 돌려 바라보니 오리는 숨이 넘어갈 듯 걀걀거리며 빤히 청용을 지켜보는데 피 묻은 몸은 축 늘어진 늦가을 가랑잎처럼 물에 떠 있었고 애련히 그를 바라보며 가냘프게 숨을 할딱거리는 두 눈가에는 눈물이 가랑가랑 맺혀 있었다.

청용은 불쌍한 생각이 들어 오리를 품에 안고 육지로 나왔다. 자못 포근한 곳에 자리를 잡은 청용은 조심스레 오리를 무릎에 올려놓고 손가락 끝에 기압으로 구렁이 독을 말끔히 뽑아 내주었다. 그리고는 손바닥으로 오리의 등을 정답게 쓰다듬이 오리의 몸에 피가 원활하게 흐르게 해 주었다.

홀연 오리의 몸에서 오색 광채가 뿜겨져 나왔다. 자못 괴이하게 생각한 청용은 오리를 땅바닥에 내려놓고 의아한 기색으로 주시하였다. 이윽고 괴이한 화광 속에서 오리는 점차 커지더니 한 어여쁜 선녀의 모습으로 나타나는 것이었다. 가느다란 허리 풍만한 가슴, 갸름한 얼굴에 커다란 두 눈은 놀라움에 젖어 샛별처럼 빛나고 있었다.

청용이 놀라 멍해 서 있는데 선녀는 미묘한 표정과 정열로 들먹거리는 눈길로 청용을 쳐다보다 급기야 의식한 듯 단정히 옷깃을 여미더니 봄 나비 꽃송이에 내려앉아 날개를 접는 양 치마폭을 살짝 쥐었다 놓으며 살포시 무릎 꿇고 절을 하였다.

"아리수압록(한강의 오리)의 목숨을 구해준 그 은혜 백골난망이나이다."

"아니, 뉘신지?"

"소녀는 아리수(한강의 옛 이름)에서 천지로 날아온 아리수압록이라 하나이다. 세상에 오리로 태어났으나 몇백 년간 도를 닦아 신선이 되었나이다."

"헌데 이런 참변을 당하다니?"

"아뢰옵기 황송하오나 천상공주가 흑용을 데리고 동해에서 되돌아온 후 태백산 큉 오리들을 마구 잡아먹나이다. 소녀 후신동에 감금된 수백 마리 오리들을 구하려고 후신동을 찾아 갔다가 문지기 구렁이에게 발각되어 이 모양이 되었나이다."

"아, 그러하다면 그 구렁이가 바로 여우 요괴인 천상공주와 흑용이 숨어 있는 후선동 구렁이란 말인고?"

"예, 그 구렁이는 용이 되겠다고 수백 년간 수도한 구렁이로서 때로는 용의 모습으로 변신하여 행패를 부리오니 조심하여야 하나이다."

"음, 알겠노라."

청용이 머리를 끄덕이는데 아리수압록은 얼굴을 살짝 붉히며 물었다.

"묻기 황송하오나 뉘신지?"

"소신은 동해태자 청용이나이다. 부왕의 명을 받고 흑용과 천상공주의 목을 따러 왔으니 많은 도움이 요청되나이다."

"아이! 소녀 이렇게 태자님을 만나 뵙다니, 소녀 너무 기뻐 몸둘 봐 모르겠나이다. 저기 저 천문봉 아래 산기슭 소녀의 집에 잠시나마 태자님을 모시고 싶사오니 초라한 집이라 허물치 마시고 며칠 유하시며 기다려 주시면 수녀의 기력은 회복될 것이나이다. 그 후 대자님을 모시고 후선동으로 찾아가 원한을 풀어도 늦지 않을 줄로 아나이다. 어떠하신지요?"

"그 마음 고마우나 남녀부동석이라…"

청용이 말끝을 흐리며 머뭇거리자 아리수압록은 얼굴을 확 붉히며 겨우 입을 열었다.

"소녀 당돌하오나 태자님과 요괴들을 대적하기 위해 생사지고를 함께 나누어야 할 처지인지라 이렇게 체면을 무릅쓰고 간청하였나이다. 태자님이 마음 그러시다면…"

"아니, 소저의 마음 정 그러시다면 소신은 쾌히 따라가겠나이다."

"감사하나이다."

아리수압록은 얼굴에 살짝 홍조를 띠며 사례하고 앞장서 길을 인도하였다. 이때였다. 아리수압록은 주춤 놀라며 한곳을 눈 박아 보았다. 청용이 급히 머리 돌려 바라보니 웬 여우 한 마리가 황급히 몸을 돌려 도망치고 있었다.

여우는 흘끔흘끔 뒤돌아보며 꼬리를 지리 끼고 저 멀리 우묵진 곳으로 내뺐다. 여우가 어슬렁어슬렁 급히 발걸음을 옮겨 놓을 적마다 늘어진 배 밑에서 핑핑한 젖통들이 맥없이 건덩거렸다. 청용이 의심이 들어 쫓으려 하니 아리수압록은 만류하였다.

"황송하오나 진정하소서. 저 여우는 천상공주의 염탐꾼 같나이다."

"무슨 말씀인고?"

청용은 칼집에 손이 가다말고 의아히 물었다.

"저런 요괴는 수없이 많나이다. 죄송하오나 경거망동은 피하시고 저런 요괴들은 모르는 척 내버려 두었다 임기응변에 이용함이 마땅한 줄로 아나이다."

"음 알겠노라."

청용은 머리를 끄덕이면서도 어딘가 의심이 들어 조심해야겠다는 생각에 잠기었다. 한편 염탐꾼 늙은 여우 요괴는 급히 후선동으로 달려가 자신이 보고 들은 것을 일일이 천상공주에게 고하였다.

"동해태자 청용은 문지기 구렁이 손아귀에서 아리수압록을 구해주고 지금 천문봉 아래 아리수 초가집으로 가는 길이나이다."

"뭐라?!"

천상공주는 실눈을 짓고 생각을 굴렸다. 총명한 아리수압록이 청용을 만난 것은 불리하나 이 기회에 구렁이를 단단히 자신의 술책에 얽매게 되어 웃음주머니가 흔들흔들하였다. 허나 짐짓 내색하지 않고 큰소리로 호령하였다.

"아리수압록도 잡지 못하다니?! 여봐라! 당장 구렁이 목을 치도록 하라!"

청천벽력 같은 호령 소리에 구렁이 요괴는 혼비백산하여 무릎 걸음으로 허겁지겁 다가오며 아우성치는 것이었다.

"살려 주시우! 제발 살려 주시우! 살려 주면 견마지성 다 하겠나이다!"

"견마지성 다 하겠다고?"

"예, 예."

"그렇다면 네가 흑용으로 변신하여 나와 함께 청용과 싸울 수 있느냐?!"

"엉, 청용과?! 제가 감히 어떻게…"

"안 되겠구나 이놈을 당장 처형하도록 해라!"

"아니, 아니 목숨 바쳐 싸우겠나이다."

"호호호 그럼 지금 당장 나와 함께 청용의 목을 취하러 가자."

"부인! 워낙 후신동에 숨어 청용의 조급증을 달군 후 거사하기로 했는데 웬일이시우?"

흑용이 의아한 기색을 짓고 물었다.

"아니 되나이다. 아리수압록은 몸이 회복되면 청용을 끌고 후선동을 들이칠 것이나이다. 아예 우리가 주동을 쥐고 출격해야 하나이다. 태자님은 그저 청용을 불러내면 되나이다. 호호호…"

"근심마시우. 과인이 그거야 허허허."

"여봐라! 우리가 떠난 후 후선동 경계를 늦추면 안 되느니라!"

"분부를 명심하겠나이다!"

요괴들은 허리 굽혀 보이며 이구동성으로 소리쳤다. 천상공주와 흑용은 그 즉시 구렁이를 데리고 후선동을 나섰다. 태백산 비류봉에 이른 흑용은 천상공주의 분부대로 구렁이를 자신의 모습으로 변신시키고 몸을 솟구쳐 천문봉으로 날아갔다.

검은 조각구름을 잡아타고 천문봉 상공까지 날아간 흑용은 이마에 손 채양하고 아래를 두루 살펴보았다. 산기슭에 자리잡은 저그만한 귀틀집을 발견한 흑용은 장창을 꼬나잡고 구름을 낮추어 그곳으로 날아가며 마구 호통쳤다.

"이놈, 청용아 어서 나와 생사를 가르자!"

이때, 천문봉 아래 산기슭 귀틀집에서 아리수압록과 마주앉아 그간 있은 사연들을 주고받으며 이야기를 나누고 있던 청용은 흑용의 호통 소리를 듣고 벌떡 자리를 털고 일어났다.

"흥, 이놈이 스스로 죽으러 찾아왔구나!"

"잠깐!"

아리수압록은 의아스러운 표정을 짓고 말을 이었다.

"황송하오나 동해 용태자님은 왜 이렇게 급해 하시나이까?"

"그간 흑용이 소인의 용비녀가 두려워 숨어서 나타나지 않거나 멀리 도망하면 어쩌나 하고 근심이 태산 같았나이다. 헌데 오늘 스스로 찾아왔으니 이는 하늘이 소신에게 주신 절호의 기회라 그 어찌 주저하리오."

"아뢰옵기 황송하오나 자고로 급히 먹는 밥에 목이 멘다 하였나이다. 용비녀가 두려워 도망치던 흑용이 제발로 찾아 왔으니 이는 그 무슨 음모가 있음이 분명하나이다."

"허허 구더기 겁나 장 담그지 못 하오리까? 수중에 용비녀가 있으니 소저는 염려 말라!"

"당돌하오나 태자님께서 정 그러시다면 소녀 함께 출전하겠나이다. 윤허하여 주소서."

아리수압록은 무릎을 꿇고 두 손을 맞잡고 간절한 눈길로 청용을 쳐다보며 간청하였다. 청용은 아리수압록의 마음이 고맙고 기특하였으나 상한 그의 상처가 근심 되어 설레설레 머리를 저어 보였다.

"음 그 몸으로 어떻게? 내 이제 흑용이 목을 따올 터이니 그대는 몸조리나 잘 하시구려."

"태자님께 소녀 그 어찌 큰 힘이 되오리까? 하오나 상대를 살펴보고 그 음모를 간파함에는 자신이 있사오니 심히 염려치 마시고 윤허하여 주소서."

아리수압록의 간절한 마음에 청용은 끝내 대답하고 그와 함께 귀틀 집 문을 나섰다. 청용과 아리수압록을 발견한 흑용은 흠칫 몸을 떨며 욕설을 멈추더니 갑자기 흉물스럽게 너털웃음을 쳤다.

"하하하… 네 놈이 이렇게 늦장을 부리는 것을 보니 싸우기 싫은 모양인지라 과인은 오늘 그만 돌아가 하루 쉬고 서해로 떠나려 하노라. 하하하…"

"뭐라?! 만나자마자 도망치려 하다니 내 용비녀가 용서할 줄 아느냐?!"

청용은 급히 부용검을 뽑아 들고 몸을 솟구쳐 흑용을 향하여 날아 올라갔다. 청용이 다가오는 것을 선 자리에서 지켜보던 흑용은 갑자기 몸을 돌려 비류봉 쪽으로 줄행랑을 놓기 시작하였다. 이따금 뒤돌아보며 느물느물 웃어대며 입속으로 그 무어라 씨부려 대는 것을 보고 아리수압록은 급히 청용한테로 날아가 말하였다.

"잠깐, 멈추세요! 달아나는 것을 보니 함정이 있음이 분명하나이다."

"함정은 무슨? 용비녀가 두려워 도망치는 것이라 놓쳐서는 안 되나이다!"

홀연, 흑용은 비로봉 상공의 구름 속에 몸을 숨기더니 다시 나타나지 않았다. 가뭇없이 사라진 흑용의 모습에 청용이 어안이 벙벙하여 사위를 두루 살피며 구름을 낮추어 비로봉에 내리는데 갑자기 검은 구름이 풀썩 일더니 흑용 한 마리가 비늘을 일구고 목털을 빳빳이 세우며 곧추 청용을 향해 덮쳐들고 있었다.

너무나 급작스러운 공격에 청용은 벽력 같은 소리를 지르며 엉겁결에 용비녀를 쑥 뽑아 들었다. 순간 아리수압록은 번개같이 몸을 날려 청용의 손목을 부여잡고 막아서면서 소리쳤다.

"저놈은 흑용이 아니라 구렁이예요!"

"엉?!"

청용이 놀라는데 어느새 용으로 변신한 구렁이 앞발이 사정없이 아리수압록의 어깨를 후려쳤다. 대노한 청용은 용비녀를 품에 넣고 부용검을 추켜드니 구렁이는 원형을 드러내고 황급히 몸을 돌려 달아났다. 허나 청용은 구렁이를 뒤쫓을 수 없었다. 실성한 아리수압록이 상공에서 떨어져 내리고 있었기 때문이었다.

청용은 화살마냥 씽하니 날아가 반공에서 떨어지는 아리수압록을 끌어안고 귀틀집으로 돌아와서 그를 침상에 눕히었다 바로 앉히고 잔등에 두 손바닥을 힘껏 펼쳐 기공으로 치료하기 시작하였다. 한편 후선동으로 돌아온 천상공주는 가슴을 쥐어뜯기도 하고 부질없이 시중드는 요괴들과 신경질을 부리기도 하면서 악에 받쳐 부르짖었다.

"아이, 아쉬워라 씹어 삼켜도 시원치 않은 아리수압록 그년 때문에 일을 망치다니?! 아이고 원통해라!"

"부인 마음 진정하고 빨리 다른 수를 고안해 내야지."

"이제 무슨 수를 쓴단 말이나이까?! 가짜 용이 있다는 것이 다 드러났는데!"

"부인 우선 그 아리수압록을 잡아야 하오. 우둔한 청용이 진짜와 가짜를 식별 못하게 말이오?"

"아리수압록 그년을?"

천상공주는 실눈을 짓고 생각에 잠기더니 느닷없이 실성한 사람처럼 웃어댔다.

"호호호… 그래 그렇지! 킥킥…"

"부인 웬일이오?"

흑용은 눈이 떼꾼해서 물었다.

천상공주는 가까스로 웃음을 참으며 주위를 살펴보고 흑용의 귓가에 입을 대고 속삭이었다. 숨을 죽이고 퉁방울눈만 껌벅거리며 듣고만 있던 흑용은 넋이 나간 사람처럼 퀭해서 연신 중얼거렸다.

"묘책이야. 묘책 이런 묘책을 궁리해 내다니?!"

"이번에는!"

천상공주는 살기어린 웃음을 지으며 몸을 부르릉 떨었다.

4회

아리수압록은 후선동에 감금되고
청용은 서천에서 3신을 만나다

청용의 기공치료를 받은 아리수압록은 간신히 생명의 위험에서 벗어나 깊은 잠에 빠져들었다 청용은 젖은 수건을 정히 고여 아리수압록의 이마에 살며시 얹고 아름다운 그의 얼굴에 매혹되어 굳어지듯 멍하니 그 자리에 서 있었다. 그녀의 미모와 헌신적인 정신은 그의 가슴에 뜨거운 애모의 정을 느끼게 하였다. 지금까지 이런 감정이라곤 꼬물만큼도 느껴 보지 못한 그는 자신의 원시적인 가슴이 공연히 두근거리고 심장의 피가 급히 흐름을 느꼈다.

허나 그는 제풀에 얼굴을 확 붉히며 자신을 저주하였다 생사를 모를 큰 싸움을 앞두고 잡념에 빠지다니?! 이렇게 생각한 청용은 마음을 다 잡고 아리수압록이 깨어나기만을 기다렸다.

이튿날 아침 깊은 잠에서 깨어난 아리수압록은 자신의 침상가 의자에 앉아 잠든 청용을 보고 놀란 나머지 감격되어 눈물이 핑 돌았다. 자신의 목숨을 구하여 주신 은공이 이제 천상공주와 흑용을 제거한다면 백두산은 모든 생명들이 자유로의 뛰놀며 춤추고 노래하는 평화로운 성산이 될 것이 아닌가?! 그것을 위하여 그 무엇이 아까우랴?

이런 생각에 잠긴 아리수압록은 화끈 달아오른 얼굴을 손세수하고 살그머니 자리에서 일어나 침상에서 내려왔다. 다행히도 몸은 별로 큰 불편이 없었다. 그래서 기쁜 나머지 이리수압록은 벽에 걸려 있는 호랑이 가죽으로 청용의 몸을 덮어 주고 부엌으로 다가갔다. 부엌 물독에 물이 없는 것을 발견한 아리수압록은 물독을 이고 천지가로 내려갔다.

미구하여 잠에서 깨어난 청용은 아리수압록이 침상에 없는 것을 보고 크게 놀라 급히 자리를 차고 문밖으로 뛰쳐나갔다. 귀틀집 앞 바위에 올라서서 사위를 둘러보던 청용은 천지 물가에서 머리 감고 있는 아리수압록을 발견하고 큰소리로 불렀다.

"아리수압록이여?!"

아리수압록은 몸을 돌려 웃으며 손을 저어 보였다. 청용도 안도의 한숨을 후 내쉬며 손을 들어 흔들었다.

이 두 남녀의 첫날 아침은 각이한 위치에서 서로 마주보며 손을 흔드는 것으로 시작되었다. 비록 그들은 아직 사랑을 나누는 사이는 아니었지만 엄연한 현실 앞에서 서로 상대를 위하여 자신을 희생하며 고통을 참으며 서로를 위해 죽고 싶은 욕구에 애타고 있었다. 하여 그들은 며칠 사이에 서로 떨어질 수 없는 사이로 되었다. 그러던 어느 하루 점심 귀틀집 앞마당에서 청용이 아리수압록에게 한창 무예를 가르치고 있을 때였다.

홀연, 태백산 천지상공에서 짜갈 사태가 쏟아지는 듯한 웃음소리가 들려왔다. 청용이 급히 머리 돌려 바라보니 꽃구름이 둥실 떠 흐르는 하늘에서 칠 선녀가 희색 실구름을 타고 천지에 줄쳐 내리고 있었다. 미풍에 비단 옷깃을 날리며 천지 물가에 내린 선녀들은 서로 회회양양 떠들어대며 옷을 벗더니 은어마냥 팔딱팔딱 물에 뛰어들어 미역 감기 시작하였다.

"하늘 선녀들이 미역 감으려 내려 왔구려."

청용은 바라보기 창피하여 얼굴을 돌리며 말하였다.

"하늘 선녀들이 간혹 미역 감으러 내려왔으나 천상공주가 돌아온 후에는 선녀들이 하강하신 적 없었나이다."

아리수압록은 의아한 표정을 짓고 말하였다. 바로 그때 비류봉 상공에서 검은 구름이 일고 바람이 몰아치더니 갑자기 흑용이 원형을 드러내고 꿈틀거리며 날아오는 것이었다. 두 앞발을 펼치고 아가리를 쩍 벌리며 금시 내리덮쳐 잡아먹을 듯이 선녀들을 내려다보는 흑용의 퉁방울눈은 흉물스럽게 번뜩였다. 청용은 저도 모르게 부용검을 잡으며 몸을 솟구치려 하자 아리수압록은 급히 그를 막아서며 말하였다.

"황송하오나 잠깐 지켜보는 것이 마땅한 줄로 아나이다."

"보나마나 저놈은 흑용이 분명하오이다. 설령 아니더라도 경솔히 용비녀를 날리지 않을 터이니 소저 심려치 말라."

"어이하여 이렇게 성급하나이까? 자고로 상대를 알고 자신을 알아야 백전백승한다고 하였나이다. 오늘은 어쩐지 주위 분위기가 이상하나이다. 하오니 오늘만은 참으소서!"

"워낙 흑용은 색에 미친 놈이라 하늘 칠 선녀들을 보고 음욕이 발광

한 것인지라 이 기회에 없애 위로는 하늘에 공을 세워 보답하고 아래로는 동해의 치욕을 씻는 일이 되거늘 어이 주저하리오. 소저는 더 만류치 말라!"

"하오면 소녀 태자님과 함께 싸우려 하오니 윤허하소서!"

"소저 상한 몸이 움직임에는 불편함이 없으나 아직 하늘에 오를 수는 없나이다."

청용이 아리수압록의 만류에 주저하는 것을 보고 흑용은 시꺼먼 아가리를 쩍 벌리고 너털웃음을 쳤다. 그리고는 부질없이 목을 이리저리 기웃거리더니 급작스레 대경실색하여 물에서 허우적거리며 아우성치는 선녀들을 향하여 꽂히듯 내려와 한 선녀를 덥석 물고 하늘에 다시 솟아올랐다. 그 광경을 보고 청용은 더는 참을 수 없어 청천벽력이 진동하듯 요란한 소리를 내며 몸을 솟구쳐 하늘에 날아올랐다.

"이놈?!"

"태자님?!"

아리수압록은 안타깝게 청용을 부르며 몸을 솟구쳐 보았으나 몸은 천근 무게 같아 도무지 움직이지 않았다. 그는 그저 발을 동동 구르며 청용만 쳐다보았다. 바로 이때 천상공주와 구렁이 신은 소리 없이 아리수압록의 신변으로 다가들고 있었다. 허나 아리수압록은 조금치도 눈치채지 못하고 있었다. 느닷없이 태백산 뭇새들이 날아오며 울부짖었다. 그것은 아리수압록에게 보내는 경보 신호였다. 그제야 위험을 느낀 아리수압록은 몸을 돌렸다. 순간 아리수압록은 머리가 박살나는 것처럼 띵해 나면서 눈앞이 삽시에 캄캄해졌다.

아리수압록에게 일격을 가한 천상공주는 쓰러진 아리수압록을 바라보며 급히 아리수압록의 모습으로 변신하였다. 그리고는 요염하게 웃으며 구렁이 신을 보고 말하였다.

"호호호… 맛좋은 술안주감이로구나 이년을 후선동에 감금하고 계획대로 실행하도록 하라."

"예, 알겠나이다."

천상공주의 명을 받은 구렁이 신은 즉시 아리수압록을 어깨에 메고 가 후선동에 감금하였다. 흑용은 청용이 솟구쳐 올라오는 것을 보고 급히 몸을 돌려 달아났다. 창황히 달아나는 흑용을 보고 뒤쫓던 청용은 부지중 의아한 생각이 들어 구름을 멈추고 주위를 살펴보았다. 웬일인지 천상공주도 구렁이도 보이지 않고 천지에 칠 선녀들도 보이지 않았다. 의심이 더럭 든 청용은 흑용을 쫓다말고 급히 몸을 돌렸다. 아리수압록으로 변신한 천상공주는 땅에 내린 청용을 반겨 맞았다.

"무사히 돌아오셔서 천만다행이나이다."

"소저 말이 맞소이다. 어딘가 심상치 않나이다."

"황송하오나 너무 심려치 마소서. 소녀 이제 몸이 완쾌되면 태자님을 모시고 후선동을 불의에 습격하면 가히 대사를 도모할 수 있나이다."

"어이하여 오늘 소신이 마음 이리 불안한고?"

청용은 무심 중에 한숨을 내쉬며 아리수압록으로 변신한 천상공주를 지켜보았다. 아리수압록으로 변신한 천상공주는 오싹 소름끼치는 것을 느끼며 얼굴을 확 붉혔다.

"아이, 태자님도?! 왜 그러나이까? 처음 보는 것처럼."

아리수압록으로 변신한 천상공주는 곱게 눈을 흘기며 짐짓 새침한 표정을 지어 보였다.

"어허, 허허…"

청용은 짧은 사념에서 깨어나며 쑥스럽게 웃어 보였다.

"황송하오나 잠깐만 기다려 주소서. 소녀 저녁 진지를 지어 태자님의 불안한 마음 다소나마 위안하려 하나이다."

아리수압록으로 변신한 천상공주는 청용의 기색을 흘끔 훔쳐보고는 몸을 돌려 귀틀집으로 향하였다. 동해황후로 있으면서 청용의 사람됨을 누구보다도 속속히 알고 있는 천상공주는 요염하고 음란한 소행은 통하지 않고 애오라지 태백심천의 싱싱하고 아름다운 도라지꽃처럼 정숙한 모습만이 그의 마음을 사로잡을 수 있다는 것을 너무나 잘 알고 있었다.

그는 애써 자신의 본색을 숨기면서 아리수의 모습을 흉내였다. 청용은 어딘가 어색하고 부자연스러우면서 불안해 정신까지 혼미해졌으나 그것이 무엇 때문인지 느끼지 못하고 있었다. 그는 눈앞에 아리수압록이 가짜라고는 상상도 못하고 있었다.

저녁 진지상은 여느 때보다 풍성하게 차려져 있었다. 산짐승들의 고기는 물론 태백산 도라지, 고사리, 영지반찬들이 김을 실실 피우며 입맛을 당기는데 술병까지 놓여 있어 그야말로 진수성찬이었다. 아리수압록으로 변신한 천상공주는 술을 부어 청용에게 권하며 말하였다.

"당돌하오나 소녀 태자님을 위로하려고 초라한 술상을 차렸사오니 허물치 마소서."

"천만에, 감사하나이다."

청용은 술잔을 받아놓고 아리수압록으로 변신한 천상공주에게 정중히 술을 따라 주었다.

"호호호… 소녀 술을 마시지 못하오나 자, 태자님의 옥체 건강과 성공을 위해!"

아리수압록으로 변신한 천상공주는 단모금에 술잔 굽을 내었다. 그리고는 연속 술을 부어 청용에게 권하였다. 청용은 흑용에 대한 솟구치는 울분과 지금도 원한을 풀지 못하고 있는 자신이 답답한 심정으로 하여 술이 마치 뜨거운 열을 식히는 물처럼 느껴져 권하는 대로 받아

마시였다. 허나 얼마간 취기가 오르자 청용은 칼로 허공을 베듯 손을 흔들어 보이며 말하였다.

"그만! 소신은 경계를 늦추면 안 되나이다."

"호호호… 알겠나이다."

아리수압록으로 변신한 천상공주는 청용의 기색을 살피며 말을 이었다.

"소녀 보매 용안에 수심이 가득한즉 무슨 일이나이까?"

"후―"

청용은 한숨을 내쉬고 말을 이었다.

"사실 흑용이 용비녀가 두려워 서해로 줄행랑을 놓을까 봐 근심이나이다."

"호호호 그건 흑용이 나타나자마자 용비녀를 날리면 되는 줄로 아옵니다."

"허나 소저도 알고 있는 바 천상공주는 가짜 흑용으로 소신의 머리를 혼돈하게 하니…"

"진짜와 가짜용은 소녀 식별하오니 심히 염려할 바가 아니옵니다. 자고로 독은 독으로 불은 불로 대하라 하였나이다. 요망한 천상공주가 궤계를 꾸미면 우리도 모략으로 대하여야 하나이다."

"음."

청용은 머리를 끄덕이면서 말을 이었다.

"소저 말씀은 일리 있으나 소신은 워낙 배운 것이 칼부림인지라 허허."

"아뢰옵기 황송하오나 소녀 방법이 있나이다."

"소저가?!"

"예."

아리수압록으로 변신한 천상공주는 짐짓 주위를 둘러보고 숨을 죽이고 속삭였다.

"소녀를 미끼로 삼으면 되나이다. 소녀 밤에 천지 물가로 나가면 천상공주는 전번 앙갚음으로 반드시 저를 잡으려 요괴를 보낼 것이나이다. 작은 요괴들은 저의 상대가 못되기에 소녀를 잡기 위해 흑용이 아니면 가짜 용인 구렁이를 보낼 것이나이다. 태자님은 저의 신변에 숨어 있다가 소녀 흑용이라 소리치면 용비녀를 날리고 그렇지 않으면 경솔히 용비녀를 날려서는 아니 되나이다."

"음, 참으로 묘책이나이다!"

청용은 연신 찬탄하며 머리를 끄덕였다.

아리수압록으로 변신한 천상공주의 술책에 넘어간 청용은 그날 밤 천지 물가의 큰 바위 뒤에 숨어 흑용이 나타나기를 기다렸다. 자칫 잘못하면 아리수압록이 상할 수 있다는 생각에 청용은 천지 물가에서 서성대는 가짜 아리수압록을 면밀히 응시하며 용비녀를 날릴 만반의 준비를 다 하고 있었다. 허나 한식경이나 기다려도 흑용은 나타나지 않았다. 실망한 청용은 그만 탕개를 늦추고 끄덕끄덕 졸기 시작하였다.

홀연 요란한 물소리가 들려왔다. 청용은 놀라 눈을 번쩍 뜨고 앞을 내다보았다. 세찬 물기둥이 솟구치며 시꺼먼 용 한 마리가 희끄무레한 별빛 속에 잠긴 고요한 천지에서 불이에 솟구쳐 올라 아가리를 쩍 벌리고 곧게 아리수압록으로 변신한 천상공주에게 덮쳐들고 있었다.

"흑용이 왔다!"

아리수압록으로 변신한 천상공주는 비명을 질렀다.

순간 청용은 주문을 외우고 번개같이 몸을 솟구쳐 날아가며 용비녀를 날렸다. 가슴에 용비녀를 맞은 흑용은 괴음을 내며 천지 물에 떨어졌다. 세찬 물결이 일었다. 잇따라 천상공주도 물에 뛰어들었다. 그제야 불길한 예감에 가슴이 선뜩해진 청용은 급히 천지에 뛰어들었다.

맑은 천지 물속에 검푸른 피가 안개처럼 괴어 오르면서 비린내를 풍겼다. 그 피를 따라 가보니 그것은 흑용이 아니라 한 마리의 커다란 구렁이었다. 앞가슴에 박힌 용비녀도 보이지 않았다.

"천상공주의 궤계에 빠져 용비녀를 잃다니?! 으 으악!"

청용은 대노하여 부르짖더니 원형을 드러내고 천지 수심에서 마구 용을 썼다.

부지중 어디선가 호통소리가 들려왔다.

"너 이놈?!"

"……."

청용은 어안이 뻥뻥하여 주위를 둘러보았다. 그제야 그는 자신이 천지수심 밑바닥 천황 용님의 시신 앞에 서있다는 것을 느끼고 물끄러미 천황 용님을 쳐다보았다.

암석으로 굳어져 있는 천황 용님은 푸른 이끼 옷을 입고 있었는데 금시 몸을 솟구쳐 하늘로 날아오르려는 듯이 하늘을 지켜보고 있었는데 부릅뜬 두 눈과 사납게 벌어진 이빨 새로 포말이 뿜겨 나와 마치 살아 숨쉬며 호통을 치는 것 같았다. 그 아래에는 바다사자 바다 범 상어 돌고래 자라… 들이 허리 굽히고 암석으로 굳어져 양편에 줄쳐 있었다. 그 좌우 대청에는 뿔이 난 곤용 비슷한 귀물들이 모여앉아 수군거리고 있었다. 청용은 급기야 정신이 들어 황급히 무릎을 꿇고 정중히 세 번 절을 하고 머리를 조아리며 아뢰었다.

"천황 용님, 아뢰옵기 황송하오나 소신 죽을 죄 지었나이다. 요망한 여우 요괴의 잔꾀에 넘어가 용비녀를 빼앗겼으니 장차 이 일을 어이하면 좋겠나이까?! 통촉하여 주옵소서!"

"……."

침묵이 흘렀다. 아무리 기다려도 응답이 없자 청용은 두 손을 합장하고 지그시 눈을 감았다. 그리고는 지축을 울리는 괴음이 들려도 괴물들이 신변에 다가 들어도 그는 주문에만 정전하였다.

어느 때가 되었을까? 청용은 비몽사몽 중 갑자기 광야의 메아리 같은 천황 용님의 목소리를 들었다.

"청용아! 뜻을 이루려면 서천에서 사(4)신을 배알하여야 하느니라. 신이란 하늘과 땅 그리고 살아 움직이는 생령에 깃들어 세상 모든 것을 움직이는 보이지 않는 신비한 힘을 말하느니라. 정이란 세밀하고도 맑게 정제하는 것을 말하고 신이란 모든 생령을 움직이는 보이지 않는 힘인데 신들은 저마다 자기들의 세밀하고도 맑게 정제된 것이라고 우기며 싸운다. 하기에 사(4)신을 만나 비교하며 깨달음과 정신을 언어 풍운조화지묘(바람과 구름을 부리는 지혜)와 역귀강마지법(귀신을 다루는 법)을 가진 후손을 보아 하늘땅에 태평성대를 이루도록 하라! 이것이 짐이 영혼인즉, 한 마디도 방심하면 후회막심하리라!"

"아뢰옵기 황송하오나 영혼이란 무엇이나이까?"

"영혼이란 사람이 몸에 있는 무형의 신비하고 초자연적인 정신이 존재를 말하는 것이라. 그것도 모르느냐?!"

갑자기 울리는 호통소리에 놀라 눈을 번쩍 뜬 청용은 꿈에서 깨어난 듯 멍하니 천황 용님을 지켜보다 무릎 꿇었다.

"황은이 망극하나이다!"

청용은 머리를 조아려 사례하고 몸을 솟구쳐 천지에서 하늘에 날아올랐다. 청용은 밤하늘의 상서로운 구름을 잡아타고 곧게 서천으로 향하였다. 안개와 구름을 헤치며 끝없이 무한히 넓고 넓은 창공을 날아 서천경계 길목에 들어서니 어느새 동녘 하늘이 서서히 밝아오며 붉은 노을이 비끼기 시작하였다. 청용은 잠깐 구름을 멈추고 숨을 돌렸다.

그리고는 자기도 모르게 한탄하며 중얼거렸다.

"천황 용님! 신들을 어떻게 만나나이까?"

홀연 앞에서 고성염불 소리가 은은하게 들려왔다.

청용이 놀라 바라보니 아침노을에 물든 솜뭉치 같은 구름이 뭉게뭉게 피어 연꽃방석을 이루었는데 그 우에 관세음 보살님이 고요히 눈을 감고 앉아있었다. 그 좌우에는 오백나한(부처의 오백 명 제자)과 이천금강신(이천 수호신)이 구름 우에 모여서서 염불하고 있었다.

청용은 황급히 무릎을 꿇고 큰소리로 소리쳤다.

"동해용 태자 청용이 가르침 받으려 불문천리 찾아왔사오니 당돌함을 용서하소서!"

"……."

묵묵부답이었다. 관세음 보살님도 오백 나한들도 이천 금강신도 염불하기에만 전념하고 있었다. 이윽고 관세음보살님이 무릎 위에 손가락을 살짝 튕겼다. 그러자 부적 한 장이 날아와 청용의 무릎 앞에 떨어졌다. 청용이 급히 쥐어들고 보니 세상에 (내 것은 없느니라. 그저 잠시 빌려 쓰다 두고 갈 뿐이라)는 한 구절 외에는 무슨 뜻인지 모를 문구들이었다. 그래서 그 뜻을 물으려고 청용이 머리를 들어 바라보니 어느새 모두 가뭇없이 사라지고 창공에 그저 점점 멀어져 가는 염불소리만 은은히 들려왔다.

"관세음 보살님을 만나 보았으니 이제 삼(3)신을 찾아 떠나야지"

청용은 부적을 품에 간직하고 또다시 구름을 재우쳐 서쪽 하늘을 향해 날았다. 반나절 날아가니 저 멀리 구름층에 웬 거인이 어린양과 함께 앉아 날아오고 있었다. 거인은 발치에서 쳐다보는 어린양을 정답게 쓰다듬어 주고 나서 가까이 다가오는 청용을 향해 미소를 지어 보였다.

두루마기를 걸친 거인은 천 끈 같은 것으로 이마를 동이고 있었는데 한없이 인자해 보이는 얼굴은 햇빛을 받아 은광 광환처럼 눈부시게 빛나고 있었다. 거인은 두 팔을 높이 쳐들고 환호하듯 청용을 반갑게 맞아주었다.

"사랑하노라! 나의 세례자여!"

청용은 저도 모르게 경건한 마음에 사로잡혀 무릎을 꿇었다.

거인은 왼손으로 청용의 머리를 짚고 "그대에게 하늘이 힘을 주나니 오늘부터 그대는 하늘만 믿고 따르라!" 하며 오른 손을 펼치자 순식간에 다섯 손가락은 산봉우리가 되고 손바닥은 맑은 호수가 되어 출렁였다.

청용이 분부대로 호수에 들어가 몸을 씻고 나서니 거인은 "그 어떤 신도 찾지 말고 돌아기라 !" 하며 그의 진등을 밀쳤었다. 그러자 청용은 바람에 날리는 가랑잎처럼 날려 몇천 리 밖의 꽃구름 위에 떨어졌다.

간신히 정신을 차린 청용이 어찌 할 바를 몰라 하는데 어디선가 호탕한 웃음소리가 들려 왔다. 머리를 돌려 바라보니 저쪽 서북쪽 하늘에서 웬 괴한이 먹장구름을 타고 급히 다가오고 있었다. 그 괴한은 웅장한 체구에 검은 두루마기를 걸치고 있었는데 험상궂게 생긴 머리에는 뿔까지 나서 흡사 성난 물소 같았다. 그 괴한은 달려오자 바람으로 손에 든 방망이로 멍해 서 있는 청용을 삿대질하며 호통쳤다.

"이놈, 청용아! 용비녀를 빼앗겼으면 자신의 힘으로 되찾아야지 이렇게 떠돌아다닌다고 그 누가 찾아주는 줄 아느냐?! 지금 즉시 달려가면 용비녀를 찾을 수 있으니 일각도 지체 말라!"

"망극하나이다!"

청용은 용비녀를 찾을 수 있다는 말에 그만 깊이 생각지도 않고 급히 몸을 돌려 부두칠성 아래 태백산으로 향하였다.

5회

아리수압록은 청용을 구하고
천상공주는 또다시 흉계를 꾸미다

후선동은 와짝 끓어 번졌다. 술을 마시는 놈, 그릇을 씻고 나르는 놈, 쿵, 오리를 잡기에 여념이 없는 놈… 형형색색의 요괴들은 그 무슨 경사라도 난 듯이 야단법석 잔치를 벌이고 있었다.

흑용은 크게 웃으며 술잔을 높이 쳐들고 말하였다.

"하하하… 부인, 대공을 경하드리나이다. 하하하… "

천상공주는 술기운에 턱을 잔뜩 쳐들고 요사한 눈길로 흑용을 지켜보다 "흥!"하고 말하였다.

"비록 소첩이 용비녀를 손에 넣었으나 태자님께 맡길 수는 없나이다."

"어허, 그게 웬 소리인고?"

흑용은 눈이 떼꾼해졌다.

"용비녀는 워낙 여인들이 머리에 꽂는 비녀이나이다. 하기에 동해 용왕도 잉어공주에게 주었나이다. 자고로 남자는 여인을 만들고 여인은 남자를 다스린다 하였나이다. 하기에 소첩이 용비녀를 갖고 태자님을 다스리려 하나이다."

"어허… 그 그런가? 하하하 그래그래…"

"호호호…"

천상공주는 간특한 표정에 신눈을 지으며 흑용의 기색을 살펴보았다. 흑용은 짐짓 대범한 표정을 지어보이며 큰 소리로 영을 내렸다.

"여봐라! 뭣들 하느냐? 공주님이 대공을 세웠으니 제일 큰 오리를 잡아 올리도록 하라!"

영을 받은 승냥이 요괴는 술잔을 놓고 급히 자리에서 일어나 옥중으로 갔다. 감옥을 지키는 곰 요괴는 술에 취하여 문 어귀에서 끄덕끄덕 졸고 있었다. 승냥이 요괴가 흑용의 영을 전하자 곰 요괴는 하품하며 기지개를 하더니 군말 없이 열쇠 뭉치만 넘겨 주었다.

관솔불을 추켜들고 옥중에 들어선 승냥이 요괴는 철창 틈새로 오리 감방을 살펴보았다. 별로 특별히 큰 오리는 보이지 않았다. 그래서 이곳저곳 두루 살피던 승냥이 요괴는 저쪽 독방에 유별나게 커 보이는 오리가 있는 것을 발견하고 다가가 보았다.

그 오리는 가는 쇠사슬에 날갯죽지와 발목이 꽁꽁 묶이어 어둡고 습한 땅바닥에 널부러져 있었다. 그 오리는 까딱 움직이지도 않았고 숨도 쉬지 않았고 고통이 무엇인지조차 느끼지 못하는 것 같았다.

자물쇠를 열고 감방에 들어선 승냥이 요괴는 죽은 오리라고 생각하고 그대로 들고 나와 물을 펄펄 끓이고 있는 요괴를 보고 말하였다.

"변질하기 전에 빨리 잡아 올리도록 해라!"

"예."

한 요괴가 다가와서 오리의 날갯죽지와 발목에 가는 쇠사슬을 풀고 부글부글 끓어 번지는 솥에 집어넣으려고 하였다.

순간, 오리는 풀썩 운무를 일으키며 아리수압록의 모습으로 변신하여 나타났다. 요괴들이 혼비백산하여 어찌 할 바를 몰라 하는데 아리수압록은 둔갑술로 한 가닥 채색 기운으로 변화여 가뭇없이 사라졌다.

후선동을 빠져나온 아리수압록은 곧게 집으로 날아가 청용을 찾았다. 허나 청용은 보이지 않았다. 그래서 여기저기 찾아다니며 청용을 애타게 부르고 불렀다.

"청용님?! 동해 태자 청용님?!"

"······."

어둠에 잠긴 태백산은 애처로운 메아리로 화답하였다.

"태자님, 어디에 계시나요?!"

아리수압록의 두 눈에는 눈물이 핑 돌았다. 너무나 보고 싶고 불안한 마음에 그는 혀 꼬부라진 소리를 질렀다. 그는 송백나무를 만지다 그곳에 머리를 대고 부비며 눈물을 흘렸다. 이윽고 그는 소쩍새로 변신하여 귀틀집 부근 나뭇가지에 날아가 앉아 몸을 숨겼다. 아리수압록이 도망치자 천상공주는 대노하여 승냥이 요괴와 곰 요괴를 참하라고 호령하였다.

"여봐라! 당장 곰 요괴와 승냥이 요괴를 참해라!"

곰 요괴는 살려달라고 애걸하면서도 억울하다고 목대를 세우고 말하였다.

"제발 살려주시오! 소인은 잘못이 없소이다!"

"이놈아! 감옥을 지키는 놈이 오리를 잡으려고 온 승냥이에게 중범인 아리수압록을 말없이 내보내고도 죄가 없다니?!"

천상공주의 말을 제꺽 받아 승냥이 요괴는 억울한 듯 눈알을 희번득 굴리고 곰 요괴를 손가락질하였다.

"그러하나이다. 이놈이 알려주지 않기에 소인은 오리인 줄로만 알았나이다."

"아이고, 미치겠구나! 그래 아리수압록이 오리 아니고 닭인 줄 알았느냐?! 안되겠다. 이 두 놈을 당장 끌어내라!"

두 요괴가 살려달라고 아우성치는 것을 보고 흑용이 웃으며 말하였다.

"부인, 사실 소신이 영을 분명히 내리지 못해 생긴 일이니 식노하시고 살려 주구려. 허허…"

그제야 천상공주는 분이 풀려 두 요괴를 살려주라 하고 늙은 여우 요괴을 불러 분부하였다.

"본 공주가 친히 나가 아리수압록을 잡아올 터이니 너는 아리수압록의 행방을 염탐하여 오라."

"예, 해해 염려마소서."

여우 요괴는 연신 허리를 굽혀 보이고 급히 돌아섰다. 그 뒷모습을 바라보며 흑용은 자신만만한 기색을 짓고 입을 열었다.

"저놈이 아리수압록과 흑용이 행적을 알아오면 우리 함께 놈들을 일망탕진합시다."

"호호호… 그 뭐 태자님까지…"

"그래? 하하하…"

흑용은 천상공주를 어이없는 표정으로 넘보며 크게 웃었다.

삼신을 만나고 태백산에 이른 청용은 구름을 낮추어 귀틀집 앞마당에 내렸다. 혹시나 하여 집안에 들어가 보니 고요하기 그지없는 집안은 어쩐지 으스스하고 적막한 공기로 차있는 것 같이 느껴졌다.

모든 것이 예전에 놓였던 그대로 놓여 있었으나 아름다운 아리수압록의 말소리나 웃음소리가 들리지 않아 울적한 기분만 더 불러 일으켜 청용은 한숨을 내쉬며 되돌아져 나왔다.

바로 그때였다. 소쩍새로 변신하여 청용이 돌아오기만을 손꼽아 기다리고 있던 아리수압록이 그의 앞에 날아와 풀썩 운무를 일으키며 모습을 나타냈다.

"태자님?!"

"……."

청용은 반가움보다 놀라움이 더해 그저 멍하니 있었다.

"태자님?!"

아리수압록은 눈물을 머금고 다가오고 있었다. 청용은 저도 모르게 뒷걸음을 쳤다. 참말 아리수압록인가? 아니면 천상공주인가? 한없이 그립고 보고 싶던 아리수였으나 그의 모습은 그저 천상공주의 모습으로만 다가오고 있었다.

"한 발자국도 다가서지 말라!"

"태자님?! 어이하여 소녀도 알아보지 못하나이까?! 비록 소녀 잘못으로…"

"아니오! 소신이 작은 정에 연연하여 대사를 그릇쳤는데 어이 또다시 여인을 가까이 하리오?!"

"태자님?! 어이…"

아리수압록은 목메어 부르짖으며 쓰러질 듯 다가서는데 청용은 목석처럼 서 있다 단호히 몸을 돌렸다.

"태자님?!"

등 뒤에서 아리수압록의 안타까운 부름소리가 들려왔으나 청용은 들은 척도 하지 않고 발걸음을 옮겼다. 허나 한숨을 내쉬며 눈을 지그시 감았다 뜨는 그의 두 눈동자에서는 흡사 이글이글 끓는 용암에서 튕기는 불똥 같은 것이 일어 번뜩거리고 있었다.

무심중 청용은 웬 늙은 여우가 숲을 헤치며 황급히 달아 나는 것을 발견하였다. 천상공주의 염탐꾼이라 생각한 청용은 아리수가 따라오는 것을 뿌리치고 급히 참새로 둔갑하여 여우 요괴를 향해 포르릉 날아갔다.

"저놈을 따라가 후선동을 찾은 후 기회를 보아 손을 써야지."

이렇게 생각한 칭용은 여우 요괴를 놀라지 않게 몰래 뒤쫓기만 하였다. 수림 속에 들어선 늙은 여우 요괴는 갑자기 그 무엇을 직감한 듯 엉덩이를 땅에 붙이고 숨이 넘어갈 듯 할딱할딱거리며 길고 뿌죽한 주둥이를 쳐들었다. 그리고는 사위를 둘러보며 냄새를 씩씩 맡더니 독기 어린 실눈으로 나뭇가지에 앉아 기웃거리는 참새 청용을 빤히 지켜보고 있었다.

"음, 저 참새가 청용 같은데 어쩌지?"

신변의 위협을 느낀 늙은 여우 요괴는 꼬리를 늘이고 줄달음쳐 너구리굴에 기어들어가 숨었다. 그리고는 슬그머니 너구리 굴 후문으로 빠져나와 줄행랑을 놓았다. 간신히 청용의 손아귀에서 벗어나 후선동에 들어선 늙은 여우 요괴는 읍하고 고하였다.

"아리수압록은 자택에 있었고 청용은 지금 너구리 골 숲속에서 참새로 변신하여 소인을 찾고 있는 중이나이다."

"청용이 후선동을 찾기 위해 네 꽁무니를 따르다니?! 호호호… 그놈이 실성했네. 애들아 어서 북해용 태자를 모셔라! 급히 출병해야겠다."

"용 태자님은 지난밤 과음하여 아직도 깨어나지 못하고 있나이다."

"흥, 그래? 그럼 놔 두어라. 내 이제 나가 태자님께 드릴 깜짝 선물을 마련해야겠다."

"태자님이 깨어나면 함께 출전함이 마땅하나이다."

늙은 여우 요괴가 한 마디 하였다.

"겁날 것 없다. 용비녀가 있는데 호호호…"

천상공주는 의기양양하여 갑옷을 찾아서 입고 급히 후선동을 나섰다. 태백산 너구리골에 이른 천상공주는 둔갑술을 부려 새매로 변신하여 지금도 나뭇가지에 앉아 늙은 여우 요괴가 나오기를 기다리고 있는 참새 청용을 향해 몸을 날렸다. 살 마냥 날아드는 새매를 발견한 청용은 급히 독수리로 변신하여 맞받아 날아갔다. 그 바람에 부딪쳐 하마터면 독수리의 날카로운 발톱에 걸릴 뻔한 천상공주는 그대로 땅에 떨어지면서 원래의 모양대로 돌아왔다.

"아이고! 둔갑술로는 안 되겠구나."

"이년아! 용비녀를 당금 내놓지 못할꼬?!"

청용은 원래의 모양을 드러내며 호통쳤다.

"용비녀?!"

천상공주는 짐짓 놀라는 척 눈을 크게 뜨고 청용을 지켜보더니 배를 끌어안고 간간대소하였다.

"호호호… 용비녀는 흑용한테 가서 찾아야지 이 어미한테 찾으면 어떻게 하나이까? 호호호…"

"씨?!"

청용은 대노하여 부용검을 쑥 뽑아들었다.

"흥."

천상공주는 얼굴에 냉소를 지으며 허리춤에서 양편에 갈고리가 달린 쌍 갈고리를 꺼내들고 청용을 맞받아 싸우기 시작하였다. 이십여 합을 싸워도 승부가 나지 않자 청용은 조급해졌다. 그것을 눈치 차린 천상공주는 짐짓 실수한 척하고 급히 몸을 돌려 숲속으로 달아났다. 급해진 청용은 바싹 뒤쫓았다. 절호의 기회라고 생각한 천상공주는 품에서 용비녀를 뽑아들고 달려오는 청용을 겨누고 번개같이 던졌다.

순간, 남몰래 청용의 뒤를 따르며 그의 안전을 살피던 아리수압록이 송백나무 뒤에서 갑자기 몸을 솟구쳐 나타나 날아오는 용비녀를 자신의 몸으로 막았다.

"앗, 아…"

"아이 저년이?!"

아에 받쳐 부르짖는 천상공주의 얼굴이 해쓱해졌다.

"아니, 소저?!"

아리수압록을 품에 끌어안고 달아나는 천상공주를 쏘아보는 청용의 눈에 불이 일었다. 질겁한 천상공주는 순식간에 한 가닥 운기로 화하여 사라졌다. 청용은 몸을 솟구쳐 뒤쫓으려다 말고 연신 아리수압록을 잡아 흔들었다.

"소저?! 소저…"

"……."

"소저?! 제발 눈 뜨구려 소신 잘못했으니 소저… 제발 좀 눈 뜨구려…"

청용은 목이 메어 더 말을 잇지 못하였다.

이윽고 아리수압록은 간신히 눈을 뜨고 청용을 보았다. 허나 눈정기는 흐리어져 가고 있었고 호흡은 점점 높아가고 있었다. 가볍게 떨리며 머뭇거리는 입술을 보고 청용은 급히 그의 입술 가까이에 귀를 갖다 대었다.

"물새들을 사 사랑하소서… 천지 물에 실어 서해 기슭으로 고향 아리수로 가게 하여 주소서… 사 사 사랑하나…"

아리수압록은 말을 있지 못하고 힘없이 머리를 떨어뜨렸다.

"소저?! 소저?!"

청용은 아리수압록을 품에 안고 자리에서 일어났다. 그의 얼굴에 떠올라 있던 구슬픈 표정은 분노와 울분으로 변하여 암석처럼 굳어졌다. 두 눈을 부릅뜨고 아리수압록을 품에 안고 뚜벅뚜벅 걸어가는 그는 자기 자신조차 분간 못하는 무서운 죽은 장신 같았다. 하늘 여기저기에서 물새들이 날아들며 애처롭게 울어댔으나 청용은 그것을 조금치도 느끼지 못하고 그저 묵묵히 걷기만 하였다.

태백산 서남쪽 아래 천지 물가에 이른 청용은 아리수압록을 내려놓고 잠깐 천지호심을 바라보았다.

거대하고도 굳은 유리 같은 호수는 번쩍번쩍 빛을 내며 침묵을 지키고 있는 것이 어찌 보면 구름 위에 솟은 산 대야에 무겁게 들어앉아 영원하고도 깨끗한 안식을 잠재우려 하는 것 같았다.

청용은 아리수압록을 안아 천지에서 서남쪽으로 흐르는 강물어귀에 천천히 내려놓았다. 그러자 하늘에 물오리들이 일제히 울부짖으며 강물에 내리기 시작하였다. 가물가물 하늘땅을 메우며 천지에 내려앉아 아리수압록을 에워싸고 날개를 젖는 오리들은 흡사 용권풍을 일으켜 아리수압록을 떠밀고 가는 것 같았다.

아리수압록의 시신이 떠 흐르는 강에는 온통 물오리들로 강을 메워 넘치면서 세찬 파도를 일으키어 청용은 저도 모르게 중얼거렸다.

"이야말로 아리수압록강이로구나!"

한편 후선동에 들어선 천상공주는 맥이 빠져 휘청거렸다. 그는 한창 잔치 준비에 여념이 없던 요괴들이 의아한 표정으로 숨을 죽이고 자신을 바라보고 있는 것마저 의식 못하고 실성한 사람처럼 중얼거렸다.

"아이, 맹랑해라."

"부인 웬일이나이까?"

"……."

천상공주는 아무 말도 못하고 멍하니 흑용을 지켜보다 서리 맞은 시래기가 되어 주저앉았다.

"용비녀를 빼…"

"엉, 뭐라?!"

흑용은 갑자기 소스라치게 놀라 눈이 둥실해서 천상공주를 지켜보았다. 공포에 넋이 나가 멍청히 서 있는 흑용을 보고 천상공주는 부지중 꽁한 생각이 송곳마냥 치솟아 입을 삐죽하고 눈을 흘기면서 홱 앵돌아졌다.

"피, 겁도 많나이다. 용비녀에 맞은 오리를 보니…"

"모르고 하는 소리! 용비녀는 용을 다스리는 치룡침이라고도 부르는 즉. 용이 아닌 생령에 쓰면 일개 창검에 불가하지만 우리 용들에게는 치명적이나이다. 소유자가 주문 없이 던지는 용비녀에 맞으면 몇 달간 용 구실 못하나 주문을 외우면 그 주문 내용에 따라 죽을 수도 병을 치료할 수도 있소이다."

"아이참, 어이하여 그걸 인제야 말하나이까?"

천상공주는 자신이 무릎을 철썩 내리쳤다. 무심하고 소홀한 흑용이 원망스러웠고 너무나 당돌한 자신의 소행도 후회되었다. 허나 그는 여기에서 맥을 버리고 물러날 요괴가 아니었다.

그는 숨을 죽이고 자기만 지켜보는 흑용과 요괴들을 매몰찬 시선으로 쓸어보고 눈을 내리깔며 깊은 생각에 잠겼다. 이윽고 그는 느닷없이 깔깔 웃어댔다. 그것은 교활하고 음험한 수단과 방법을 고안해 내었을 때 일어나는 심리적 표현이었으며 공포에 떠는 흑용의 모습에서 느끼는 그 어떤 자부와 쾌감이었다.

그는 벌써 자신이 천성적인 교활한 머릿속에 청용을 대처할 묘안을 마련하여 놓고도 알려주고 싶지 않았다. 그는 흑용이 선 자리에 굳어져 자기만 바라보며 근심과 공포에 떨게 내버려 두었다.

그것은 승냥이 앞에서 허둥대는 노루를 바라보는 승냥이 마음과도 같은 것이었다. 그에겐 이런 잔인한 순간이 너무나 즐거운 것이었다. 비록 자신이 좋아하는 흑용이었으나 그의 잔인성은 그러한 것은 별로 따지지 않았다.

"호호호…"

그는 그저 미친 듯이 웃어댔다.

"무엇이 좋아 웃는단 말인고?!"

흑용은 분이 치밀어 버럭 소리를 지르며 장창을 잡아 쥐었다. 눈에 불이 일었다. 자신이 목숨을 가지고 장난치고 있다고 생각하니 도저히 참을 수가 없었다.

"그대 죄를 아는고?!"

후선동은 삽시에 얼어붙었다. 모든 것이 딱 멈추어 버린 듯 숨소리도 들리지 않았다. 천상공주는 그제야 자신의 앞에 흑용은 노루가 아니라 흉악한 사자라는 것을 느끼며 오싹 소름이 끼쳤다.

"흑."

천상공주는 술상에 머리를 묻으며 서러움에 흐느끼는 척하였다.

"소첩이 그 어찌 죄를 모르오리가? 흑 흑…"

"그러하다면 방책을 내놓아야 할 게 아닌고?!"

흑용은 격노하여 두 팔을 쳐들며 고래고래 소리 질렀다.

"실은 소첩이 묘책이 없는 것은 아니라…"

"묘책?!"

흑용은 너털웃음을 터뜨렸다.

"하하하 … 그럼 그렇겠지! 하하하…"

"흥!"

천상공주는 삐져 콧방귀를 뀌며 입을 삐죽해 보였다.

"허허, 과인이 잠깐 옹졸했으니 공주는 심히 마음에 새겨두지 말라."

흑용은 천상공주의 잔등을 다독이며 말하였다. 그제야 천상공주는 자리에서 일어나 흑용이 귓가에 대고 속삭였다.

"음, 음 …"

연신 머리를 끄덕이는 흑용이 얼굴에 징그러운 미소가 피어 올랐다.

6회

천상공주는 청용과 크게 싸우고
수달로 둔갑한 청용은 사경에 처하다

검은 구름이 욱실욱실 붐비며 모여들어 사방이 삽시에 어두워졌다. 갑자기 벼락이 '우지끈 짱' 하며 천지 호수를 내리치자, 호수가 쩍 갈라지면서 천황 용님이 꿈틀거리며 하늘에 날아올랐다. 용을 쓰며 꿈틀거리던 천황 용님은 앞발로 먹장구름을 짚고 불이 이는 퉁방울 눈으로 청용을 쏘아보아 호통쳤다.

"너, 이놈! 서천에서 사(4)신을 배알하라 하였거늘 어이하여 삼(3)신 만 만나고 돌아왔느냐?!"

"죄송하나이다. 웬 신이 나타나 급히 돌아가라 하여…"

"이놈! 사(4)신을 만나 깨달음을 얻지 않고 우 마왕 사탄의 말을 듣고 돌아서다니 천벌을 면치 못하리라!"

"천황 용님?!"

"이놈!"

번개가 쳤다.

"앗!"

청용은 소스라치게 놀라며 꿈에서 깨어났다. 온 밤 아리수압록을 그리다 그 자리에서 잠든 청용은 놀란 가슴을 진정하며 주위를 둘러보았다. 안개 속에 잠긴 천지는 고요한 정적 속에 잠겨 있었고 호수를 둘러앉은 우뚝우뚝 솟은 산봉들은 희미히게 모습을 드리내면서 동쪽 하늘빛이 희끄무레 걷히기 시작하였다. 검은 장막이 한 꺼풀 벗겨지면서 밝은 면과 어두운 그늘이 선명하게 드러나는 것이 흡사 광명과 암흑이 소리 없이 최후의 암투를 벌이며 그 어떤 묵시를 주는 것만 같았다.

"비록 비몽사몽 중에 받은 명이지만 천황 용님의 명을 어겼으니 그 어찌 살기를 바라리까?"

청용은 안개 속에 잠긴 천지 호심을 바라보며 길게 한숨을 토하였다.

"아니나이다. 태자님 정신을 차리고 힘을 내야 하나이다."

"아리수압록?!"

청용은 불현듯 천지 안개 속에 나타난 아리수압록의 모습에 아연해 소리쳤다.

"정이란 세밀하고도 맑고 정제됨이요. 신이란 그 힘이나이다."

"소저?!"

청용이 아리수압록만 쳐다보며 한발 성큼 천지 물에 들어서자 아리수압록의 모습은 가뭇없이 사라졌다. 그제야 정신이 번쩍 든 청용은 환영에서 깨어나 몸을 솟구쳐 하늘에 날아올랐다.

물방울 같은 안개의 포말들이 귀뿌리를 스치며 온몸을 적셔 안개가 아니라 물속을 날아 지나가는 것 같은 느낌을 느끼며 청용은 앞을 바라보았다. 일망무제한 안개 속에서 선명한 윤각을 잃고 모호해 보이던 형체들이 서서히 그 모습들을 드러내고 있었다. 흩어지고 서리서리 엉키여 갈라지는 안개 사이로 천지를 내려다보니 검푸른 천지는 숨죽인 듯 고요한데 저쪽 달문 봉 어귀 천지 물에 한 그루 고목이 떠있는 것이 희미하게 바라보였다.

"동해 태자님!"

홀연 짙은 물안개 속에서 간드러진 부름 소리가 들려왔다.

"……."

청용은 저도 모르게 부용검을 부여잡으며 머리 돌려 바라보니 그것은 다름 아닌 천상공주였다. 버들가지처럼 가늘고 탄탄한 몸매에 흰 면사포를 걸친 천상공주는 짧은 속치마에 앞가슴을 겨우 가린 비단 앞가슴 띠를 띠고 미풍에 옷깃을 날리며 다가오고 있었다. 저년이 제발로 찾아오는 것을 보니 또다시 그 무슨 계교를 꾸미고 있는 것이 분명하구나. 허나 용비녀가 있는 한 그 무엇이 두려우랴! 우선 저년의 목을 따 아리수압록의 영전에 올려 분을 삭여야겠다.

이렇게 생각한 청용은 울분에 북받치는 충동을 애써 묵삭이며 천상공주를 기다렸다. 천상공주는 여느 때보다는 달리 자못 우울한 기색을 지어 보이며 머리 숙였다.

"소첩이 송구스러우나 문안드리나이다."

"문안?!"

"예."

천상공주는 짐짓 쑥스러운 표정을 지으며 말을 이었다.

"말씀드리기 송구하오나 용비녀를 뺏긴 죄로 이 모양 이 꼴이 되었으니 웃지 마시고 제발 가엾게 여겨 주소서."

"허! 누구를 유혹하자고?!"

"유혹이라니요?!"

천상공주는 짐짓 눈을 덮고 있는 긴 속눈썹 눈을 내리깔며 얼굴을 살짝 붉히더니 번쩍 머리를 쳐들고 정열을 자극하는 그 어떤 애틋한 눈길로 청용을 지켜보았다.

"송구스러우나 소첩이 동해 태자님을 사모한지 오래 되었나이다."

"당치않은 소리!"

청용은 더는 참을 수 없어 부용검을 쑥 뽑아 들었다.

"오늘이 네년이 제삿날인 줄 알아라!"

"정과 사랑을 거부하고 기어코 살생하려 하다니 흥 어디 한번 너 죽고 나 죽고 해 보자!"

천상공주는 허리춤에서 쌍 갈고리를 꺼내 휘두르며 청용을 맞받아 싸우기 시작하였다. 청용이 번개같이 몸을 솟구쳐 부용검으로 천상공주의 정수리를 겨누고 내리치니 천상공주는 갈고리를 모아 청용의 부용검을 막고 미꾸라지처럼 몸을 틀어 빠지면서 발로 청용이 머리를 차자 청용은 급히 팔꿈치로 발을 막고 날렵하게 몸을 돌리며 천상공주의 왼다리를 걸어찼다.

그 바람에 넘어진 천상공주는 자리에서 급히 일어나 고양이마냥 몸을 옹송그리고 맹호처럼 덮쳐드는 청용을 향해 번개같이 갈고리를 날렸다. 청용은 날아오는 갈고리를 부용검으로 맞받아쳐 버리고 곧게 천상공주의 가슴을 겨누고 내찌르니 천상공주는 난초 바람에 쓰러지듯 부용검을 흘러 보내며 황급히 둔갑술로 갈매기로 변신하여 안개 속에 숨어버렸다.

"이년이 어디 갔지?"

청용은 잠깐 어리둥절하여 사위를 살펴보았다. 흑용이 나타나지 않는 것이 이상하다는 느낌에 바싹 정신을 도사리고 짙은 안개 속을 살펴보니 얼마 멀지 않는 안개 속에 버들잎 같은 황갈색 바탕에 두 개의 까만 점이 유난히 반짝이는 것이 바라보였다. 흥, 누구를 속이자구. 청용은 쓴웃음을 지으며 불 위에 왼손 바닥을 쑥 내밀며 펼치니 한 가닥 푸른 기운이 번개불빛마냥 날아가 꽝음을 울리며 터졌다.

그 꽝음과 함께 안개 속에서 튕기어 나온 천상공주는 원래의 모습을 드러내고 의식을 잃은 듯 휘청거리며 나뭇가지마냥 천지 상공에서 떨어지고 있었다. 이때라고 생각한 청용은 부용검으로 안개를 가르며 살같이 천상공주를 향해 날아갔다.

청용이 천상공주를 거의 뒤쫓아갔을 때였다. 급기야 의식을 차린 듯 천상공주는 짐짓 "어머?!"하고 짧은 비명을 울리며 몸을 돌려 곧게 달문 어귀 천지 물에 떠있는 고목에 내려 황급히 버들치로 둔갑하여 풍당 천지 물에 뛰어 들었다.

"이년?!"

청용은 급히 수달로 둔갑하여 바싹 뒤쫓았다.

순간 용 비늘처럼 딱지가 터덕터덕한 껍질을 가진 고목이 움틀하였다. 수달로 둔갑하여 꼰지어내리던 청용은 "아차, 흑용이구나!" 하며 스치는 불길한 예감에 주문도 미처 다 외우지 못하고 번개같이 용비녀를 날렸다. 그와 동시에 송백 고목으로 변신하여 기회를 노리던 흑용도 미처 원형을 드러내지 못하고 바늘 같은 은빛 표창을 던졌다.

"찍!" 배에 표창을 맞은 수달 청용은 비명을 지르며 천지에 떨어져 죽기살기로 천지동남쪽으로 달아났다. 흑용은 청천벽력 같은 괴성을 지르며 하늘에 솟았다 떨어져 꿈틀거리며 몸서리치는데 그것은 흡사 고목으로 변신한 흑용이 원형을 드러내지 못하여 안간힘을 다 쓰고 있는 것 같았다.

용비녀는 흑용의 몸에서 솟구치는 피처럼 보이더니 점차 붉은 버섯 꽃으로 변하였다. 그래서인지 흑용은 더는 움직이지 못하였다. 이윽고 흑용은 용 모양처럼 생긴 흑송 고목이 되어 달문 어귀 세찬 물줄기에 끌려 떠내려가기 시작하였다.

청용은 배를 싸안고 원래의 모습을 드러내려고 안간힘을 다 썼다. 허나 상처가 중하여 그 어떤 둔갑술도 부릴 수가 없었다. 다행히 앞발과 입을 놀릴 수가 있어 간신히 혈맥을 찌르고 입으로 연신 상처 자리를 핥아 액즙으로 피를 멎게 하였다.

한편 버들치로 둔갑하여 도망치던 천상공주는 청용이 친지 물속에서 마구 뒹굴며 상처 자리를 혀로 연신 핥아대는 것을 보고 은린을 반짝이며 팔딱팔딱 들뛰면서 간간 대소하였다.

"호호호… 이 할미의 손에 또 넘어가다니? 호호호… 이 미련한 놈이 고기를 끝내 맛보게 되었구나! 호호호…"

천상공주는 웃다말고 갑자기 둔갑술로 물개로 둔갑하였다. 그리고는 입 가죽이 벗겨지듯 이빨을 드러내고 앙칼진 이빨 새로 독기를 내뿜으며 청용을 향하여 쏜살같이 헤엄쳐 갔다.

물개로 둔갑한 천상공주를 발견한 청용은 황급히 도망치기 시작하였다. 허나 수달은 물개의 적수가 아니었다. 게다가 험준한 암석으로 된 산이 앞을 막아 청용은 나아갈 수도 물러설 수도 없었다. 인젠 죽었구나 하고 생각하며 뒤돌아보니 물개는 금시 덮칠 듯 몸을 구부리고 시뻘건 아가리를 짝 벌리고 있었다.

7회

누르상치는 부마가 되어 장 마름을 구하고
마 대왕은 흑용을 잡아먹으려고 하다

흑용은 갑자기 머리가 박살나고 귀가 멍해지는 충격에 전신이 쭉 짜개지는 것 같아 눈을 번쩍 뜨며 일어나려고 애를 썼다. 허나 웬 일인지 몸을 굽힐 수도 펼 수도 없었다. 한 그루 흑송 고목이 되어 정처 없이 강물에 떠밀려가는 그는 눈만은 감았다 뜰 수 있었다.

용머리처럼 생긴 나무 뿌리에 옹이처럼 불룩 불거져 나온 주름 같은 껍질과 딱지는 용 눈알과 다름없었고 구불구불한 몸체에 손발처럼 휘어져 붙어 있는 나뭇가지들은 흡사 가슴에 피어난 붉은 송이버섯 꽃을 쥐려고 하는 것 같았다. 그가 강물에 떠있을 때는 막 석양이 넘어가려는 때여서 그의 몸에 붉은 송이버섯 꽃은 노을에 반사되어 칠색 광채를 뿌리면서 물결에 솟았다 내렸다 하는 것이 그야말로 신기하고도 황홀하였다.

문득 저쪽에 조각배가 나타났다. 그 배는 커졌다 작아졌다 하였다. 바람은 그리 크게 불지 않았으나 물에 떠 있는 흑용에게는 그 배가 마치 서서히 세찬 파도 꼭대기에 올라갔다 갑자기 거기에 빠져 들어가는 것 같았다. 그 조각배는 물오리처럼 물속에 술래놀이를 하는 듯 이리저리 왔다 갔다 하더니 이번에는 재빨리 배전을 날개처럼 흔들어 대며 다가왔다.

배에는 두 장정이 디고 있었다. 한 사람은 웅장한 체구에 검은색 바지에 넓은 소가죽 띠를 둘렀는데 허리춤에는 작은 칼과 조롱박 술통이 달려 대롱거리고 있었다. 그는 한쪽 팔과 어깨를 다 드러내고 부지런히 노를 젓고 있었는데 울뚝울뚝한 팔뚝에는 얼룩얼룩 핏자국이 있어 순박하고 굴강한 하인임을 말해 주고 있었다. 그 뒤에는 빼빼마른 몸매에 학창의를 입은 사람이 앉아 있었는데 잔나비상에 올빼미 눈과 세 가닥 수염은 어딘가 교활한 사람 같았다.

흑송 고목으로 변신한 흑용을 잡아 쇠사슬로 배에 끌어매는 두 사람은 혀를 차며 연신 감탄하였다.

"장 마름 어른, 이게 그저 소나무가 아니라 흑용이 분명하나이다. 흑용이 나타난 걸 보니 흑용강이나이다."

"이놈아, 그게 용이냐? 소나무지! 소나무에 꽃이 피는 강이니 송화강이라 부름이 마땅하다."

"아니 장 마름은 어이하여 버섯 꽃만 보나이까? 이건 분명 용이나이다."

"에끼! 네놈이 눈에는 소나무가 용으로 보이느냐?"

"예. 하오니 끌고 가지 말고 그대로 놓아주는 것이 좋을까 하나이다."

"누르상치야 이 소나무를 가져다 사면을 켜 던지면 얼마든지 아가씨 관을 만드는 재목으로 사용할 수 있거늘 어이하여 버리려 하느냐?"

"……"

별안간 흑용은 오싹 소름이 끼치며 심장이 멎는 것 같아 눈앞이 새까매졌다. 그의 눈앞에는 웃통을 벗어던진 건장한 사나이들이 날이 시퍼런 톱날로 자신이 몸을 한잎 두잎 널판으로 켜내고 토막 내는 모습이 떠올랐다. 이처럼 급작스레 무섭고도 한심한 사태에 걸려든 흑용은 마치 세상이 돌연히 멈추어 버린 것처럼 띵 하여 두 장정이 어떻게 자신을 강에서 끌고 나와 마차에 실었는지조차도 몰랐다.

세 필의 말을 메운 마차는 나는 듯이 질주하였다. 건장하게 생긴 장정은 "와와 짜! 짜!"하고 소리를 지르며 채찍질을 하였다. 마차는 삐걱 삐걱 덜거덕 덜거덕거리며 무한히 펼쳐진 새밭과 갈대 숲속의 진탕길을 따라 한참 달리더니 한 자그마한 성안에 이르렀다.

성안 올망졸망한 초가집들이 들어앉은 골목 사이로 간혹 가다 여기저기 허름한 천으로 기운 흰천으로 친 둥근 풍막들이 바라보였다. 마차는 토성으로 둘러막은 대궐 같은 집 대문으로 들어가 마당에 멈추어 섰다. 장 마름은 몇몇 하인들을 불러 소나무를 마차에서 부리게 하고 누르상치와 함께 대청으로 걸어 들어갔다. 문무관원들이 양편에 갈라선 대청 높직한 중심 좌석에는 건장한 체구에 전포를 입은 마 대왕이 도끼눈을 부릅뜨고 앉아 있었다.

"마 대왕님 죄송하오나 소인들은 분부대로 사방 백여 리 돌아다니며 용한 의원을 찾았으나 끝내 찾지 못하였나이다."

"그래 빈손으로 돌아왔단 말이냐?!"

"아뢰옵기 황송하오나 돌아오는 길에 관을 짤 만한 목재로 할 만한 흑송을…"

"뭐라?! 이놈들을 끌어내다 당장 참하여라."

"대왕님! 억울하나이다. 사실…"

장 마름은 끌려 나가며 하소연하는데 누르상치는 병졸들을 밀치고 큰소리로 아뢰었다.

"대왕님! 관을 짤 목재가 아니라 용이나이다! 통촉하여 주소서!"

"용아라니?!"

마 대왕은 웃었다.

"허허 저 놈이 환장했구나."

이때 마침 문지기 병졸이 달려 들어와 무릎을 꿇고 아뢰었다.

"아뢰나이다. 장 마름이 실어온 나무가 용처럼 생겼는데 금방 눈을 감았다 뜨는 것을 소인이 분명 보았나이다."

"어허?! 그 참 모를 일이다"

마 대왕은 친히 신하들을 이끌고 나가 흑송으로 변신한 흑용을 살펴보고나서 명하였다.

"저 두 놈을 그 소나무에 끌어다 묶어놓고 동정을 살펴보도록 하라!"

마 대왕이 명대로 장 마름과 누르상치는 정원 한쪽 면에 놓여 있는 소나무에 꽁꽁 묶여 있는 수밖에 없었다. 삼시 굶으며 며칠간 시달린 그들은 인젠 거의 죽게 되었다. 정원 대문으로 무수한 의원들이 오락가락 대궐로 들어갔다가는 홀쭉해진 쌀 주머니처럼 기죽어 나오는 모습을 멀거니 바라보던 장 마름은 긴 한숨을 내뿜으며 장탄식하였다.

"인젠 꼼짝 못하고 죽게 되었구나!"

"하늘이 무너져도 솟아날 구멍이 있다고 하였나이다."

"에끼, 굶어 인젠 숨을 쉴 맥도 없는데…"

"장 마름 우리 이 나무의 버섯 꽃을 먹으면 하루라도 더 살 게 아니 나이까?"

"붉은 버섯은 독이 있어 먹으면 죽는다."

"지금 당장 죽게 된 판에 그 무엇을 가리겠소이까? 소인이 먼저 먹어보겠나이다."

누르상치는 목을 길게 늘이어 입에 닿는 버섯 꽃을 한입 뚝 떼어 입에 넣고 우물우물 씹어 삼키었다. 이상하게도 입안에서 생피 비린내가 풍기면서 미지근해졌으나 꿀맛이었다. 그래서 그는 버섯 뿌리까지 혀로 감빨아 다 먹어버리었다. 허나 그는 갑자기 정신이 혼미해짐을 느끼며 눈알을 희번덕거리더니 금시 죽어가는 사람처럼 머리를 맥없이 뚝 떨어뜨리는 것이었다.

"원체, 우둔한 놈은 방법이 없다니깐. 쯧쯧… 잘 죽었다. 잘 죽었어."

바로 그때였다. 누르상치는 갑자기 잠꼬대 같은 군소리하며 눈을 멀거니 뜨고 하늘을 쳐다보더니 "음"하고 소나무를 등에 진 채로 우뚝 자리에서 일어났다. 그리고는 도깨비처럼 눈을 껌벅거리며 사위를 둘러보더니 거물마냥 성큼 성큼 궁궐대문 앞으로 걸어갔다.

그 모습에 놀란 대문어귀 병졸들이 놀라 창검을 쥐고 우르르 달려들자 그는 뇌성벽력 같은 소리 찌르며 선 자리에서 몸을 돌리니 장병들은 소나무에 맞아 여기저기에 나가 쓰러졌다. 그 중 한 놈이 간신히 몸을 일으켜 대청으로 달려 들어가 마 대왕께 아뢰었다.

"대왕님께 급히 아뢰나이다. 누르상치란 놈이 소나무를 등에 진채 반역하나이다."

"뭐라?! 닷새나 굶은 놈이?…"

"예, 그러하나이다."

"어허, 괴이하도다."

마대왕은 급히 신하들을 데리고 나가보았다. 아니나 다를까? 누르상치는 소나무를 등에 진 채 장승처럼 떡 뻗치고 서 있는데 소나무에 매달린 장 마름은 부러진 썩은 나뭇가지마냥 축 처져 간신히 숨만 내쉬고 있었다. 마 대왕은 놀라움을 금치 못했으나 내색을 내지 않고 큰소리로 호통쳤다.

"너, 이놈?!"

"대왕님, 소인이 아가씨의 병을 능히 치료할 수 있나이다."

"뭐, 네놈이?!"

"예. 소인이 아가씨의 병을 고치면 부마로 명한다는 언약을 지켜야 하나이다."

"어 허, 이놈 봐라?"

마 대왕은 미심쩍었으나 아가씨의 병이 하도 위독한지라 결단을 내리지 못하고 주저하는데 한 신하가 그 눈치를 채고 말하였다.

"황송하오나 워낙 누르상치는 성품이 정직하여 거짓을 모르는 놈이나이다. 하오니 아가씨를 위해 결단을 내림이 마땅한 줄 아나이다. 만약 저놈이 호언장담 쳤다면 그때 가서 죄를 다스려도 늦지 않나이다."

"음."

마대왕은 머리를 끄덕이며 잠깐 생각하더니 누르상치의 포승을 풀어 주라고 명을 내렸다. 마 대왕과 신하들을 따라 규방에 들어선 누르상치는 비단 휘장이 드리운 아가씨의 침상에 다가가 아가씨를 보고 놀라움을 금치 못하였다. 원래 포동포동하던 아가씨였으나 지금은 야위어 앙상한 얼굴에 두 눈은 죽은 사람처럼 꼭 감겨져 있었고 살결은 눈처럼 하야다 못해 해골 같았다. 누르상치는 잠깐 아가씨를 지켜보고 나서 급작스레 아가씨의 입술에 자신의 입술을 대고 위액을 토해 아가씨가 삼키게 하였다. 그 거동이 어찌나 우악스럽고 거친지 마 대왕과 모든 신하들을 아연 실색케 하였다.

"아니?! 이 이놈이…"

"너 이놈?!"

마 대왕과 신하들은 놀라 마구 떠들어댔으나 누르상치는 아랑곳하지 않고 계속 아가씨의 입에 자신이 위액을 토해 넣었다. 마 대왕은 참다 못해 누르상치의 뒷덜미를 잡아 뿌리치고 연신 아가씨를 불러 보았으나 아가씨는 숨이 넘어간 듯 아무런 반응도 보이지 않았다. 다급해진 마 대왕은 자신이 손가락을 코끝에 갖다 대어 보았다. 숨김이 전혀 알리지 않았다.

마 대왕은 실성한 곰처럼 소리쳤다.

"이 놈을 당장 끌고 나가 목을 쳐라!"

"잠깐 기다렸다 소인의 목을 쳐도 늦지 않소이다! 통촉 하소서!"

누르상치는 큰 소리로 울부짖었으나 장병들은 다짜고짜 누르상치를 끌고 나갔다. 정원 대문 앞까지 끌려나온 누르상치는 하늘을 우러러 한탄하였다.

"소인에게 신용을 알아보는 눈이 있어 요행 천시를 만났건만 어이하여 하늘은 이다지도 무정하나이까?"

"하하하… 내 그리 될 줄을 알았노라. 사람이란 정직하면 지혜롭지 못해 봉변을 당하거늘…"

"사경에 처한 사람을 구해주지 못할망정 비웃다니?!"

"이놈, 군소리 말고 칼 받을 준비하라!"

두 장병이 호통치며 그의 양 어깨를 내리 누르자 다른 한 장병이 칼을 높이 쳐들었다. 누르상치는 인젠 죽는구나 하고 목을 길게 드리우고 내려오는 칼날을 기다렸다. 순간, 대청으로부터 다급한 목소리가 들리어왔다.

"칼을 멈추라!"

"……."

칼을 높이 쳐들었던 장병이 머리를 돌려 바라보니 마 대왕이 신하들을 이끌고 우르르 쓸어 나오고 있었다. 누르상치는 저도 모르게 속으로 어이구 하고 길게 소리를 찌르며 한숨을 길게 내뿜었다. 그것은 아직 채 가시지 않은 몸서리치는 공포와 죽음이 변두리에서 간신히 살아난 희열의 신음 소리였다. 황급히 달려 나온 마 대왕과 신하들은 그를 놀라운 표정으로 지켜보았다. 침묵이 흘렀다. 누르상치는 또다시 불안감에 잠겨 머리를 숙였다.

"하! 하! 하!"

갑자기 마 대웡이 웃었디.

"허허허…"

신하들도 따라 웃었다.

"……."

누르상치는 머리를 쳐들고 어안이 뻥뻥하여 둘러보다 저도 모르게 싱거운 표정을 지으며 멋쩍게 웃었다. 그 모습에 마 대왕과 신하들은 더욱 죽겠다고 웃어댔다. 이윽고 마 대왕은 손수 누르상치의 포승을 풀어주고 말하였다.

"금일, 본 왕은 누르상치를 부마로 책봉하노라! 하하하…"

누르상치는 너무 좋아 넙죽 엎드리고 사례하였다.

"황은이 망극하나이다!"

갑자기 장 마름이 소리쳤다.

"대왕님?!"

모두 놀라며 머리를 돌려 장 마름을 바라보았다. 장 마름은 적이 간절한 표정을 짓고 강경한 어조로 고하였다.

"누르상치가 아가씨의 병을 고친 것은 모두 이 신기한 소나무 때문이올시다. 실상 이 나무는 소인이 주장하여 가져온 것이나이다. 우선 결박을 풀어주시면 소인이 대왕님께 요기한 말씀 고해 올리겠나이다. 통촉하소서!"

마 대왕은 누르상치를 바라보며 물었다.

"사실인고?!"

누르상치는 머리를 돌려 장 마름을 바라보고 입을 열었다.

"예, 그러하나이다. 장 마름이 공로를 보고 사면하시고 후한 상을 내리는 것이 마땅한 줄로 아나이다."

"음." 하고 마 대왕은 머리를 끄덕이며 명하였다.

"포승을 풀어 주라!"

두 장병이 달려 내려가 포승을 풀어 주자 장 마름은 무릎 걸음으로 다가와 머리를 조아려 사례하고 말하였다.

"대왕님 소인이 보건대 이 소나무는 그저 소나무가 아니라 변신한 용이 분명하나이다. 하오니 대왕님께서 이 소나무를 토막내고 가루 내어 복용하시면 천세 만세 무병장수할 것이나이다."

"으하하하… 여봐라! 어서 말뚝을 박고 이 나무를 사슬로 단단히 묶어 매고 병사를 풀어 주야 지키도록 하라! 아가씨의 경사를 치른 후 가루 내어 복용하겠노라! 하하하…"

"경하드리나이다."

"하늘이 대왕님께 복을 쌍으로 보내는 줄로 아나이다."

"어이구! 인젠 꼼짝 못하고 죽었구나!"

문무 대신들이 마 대왕께 경하드리는 모습을 멀거니 지켜보는 흑용의 퉁방울 같은 두 눈에서는 콩알 같은 눈물이 뚝 떨어졌다.

8회

어부는 수달의 껍질을 벗기려 하고
청용은 소녀에게 구혼하다

태백산 동쪽면의 천지는 병풍처럼 막아선 바위산 밑 틈새를 뚫고 핥으며 소리 없이 흐르고 있었다. 그 물이 콩알처럼 모이고 모이어 한 가닥 작은 실개울을 이루어 흐르다가는 이 골짜기 저 골짜기의 세류를 받아 큰 냇물이 되어 흐르고 흘렀다.

무수한 계곡과 숲을 뚫고 흐르다가는 벼랑에 이르러 폭포로 되어 떨어지면서 물보라를 뿌리며 미묘한 소리를 내기도 하고 아름다운 선녀들의 흰 옷고름마냥 산기슭을 감고 흐르다 갑자기 그 무슨 생각에 잠긴 듯 고요한 못을 이루어 여울치다 흐르기도 하였다. 이렇게 가관을 이루며 흐르던 물은 평지에 이르러 몇 갈래의 하천과 한 몸에 뭉쳐서 동해로 향하는 큰 강이 되었다.

청용은 바로 이 강 덕분에 겨우 목숨을 부지할 수 있었다. 물개로 변신한 천상공주가 덮치려는 순간 청용은 강 어귀 쥐구멍만 한 바위 틈새로 기어 들어갔던 것이었다. 비록 물개 발톱에 엉덩이를 찢기기는 하였으나 요행 목숨만은 살릴 수 있었다. 청용이 도망치며 이루어졌다는 이 강은 시초에 "도망강"으로 불리우다 점차 그 음이 변하며 한족들의(토만강)이라 부르다 결국 "두만강"으로 되었다.

청용은 지금 의식을 잃고 이 강물에 떠내려가고만 있었다. 그는 어떻게 그 많은 계곡과 벼랑을 넘어왔는지 모르고 있었다. 그는 그저 한정 없이 떠내려가고만 있었다.

몇 날 몇 밤 강물에 떠내려갔을까?

청용은 갑자기 심한 진통과 오한을 느끼며 눈을 뜨고 보았다. 이게 웬일인가? 자신이 버들가지로 단단히 엮어 만든 고기잡이 통발에 감금되어 있지 않는가? 통발 틈새로 내다보니 흐르는 물결 속에는 무수한 크고 작은 물고기들이 자유로이 오가며 뛰놀고 있었다.

고기들은 떼를 지어서 몰려다니다가는 수달 청용을 발견하기만 하면 일제히 몸을 비틀며 산산이 흩어져 은린을 반짝이며 도망쳤다. 그것은 흡사 은빛 물 폭죽이라도 터지는 것만 같았다.

그러나 금방 태어난 물고기들은 아무런 겁기도 없이 통발을 감돌며 놀았다. 그 중 손톱만큼 한 붕어 한 마리는 커더란 동근 눈을 우두커니 뜨고 통발 틈새로 수달 청용을 바라보고 있었다.

'귀여운 붕어야, 넌 어디서 왔느냐?'

청용은 눈빛으로 물었다.

새끼 붕어는 동근 입으로 연신 기포를 내보내며 꼬리를 저어 보였다.

'저는 동해에서 왔는데요.'

'아, 예서 동해가 가까우냐?!'

'예. 한식경 달려가면 되는데요.'

'아?! 귀여운 붕어야 난 동해의 용태자 청용이란다. 중상을 입어 이 통발에서 몸을 움직일 수도 없구나. 너 어떻게 동해용왕님께 소식을 전할 수 없겠니?'

'거짓부리! 나보다도 못한 게 호호호.'

새끼 붕어는 홱 몸을 돌리고 달아났다.

'붕어야?!'

청용은 몸부림치며 속으로 불렀다. 허나 새끼 붕어는 뒤도 돌아보지 않았다. 그제야 청용은 자신이 붕어 새끼보다 못한 존재가 되었다는 생각에 한숨을 내쉬며 용비녀만 믿고 교오자만 한 자신을 후회하기 시작하였다.

"용비녀는 나의 정신을 어지럽혔고 맑지 못한 신은 나를 이 모양 이 꼴이 되게 만들었으니 인제야 신의 무서움을 알겠구나! 서천에서 사(4)신을 만나 깨달음을 얻을 대신 사탄 우마왕의 말만 믿고 대사를 도모하기에만 급급하였으니 그 어찌 천벌을 면하랴?!"

청용은 절망감에 사로잡혀 크게 한탄하며 눈물을 흘렸다.

어느 때가 되었을까? 갑자기 통발이 물밑에서 둥둥 떠올랐다. 청용은 어부가 통발을 들어 올린다는 생각이 들었으나 일어날 수도 없어 그냥 눈감고 엎드려 있었다.

"어허 무슨 놈이 물쥐가 이리 크노?"

작은 목배가 한쪽으로 기울어지면서 웬 노인이 넉가래 같은 손으로 통발을 잡아당겨 배에 실었다.

하늘에서 내려오는 태양광선에 수달 청용은 눈이 부셔 저도 모르게 눈을 감았다 떴다. 물결에 둥실둥실 솟았다 내려앉는 배 바닥 통발 속에 엎드려 있던 수달 청용은 틈새로 늙은 어부를 가만히 내다보았다.

늙은 어부는 부스스 흐트러져 보이는 흰 머리카락을 부연 상투에 감아 매고 흰수건으로 이마를 질끈 동이고 있었는데 흰색 베저고리에 옷고름을 바람에 날리며 씨엉씨엉 부지런히 노를 젓고 있었다.

"물쥐 고기는 천하진미라 고기는 먹고 그 가죽으로 등거리를 해 입게 되었으니 이야말로 일거양득이 아닌고? 으흠."

'인젠 꼼짝 못하고 죽었구나.'

이렇게 생각하며 수달 청용은 절망에 몸을 떨었다.

이윽고 늙은 어부는 배를 강기슭 모래 턱에 붙이고 묵직한 세 갈래 쇠갈퀴가 달린 톳을 모래바닥에 내리더니 통발을 털어 수달 청용을 꺼내 망태에 주워 넣고 집으로 향하였다.

오랜 세월의 물살과 바람에 모이고 모여 높아진 모래톱을 지나 무성한 갈대숲을 벗어나니 장구 같은 산기슭에 팔 칸짜리 초가집 한 채가 포근히 자리잡고 있는 것이 나타났다. 그 초가집 동쪽 면에는 자그만한 호수가 자리잡고 있었다.

늙은 어부가 초가집 앞마당에 들어서자 초가집 문이 열리면서 흰 베치마를 입은 할머니가 마중 달려 나오며 반색하였다.

"에구, 화전 일구러 나간 애가 돌아오는 가 했더니? 그래 고기는 많이 잡았우?"

"허허, 오늘은 큼직한 물쥐를 잡았나이다."

"그 흉측하게 생긴 물쥐 말이우?!"

"양 이게 그래 보여도 고기는 천하 일미고 가죽은 세상 일품이외다. 허허."

"일미고 일품이고 보기만 해도 구역질이 나오니 어서 빨리 던지구려."

"모르는 소리 일전에 소인이 먹어 봤나이다. 그 맛이 얼마나 향기롭던지 허허."

늙은 어부는 입을 쩝쩝 다시며 망태의 수달 청용을 땅바닥에 꺼내 놓았다.

"어머나, 크다?"

할머니는 삽자루를 메고 지나가다 놀라워하였다.

"어허 이놈 크게 상하였구려."

"그니깐 통발에 들었지. 어이구, 가엾기도 해라. 쯧 쯧…"

수달로 변신하여 그저 죽음만 기다리고만 있던 정용은 가엾다는 할머니 말에 번쩍 눈을 뜨며 온 몸에 힘을 주었다. 그러자 그의 몸에서 청색 광채가 뿜겨져 나오다 눈 깜박 하는 사이에 사라졌다.

"어머?! 상공, 금방 물쥐 몸에서 빛이 났나이다."

"부인, 무슨 해괴한 소리하우?"

"분명 났나이다."

늙은 어부와 할머니는 쭈그리고 앉아 눈이 떼꾼해서 수달 청용을 지켜보았다. 사경에 처한 자신이 목숨을 구원할 수 있는 절호의 기회라고 생각한 청용은 젖 먹던 힘까지 다 모아 몸에 힘을 바싹 주었다. 허나 피를 너무 많이 흘린 탓인지 아니면 금방 마지막 기까지 모조리 소모해 버린 탓인지 그의 몸에서는 그 어떤 광채도 뿜겨져 나오지 않았다.

살기 위해 용의 그 거대한 기력과 지혜를 다해서 발악해 보았으나 힘이 없었다. 사물이 흐릿해졌다. 체내의 영양 세포가 살아 움직일 영양이 중단된 지 오래 되어 체내의 모든 기능이 늘어지고 마비된 상태였다. 실날 같은 한 가닥 희망도 사라졌다. 그러나 죽고 싶지는 않았다. 미역 감다 물에 빠진 경우 지푸라기라도 잡는다는 말처럼 살고 싶다는 생명에 대한 본능에 그는 할머니만 말끄러미 쳐다보았다.

"그 무슨 광채가 아니 나는구려. 부인 요즘 화전 일구기에 지쳤나 보구려."

"첩이 분명 보았나이다."

"미물이 무슨 광채가 난다고. 숨이 넘어가기 전에 피를 받아야 고기 맛이 제대로 나지. 부인 어서 칼을 갖다 주오."

"소첩은 화전 밭으로 가는데 언제 시중들 시간이 있다고."

할머니는 자리에서 일어나 삽을 메며 말하였다.

"쯧쯧…"

늙은 어부는 부질없이 혀를 차며 자리에서 일어나 집으로 걸어 들어 갔다. 청용은 땅이 꺼지는 것 같았다. 세상에 태어나 한번 죽는 것은 당연한 이치나 후세에 이름 석 자도 남기지 못하고 일개 물쥐로 한 늙은 어부의 손에서 죽는다는 것이 너무나 억울하고 원통하였다. 그래서 인지 네발이 경련을 일으키며 허공을 움켜잡았다.

하늘, 바람, 구름, 저 멀리에서 들려오는 동해의 파도소리, 아 저 모든 것을 마음대로 주름잡던 청용이 이렇게 죽다니?! 도저히 믿을 수도 상상 할 수도 없는 일이지만 엄연한 현실 앞에서 청용인들 그 무슨 방법이 있겠다.

청용은 눈을 멀거니 뜨고 칼을 들고 다가오는 늙은 어부를 지켜 보았다. 늙은 어부는 팔소매를 쓱쓱 걷어 올리며 희색이 만면하여 다가와 수달 청용의 심장을 찾는 듯 이리저리 만지더니 어느 백정들처럼 엄지 손톱으로 칼날을 시험해 보았다.

"어허, 이놈이 칼이…"

늙은 어부는 머리를 설레설레 흔들며 몸을 돌려 집 마당 서쪽켠 다락 밑으로 걸어가더니 쭈그리고 앉아 큼직한 숫돌에 대고 칼을 쓱쓱 갈아 대는 것이었다.

그 칼 가는 소리에 청용은 가슴이 칵칵 막히는 것 같았다. 어차피 죽을 바에는 미련도 후회도 없이 시원하게 죽고 싶었다. 허나 질식할 것만 같은 집요한 후회는 그 칼 가는 소리보다 더 아프게 그의 가슴을 찌르고 있었다. 그의 후회에는 지금까지 많고 많던 날들을 빛나게 알뜰하게 이용 못하고 허비한 자신에 대한 노여움이 섞여 있었다.

그에게는 신과 인간을 이끌고 다스릴 수 있는 거대한 권위와 힘이 있었는데! 그에게는 그로 하여금 무한한 행복과 기적을 창조할 수 있는 그 많고 많은 순간과 시간이 있었는데, 사신은 그것을 귀중하게 여기지 않았다.

자신을 불멸의 신으로 자처하면서 자호와 자만으로 시간과 기회들을 흘러 보냈다. 그런데 지금은 죽게 되었다. 그로하여 만회할 수 없이 사무치는 후회…

인젠 후회할 시간도 없었다. 죽음도 자기 자신도 의식 못하는 캄캄한 공백 속에 빠지면서 그는 눈을 감고 축 늘어져 늙은 어부의 칼이 자신의 가슴을 찌르기만 기다리고 있었다.

바로 그때였다.

칼로 수달 청용의 가슴을 겨누는 늙은 어부의 등 뒤에서 나직한 부름 소리가 들려왔다.

"아버님?"

"응, 왔느냐?"

늙은 어부는 칼 가던 손을 멈추고 뒤돌아보았다.

"예, 아버님이 점심 진지를 챙겨 드리라는 어머님의 분부가 있어 소녀 급히 달려왔나이다."

"그래?! 잘되었다. 내 이제 물쥐 가죽을 벗기면 네 끓이도록 해라."

"예?! 물쥐라니요?"

"오늘 운수 좋아…"

"아버님 잠깐!"

"엉, 왜 그러느냐?"

늙은 어부는 칼로 물쥐의 목을 겨냥하여 찌르려다 말고 머리를 들었다.

"황송하오나 아버님, 그 물쥐는 숨이 붙어 있는 게 아니나이까?"

"오냐, 당금 숨이 넘어갈 것 같아 빨리 피를 받아야겠다."

늙은 어부는 예사롭게 말하며 또다시 수달 청용의 목을 칼로 겨냥하였다.

"아이참?! 가엾기도 해라."

소녀는 무릎을 꿇고 수달 청용의 잔등들을 정답게 만지었다.

그제야 수달 청용은 눈을 뜨고 소녀를 쳐다보았다. 소녀는 두 눈을 커다랗게 뜨고 깜박일 줄을 잊은 듯이 황홀한 눈으로 청용을 내려다보고 있었다. 청용은 가엾다는 소녀의 말에 서러움이 울꺽 솟구쳐 저도 모르게 눈물을 흘렸다.

"물쥐야, 울지 마라. 내 살려 줄게. 응? 네 눈물을 흘리는 것을 보니 내 마음이 아프구나."

"비켜라. 미물과 무슨 소리하느냐? 빨리 피를 받아야겠다!"

"아버님, 이 물쥐를 살려 주소서!"

"어째?!"

"저기 저 호수에서 키우려고 그러나이다."

"뭐? 우리 집 호수에?!"

늙은 어부는 눈을 껌벅이더니 도리머리치고 휙휙 손을 내저으며 당장 수달 청용을 잡겠다고 야단이었다.

"호수에 고기를 다 잡아 먹으라고?! 아니 된다!"

소녀는 급히 늙은 어부의 앞에 무릎을 꿇고 사정하였다.

"아버님, 제발 이 물쥐를 살려 주세요. 소녀 사정하나이다."

"어허? 이 애가?!"

"아버님?!"

"쯧쯧… 이놈 물쥐 운이 좋은 모양이구나. 네 맘대로 하여라."

늙은 어부는 내키지 않는 기색으로 돌아서서 손을 툭툭 털며 중얼거렸다. 소녀는 수달 청용을 안고 집으로 달려 들어가 깨끗한 물로 상처를 씻은 후 된장을 발라 주었다. 그리고는 부싯돌로 불을 일구어 그 불에 바늘을 살짝 달구어 가지고 조심스레 상처를 꿰매 주었다.

요행 죽음에서 벗어났다는 환희에서 오는 흥분보다도 소녀의 마음과 정성에 청용은 소리 없이 흘러내리는 눈물을 금할 수가 없었다. 그는 처음으로 인간의 뜨거운 마음과 포근한 정을 느꼈으며 이때에야 비로서 인간이 미묘한 이성적인 사랑을 느꼈다.

"아이, 귀여워!"

소녀는 수달 청용의 상처를 꿰매준 후 전날 잡아온 싱싱한 버들치들을 청용의 입에 하나하나 입에 밀어 넣어주었다. 이날부터 소녀는 부모들이 듣기 거북한 잔소리도 마다하고 수달 청용과 함께 먹고 자며 수달 청용을 정성들여 간호하여 주었다.

한 달포가 지나자 수달 청용은 마음대로 뛰놀 수 있게 되었다. 그제야 소녀는 수달 청용을 품에 안고 집 동쪽 면의 호숫가로 나갔다.

"물쥐야, 방법이 없구나. 너는 물에서 살아야 하고 나는 땅에서 살아야 하니 어쩌겠니? 너는 이 호수에서 나는 집에서 우리 영원히 함께 살

용의 삼 형제

97

자. 응? 물쥐야?"

"……."

수달 청용은 머리를 끄덕였다.

소녀가 수달 청용을 호수에 조심스레 놓아주자 수달 청용은 물위에서 어리광 부리듯 솟구쳐 올랐다가는 찰름찰름 물을 차며 재롱스럽게 헤엄치며 즐기다가는 할끔 머리를 돌리고 린처럼 반짝이는 두 눈으로 빤히 소녀를 쳐다보았다.

소녀는 갸름한 얼굴에 미묘한 미소를 지어 보이며 손을 저어 보였다. 이렇게 소녀는 아침저녁 화전 밭으로 가고 올 적마다 호숫가에서 수달 청용과 함께 놀았다.

그러던 어느 하루 밤중이었다.

소녀는 호수에서 들려오는 요란한 물소리와 수달의 울음소리에 놀라 잠에서 깨어나 호숫가로 달려 나갔다. 괴이하게 생각한 소녀는 조용히 호수를 살펴보았다.

회백색 달빛이 차고 넘치는 자그만한 호수는 죽은 듯 고요하고 미풍에 일렁이는 잔물결 위에 여기저기 찢어지고 떨어져 둥둥 떠 있는 연꽃 방울에서는 맑은 이슬이 눈물마냥 소리 없이 맺혀 그을다 똑똑 떨어지고 있었다. 소녀는 그 어떤 불길한 예감이 들어 입에 손나팔을 하고 나직한 목소리로 불었다.

"물쥐야?"

"……."

대답이 없었다. 발자국 소리만 들려도 물속에서 꼼복 솟아올라 살같이 자맥질하여 다가왔는데? 웬일인가? 혹시… 이렇게 생각하며 호수만 지켜보는 소녀의 두 눈에는 어느새 눈물이 고여 떨어지기 시작하였다. 홀연 등 뒤에서 정다운 목소리가 들려 왔다.

"아가씨?"

"앗?!"

무의식간에 머리를 돌린 소녀는 너무 놀라 입을 벌리고 그 자리에 인형마냥 굳어졌다. 그러나 그것은 너무나 짧은 순간에 본능적으로 일어나는 놀라움뿐만이 아니었다. 소녀는 자신의 눈을 의심하며 갑자기 눈앞에 나타난 소년을 눈 박아 보았다.

훤칠한 키에 전포를 걸친 소년은 두 손을 맞잡고 무릎을 꿇더니 정열이 그윽이 고인 이글이글한 눈으로 소녀를 쳐다보고 있었다.

"동해용 태자 청용이 목숨을 구하여 주신 아가씨에게 감사를 드리나이다."

"목숨을 구하다니요?!"

"소신이 바로 아가씨가 구해 주신 물쥐나이다."

"물쥐?!"

"아가씨의 덕분에 오늘 밤에야 완전히 완쾌되어 하늘에 올랐으나 아가씨의 바다보다 깊은 아름다운 마음과 미모에 도저히 동해로 돌아갈 수가 없었나이다. 당돌하오나 언약한 대로 소신의 사랑을 받아 주시기 바라나이다."

"혼인은 인간중대사라 하였거늘 어이하여 이리 무례하시나이까? 집에 노부모 계시니…"

소녀는 얼굴을 확 붉히며 돌아섰다.

"아가씨, 내일 밤 찾아가려 하오니 언약을 지키시기 바라나이다."

청용은 치맛자락을 날리며 황급히 달아나는 소녀를 바라보며 소리쳤다. 그 이튿날 밤, 소녀는 은근히 청용을 기다리었다. 하지만 청용은 나타나지 않았다. 그래서인지 모든 피곤은 말끔히 가셔지면서 눈에 의젓하고 영준하게 생긴 청용의 얼굴이 자꾸 나타나 소녀는 종시 잠을 이룰 수가 없었다.

소녀는 애써 눈앞에 어른거리는 청용의 얼굴을 피하려고 하였다. 허나 그러면 그럴수록 청용은 그의 마음을 파고들며 호수처럼 고요한 그의 마음을 세차게 설레게 하였다. 삼경이 지나서였다. 갑자기 방문을 가볍게 두드리는 소리가 들려왔다.

"아이?!"

소녀는 부지불식간에 이불을 뒤집어쓰고 듣는 척도 하지 않았다. 문두드리는 소리가 또다시 들려왔다. 이러다 깊이 잠든 부모님들이 놀라겠다는 생각에 소녀는 마지못해 문을 열어 주었다.

9회

장 마름은 부인의 충고를 무시하고
구렁이는 대노하여 대왕전을 부수다

밤이었다.

인젠 마 대왕의 손에 꼼짝 못하고 죽게 되었다고 생각한 흑용은 그래도 행여나 하고 변신법 주문을 외우며 전신에 바싹 힘을 주어 보았다. 허나 전신은 마비되어 말을 듣지 않았다.

흑용은 한숨을 후 내쉬었다. 온몸이 쇠사슬에 엉켜 있는 자신의 주위에는 관솔 불빛에 너울너울 춤추는 듯한 어두운 그림자와 창검을 쥐고 끄덕끄덕 졸고 있는 병졸들뿐이었다. 저쪽에서 정원 담장을 뛰어넘는 소리가 나더니 웬 어두운 그림자가 파수꾼들이 눈을 피해 흑용의 신변에 기어들고 있었다.

검은 옷을 입고 검은 수건으로 얼굴을 가리운 그 사나이는 다른 사람이 아니라 바로 장 마름이었다. 손에 칼과 톱을 쥔 장 마름은 흑송으로 굳어진 흑용의 목 부분에 다가와 중얼거렸다.

"용에게 있어서 그래도 용머리가 제일 중요하고 값진 거야. 곧바로 목을 잘라가야지."

"……."

흑용은 너무 놀라 몸서리쳤다. 그 바람에 툭 불거져 나온 눈이 껌벅하였다.

"엉?! 이놈이 움직이는 것 같은데? 에라 모르겠다. 우선 목부터 자르고 보자."

장 마름은 조심스럽게 앙칼진 톱날을 흑용의 목에 갖다 대고 주위 동정을 살펴보았다. 때마침 그때, 궁궐 대문이 열리면서 누르상치가 마대왕의 딸을 데리고 흑용을 향해 다가오는 것이었다. 그 뒤에는 시녀들과 관솔불을 추켜든 하인들이 줄쳐 따라오고 있었다.

상서롭지 않다고 여긴 장 마름은 급히 몸을 솟구쳐 담장 위에 뛰어올라 몸을 숨기고 정원을 내려다보았다. 시녀들이 서둘러 흑용의 머리 앞에 제물상을 차려놓자 누르상치는 아씨와 함께 무릎을 꿇었다.

"소인은 워낙 태백산 기슭에서 태어난 비천한 몸이었나이다. 부친은 제가 멧돼지 가죽을 벗길 때 태어났다고 누르상치라 이름 지었나이다. 태백산과 하늘 강(송화강)의 정기를 받고 태어난지라 천성이 곧고 정직하였으나 웬일인지 노예 신세를 면하지 못하였나이다. 그러던 중 다행히 용님을 만나 아씨와 인연을 맺고 부마로 되었나이다. 소인이 백골이 진토되어도 그 어찌 그 은혜 망각하리까?"

누르상치가 말을 마치고 술을 부어 올리고 세 번 절하자 아씨 또한 목메는 소리로 말하였다.

"소녀 일찍 괴병에 걸려 사경에서 헤매 일제 용님이 나타나 이 목숨 구해 주시고 백년 가약까지 맺어 주었사오니 소녀 그 은혜 백골난망이나이다."

아씨는 자리에서 일어나 손수 술을 따르며 흑용을 바라보다 흠칫 놀라며 술잔을 떨어뜨리었다.

"앗?!"

"아씨, 웬 일이나이까?!"

"용님이 눈물을 흘리고 있사옵니다!"

"엉?!"

누르상치는 급히 자리에서 일어나 살펴보았다.

흑송으로 변신한 흑용의 눈귀에 콩알 같은 눈물이 맺혀 있었고 부릅뜬 눈은 물기에 젖어 번뜩이고 있었다. 그 모습에 놀란 누르상치는 급히 무릎을 꿇었다.

"소인이 비록 무식하오나 자고로 살인죄는 용서할 수 있으나 배은망덕 죄는 용서할 수 없다고 들었나이다. 소인이 옥석을 가리지 않는 마 대왕님께 강건하여 용님을 구하고자 하오니 심히 염려치 마시기 바라나이다."

"부왕의 그릇됨을 부디 용서하소서!"

이때였다. 궁궐 대문이 크게 열리며 마 대왕이 신하들의 호위를 받으며 나오고 있었다. 누르상치는 허리 굽히고 조심스레 마 대왕을 마중하였다.

"부마가 용을 위하여 제를 올린다고 하여 나왔노라. 본 왕은 저 괴물을 가루내어 먹으려 하는데 부마는 어인 일로 정성이 이리 지극한고?!"

"아뢰옵기 황송하오나 저 나무는 용이 분명하나이다. 소인이 그 은덕을 잊지 못해 술을 부어 올렸더니 용안에 눈물이 끊이지 아니하였나이다. 용은 신이거늘 그 어찌 잡아먹을 수가 있나이까? 대왕께서는 어명을 걷으시고 저 용을 풀어 주심이 마땅한 줄 아나이다."

"진짜 용이니 풀어 주라?! 하! 하! 하! 자네는 용 몸에 버섯을 먹고 부마가 되었거늘 어이하여 본 왕이 용을 잡아먹고 천자가 되려 함을 시기하는고?! 하 하 하…"

마 대왕이 미친 듯이 웃어 대자 신하들도 따라 웃었다.

"소녀 당돌하오나 감히 아뢰나이다. 부왕께서 저 용을 잡아먹고 분명 천하를 호령하는 천자가 된다면 소녀 무슨 말을 하리까? 허나 자고로 용은 천하가 공경하여 모시는 신이라고 소녀 들었나이다. 외람되오나 신의 노여움 사면 변을 당한다 하였거늘 어이하여 잡아먹는다고 하시나이가? 소녀의 간절한 청을 헤아리어 용을 높이 받들어 모셔 그 힘과 덕으로 천하를 호령함이 지당하나이다."

"허허 지금은 소나무도 용도 아니거늘 걱정들 말라."

"용이 분명하나이다. 소녀 눈으로 확인하였나이다!"

"허, 정녕 그러하다면 하늘이 나에게 용을 하사한 게로구나. 내 어이 하늘이 뜻을 거역하겠느냐? 하하하… 여봐라! 경계를 삼엄히 하고 그 누구도 범하지 못하게 하라!"

"부왕?!"

"대왕님?!"

누르상치와 소녀는 무릎을 꿇고 머리를 조아리며 간청하였으나 마 대왕은 뒤돌아보지도 않고 신하들과 함께 대청으로 걸어 들어가는 것이었다.

이 모든 것을 담장 위에 고양이처럼 숨어 바라보고 집으로 달려온 장 마름은 마누라한테 말하였다.

"용, 용이 분명하오! 모가지에 톱을 대니 움쭉 했우! 하마터면 부인을 못 볼 했우. 젠장, 그게 경솔히 대할 것이 아니라 무슨 방책이 있어야하겠소."

"예?!"

장 마름의 마누라는 적이 놀라는 기색을 짓고 잠깐 멍해 있다가 숨소리 죽이고 말을 이었다.

"아 이구?! 세상에, 그렇게 말했는데도 정신을 못 차리니 하느님 맙소사 이 일을 어이하오리까?!"

"아니, 아니하면 되지 않소?!"

장 마름은 마누라의 푸념소리가 듣기 싫어 방에 들어가 자리에 팔베개 하고 누워 눈을 껌벅이며 머리를 굴이었다. 어떻게 한담? 그만 둘까? 아니 아니지. 세상에 이런 기회 몇 번 있다고, 그런데 그 놈 용이 이상하단 말이야. 내가 너무 긴장하여 착각했나? 그런가 봐. 용이라 하지만 버섯까지 돋은 것을 봐서 분명 소나무인데? 그래, 용이 죽어 나무가 된 것이야.

이렇게 생각을 굴리며 깊은 잠에 빠져 들어가는 장 마름의 머릿속에는 금방 당한 놀라움 때문에 생긴 정신적 불안이 고요히 물러가는 안개처럼 가뭇없이 사라지고 대신 저 멀리 지평선처럼 끝없이 일어나는 욕망과 망상에 자신은 어느새 아름다운 궁녀들이 오락가락하는 황궁 용석에 앉아 천하를 호령하고 있는 것만 같은 기분이 들었다.

온밤 아름다운 환각과 꿈속에서 보낸 장 마름은 그 이튿날 자리에서 일어나자 바람으로 마누라 보고 말하였다.

"부인, 아침 요기한 후 즉시 요긴한 짐만 챙겨가지고 태백산 기슭에 있는 본가 집을 찾아 떠나 가시우. 소인도 일이 성사되는 대로 뒤따라 가리다."

"상공?! 소첩이 이렇게 엎드려 비나이다. 아무리 상공이 천하고 가난해도 소첩은 지금까지 상공을 원망하는 일언반구도 없었거늘 어이하여 이러시나이까? 자고로 총명한 군자는 노력과 지혜로 거사하고 미련한 자는 불민한 일에 목숨을 건다 하였나이다."

"부인, 이미 방책을 세우고 정한 일이니 두말 마시우. 일생에 하늘이 주는 이런 기회는 흔치 않소이다!"

"상공이 정 그러시다면 소첩은 마지막 하직인사를 드리나이다."

"인사는 무슨?!"

장 마름이 마누라를 흘겨보고 집을 나서니 장 마름의 마누라는 그 뒤 모습에 절을 하고 목 터지게 장 마름을 불렀다.

장 마름은 거리 한약방에서 몽혼약 한 봉지를 사 품에 넣은 후 길거리 점포에 들러 술과 과일 등속들을 사 가지고 돌아서는데 사람들이 환성소리가 들려 왔다.

"아 용타!"

"귀신 같구려!"

장 마름이 바라보니 저쪽 길가에 점쟁이가 앉아 한창 점을 보고 있었다. 그에 호기심이 동한 장 마름은 점쟁이를 찾아가 점보기를 청하였다. 점쟁이는 장 마름을 찬찬히 뜯어보고 손가락을 짚으며 실눈을 짓고 한참 생각하더니 긴 한숨을 내쉬며 "후필유재 용필승천 일생무상이라"하고 중얼거렸다.

장 마름은 그 뜻을 몰라 물었다.

"후필유재 용필승천 일생무상이란 무슨 뜻이나이까?"

"여우가 재난을 만나, 용을 타고 하늘에 올라 일생을 보내니 부러움도 근심도 모르도다."

"그럼 도대체 좋다는 말씀이나이까? 나쁘단 말씀이나이까?"

"죄송하오나 그 이상 천의를 발설할 수 없나이다."

"체."

장 마름은 쓴 웃음을 지어 보이며 동전 몇 개 던져주고 자리에서 일어났다. 집으로 향한 장 마름은 내가 비록 재난을 만나나 결국 용 때문에 천자가 되어 부귀영화를 누린다는 뜻인데 점쟁이가 그것도 모르다니? 하기야 내가 천자가 된다고 그 누구도 발설할 수 없지 목이 잘리는 일이니… 이렇게 생각하며 발길을 재우치는 그의 마음은 둥둥 떠가는 것만 같았다.

장 마름이 집 문을 떼고 들어서니 웬일인지 마누라는 보이지 않았다. 어느새 벌써 짐을 챙겨 가지고 떠나갔다고 생각하면서 집안을 둘러보니 어쩐지 낯선 집에 들어선 것 같은 기분이 들었다.

집은 예전보다도 더 깨끗이 정돈되어 있었다. 모든 물건들이 다 제자리에 놓여 있기는 했지만 집안은 어쩐지 으스스하고 썰렁한 공기로 차 엄습해 오는 것 같았다. 장 마름은 불길한 예감이 들어 급히 방문을 열어 보았다. 아니, 이럴 수가?!

"아, 부인?!"

장 마름은 아연해서 목을 매고 허망에 매달려 있는 마누라를 바라보고 황급히 달려들어 밧줄을 끊고 부인을 자리에 내려놓았다. 허나 아무리 인공 호흡을 해도 마누라는 눈을 뜨지 않았다.

"부인?!"

그는 마누라를 내려다보았다. 웬일인지 눈물은 나오지 않았다. 그는 울음도 웃음도 잃어버리고 그저 멍하니 앉아 있었다. 갑자기 그는 오른손을 들어 힘껏 자기 뺨을 연방 두서너 대 쳤다. 그러자 이상하게도 심정이 가뜬함을 느끼는 것이었다.

그는 급기야 자기 자신이 지금처럼 자유롭고 시름이 없어 본 적이 그 어느 때나 결코 없었던 것처럼 생각되었다. 여우가 재난을 만난다 하였으니 이 일을 두고 한 말이 아닌가?

인젠 용머리를 가지고 천자가 되어 부귀영화를 누려야지! 하고 그는 불행의 슬픔을 곧 다가오는 행복의 기분으로 전환시켰다. 그렇게 생각하니 힘이 났다. 비록 슬픈 일이나 이렇게 앉아 있을 때가 아니라고 생각하였다. 그는 마누라의 시신을 그 자리에 보기 좋게 대강 수습해 놓고 몽혼 약을 탄 술과 안주 그리고 톱과 칼을 보따리에 싸매고 궁궐로 향하였다.

대왕전에 들어선 그는 보따리를 으슥한 곳에 숨겨놓고 여기 저기 부질없이 왔다 갔다 하며 시간을 보내다 야밤삼경에야 술과 안주를 들고 대전문 어귀에서 파수꾼들을 불렀다.

"허허 부마가 자네들에게 술과 안주를 하사하여 소인이 가져 왔으니 모두 사양들 말고 어서 와서 마시게!"

"아, 그 참 때마침 가져 왔나이다."

"감사하나이다. 장 마름."

"모두 어서 오게나."

그렇지 않아도 피곤에 몰려 눈을 잡아 뜨던 파수꾼들은 익숙히 알고 있는 장 마름이 술과 과일을 들고 나온지라 아무런 의심도 없이 모여들어 앞다투어 술을 퍼 마시기 시작하였다.

"부마와 아가씨는 이 용처럼 생긴 소나무에 정성이 지극하외다. 매일 저 소나무에 물을 끼얹고 음식을 차려 주기도 하며 제를 올리나이다."

한 파수꾼의 말이었다.

"그런데 제물들이 감쪽같이 없어지는 것이 이상하나이다."

"그게 웬 소리냐?!"

장 마름은 놀라며 물었다.

"그 뭐 쥐들이 먹어 치우겠지."

"아, 아니…"

파수꾼들이 하나하나 쓰러지기 시작하였다. 장 마름은 늑대마냥 주위 동정을 살피며 품속에서 칼과 톱을 꺼내들고 슬금슬금 흑용의 앞으로 다가들었다. 장 마름이 다가오는 것을 발견한 흑용은 퉁방울 같은 눈을 뚝 부릅뜨고 속으로 주문을 외우며 "윽!"하고 전신에 힘을 모아 꿈틀 용을 썼다.

그러자 땅바닥 홈타기에 갑자기 풀썩 검은 운무가 일디니 거다란 구렁이 한 마리가 나타나 시뻘건 아가리를 쫙 벌리고 목덜미를 빳빳이 세우며 한입에 장 마름을 잡아 삼킬 듯 노려보았다.

"어이구?!"

장 마름은 혼비백산하여 그 자리에 주저앉아 엉덩이를 질질 끌며 제정신이 없이 손바닥 뒷걸음을 치는데 구렁이는 시퍼런 불이 이는 눈을 가느스름히 뜨고 스르르 몸을 풀어 점점 더 가까이 기어 들었다.

주린 구렁이 헐떡이는 숨소리가 독기에 젖어 쌕쌕 들이어 왔다. 장 마름은 이미 혼이 나가 손발만 허둥대는데 구렁이는 부지불식간에 달려들어 한입에 장 마름의 머리를 물고 꿀떡꿀떡 목에 힘을 주자 버둥거리던 장 마름의 다리는 삽시간에 보이지 않았다. 이어 구렁이는 몸을 사려 똬리를 틀고 앉아 긴 혀를 날름거리며 서릿발치는 시선으로 대청 대문을 지켜보며 힘을 주니 뱃속에서 쁘드득 쁘드득 뼈가 부서지는 소리만 간신히 들려왔다.

워낙 흑용은 버섯으로 변한 용비녀가 몸에 피를 빨아먹으면서 피어나기에 일신이 서서히 썩으면서 결국 죽게 될 신세였으나 다행히도 누르상치가 그 버섯을 뿌리째로 뽑아 먹는 바람에 겨우 목숨을 부지하였다. 허나 몸보신을 못하여 원형을 드러낸다는 것이 그만 구렁이로 나타난 것이었다.

"음 이놈들! 과인이 용이라는 것을 번연히 알면서 감히 잡아먹으려 하다니?! 과인이 이제 네 놈들을 모조리 잡아먹어야 한이 풀리리라!"

구렁이로 변신한 흑용은 음산한 바람을 일구며 대가리를 빳빳이 추켜세우고 긴 몸뚱이를 소리 없이 구불구불거리며 대문으로 기어들어가 사람을 만나는 대로 물고 잡아먹기 시작하였다. 그 바람에 여기저기에서 비명소리가 들리고 병졸들과 시녀들이 놀라 아우성치며 엎치락뒤치락 흩어지니 마 대왕이 놀라 잠에서 깨어나 소리쳤다.

"어이 하여 이리 소란스러운고?!"

"대왕님! 대왕님! 구렁이가…"

한 신하가 허겁지겁 달려오다 넘어지면서 실성하여 부르짖었다.

"구렁이라니?!"

"저기 저 소나무 구렁이가…"

"뭐라?!"

마 대왕은 삽시에 잔등이 섬뜩해짐을 느끼면서도 내색하지 않고 큰소리쳤다.

"일개 미물 앞에서 벌벌 떨다니! 그래 그놈이 어디 있느냐?!"

마 대왕은 급히 창과 활을 찾아 쥐고 신하들을 이끌고 대왕전으로 달려가 보니 대청 기둥보다 더 굵고 긴 구렁이가 대청 중심 높직한 용석에 꽈리를 틀고 앉아 있었는데 빳빳이 쳐든 메주덩이 같은 대가리의 독기가 오른 두 눈에서는 희멀건 빛이 서릿발처럼 엄습해 와서 몸서리쳤다.

마 대왕은 가까이 다가서면 죽음을 면치 못하리라 생각하고 황급히 창을 료사환에 끼우고 왼손에 활을 들더니 오른손으로 화살을 꺼내어 시위에 먹여들고 구렁이로 변신한 흑용의 앞가슴을 겨누고 쏘았다.

구렁이는 화살소리를 듣고 얼핏 대가리를 숙이어 화살을 날려 보내더니 아가리를 쫙 벌리고 움쭉 앞몸을 펴며 마 대왕을 급습하였다. 그 속도가 어찌나 빠른지 마 대왕은 미처 피하지 못하고 구렁이 입에서 발버둥쳤다. 그 모습에 마 대왕을 따라왔던 신하들이 대경실색하여 달아나니 구렁이는 마 대왕을 입에 물고 대가리를 이리저리 저으며 대왕전을 마구 부수었다.

이윽고 대청 정원으로 기어나온 흑용은 부지중 힘이 솟구쳐 올랐다. 사람을 잡아먹고 힘을 쓰는 바람에 몸이 풀렸다고 생각한 흑용은 주문을 외우는 동시에 젖 먹던 힘까지 다해 꼬리로 땅을 후려치며 몸을 곧추세웠다가 꿈틀 하고 앞발로 땅을 짚었다 다시 몸을 솟구쳐 원형을 드러내며 하늘로 날아올랐다.

대왕전은 아우성 소리, 비명소리, 통곡소리로 진동하였다. 땅을 치며 통곡하는 아가씨와 사람들을 묵묵히 둘러보던 누르상치는 분노에 몸을 떨며 하늘을 우러러 바라보며 주먹을 부르쥐었다.

"용이라 하여 모두 성스러운 존재가 아니고 신이라 하여 모두 믿을 바가 아니로구나! 내 비록 네놈이 덕이 있으나 사람을 잡아먹는 귀물이야 그 어찌 용서하랴?!"

누르상치는 즉시 활을 찾아 멘 후 말을 타고 흑용을 뒤쫓기 시작하였다. 하늘을 쳐다보며 한참 뒤쫓으니 흑용이 검은 구름을 몰고 하늘 강(송화강) 쪽으로 날아가는 모습이 바라보였다.

"푸루— 푸루"

누르상치가 탄 말이 연신 숨찬 소리를 질렀으나 그는 아랑곳하지 않고 채찍질하였다. 그때마다 채찍은 실뱀처럼 엉겼다 풀렸다 하며 이리저리 번뜩이다가 말이 둥그런 엉덩이에 내리떨어지곤 하였다. 허나 말을 타고 용을 쫓는다는 것은 그야말로 하늘에 장대 겨눔이었다. 흑용은 누르상치가 자기를 뒤쫓는 것을 감감 몰랐다.

그는 하늘 강(송화강)에 내려 잠깐 몸을 푼 후 하늘에 날아올라 여기저기 다니며 조화를 부려 약탈과 살인을 일삼으니 사람들은 그 일대를 흑룡강이라 부르기 시작하였다.

10회

정 소저는 괴이한 삼 형제들을 낳고
옥제는 흑용을 초무하다

　사랑은 소녀를 바보로 만드는 것 같았다. 그는 청용을 사랑했고 또 자기에 대한 청용의 사랑으로 해서 더욱 그를 사랑하였다. 청용을 완전히 자기의 것으로 만들었다는 생각은 소녀에게 끝없는 행복과 기쁨을 주었다. 그가 몸 가까이에 있음으로 하여 언제나 유쾌하였다.

　소녀가 차츰 더 많이 알게 된 것은 천하 더 없는 영웅적인 기질과 변화무쌍한 무예 그리고 의협심이 강한 그의 성격과 뜨거운 사랑이 그녀에게 안겨오면서 더 말할 수 없는 만족감과 행복감을 주었다. 그래서

인지 그녀는 앞날에 대하여 별로 생각해 보지 않았으며 부모 몰래 사
랑을 나눈다는 죄 의식은 안개처럼 사라져진지 오래 되었다. 그러나
급속하게 커가는 앞배는 도저히 숨길 수가 없었다. 이상하게도 며칠
사이에 소녀의 앞배는 남산만큼 불어나 금시 해산하게 되었다.

"어이구! 삼 대 내려오면서 깨끗하기로 소문이 난 정씨 가문에 이게
무슨 망신이란 말이냐?!"

"도대체 어디에 사는 놈이냐?! 말해야 알 게 아니냐?!"

늙은 어부는 마누라의 넋두리를 듣다못해 큰 소리로 따지고 들었다.

"……."

소녀는 손으로 얼굴을 싸쥐고 흐느끼기만 하였다. 부모들에게 물쥐
라고 말할 수도 없었고 동해 태자청용이라고 말할 수도 없었다. 그것
은 사람이 동물이나 신과 사랑을 나누었다면 그야말로 인간 세상에서
는 믿을 수도 용납될 수도 없는 해괴망측한 불륜으로 간주되었기 때문
이었다.

"귀 먹었느냐?!"

어부는 벼락 치는 듯 소리쳤다.

"어이구, 큰소리는? 속에 애가 놀라면 야단이우다!"

"허참, 부인 애가 있다면 애비는 어디에 있단 말이우?!"

"그렇다고 큰소리치면 애비가 하늘에서 뚝 떨어지나이까?! 이미 다
쏟아진 물인데."

정 부인은 어부를 흘겨보고는 자못 부드러운 어조로 딸을 달래였다.

"일없다. 정 화야 울지 마라. 처녀가 애를 배도 할 말은 있느니라."

"참괴함에 소녀 무슨 할 말이 있으오리까?"

"그래도 애들이 성씨는 알아야지 않겠느냐?"

"성씨는 없나이다."

"성씨가 없다니?!"

정 부인은 아연해서 반문하였다.

"그저 도망강을 따라 도망쳐 온 사람이라고 했나이다."

"그래, 지금 어디에 있느냐?"

정 부인은 바싹 다그쳐 물었다.

"모르겠나이다."

"모르다니?! 네가 모르면 누가 안단 말이냐?!"

어부는 발을 구르며 고래고래 소리 질렀다.

"에구, 답답해라! 애가 모른다고 하는데?!"

정 부인은 소녀의 잔등을 다독이며 말을 이었다.

"괜찮다. 괜찮아 어서 방에 들어가 누워라 괜히 놀라 애 떨어지겠다."

"쯧쯧…"

늙은 어부는 딸을 부축하여 일으키는 부인을 아니꼽게 흘겨보며 혀를 끌끌 차더니 한숨을 길게 내쉬며 집 문을 박차고 나서는 것이었다.

그날 밤 정 부인은 도저히 잠들 수가 없었다. 애지중지 키운 외동딸을 생과부로 만들다니? 애비도 없는 애들을 키우며 고생할 딸의 운명을 생각하니 원통하기 그지없었다. 그래서 어떻게 하면 그 괘씸한 녀석의 거처를 찾을까? 하고 궁리하던 정 부인은 한 가지 방법이 생각나 저도 모르게 철썩 무릎을 쳤다.

삼경이 되자 갑자기 방문이 살그머니 열리는 소리가 들려왔다. 때가 되었다고 생각한 정 부인은 소리 없이 자리에서 일어나 미리 준비해 두었던 바늘 실을 들고 문밖에 나가 잠깐 숨죽이고 엿들어 보았다. 소곤거리는 소리가 들려왔다.

정 부인은 그냥 그대로 뛰어 들어가 청용을 붙잡을 수 있었지만 딸의 배 속에 애가 염려되어 그만두고 계획대로 방문 가에 놓여있는 청용의 신발뒤축에 살짝 바늘 실을 꽂아놓고 들어왔다.

이튿날, 이른 새벽 바늘 실이 집 동쪽 호수에 잠겨 들어간 것을 발견한 정 부인과 어부는 아연실색해서 그만 할 말을 잃고 그저 우두커니 서서 서로 마주보기만 하였다. 미구하여 늙은 어부는 정신을 차리고 대노하여 호통쳤다.

"너 이놈?! 어서 모습을 드러내지 못할꼬?!"

"……"

이윽고 물 위에 기포가 일더니 수달이 불쑥 머리를 내밀고 린처럼 반짝이는 두 눈으로 말끄러미 언덕을 내다보고 있었다.

"물쥐가?!"

정 부인은 억이 막혀 손가락질하였다.

"너, 물쥐냐? 귀신이냐?!"

갑자기 호수에 물기둥이 솟구쳐 오르며 수달은 삽시에 늠름하고 영준한 사나이로 변신하여 물을 평지 밟듯 걸어 나와 정 부인과 어부의 앞에 무릎을 꿇는 것이었다.

"아뢰옵기 황송하오나 소신은 동해용 태자 청용이나이다. 일전에 어명을 받들고 흑용을 잡으러 왔다가 천지에서 중상을 입고 수달로 변신하여 도망강을 따라오다 장인어른의 통발에 들어 죽게 되었나이다. 그런 것을 다행히도 정 소저가 소신의 목숨을 구원하였나이다. 그때부터 정 소저를 사랑하게 되어 오늘에 이르렀으니 구태여 거절하며 소신의 절을 사양치 마소서!"

청용이 말을 마치고 정중히 절을 올리니 늙은 어부는 하늘을 우러러 한탄하였다.

"이미 쏟아진 물이라 어찌할 수 없으나 신과 인간의 혼인은 천륜을 위반한 것이라 이제부터 정씨 가문에 편한 날이 없겠으니 이 일을 어찌하면 좋단 말인고?!"

"이제 우리 딸이 귀신을 낳겠는지 사람을 낳겠는지 모르게 되었으니 이 일을 어찌 하오리까?!"

호랑이도 제 흉을 보면 온다더니 어머니의 넋두리 소리에 정 소저는 갑자기 아랫배에 모진 통증이 와서 배를 끌어안고 비명소리를 내었다. 하늘과 땅 그리고 신과 인간의 정기로 태어나는 생령인지라 청용이 정 소저를 만나 불과 삼 개월 만에 정 소저 해산하게 되었으니 그야말로 괴이한 일이 아닐 수가 없었다.

"아이고, 배야?!"

정 소저의 비명소리가 방에서 끊이지 않더니 갑자기 "응아!" 하는 영아의 울음소리가 연속 부절히 들려왔다. 그와 함께 "어이구 이게 무슨 일이냐?!" 하고 놀라 부르짖는 정 부인의 비명 소리도 잇따라 울려 나왔다.

이윽고 문이 열리며 고무풍선 같은 것이 풍덩 풍덩 뛰어나와 청용의 앞에서 재롱 피우듯 왔다 갔다 하였다. 그 속에서 영아의 울음소리가 들리는지라 청용은 부용검을 쑥 뽑아 들고 "나의 자식이라면 모습을 드러내라!" 하며 사정없이 내리쳤다.

그러자 펑 하는 소리와 함께 고무풍선 같은 것은 온데간데없이 사라져 보이지 않고 그 속에서 한 가닥 연기 같은 운무가 솟구쳐 올라 감돌더니 그것이 신기하게 모이며 점차 발가벗은 영아의 모습으로 형성되어 청용의 앞에 엎드리는 것이었다.

"해해 소자 부친께 문안드리나이다. 해해…"

"엉?!"

청용은 엉거주춤 뒷걸음치며 큰소리쳤다.

"너, 도대체 귀신이냐? 사람이냐?! 어서 머리를 쳐들지 못할꼬?!"

"해해…"

아이는 머리를 쳐들고 갸웃거리며 요사스러운 웃음을 지어보이며 해죽거렸다.

"이거?!"

청용은 너무 억이 막혀 할 말을 잃고 뚫어지게 아이를 지켜보았다.

감실감실한 얼굴에 큼직한 귀는 좁은 턱 위에 붙어 벌쭉 하고 신비스러운 린처럼 반짝이는 두 눈은 쉼 없이 깜빡이는데 작고 오목한 코와 뽈록하게 나온 입술 사이에는 몇 가닥 수염이 길게 나 있어 흡사 쥐새끼 같았다.

잇따라 집안에서 또 정 소저의 비명소리가 터져 나오더니 이번에는 황소상판에 우악스럽게 생긴 애가 문을 열고 어기적어기적 걸어나와 청용의 앞에 엎디어 인사를 드리는 것이었다.

"둘째, 부친께 문안드리나이다."

"어이구? 어이하여 너희들 모양새가 모두 이렇게 괴이하단 말인고?!"

청용이 하늘을 우러러 한탄하는데 갑자기 문이 열리며 셋째가 쫑드르 달려 나와 청용의 다리에 매달렸다.

"아빠! 아빠!"

"어허?"

청용이 머리 숙이고 내려다보니 호랑이상에 자못 영준하게 생긴 애가 동동 매달리는지라 제꺽 안아 추켜들었다.

"허허 너야말로 진짜 청용의 아들이구나! 하하하…"

"아버님?!…"

첫째와 둘째는 청용의 태도에 이구동성으로 부르짖으며 눈물이 글썽해서 오도카니 서있었다. 그때까지 박 넝쿨 다락 밑에서 담배만 푸푸 피우며 간신히 노기를 삭이던 늙은 어부는 마뜩치 않는 기색을 짓고 다가오며 청용을 삿대질을 하였다.

"이 사람아?! 잘나도 내 아들 못나도 내 아들이거늘 어이하여 친 자식을 개 닭 보듯 하는고?!"

"장인어른?!"

청용이 급히 무릎을 꿇고 사죄하려는데 집 문이 열리더니 정 부인의 부축을 받으며 정 소저가 눈물 흘리며 다가왔다.

"소첩이 금일 낳은 아이들은 모두 소첩의 핏덩이로 하늘이 점지하여 주신 신동인 줄로 아나이다. 낭군님께서는 부디 그리 알고 어서 애들의 이름이나 지어 주심이 마땅한 줄 아나이다."

"소신은 성이 없으니 어머니의 성씨를 따라 정씨라 하되 첫째는 쥐상이라 정 용자라 부르고 둘째는 황소 상이니 정 용축이라 부르고 셋째는 호랑이 상이니 정 용인이라 함이 어떠하나이까?"

청용이 말을 마치고 장인어른을 쳐다보니 늙은 어부는 얼굴에 회색이 만면하여

"이름은 상관 없으나 모두 정씨 가문의 손자들이라 하니 기쁘기 한량없네! 애들아! 할아버지 안아보자! 하하하…"

정 용자와 정 용축을 한 팔에 하나씩 끌어안고 집으로 들어가니 정 부인 또한 춤추는 듯 다가와 정 용인이를 제꺽 품에 안고 집으로 달려 들어갔다. 이때 갑자기 맑은 하늘에서 생벼락이 장구봉을 내리치니 동해에 파도가 세차게 일고 산지 사방에서 검은 구름이 모여들기 시작하였다.

"아하 하늘이 진노함이 분명하니 이일을 어찌 할꼬?!"

청용은 하늘을 쳐다보며 길게 한숨을 내쉬었다.

한편 동해용왕은 태자 청용이 도망강(두만강)하류 어귀의 양관평(방천)에 있는 줄을 모르고 있었다.

　등잔불 밑이 어둡다고 동해용왕은 바로 동해 문 어귀에 청용이 있으리라고는 꿈에도 생각 못하였다. 그는 다만 태백산 천지 싸움에서 청용이 행방이 묘연하고 흑용은 태백산 서북쪽 땅에서 약탈과 살인을 일삼고 있다는 풍문만 들었던 것이었다.

　이에 대노한 그는 의관을 정제하고 옥황상제에게 올리는 상주문을 작성하여 가지고 급히 상서로운 구름을 잡아타고 하늘에 올라 곧게 영관전으로 향하였다.

　어느새 동해용왕이 영관전에 이르니 궁전을 호위하는 하늘 장수들이 병장기를 틀어쥐고 기세 당당히 서 있었다. 허나 자주 다니는 동해용왕인지라 보는 척도 하지 않고 길을 내주었다.

　동해용왕이 급급히 계단을 밟고 올라가며 궁을 둘러보니 연한 젖빛 안개 기운이 신비하게 감도는 속에 우뚝우뚝 솟은 대전 기둥마다 봉황이 그려져 있었는데 그 사이로 하늘나라 선녀들이 수건을 받쳐 들고 서 있는 모습이 바라보였다.

　홀연 하늘 북이 둥둥 울리었다. 이윽고 만조백관들과 성인들이 모여들어 옥제에게 참배하기 시작하였다. 하여 동해용왕은 잠깐 대전 밖에서 기다리는 수밖에 없었다.

　만조백관들이 참배가 끝나는데 문득 동해용왕이 상주문을 올리려 왔다는 전갈이 들어왔다. 옥황상제는 즉시 동해용왕을 영관전의 계하에 불러들이고 상주문을 받아 대충 읽어보았다. 그리고는 실눈을 지으며 "음" 하고 군소리 내더니 무겁게 입을 열었다.

　"동해황후를 유혹하여 간통한 죄를 깨닫지 못하고 동해태자를 해친데다 하계의 무고한 백성들을 해치고 있다니 짐이 곧 천병으로 그놈을

징계할 터인즉 그대는 심려 말고 동해에 돌아가 희소식을 기다리도록
하라!"

"황은이 망극하나이다.!"

옥황상제에게 사례하고 영관전을 나선 동해용왕은 기쁜 마음으로 동
해로 돌아갔다. 허나 동해용왕이 떠나간지 얼마 안 되어 아래로부터
북해용왕이 상주문을 가지고 왔다는 전갈이 올라왔다.

옥황상제는 북해용왕을 불러들여 그가 올리는 상주문을 보니 이번에
는 동해 용태자가 천륜을 위반하고 하계 여인과 연분을 맺어 신선도
아니고 하계 인간도 아닌 요물 삼 형제를 낳아 세상을 난잡하게 할 뿐
만 아니라 서해 용태자를 용비녀로 살해하려고 하였으니 즉시 청용을
삽아 능지처참하여 달라는 내용이었다. 고소장을 읽어 본 옥황성제는
대노하여 부르짖었다.

"신선이 하계 여인과 연분을 맺다니?! 그렇게 되면 장래에 하늘과 땅
에 인간도 아니고 신선도 아닌 요물 천지가 될 게 아니냐?! 그대는 돌
아가 천병과 합세하여 청용을 잡을 준비를 하라!"

"황은이 망극하나이다!"

북해용왕은 머리를 조아려 사려하고 물러나와 곧게 북해로 떠나갔
다. 서해용왕이 물러가자 옥황상제는 곧 영을 내렸다.

"여봐라! 천병을 일으켜 천륜을 어긴 청용을 징벌할 준비를 하라!"

이때 태백 금성이 반열에서 나서 예를 올리고 아뢰었다.

"아뢰옵기 황송하오나 동해 용태자 죄도 크지만 북해 용태자 흑용의
죄도 작지 않나이다. 소신의 소견에는 천병들에게 칙지를 내리기보다
는 북해 흑용을 초무하여 청용을 징벌함이 좋을 것 같나이다. 그리하
여 오만무례한 용 두 마리를 모두 잡아야 하나이다."

태백금성의 말에 옥제는 크게 웃었다.

"하하하… 듣고 보니 묘책이로다. 하오나 누가 흑용을 찾아가 설득할꼬?"

"예, 소신이 갔다 오겠나이다."

"암, 그렇다면 태백금성은 곧 하계에 내려가 짐의 의사를 흑용에게 전갈하도록 하라!"

"황은이 망극하나이다!"

태백금성은 사례하고 그 즉시 흑용을 찾아 떠났다.

이때 청용은 도망강(두만강)하류 양관평의 모래 둔덕에 뒷짐 쥐고 서서 하염없이 동해를 바라보고 있었다. 백색 전포에 부용검을 비껴 찬 그의 옷자락이 바람에 기폭마냥 세차게 날리는데 저쪽 한편에서는 무예를 겨루는 삼 형제들의 창검 부딪치는 소리가 요란하게 들려왔다. 하지만 청용은 묵묵히 동해만 바라보고 있었다. 자신이 나서 자란 정든 동해를 지척에 두고도 갈 수 없는 애끓는 심정보다도 곧 닥쳐오는 것만 같은 결전과 하늘이 내리는 징벌에 대응할 준비를 하여야 하였으니 그의 마음은 무겁기만 하였다.

이 시각 그는 흡사 동해바다의 거세찬 파도 속의 암석마냥 암석에 부딪쳐 박살나는 세찬 파도를 보았고 진노하여 울부짖는 옥제를 보는 것 같아 저도 모르게 한숨을 내쉬었다. 집 마당에서 금방 씻은 옷들을 밧줄에 널던 정 소저는 남편의 그 모습을 보고 다가갔다.

"낭군님께서는 무슨 일로 심려하시나이까? 지척에 계시는 부왕님을 뵙지 못해 그러시나이까?"

"아 부인, 소신이 무슨 면목으로 부왕을 뵙겠소. 그런 일이 아니라…"

"무슨 일인지 소첩이 심히 불안하오니 솔직히 말씀하소서."

"사실…"

청용은 잠깐 말을 끊고 정 소저의 기색을 살피더니 자못 심중한 기색을 짓고 말하였다.

"지난 밤 천문을 살펴보니 동해 하늘가 큰 별이 움직이고 이어 북천에 별이 유성처럼 솟아 흐르니 이는 부왕과 북해용왕이 옥제에게 상주함이요. 천황성이 떨며 이곳을 유난히 비추니 이는 옥제가 소신의 행실에 진노함이 분명하나이다. 이제 조만간 천병이 아니면 흑용이 소신을 잡으러 올 것이니 부인은 놀라지 마시고 미리 준비함이 마땅한 줄 아나이다."

"낭군님이 무슨 죄가 있다고 옥제가?!"

"천륜을 어기고 속계의 여인과 인연을 맺어 삼 형제를 보았으니 그 어찌 죄 없다 하리오. 애들이 세상에 내어난 시 얼마 되지 않는데 그 무예 출중하여 소신을 능가하니 옥제가 그 애들을 인간이라 보겠나이까? 신선이라 보겠나이까?"

"소첩이 무식하오나 사랑에 계선이 없고 죄가 없는 줄로 아나이다. 인간이면 어떻고 신선이면 어떻단 말씀이나이까? 하늘땅에 죄 짓지 않고 인간답게 신선답게 행복하게 살아가면 되거늘 옥제 무슨 상관이나이까? 낭군께서는 너무 상심하지 마소서."

정 소저 정색하여 강의한 모습을 보이니 청용은 놀라운 표정으로 이윽히 그를 지켜보다 대소하였다.

"하하하… 부인의 말에 장마 하늘 같은 이 마음이 삽시에 개이도다! 속계 아녀자 마음이 이러하거늘 내 그 무엇을 주저 하리오. 하오나 부인?!"

청용은 갑자기 말끝을 흐리며 정 소저를 바라보았다.

"예, 낭군님?!"

정 소저는 적이 의아한 표정을 짓고 청용을 쳐다보았다.

"낭군님, 소첩은 죽어도 낭군님의 뜻을 따르겠나이다. 하오니 주저치 마시고 심려됨을 말씀하소서."

"일전에 태백산 천지 천황 용님은 소신에게 대사를 이루려면 서천으로 가서 네(4) 신들을 만나보고 깨우침을 얻으라 하였나이다. 하오나 소신은 대사를 이루기에만 급급하여 사탄 우 마왕의 말을 듣고 돌아와 그만 참패를 면치 못하였나이다. 하여 소신은 삼 형제들을 서천으로 보내려 하오나 부인이…"

"자식들에게 가르침을 주는 것은 부모의 근본 의무라 스승을 찾아 주심은 마땅한 일이나이다. 그 어찌 정으로 근본을 대하리오까? 이미 애들이 재주가 낭군님 못지 않다면 주저치 마소서."

"부인! 오늘 소신이 마음 확 트이는구려!"

청용은 저도 모르게 한숨을 내쉬며 정 소저의 어깨에 정답게 손을 얹었다. 정 소저는 믿음과 사랑과 행복이 한꺼번에 모인 절묘한 미소를 눈과 입에 띠고 청용을 쳐다보다 부끄러운 뜻 얼굴을 붉히며 그의 품에 안기였다. 이때 정 용축이 눈치 없이 선인장을 어깨에 메고 헐떡헐떡 달려와 무릎을 꿇고 아뢰었다.

"소자, 억울하여 참을 수가 없소이다! 정 용자 한순간 먼저 태어났다고 소자를 무시하나이다. 난쟁이 키에 쥐처럼 생긴 용자를 형이라 부르다니 당치 않나이다. 반드시 무예로 우열을 가름이 마땅하오니 부친께서 재판을 서 주시기 바라나이다."

황소처럼 억척스럽게 생긴 정 용축이 우렁우렁한 하소연에 청용이 어이없어 정 소저를 바라보며 그저 웃고 있는데 문득 회오리바람 같은 소리가 감돌아치면서 풀썩 운무가 일며 정 용자가 모습을 드러내고 무릎을 꿇는 것이었다.

"해해… 저 아우가 불복하니 소자 실례하겠나이다. 아우, 달려 봐!

해해…"

"씨!" 하고 정 용축은 자리에서 일어나면서 선인장으로 사정없이 용자를 겨누고 내리치니 정 용자는 엎드린 채로 한 발자국 살짝 앞으로 뛰며 해해거리었다. 이에 약이 오른 정 용축은 이번에는 정 용자의 앞을 겨누고 내리쳤다. 그러나 정 용자는 제자리에 엎드린 채로 빤히 쳐다보며 해해거렸다. 약이 오를 대로 오른 정 용축은 선인장을 낮추어 구렁이가 쥐를 노리듯 선인장을 놀렸다.

이에 다급해진 정 용자는 부지불식간에 공중에 솟아 매지구름을 잡아타고 해해거렸다. 잇따라 정 용축이 대노하여 하늘에 솟아오르니 정 용자는 볼록한 입술 안에 앙칼진 이빨을 드러내며 두 손으로 두 가닥 코 수염을 뽑아 들고 "변해라!" 하고 소리치니 두 가닥 콧수염은 날카로운 단창이 되어 손에서 번뜩였다.

"해해, 아우 조심하게나."

"뭐, 아우?! 어디 보자 받아라!"

두 형제는 신통력을 발휘하여 삼십여 합이나 어울려 겨루었으나 승부가 나지 않자 그들은 각기 근두운법과 변신법을 천만 가지로 변화시키면서 싸웠다. 홀연 뒤늦게 쫓아온 셋째 정 용인은 비용검을 추켜들고 급히 하늘에 날아올라 두 형을 막아서며 호통쳤다.

"두 형은 멈추라!"

그제야 용자와 용축은 싸움을 멈추고 셋째 용인에게 끌려 내려와 청룡의 앞에 무릎을 꿇었다.

"해, 소자 그래도 아우라고 사정 좀 봤나이다. 해…"

"뭐라? 사정 봤다고?!"

"소자들이 무례함을 용서하소서!"

셋째 정 용인이 엎드리며 두 형의 옆구리를 치며 눈짓했으나 두 형은 서로 제가 더 드세다고 우기였다.

"해, 부친께서 아우의 우둔함을 일깨워 주소서 해."

"형 구실은 소자함이 마땅한 줄 아나이다. 통촉하소서!"

"이 놈들?!" 청용은 갑자기 벼락 치듯 소리쳤다.

"……."

세 형제들은 놀라 그 자리에 굳어져 숨을 죽이고 엎드려 있었다.

"자고로 형제는 수족 같다 하였거늘 어이하여 형 구실을 놓고 다투느냐?! 이럴진대 장차 왕 자리라면 형제끼리 칼부림 하겠으니 이 일을 어이하면 좋단 말이냐?! 핏줄도 모르고 물고 뜯고 하면 가정이 망하고 나라가 망하거늘 어이하여 미욱한 짐승들도 알고 있는 이치를 모른단 말이냐?!"

청용의 말을 받아 정소저가 말을 이었다.

"한순간 먼저 태어나도 형이라 이는 그 누구도 거역할 수 없느니라. 자신의 홍문이 구리다고 베어 버릴 수 없듯이 자신의 몸처럼 서로 아끼고 사랑해야 하느니라."

"너희들이 이러함은 정신이 없기 때문이다. 정신이란 세밀하고도 맑고 깨끗하게 정제된 신을 의미한다. 정신이 없으면 생령에 의존하여 식물이거나 동물처럼 살아가게 된다. 그러니 오늘 당장 서천으로 가서 신들을 찾아가 스승으로 모시고 깨우침을 얻도록 하라!"

"예?!"

세 아이들은 이구동성으로 대답하면서도 서로 의아한 표정으로 마주 보았다.

11회

삼 형제들은 스승을 만나고
태백금성은 상제의 명을 전하다

삼 형제들은 구름을 잡아타고 온밤을 달려 이튿날 아침 때에야 서천 경계에 들어섰다. 허나 망망한 하늘 구름 위에서 그들은 어디에서 스승을 찾아야 할지 몰라 그저 여기저기에 대고 스승을 부르기만 하였다.

"스승님?!–"

"정 용축이 스승을 찾나이다. 스승님?!"

"삼 형제들이나이다. 스승님?!"

홀연, 한 가닥 매지구름이 마치 날아오는 검은 실뱀마냥 뭉게뭉게 일어나는 구름 속에서 가라앉기도 하고 꼬리를 휘감아치며 솟기도 하며 숨바꼭질을 하였다. 그것은 점점 가까이 다가오면 올수록 커지는 것이었다. 괴이하게 여긴 삼 형제들은 어리둥절해서 그저 그 자리에 굳어져 있는데 어느새 다가 왔는지 구름 속에서 불쑥 웬 괴인이 나타나 너털웃음치는 것이었다.

"하! 하! 하! 귀여운 신동들이구나! 그래 누가 이 우 마왕의 제자가 되겠느냐?!"

"……."

삼 형제들은 서로 마주 보았다.

"해, 소자…"

정 용자가 나서려는데 정 용축이 급히 용자를 막아서며 큰소리로 대답하였다.

"소자, 스승님께 문안들이나이다."

"하하하… 일전에 청용을 만났을 적에 기를 넣었더니 과연 소신의 생각대로 태어났구나. 하하하… 가자!"

"망극하나이다!"

정 용축은 제꺽 자리에서 일어나 달려갔다.

"하하하하…"

우 마왕이 손을 내미니 정 용축은 우 마왕의 손을 잡고 뒤돌아보며 어깨를 으쓱해 보이였다. 그들의 뒷모습을 바라보며 정 용인은 손을 저어 보이는데 정 용자는 귀뿌리를 살살 만지며 "해!" 하고 아쉬운 군소리를 토하였다.

"해, 그 참?"

"형님, 이제 보다 좋은 스승님이 나타날 거외다. 자 갑시다."

"해, 이제 어디로 더 간단 말이냐? 해."

"부친께서는 서천으로 가고 가다보면 스승님들이 나타날 것이니 각기 다른 스승을 따라 가라고 하였나이다. 하오니…"

"해, 그 뭐 배울 게 있다고? 우리 그만 돌아갈까?"

"형님, 무슨 소리 하나이까? 이미 왔으니 더 가 봅시다."

정 용자는 어쩐지 괜히 심술을 부리고 싶은 심정이 부풀어 오름을 느끼며 되돌아가고 싶었으나 용인이 하도 강경히 잡아끄는 바람에 마지못해 구름을 재우쳤다.

그들이 한식경 푼이 넘게 날아 잠깐 숨을 돌리는데 문득 저 멀리 앞에 햇솜 같은 구름들이 병풍처럼 쌓이고 펼쳐져 서서히 다가오더니 어느새 왔는지 느닷없이 그들의 앞에 나타나 멈추는 것이었다.

두 형제 놀라 바라보니 병풍처럼 둘러선 구름 중간에 몸집이 풍만한 웬 여인이 연꽃방석에 조용히 눈을 감고 앉아 있었는데 둥근 얼굴에는 자애로운 미소가 노을처럼 피어 소리 없이 평온한 느낌을 주었다. 그리고 앞가슴에 곧게 고여 펼쳐진 엄지손가락에는 염주가 걸려 있었고 왼쪽 무릎 위에 놓인 손에는 가는 버들가지 같은 것이 쥐어져 있어 그 무슨 무예를 가르치는 신 같지 않아 보였다.

"두 형제 중 누가 관세음보살의 제자가 되고 싶으냐?"

"형님, 빨리 스승님께 문안드리지 않고 뭘 꾸물거리오?"

"해, 싫어! 네가…"

정 용자는 용인의 등을 밀었다.

"왜 싫으냐?"

관세음보살은 웃으며 나직한 음성으로 부드럽게 물었다.

"해, 보니 여인인데다 몸집까지 풍만해 힘도 못쓸 것 같나이다. 게다가 얼굴에 살기란 조금치도 없으니 무슨 병장기를 다루며 무예를 전수

하겠나이까?"

"음, 그러하냐? 그럼 내가 무슨 일을 하면 좋겠느냐?"

"하계에 내려가 아이나 낳고 자장가를 불렀으면 좋을 것 같나이다."

"형님?!"

"해, 두려울 게 뭐냐?! 해!"

관세음보살은 웃으며 말하였다.

"아무래도 너를 나의 제자로 받아야겠다."

"해, 소자를 제자로 삼으려면 반드시 저와 겨루어 이겨야 되나이다."

"그러하냐? 그럼 어디 한번 덤벼 봐라."

"해!" 정 용자는 머리를 갸웃하고 쳐다보며 저 놈이 죽자고 드는구나. 여하튼 내 탓이 아니니 좀 본때를 보여줘야지. 이렇게 생각한 정 용자는 앙칼진 이빨을 드러내며 콧수염 두 대를 뽑아 단창으로 변신시키고 말하였다.

"아이라고 얕보면 큰일나나이다."

관세음보살은 말없이 조용히 눈을 감으며 미소를 지었다. 이때라고 생각한 정 용자는 단창을 꼬나잡고 번개같이 관세음보살님을 향해 날아갔다. 정 용자가 단창으로 막 관세음보살의 가슴을 찌르려는데 관세음보살은 눈도 뜨지 않고 입속으로 주문을 외우며 버들가지만 살짝 들어 보였다. 순간 정 용자는 곤두박질하며 바닷물에 굴러 떨어져 발버둥쳤다.

물속에서 허둥대던 정 용자는 즉시 상어로 둔갑하여 헤엄쳐 갔다. 한참 헤엄쳐 가니 푸른 언덕이 나타나는 것이었다. 푸른 언덕에 올라선 정 용자는 너무 추워 옷을 훌훌 벗어 두 손으로 힘껏 쥐어짜서 언덕에 널어놓았다. 그리고는 발가벗은 몸으로 주위를 둘러보다 자신이 꼬투리를 쥐어 당기며 꽁알거렸다.

"해, 그 놈의 술법에 요놈 고추까지 주눅이 들었네. 해, 내가 하도 날렵했으니 말이지 하마터면 바위에 떨어졌지. 그런데 여기가 도대체 어디지?"

"형님은 지금 버들잎에 서 있다!"

"해?!"

정 용자는 용인의 외침 소리에 놀라 연신 눈을 깜박이며 사방을 둘러보는데 관세음보살은 웃으며 가볍게 버들가지를 흔들었다. 그러자 버들가지에서 한 방울의 이슬과 함께 발가벗은 정 용자가 굴러 떨어지면서 공중제비하여 받아서는 것이었다. 관세음보살의 신통력에 놀란 정 용자는 아연해서 쳐다보다 넙죽 절을 하며 말하였다.

"해, 소자 좀 재간이 노사라니 세사가 되겠나이다."

"음." 하고 관세음보살은 미소를 지으며 버들가지에 걸려 있는 정 용자의 옷들을 벗겨던져 주었다. 정 용자는 급히 옷을 주워입고 몸을 날려 관세음보살님의 신변에 가서 몸을 돌려 정 용인에게 손을 저어 보였다.

"형님! 몸조심하오!"

그때까지 아연해서 서 있던 정 용인은 눈물이 글썽해서 손을 저으며 소리쳤다. 점점 멀어져가는 관세음보살님과 정 용자의 뒷모습을 바라보는 그의 마음은 한없이 외롭고 서글퍼졌다. 나도 큰형을 따라갔을걸 그랬어. 이렇게 생각하며 구름을 재우치는 그의 몸은 갑자기 천근같이 무겁고 두 다리는 솜을 밟고 있는 것처럼 휘청거렸다.

어느 때가 되었을까? 갑자기 그는 거대한 무형의 손이 머리를 내리짚는 느낌을 느끼며 하늘 높이 치솟아 오르기 시작하였다. 웬일인지 발버둥치며 멈추어 서고 싶은 생각이 났으나 무엇 때문인지 그러한 힘이 나지 않았다.

그는 자신이 지금 하늘 위에 하늘로 올라가고 있다는 희미한 안개 같은 의식 속에 잠겨들며 눈을 감았다. 그러자 육체적인 피로와 오늘 일어난 일들 때문에 생긴 정신적인 외로움과 불안이 서서히 안식으로 들어가고 있었다. 마치도 잠이 오는 것을 느낄 수 있을 정도의 의식이 남아 있을 때처럼 그의 육체는 편안해졌으며 공기처럼 가벼워지는 것이었다.

누군가 머리에 성수를 뿌려주는 듯한 느낌에 눈을 번쩍 뜨고 바라보았을 때 그의 앞에는 두꺼운 천서 한 권과 십자가 목걸이가 칠색 빛을 뿌리며 구름 위에 놓여 있을 뿐 사람은 그림자도 보이지 않고 그저 부드러운 말소리만 은은히 울려 왔다.

"깨달음은 하루아침에 얻는 것이 아니라 이 천서를 읽으면서 평생 사탄과의 싸움에서 얻어진다. 깨달음을 얻으면 애오라지 사랑을 베풀게 되어 그 영혼은 하늘나라에 오르게 된다. 그러나 이 천서를 잘못 이해하면 귀신을 믿게 되고 또한 이 천서를 자신과 무리의 이득을 위해 이용한다면 만백성의 피를 빨아 먹는 면사포를 쓴 귀신이 되어 죽어서도 천벌을 면치 못한다. 부디 명심하여라."

"명심하고 명심하고 또 명심하겠나이다!"

정 용인은 머리를 조아리며 사례하고 머리를 쳐들고 바라보니 구름 위에 하늘에는 아무도 없이 그저 망망한 공간뿐이었다. 티 없이 맑고 깨끗한 구름 위에 하늘은 바람과 번개를 일으키며 눈비를 마구 퍼부어 대는 그런 조화 부리는 하늘이 아니라 가장 이 세상을 이해하고 사랑하는 무한히 넓고 넓은 품을 가진 우주자의 하늘이었다.

"하늘이시여! 성은이 망극하나이다."

다시 하늘에 사례한 정 용인은 천서를 품에 고이 간직하고 십자가 목걸이를 목에 걸고 머리 들고 보니 눈 부시는 하늘에 웬 거인이 웃으며 손을 내밀고 있었다. 정 용인은 경건한 마음으로 멍하니 쳐다보다 저도 모르게 그 손을 잡고 일어나 서천으로 향하였다.

이 시각 옥황상제에게 사례하고 영관전을 나선 태백금성은 상서로운 구름을 잡아타고 송화강을 따라 구름을 채우치며 하계를 살폈다. 흰말꼬리 털 술이 달린 먼지떨이로 짙은 안개를 헤치며 송화강을 살펴보던 태백금성은 강변에서 활시위를 메워들고 있는 누르상치와 강에서 금시 솟구쳐 오르려 하는 흑용을 발견하고 흠칫 놀라며 "아니, 저 놈이 하늘 대사를 망치겠구나!" 하고 급히 구름을 낮추었다.

누르상치는 말 잔등에서 활시위에 살을 메여 들고 흑용이 나타나기만 기다리고 있었다. 그것을 눈치 차린 흑용은 원형을 사람의 모습으로 변신시키고 불의에 누르상치의 앞에 나타나 창을 꼬나잡고 대노하여 소리쳤다.

"이놈아 소신의 덕에 부마가 되었거늘 어이하여 소신을 모해하려 드느냐?!"

그 바람에 누르상치가 탄 말이 앞발을 높이 추켜들고 울부짖다 땅을 차며 사납게 "푸−푸"거리는데 누르상치 또한 칼을 뽑아 들고 삿대질하며 꾸짖었다.

"소인이 비록 네 몸에 버섯을 뜯어 먹고 부마가 되었으나 그 어찌 백성을 함부로 잡아먹는 네놈을 용서한단 말이냐?! 용이라면 하계의 존대를 받을 네놈이 먼저 대의를 저버리고 구태여 소인의 덕과 의를 따지느냐?! 어서 무릎을 꿇고 칼을 받지 못할꼬?!"

"어허 이놈이 소신의 몸에 버섯을 뜯어 먹더니 배포도 통도 커진 게로구나."

"하하하 네 놈의 몸에 버섯을 뜯어 먹은 후 하늘땅을 뒤엎을 만한 완력과 무예가 생겼다. 도대체 그 버섯이 뭐냐?!"

"그것은 버섯이 아니라 용을 다스리는 용비녀다. 소신이 오늘 네 놈을 잡아먹는 것은 용비녀를 먹는 것과 같은 것이니 기어코 네놈을 잡아 먹어야 하겠다!"

"하하하 그렇다면 소인은 용비녀이니 너는 오늘 죽었다! 하하하…"

"에 익, 이런 발칙한 놈 봤나?!"

흑용이 대노하여 창을 꼬나잡고 덮쳐드니 누르상치는 "짜!" 하고 말고삐를 재우치며 칼을 추켜들고 마중 달려 나갔다. 그들이 창과 칼을 어울리어 십여 합을 싸우나마나 하였을 때였다.

"싸움을 멈추라!"

흑용과 누르상치가 싸움을 멈추고 머리를 들고 쳐다보니 바람에 날리는 흰수염을 쓰다듬으며 태백금성이 손에 먼지떨이를 쥐고 낮게 떠 있는 조각구름 위에 서 있는 것이었다. 흑용은 대뜸 태백금성을 알아보고 무릎을 꿇었으나 누르상치는 그저 멍청하니 말 잔등에 앉아 있었다.

"감히 흑용과 맞서다니? 용감한 사나이로다. 허나 신과 싸워 이길 수 없으니 장사는 이 길로 태백산 기슭에서 자수성가하여 열심히 살아가도록 하라. 그러면 장차 대국을 세우고 통치할 자손들이 태어날 것인즉 장사는 그리 알고 즉시 이 자리에서 물러가라!"

"망극하나이다!"

누르상치는 그제야 정신을 차리고 허리 굽혀 사례한 후 힘껏 채찍으로 말 엉덩이를 내리치며 "가재는 게편이라더니 흥!" 하고 입속으로 두덜거렸다. 그 양에 태백금성은 그저 수염을 만지며 빙긋이 웃기만 하였다. 이윽고 태백금성은 흑용을 내려다보며 엄연한 기색을 짓고 큰소리로 말하였다.

"흑용아 천상공주와 간통하여 동해와 하늘을 문란케 하고 하계에 내려와 무고한 백성을 해치어 하늘의 위상을 더럽힌 너희 죄를 도저히 용서할 수 없으나 근일 청용이 양관평에서 천륜을 어기고 속세 여인과 인연을 맺고 인간도 아니고 신선도 아닌 요물 삼태성을 낳아 이 세상을 문란케 하니 옥황상제께는 특별히 너희에게 청용을 징벌하라는 칙지를 내려 공을 세워 죄를 면할 기회를 주었느니라."

"하오나 소신은 용비녀에 맞아 아직 몸이 완쾌되지 않아 사람을 잡아먹지 않으면 아니 될 신세이나이다. 하오니 그 어찌 어명을 받들 수 있나이까?"

흑용은 속으로 잘코사니를 부르면서도 짐짓 딴소리하였다.

"허허 흑용은 머리를 들라!"

흑용이 머리를 들자 태백금성은 중지로 손에 해룽단을 튕기니 그것이 반짝하는 순간 어느새 흑용의 입으로 날아 들어갔다. 그러자 흑용은 움쭉하고 몸을 떨며 풀썩 운무를 일구더니 삽시에 원형을 드러내고 하늘에 날아올라 한식경이나 용을 쓰다 인간의 모습으로 둔갑하여 내려왔다.

"황은이 망극하나이다.! 소신이 어명을 받들어 최선을 다 하겠나이다."

흑용이 황급히 엎드리어 사례하니 태백금성은 수염을 쓰다듬으며 머리를 끄덕였다.

"소신은 곧바로 영관전에 올라가 상제를 배알하겠으니 그대는 태백산에 가서 천상공주를 찾아 함께 대사를 도모하라."

"성은이 망극하나이다!"

흑용은 머리를 조아려 사례하고 몸을 솟구쳐 하늘에 날아올랐다.

12회

두 용은 흑정자벌에서 승부를 가르고
정 용자는 천상공주와 크게 싸우다

세월은 유수처럼 흘러 삼 형제들의 스승을 찾아간지 어느덧 수개월이나 되었다. 스승을 따라 예루살렘 베들레헴 등지를 돌아다니며 많은 것을 배운 정 용인은 어느 날 스승님의 부름을 받았다. 스승님은 그에게 집에 재앙이 닥쳐오니 급히 돌아가 부모님들을 돌보라고 하였다.

정 용인은 밤낮 구름을 재우쳐 집에 이르렀다. 뜻밖에 나타난 정 용인의 모습에 청용과 정 소저는 심히 놀라 서로 마주보며 할 말을 찾지 못하는데 정 용인이 무릎을 꿇고 자초지종을 상세히 말해 주었다. 그제야 시름을 놓은 청용은 하늘신의 가르침을 마디마디 새기고 항시 천서를 갖고 다니며 통독하라고 당부하였다.

그날부터 정 용인은 낮에는 무예를 익히고 밤에는 등불 밑에서 한 글자 한 글자 읽어내려 갔다. 비록 이해하기 어려웠으나 믿음과 참회로 자신이 마음을 비우니 흉금은 대해처럼 넓어지고 머리는 한결 맑고 깨끗해지면서 무궁무진한 힘과 신비한 신령 기능이 생겨났다. 어느 날 아침 정용인은 정 소저와 청용의 앞에 무릎을 꿇고 말하였다.

"오늘 큰 형님과 작은 형님이 돌아올 것이나이다. 재앙이 다가오니 부친께서는 대비하여야 하나이다."

"무슨 소리냐?"

청용은 크게 놀라하며 반신반의히였디. 아니나 다를까 저녁때가 되자 정 용자와 정 용축이 잇따라 집 문을 떼고 들어섰다.

"해, 소자 돌아왔나이다."

너, 이놈 도망쳐 온 것이 아니냐?!"

청용은 뚫어지게 정 용자를 지켜보며 물었다.

"해, 소자 관세음보살님의 제자가 되었다는 소문을 들은 옥제는 대노하여 관세음보살님께 칙지를 내려 소자를 쫓아버리라 했으나 관세음보살은 모든 재주를 다 배워 주었나이다."

"너는 우 마왕이 쫓아서 왔느냐?!"

"쫓다니요? 허허 누가 감히…"

정 용축은 벌쭉 웃으며 우렁우렁한 목소리로 말하였다.

"우 마왕은 부친의 운명에 흉한 액이 들이닥치니 돌아가서 도우라고 하였나이다."

"흉한 액?!…"

정 소저는 소스라치게 놀라며 아연히 청용을 바라보았다. 청용은 말없이 한숨을 내쉬며 자리에서 일어나 밖으로 나가는데 삼 형제들은 서로 끌어안기도 하고 쥐어 박기도 하면서 그간 그리웠던 정을 나누며 회회낙락 떠들어 대었다. 그 모습을 어이없이 바라보던 정 소저는 한숨을 토하며 조용히 청용을 따라 집 문을 열고 나가는 것이었다.

정 소저가 소리 없이 집 문을 나서는 것을 발견한 정 용인은 정 용자의 귓가에 대고 그 무어라 속삭이자 정 용자는 "해 해"하고 둔갑술로 자신을 파리로 변신시켜 가지고 창호지 구멍으로 빠져나가 정 소저의 잔등에 살짝 내려앉았다. 청용을 뒤따라 다가간 정 소저는 뒷짐 쥐고 묵묵히 동해를 바라보며 한숨을 내쉬는 청용을 쳐다보며 물었다.

"흉한 액이 들이닥친다 하오니 이를 어찌 하오리까?"

"정 용자는 용인 소신과 인간인 부인의 영의 혼합물인데 소신이 수달로 화하여 부인과 가만히 관계를 맺은 관계로 수달의 영기까지 가지고 태어났소이다. 그리고 소신이 일전에 관세음보살님의 영기를 받아 태어난 생령이라 하나를 배우면 백을 알고 백을 배우면 만을 아는 총기를 가졌나이다. 허나 너무 오만방자하고 교활한 것이 흠이니 잘 타이르고 이끌지 않는다면 세상 후환이 될 것인즉 그 어찌 근심되지 않겠소이까? 우리 아이들을 옥제는 이미 요물로 점 찍고 징벌하려고 하니 소신의 마음 무겁기 한량 없소이다."

"소첩이 알기로는 옥제의 누이도 하계에 내려와 양군의 처가 되어 이랑진군을 낳았거늘 어이하여 우리에게만 죄를 따지나이까?"

"법은 법을 만드는 사람들의 것이고 죄는 백성들의 것이란 말이 있소이다."

"……."

홀연, 저 멀리 서쪽 하늘에서 마른벼락이 치면서 둘쑹날쑹한 악마 같은 먹장구름들이 모여들며 서로 엉키고 비비며 몰려오는 것이 바라보이였다. 그 속에서 검은 지렁이 같은 것이 꿈틀거리며 동분서주하는 것이 바라보였다.

"흑용이 소신을 찾고 있소이다. 내일 아침에는 승부를 갈라야 할 터인데 애들에게 연루되면 아니 되니 부인은 부디 애들에게 알리지 말기 바라오."

"낭군님?!…"

정 소저는 눈물이 글썽하여 청용의 손을 차마 놓지 못하고 아미를 숙이니 청용은 허허 웃어 보이다가 무심 중에 정색하고 입을 열었다.

"하늘의 풍운조화는 헤아릴 수 없고 사람의 화복은 알 수 없거늘 소신이 그 어찌 장담하며 뒷일을 처사하지 않으리오. 소신이 비록 동해용 태자이나 수달로 화해 부인을 만나 부부 정 쌓있거늘 소신이 죽은들 그 어이 그때 그 정 잊으리오. 저승 가서도 수달로 또다시 부인을 만나고 싶어 잘못되면 수달로 둔갑할 터이니 부인은 그 시신을 철갑 속에 보관하였다가 부인이 친히 애들을 데리고 태백산에 가서 하늘에 제를 올리고 태백산 천지 천황 용님의 용두에 묻어주오. 그러면 정씨 가문에 천하를 호령할 영걸이 태어날 것이니 부인은 천기를 누설치 마시고 명심해 행하도록 하오."

"낭군님의 분부 마디마디마다 소첩의 뼈에 새겨 넣겠으나 어이하여 불길한 말씀으로 소첩의 애간장 재가 되게 하오이까?!"

정 소저 옷고름으로 연신 눈 굽을 찍으며 흐느끼니 청용은 정 소저의 어깨를 감싸안고 정답게 잔등을 어루만졌다. 그 바람에 정 소저의 잔등에 파리로 변신하여 앉아 있던 정 용자는 적이 놀란 마음으로 집으로 날아들어가 원형을 드러내고 아무 일도 없는 듯이 예사롭게 동생들과 어울렸다.

정 용인이 짚이는 데가 있어 다가와 넌지시 물었다.

"형님, 무슨 일 없우?"

"해, 무슨 일?"

정 용자는 머리를 갸웃해 보였다.

"허허 형님은 부모들이 연애를 훔쳐보는구려. 하하하…"

정 용축이 입이 함지박이 되어 웃었다.

"별일인데?"

정 용인은 의아한 표정을 짓고 정 용자를 지켜보았다.

이튿날 이른 아침.

하늘은 한빛으로 검은데 서쪽 옥천동 산봉우리에 걸려 있는 조각달은 구름 위에 가리워 보이지 않고 웅장한 장구봉이 어둠 가운데 희미하게 윤곽을 나타내면서 동쪽 하늘빛이 희끄무레하게 밝아오기 시작하였다.

검은 장막이 한 꺼풀 벗겨지면서 마귀 떼 같은 먹장구름이 서쪽하늘에 엉켜 뭉게뭉게 타래 치면서 무연히 펼쳐진 흑정자벌을 한입에 삼킬듯이 밀려오는데 그 음산한 바람에 도망강(두만강) 기슭 갈대숲에서는 새들이 갈 곳을 잃고 날아예며 서서히 다가오는 무서운 싸움을 예시하는 것 같았다.

수리봉 산기슭까지 배웅하며 따라온 정 소저는 눈물이 글썽하여 청용의 손을 놓으려 하지 않는데 갑자기 우레가 울고 번개가 치더니 저 멀리 서쪽 구름 속에서 흑용이 앞발로 구름을 딛고 아가리를 쫙 벌리고 목털을 빳빳이 세우며 날아오는 것이었다.

그것을 바라보던 청용은 머리를 돌려 잠깐 정 소저를 이윽히 지켜보며 미소를 짓더니 "부인, 놀라지 말라" 하고 풀썩 흰 운무 속에서 원형을 드러내며 하늘에 솟아올라 흑용을 맞받아 날아가며 용을 썼다.

140   "낭군님?!"

정 소저는 청룡을 부르며 쓰러질 듯이 달려 나가며 부르짖다 실성한 사람마냥 뚝 멈추어서서 가슴이 한 줌만 해서 하늘만 쳐다보는데 느닷없이 등 뒤에서 웃음소리가 들려왔다.

"해해…"

"애구머나?!"

정 소저는 소스라치게 놀라며 돌아섰다.

어느새 어떻게 왔는지 정 용자가 손에 활을 들고 귀뿌리를 살살 만지며 웃어대고 있었다.

"어떻게 알고 왔느냐?!"

"해, 소자 파리로 둔갑하여 모친의 등에 업혀 왔나이다. 지난 밤 부친과 어머니의 말씀을 소자 다 들었나이다. 히나 누구도 몰래 왔으니 염려마시고 진정하소서. 이제 소자 한 살에 흑룡을 없애 버리겠나이다."

"얘야?! 얘야?!"

정 소저는 애타게 불렀으나 정 용자는 듣는 척도 하지 않고 어느새 근두운으로 수리봉에 날아올라가 참나무 가지에 화살을 의지하여 시위를 만궁으로 당기고 하늘을 주시하며 호시탐탐 기회를 노렸다. 그런 줄을 아예 눈치채지 못한 흑룡은 앞발로 구름을 차며 호통쳤다.

"옥제의 영을 받고 천륜을 어긴 청룡을 잡으러 왔거늘 어서 빨리 무릎을 꿇고 오라를 지라!"

"하하하… 옥제는 인젠 늙어 환장한 모양이로구나. 자고로 죄인을 중용할 수 없다는 법도 모르니? 하하하…"

청룡은 너털웃음하며 흑룡을 골려 주었다. 그러자 흑룡은 아가리를 벌리고 잠깐 할 말을 잃은 듯 대가리를 기웃하고 급작스레 용을 쓰며 질책하였다.

"소신은 아무리 오만무례하여도 하늘 법을 어긴 죄는 없도다! 네놈은 천륜을 어기고 사사로이 속계 여인과 인연을 맺고 신선도 인간도 아닌 요물 삼태성을 낳아 세상을 어지럽혔으니 마땅히…"

"매산에 있는 이랑진군은 옥제의 누이가 속계 양군의 처가 되어 낳은 자식이 틀림없건만 옥제는 요물이라 하지 않고 천궁에 불러다 손오공을 잡아오게 하였다. 그런데 어이하여 소신의 자식들만 요물이라 하느냐?!"

"네놈과 말 시비할 시간이 없다!"

흑용은 대노하여 비늘을 일구고 목털을 빳빳이 세우며 청용에게 덮쳐들었다. 청용은 꿈틀 용을 쓰며 "네놈을 잡지 못한 죄로 면목이 없어 부왕을 뵙지 못했는데 오늘 네놈을 잡아 동해의 치욕을 씻어야겠다!" 하고 구름을 몰아 일구며 곧게 흑용의 목덜미를 물려고 덮치니 흑용은 황급히 몸을 틀어 빠지면서 앞발을 추켜들고 청용보다 더 높은 자세를 취하려고 하늘 높이 솟구쳐 올랐다.

잇따라 솟아오르면 불리하다고 생각한 청용은 몸을 돌려 달아나다 급작스레 하늘 높이 솟았다 살처럼 내리꽂히며 흑용에게 덮쳐드니 흑용은 앞발로 사납게 청용의 앞발을 맞받아치며 청용의 목덜미를 물려고 하였다. 이렇게 두 용이 구름을 몰고 바람을 일으키며 서로 엉키었다가는 떨어지고 떨어졌다가는 엉키며 물고 뜯고 하는데 그때마다 번개 치고 우레가 우는 것이 흡사 먹장구름 속에서 검은 지렁이와 푸른 지렁이가 서로 엉켜 싸우는 것만 같았다.

청용과 흑용이 너무 높게 떠서 싸우는 바람에 정 용자는 기회를 찾지 못해 조바심이 났다. 그래서 근두운으로 하늘에 날아올라가 부친을 도울까? 하고 생각하다 부친이 어머님께 신신 부탁하던 모습이 떠올라 그저 애간장만 태우고 있었다.

"해, 어쩌지? 그래 부친이 상황이 불리할 때 손을 써도 늦지 않으니 어디 두고 보자."

정 용자는 속으로 중얼거리며 애써 조바심을 달래고 있는데 갑자기 청용이 구름을 헤치며 곧게 수리봉 쪽으로 날아 내려오는 것이 바라보였다. 이때라고 생각한 정 용자는 급히 활시위에 살을 메여들고 화살 끝 부분을 참나무 가지에 얹고 한쪽 눈을 느긋이 감고 기다렸다. 아니나 다를까 흑용이 구름을 몰아 재우치며 바싹 청용을 뒤쫓아오고 있었다.

정 용자는 활 시위를 만궁으로 당겼다가 흑용이 숨통을 겨누고 쏘았다. 화살은 구름을 뚫으며 유성마냥 날아올랐다. 청용을 쫓는 데만 정신이 팔린 흑용은 구름 밑에서 날아올라오는 화살을 빌건할 수 없었다. 화살에 숨통을 맞은 흑용은 굉음 같은 소리를 찌르며 하늘 공중에서 뒤번져 눕더니 몸을 가누지 못하고 이리저리 꿈틀거리며 서쪽으로 날아가다 보무동(이도포촌) 앞에 떨어져 꿈틀거리며 네 발로 땅을 파헤치며 요동치니 물웅덩이가 생겨 훗날 호수가 되었다.

그 자리에서 흑용이 솟아 동쪽으로 달아나며 여덟 번 솟았다 떨어지니 여덟 호수가 만들어졌고 몸을 남으로 틀어 아흔아홉 번 꿈틀대며 도망강(두만강)에 들어서니 그 자리가 훗날 수리봉 아랫벌에 아흔 아홉 굽이 개울 도랑이 생겨나게 되었다. 흑용이 피를 흘리며 땅에 떨어져 달아나는 것을 바라보며 청용은 저도 모르게 중얼거렸다.

"네놈이 이 땅에 여덟 호수를 만들고 아흔 아홉 굽이 개울 도랑만 만들었으니 네 놈은 영락없이 죽었구나! 그런데 이 화살은 누가 쏘았단 말인고?"

과연 흑용은 도망강(두만강)에 들어서서 물길 따라 도망치다 동해에 들어서자마자 물 위에 떠서 몇 번 꿈틀거리다 죽어버렸다.

“애들 중 누군가 화살을 날리었다면 옥제는 더욱 대노하여 애들을 징벌할 터인즉 이 일을 어이하면 좋단 말인고?”

청용은 이런저런 생각에 잠겨 구름을 낮추어 내려왔다. 순간 흑정자(경신)벌 서쪽 영마루 갈고리(조양촌) 버들 숲에서 천상공주가 맞받아 하늘에 솟아오르며 불의에 갈고리를 뿌렸다.

구름층을 뚫고 날아가는 갈고리에 청용은 미처 피할 사이 없이 갈고리에 숨통을 맞고 굉음을 질렀다. 인젠 죽었구나 하는 생각에 청용은 몸을 틀어 동쪽으로 향하여 날아가며 피를 흘리니 그 피가 호수마다 떨어져 연꽃처럼 피어나는 것이었다.

그 광경에 정 소저는 목 터지게 청용을 부르며 달려 나갔다. 그제야 청용은 정신을 차리고 온 힘을 다해 둔갑술로 자신을 수달로 둔갑시키며 정 소저를 불렀다. 허나 그 소리는 들리지 않았다. 정 소저는 실성한 사람처럼 달려나가 치마폭을 펼쳐 수달로 변한 청용의 시신을 받아 안고 대성통곡하기 시작하였다.

“낭군?! 이렇게 가면 소첩은 어찌 사나이까? 금방까지 의젓하던 낭군님이 급작스레 변을 당하다니? 하늘이 무너진들 이보다야 더 하리까? 눈 뜨소 눈 뜨소 신선이면 어떻고 물쥐면 어떠하리오. 님 보고 살지 사랑 보고 살지 눈 뜨소 눈 뜨소 물쥐라 하여도 하늘처럼 모시리다.”

이때 달려온 정 용자는 앙칼진 이빨을 드러내고 괴이한 갈린 소리를 토하며 온몸을 바르르 떨며 수달로 둔갑한 청용을 지켜보더니 급작스레 몸을 솟구쳐 하늘에 날아올랐다.

구름을 잡아타고 이마에 손 채양하고 서쪽을 바라보니 요염하게 생긴 한 계집이 구름 위에 서서 눈물을 훔치고 있는 모습이 바라보였다. 바로 저년이 동해 할아버지를 배반하고 흑용의 애첩이 되었다는 천상공주겠다고 생각한 정 용자는 급히 날아가 호통쳤다.

"이 년아! 네 년이 감히…"

"너는 뉘 집 애냐?"

천상공주는 정 용자의 모습을 의아한 표정으로 지켜보며 물었다.

"해, 금시 제물상에 오를 년이 사람을 알아서는 무얼 하냐?!"

"네가 흑용을 쏘았느냐?!"

"해, 네년이 갈고리를 뿌렸느냐?!"

"그런데 어쨌단 말이냐? 이 할미의 젖 생각이 나서 찾아 왔느냐?"

이년이 사람을 놀리는구나! 이렇게 생각한 정 용자는 "해 해"하고 나오지 않는 웃음을 지어 보이며 오돌차게 천상공주의 말에 오금을 박았다.

"해, 단창으로 네년의 밑구멍 쑤시러 왔다. 어째? 해 해…"

"이마에 피도 안 마른 녀석이?!"

"네년이 본래 밑구멍을 아무한테나 들이미는 화냥년이 아니더냐?! 해 해."

"쥐새끼 같은 녀석이 너무 무례하구나!"

천상공주는 대노하여 쇠갈고리를 휘두르며 질풍같이 덮쳐드니 정 용자는 입가죽을 씰룩이며 팔자 콧수염 두 대를 뽑아 들며 "변해라" 하니 수염이 날카로운 단창이 되어 연신 날아드는 갈고리를 갈겨치며 빗발마냥 천상공주의 가슴을 노리고 날아들어 갔다.

이렇게 삼십여 합을 싸우니 천상공주는 벌써 맥이 진하여 뒷걸음치는데 정 용자는 이년을 생포하여 부친의 영전에 무릎을 꿇려놓고 목을 쳐야겠다고 생각하는 순간 천상공주는 포르롱 참새로 둔갑하여 서북쪽 숲속을 향해 날아갔다. 다급해진 정 용자는 즉시 둔갑술로 새매로 둔갑하여 바싹 천상공주를 뒤쫓았다.

"저 어린 것이 신통력이 대단하구나."

천상공주는 속으로 놀라며 참나무가 들어선 산등성이에 날아 들어가 이리저리 날아다니다 급한 김에 개암나무 숲속으로 기어 들어가는 것이었다. 새매로 둔갑한 정 용자는 개암나무 숲 위에서 날개를 팔딱이며 참새를 찾아 노려보다 급작스레 고양이로 둔갑하여 참새를 내리 덮쳤다. 허나 우거진 개암나무 때문에 발톱 밑에서 그만 참새를 놓치고 말았다. 요행 고양이 발톱에서 벗어난 천상공주는 까마귀로 둔갑하여 급히 서북쪽을 향해 날아갔다.

"해, 까마귀로 둔갑하다니? 네년은 인젠 죽었다."

정 용자는 급히 독수리로 둔갑하였다.

"까옥 까옥… 까옥 까옥…"

천상공주는 죽음을 예감하고 구슬프게 울어댔다. 그러자 꼬리(훈춘)벌에 누워 있는 용꼬리 같은 강가에서 먹이를 찾아 날아예고 있던 까마귀 떼들이 갑자기 날아와 까마귀로 둔갑한 천상공주를 에워싸며 함께 북산으로 날아가는 것이었다. 그 까마귀들이 서로 자리를 바꾸어가며 나는 바람에 정 용자는 어느 까마귀가 천상공주인지 도저히 분간할 수 없었다.

"흥 그러면 그렇겠지."

정 용자가 우왕좌왕하는 것을 본 천상공주는 까마귀 떼들이 북산 기슭에 내릴 때 슬그머니 부처님의 모습으로 된 석상으로 둔갑하여 바위돌 위에 앉아 있었다. 정 용자는 여기저기 살펴보다 바위 위에 부처님의 석상을 발견하고 급히 구름을 낮추어 다가갔다.

13회

옥황상제는 삼 형제들을 징벌하고
정 소저는 동해파도에 떠밀려가다

그날 아침 흉몽에서 놀라 깨어난 정 용인은 한창 달게 자고 있는 정 용축을 잡아 흔들며 깨웠다. 허나 정 용축은 "음, 음"하고 군소리만 내며 깨어나지 않았다.

정 용인은 물독에서 찬물을 한 바가지 푹 떠서 용축의 얼굴에 끼얹었다. 그제야 정 용축은 후다닥 자리에서 일어나 앉아 퉁방울 같은 두 눈을 부릅뜨고 넋이 나간 사람처럼 멍하니 앉아 있었다.

"형님, 일이 상서롭지 못하오!"

"음– 나는 더 자야겠다."

정 용인은 되돌아 누우려는 용축의 어깨를 잡으며 적이 침울한 표정으로 말하였다.

"부친께서 승하하신 것 같으니…"

"엉?! 뭐라?"

용인은 눈을 껌벅거리더니 어이없어 크게 웃었다.

"하하하… 승하? 부친께서?! 아우! 하하하…"

"형님이 정 믿지 못하겠다면 이 아우는 먼저 가겠나이다."

"엉, 그럼 어디 가보자."

정 용축은 동생의 말을 아예 믿지 않았으나 이미 잠을 깬지라 자리를 털고 일어나 용인이를 따라나섰다. 그들이 수리봉 산기슭에 당도하니 정 소저가 청용의 시신을 끌어안고 통곡하는 것이 바라보였다. 정 용인은 너무 놀라 입을 하 벌리고 서 있다가 우레 같은 소리를 토하며 달려가 꺼이꺼이 우는 것이었다.

정소는 아들들이 달려온 것을 보고 더욱 서러움이 북받쳐 숨이 넘어가는 소리로 자초지종 사연 경과를 알려주니 정 용인은 정 소저의 신변에 소리 없이 다가가 어머니를 얼싸안고 위로하여 주고는 그 신변에 단정히 무릎을 꿇고 앉아 두 손을 합장하고 입속으로 웅얼웅얼 기도를 드리기 시작하였다.

"어이, 어이… 근데 아우는 부친께서 승하하셨는데 곡을 내어 울지 않고 중얼중얼 부친을 욕하다니?!"

정 용축은 꺼이꺼이 울다 용인이를 보고 버럭 성을 냈다.

용인은 눈을 감고 기도를 드리다 중얼거리듯이 낮고 부드러운 어조로 입을 열었다.

"부친께서 이미 승하하셨으나 그 영혼은 살아…"

"사람이나 신이나 죽으면 끝이다! 무슨 영혼이구 개똥 같은 소리를 하는 거냐?! 이왕 일이 이렇게 되었으니 부친의 원수를 갚는 것이 우선이다! 어머님, 형님이 어느 방향으로 음해한 놈을 쫓아갔소이까? 소자 즉시 쫓아가 그 놈의 목을 베어 부친의 영전에 올리려 하나이다!"

정 소저는 흐느끼며 손가락질만 하였다.

"형님, 이미 늦었으니…"

"늦다니?! 아우, 그 사이 바보가 되었구려. 쯧쯧."

정 용축은 혀를 차며 급히 몸을 솟구쳐 하늘에 날아올랐다.

이때, 정 용자는 바위에 도고히 앉아 있는 부처님의 석상을 바라보며 연신 머리를 갸웃거리며 눈을 깜박거렸다. 스승님도 부처님을 섬기며 절을 하였는데 나도 부처님께 절을 하고 가르침을 받아야 하겠다. 이렇게 생각한 정 용자는 부처님 모양으로 둔갑한 천상공주에게 절을 하고 물었다.

"해, 불자 정 용자 부친을 음해한 요녀를 쫓아 예까지 왔나이다. 부처님의 여기에 계셨다면 요녀의 행방을 알고 있을 터라 급히 알려주시기 바라나이다."

"……."

천상공주는 숨을 죽이고 까닥 움직이지 않았다.

"해, 이상한데? 스승님은 돌로 된 부처님도 정성이 지극하면 영험함이 있다고 하였는데? 절을 더해야 하는가?"

이렇게 중얼거리며 머리를 갸웃거리며 눈을 깜박이던 정 용자는 구십 구배를 꾸벅꾸벅 단숨에 하였다. 그리고는 린처럼 반짝이는 두 눈을 연신 깜박이며 빤히 부처로 둔갑한 천상공주를 쳐다보다 이상하다는 듯 머리를 연신 갸웃거렸다. 그 모양이 하도 우스꽝스러워서 천상공주는 하마터면 웃음을 터뜨릴 뻔하였다.

"해, 해 나무아미타불?"

정 용자는 다시 부처님을 주의 깊게 살펴보았다. 이윽고 정 용자는 의연히 묵묵히 굳어져 변함없는 부처님의 기색에 실망하여 "이러다 요녀를 놓치면 이놈 부처님을 박살내야지."하고 옹알거리며 몸을 솟구쳐 하늘에 올라 사방을 살펴보았다.

저쪽 동쪽하늘에서 정용축이 구름을 타고 오는 것이 바라보였다.

"형님, 형님…" 하고 부르며 급히 다가온 정 용축은 노기충천하여 물었다.

"어떻게 되었우?!"

"해,"하고 정 용자는 머리를 갸웃하고 말하였다.

"여기에서 어디로 뺑소니쳤는지 해."

문득, 정 용자는 무언 중에 부처님의 모습이 보이지 않는 것을 발견하고 너무나 창피하고 분하여 성난 원숭이마냥 마구 손발을 내저으며 소리쳤다.

"아 익, 아 아 이런?! 이런?!"

"형님?! 왜 그러우?"

"너무 분해 그런다!"

"분하다니?"

"해, 부친께서 승하하셨는데 너는 분하지 않단 말이냐?!"

정 용자는 꽥 소리 질렀다.

하루아침에 청용, 흑용이 죽자 사대 양 용궁들은 물론이고 하늘나라 천궁까지 진동하였다. 북해용왕은 남해용왕과 서해용왕과 합세하여 천기를 누설한 동해용왕을 문초하여 그 죄를 따져 엄히 벌하고 해괴한 요물들인 삼 형제들을 즉시 잡아 능지처참하여 달라고 옥제에게 상주문을 보냈다.

또한 토지 신들은 천하 명당자리를 누설한 것은 평화롭고 아름다운 땅을 불화와 싸움의 근원이 되게 만드는 대역무도한 죄 일뿐만 아니라 억지로 명당에 묻히려 함은 천리에 맞서는 천리이역 죄로써 가차 없이 정 소저 일가를 몰살하여 더는 천기가 누설되는 것을 막고 천리에 맞서는 불화의 화근을 없애 달라는 상주문을 보내왔다. 그렇지 않아도 대노한 옥황상제는 상주문을 쭉 훑어보고는 아래 수염을 부르릉 떨며 문무 대신들을 내려다보다가 천동 같은 소리로 물었다.

"어느 신장이 하계에 내려가 정 소저 일가를 징벌할꼬?!"

태백금성이 반열에서 나서서 읍하고 아뢰었다.

"흑용이 죽고 천상공주가 패한 것은 삼 형제들이 신통력이 대단하다는 것을 의미하나이다. 하오니 십만 천병이 아니면 아니 되는 줄로 아나이다."

"음"하고 옥제는 머리를 끄덕이더니 왼손바닥에 탑을 받쳐 들고 있는 탁 탑 천왕인 이 정을 요괴정복 대원수로 나타 삼태자를 부 원수로 임명하여 하계에 내려가 정 소저 일가를 잡아오라고 성지를 내렸다.

"이 천왕은 즉시 십만 천병을 일으키도록 하라!"

"황은이 망극하나이다!"

이 천왕은 옥제에게 사례하고 셋째 아들 나타태자와 사대천왕 그리고 거령신을 불러놓고 삼군을 점검한 후 그길로 곧추 구름을 몰아 양관평으로 향하는데 중도에서 소식을 듣고 싸움을 도우러오는 서, 남, 북 용왕들을 만나 합세하니 그 기세야말로 땅을 뒤엎고 하늘을 메울 듯하였다.

그런 줄은 아예 깜깜 모르는 정 소저는 청용의 시신을 철갑 속에 정히 모시고 향을 피우며 영전 앞에 엎드리어 땅을 치며 대성통곡하니 그 애절함이 구곡간장 다 태우는지라. 정씨 늙은 양주는 "어이 어이"

곡소리를 내며 딸을 달랬다.

"이게 며칠째냐? 이러다 너까지 몸을 상하면 어찌 하는고? 어이어이…"

정 소저는 백설 같은 소복차림에 머리에 흰천 오리를 매고 흐느끼며 상주를 부어 올리고 쓰러질 듯 견전주를 올리니 그 모습이 흡사 배꽃 한 가지가 비바람에 애처롭게 떨고 있는 것 같았다.

본시 인가가 없는 곳이라 조문객은 없으나 상모를 쓰고 누른색 나는 베천으로 상복을 지어 입은 삼 형제들은 허리에 굵직한 삼바오리로 묶고 엎드려 곡을 하니 간소하나 자못 비통하고 엄숙한 견전제였다.

허나 정 용자는 눈물은 흘리지 않고 달팽이처럼 몸을 옹송그리고 무릎을 꿇고 앉아 새까만 눈만 말똥해서 그저 찍찍 구슬픈 소리만 내었다. 그 모습을 잠깐 멀뚱하니 지켜보던 용축은 퉁방울 같은 눈으로 용자를 흘끔 흘겨보며 짐짓 큰소리로 곡소리를 내며 두덜거렸다.

"어이어이 아버님, 어이하여 소자는 데리고 가지 않았나이까? 소자가 뒤따라갔더라면 무슨 이런 변을 당하리까? 어이어이 부모님 모시고 갔으면 명심해야지 이게 무슨 꼴이나이까? 어이어이…"

"해!" 하고 정 용자는 입술을 씰룩거리며 머리를 돌려 용축이를 쏘아보았다.

"둘째형, 무슨 말씀 그리 하우? 큰형이 그래도 흑용을 잡지 않았우?"

두 손을 합장하고 기도하기에 여념이 없던 용인이 용축이 옆구리를 툭 쳤다.

정 용축이 발끈하였다.

"잡는 게 대수냐?! 아버님을 보호해야지 그 누가 그까짓 흑용을 못 때려잡는다구!"

정 용자는 더는 못 참겠다고 앙칼진 이빨을 드러내고 약이 오른 고양이처럼 오싹 소름끼치는 소리를 내며 살기 오른 눈으로 노려보는데 정 소저 급히 울음을 그치고 홱 돌아앉으며 주먹으로 바닥을 탕 쳤다.

"부친의 영전 모시고 싸움이래도 하겠다는 게냐?! 부친의 시신이 식기도 전에 벌써 생전 부탁을 잊었느냐?! 용자는 그 누가 데리고 간 것이 아니라 스스로 눈치채고 부친을 도왔거늘 무슨 잘못이 있다고 시비질이냐?!"

정 소저는 적이 성난 표정으로 애들을 둘러보다 "에구?!"하고 울컥 설움이 북받쳐 더 말을 잇지 못하고 흐느끼니 삼 형제들은 머리를 조아리며 아무 말도 못하고 울음을 터뜨렸다.

홀연, 문밖에서 바람 소리가 세차게 들려오더니 천둥소리가 요란하게 울리며 번쩍하고 번개 불빛이 갈지자를 지으며 집안을 두 조각 내었다가 삽시에 사라졌다. 십만 천병을 이끌고 양관평 벌을 물샐틈없이 겹겹이 에워싼 탁 탑 이 천왕은 왼손바닥에 탁 탑으로 또다시 벼락을 내리치며 호통쳤다.

"정 소저 일가는 어서 빨리 나와 오라를 지라!"

호통소리에 정 용인이 급히 문을 열고 나가보니 남쪽 하늘의 먹장 같은 구름 위에 십만 천병이 기폭을 날리며 양관평을 에워싸고 있는 모습이 바라보였다.

"큰일 났소이다! 십만 천병이 지금 우리 집을 에워싸고 있소이다!"

정 용인이 집에 들어와 알리니 정씨 양주는 악연히 놀라 어찌할 바를 모르는데 정 소저는 부랴부랴 철갑 속의 청용의 시신을 보자기에 싸서 어깨에 척 둘러메더니 "애들아!"하고 삼 형제들을 불렀다. 삼 형제들은 이구동성으로 대답하며 앞에 무릎을 꿇으니 정 소저는 적이 떨리는 음성으로 말하였다.

"옥제는 너희들을 요물로 간주하고 우리 일가를 멸하자고 하니 너희들은 용감히 싸워야 하느니라. 아무리 옥제라 하여도 무고한 백성을 업신여기고 횡포무도하다면 아부할 것이 아니라 용맹을 떨쳐 싸우는 것이 참된 인간이나 신의 마음가짐이며 영웅이 본색이라 하겠다. 허나 생사를 예측할 수 없기에 후일을 부탁하니 명심해 듣고 한 치의 차실도 없이 행하도록 하라! 너희들 부친께서는 시신을 태백산 천지 천황 용님의 용두에 모셔달라고 신신부탁하였느라. 그러면 훗날 너희들 후손 중에 천하를 호령할 영재가 태어났다고 했느라. 무슨 말인지 알겠느냐?!"

"예, 명심하겠나이다!"

삼 형제들이 일제히 큰소리로 대답하니 정 소저는 한시름 놓았다는 듯이 한숨을 길게 내쉬며 말하였다.

"이제 나가 싸우도록 하자!"

"해, 모친께서는 집에 편히 앉아 좋은 소식이나 기다리소서. 소자 달려 나가 단숨에 무찌르고 오겠소이다!"

정 용자 큰소리치는데 정 용축은 선인장을 잡아들다말고 구들에 털썩 주저앉아 볼 부은 소리 하였다.

"서리뫼 구경도 식후경이라 음복이나 합시다. 먹어야 싸우지."

"어이구, 이 자식은 먹다 죽은 귀신이 붙었느냐?! 이 판국에 무슨 음복이냐?!"

늙은 정 부인은 억이 막혀 무릎을 치는데 늙은 어부는 "그 애 말이 맞소이다!"하고 소리치며 청용의 제물상 위에 제물 음식들을 한아름 안아다 손자들에게 나누어 주며 "먹어, 먹어. 부친께서는 너희들이 먹고 힘내라고 주시는 것이라 생각하고 먹어먹어"라고 하였다.

정 용자와 정 용인은 그 음식들을 받아먹지 않고 그대로 용축에게 넘겨주고 뛰쳐나가는데 정 용축은 너무 좋아 벙글거리며 어정어정 뒤따라 나갔다.

삼 형제와 정 소저 그리고 정씨 양주가 초가집 문 앞에 나서자 탁 탑 이 천왕은 흠칫 놀라며 자신이 눈을 의심하듯 연신 도끼눈을 껌벅거리며 유심히 삼 형제들을 지켜보다 저도 모르게 중얼거렸다.

"어허, 어른도 아니고 아이도 아니고 쥐도 아니고 사람도 아니고 소도 아니고 신선도 아니고 귀신도 아니고 그 참, 희한하게 생겼도다. 허허."

"하! 하! 하! 하!"

탁 탑 이천왕의 말에 삼군 장병들이 일제히 대소하는데 정 용자 근두운으로 하늘에 솟아 올라가 조각구름을 잡아타고 탁 탑 이 천왕을 마구 삿대질하였다.

"네놈들은 웬 놈들인데 상가집에 와서 소란이냐?!"

"이놈?!"

탁 탑 천왕은 벼락 치듯 호통쳤다.

"옥황상제의 명을 받들고 네놈들을 잡으려 왔으니 어서 오라를 지지 못할고?!"

"해, 그 옥황상제란 놈은 분명 할일 없어 빈둥대며 야욕에 눈이 멀어 옥석도 분간 못하는 미친 놈이구나. 세상물정 모르겠으면 하계에 내려와서 농사나 지으라고 해라! 해 해…"

정 용자가 탁 탑 이 천왕을 손가락질하며 괴이하게 웃으니 탁 탑 이 천왕은 된서리를 맞은 듯 으쓱 몸을 떨며 "저, 저 저렇게 한심하고 발칙한 놈 봤나?!"하고 어이없는 기색을 짓더니 삼군을 둘러보며 물었다.

"누가 나가 저 요물을 잡아올고?!"

"소인이 한 도끼에 박살내려 하나이다."

탁 탑 이 천왕 수하의 거령신이 앞에 성큼 나서며 큰소리쳤다. 이 천왕이 흡족해서 머리를 끄덕이며 손을 젓자 거령신은 천지를 뒤흔드는 듯한 북소리와 함성 속에서 도끼를 휘두르며 껑충껑충 달려 나왔다.

"해, 넌 웬 괴물이냐?! 달려 나오는 꼴이 춤추는 도깨비 같구나. 해해."

"이 철딱서니 없는 쥐새끼야 내가 누구인 줄도 모르느냐?!"

"해, 난 또 누군가 했더니 장구봉(두만강하류의 산) 멧돼지구나! 해해."

"난 탁 탑 천왕 수하의 선봉장인 거령천장이다. 오늘 성지를 받들고 네놈을 잡으러 왔으니 어서 항복하여라. 거역하였다간 이 도끼로 네놈을 묵사발 만들어 놓을 테다."

정 용자는 그래도 해해 웃으며 비양거렸다.

"해, 넌 진짜 바보구나. 남의 발밑에서 아양 떨며 살아가는 주제에 누구의 앞이라고 큰소리냐?"

거령신은 그만 대노하여 버럭 소리를 찌르며 덮쳐들었다.

"네놈이 도끼 맛을 봐야 정신 차리겠구나!"

거령신이 도끼를 휘두르며 달려들자 정 용자는 발끈 성난 고양이마냥 앙칼진 이빨을 드러내고 입술을 씰룩씰룩거리며 팔자수염 두 대를 뽑아 단창으로 변모시켜 가지고 응전하였다.

둘이 서로 맞붙어 두세 합을 싸우자 거령신은 벌써 뒷걸음치기 시작하였다. 갑자기 정 용자의 단창이 화살이 되었다 구렁이 되었다 하며 빗살처럼 몸에 날아드니 거령신은 미처 피할 수 없어 벌렁 뒤로 넘어지고 말았다.

정 용자는 비양거렸다.

"해, 이 멧돼지야! 살려줄 테니 빨리 기어가서 옥제에게 전해라. 옥제가 법을 지키면 우리도 법을 지킨다고. 그리고 영물은 신성한 기운을 타고 나고 요물은 요사스러운 기운을 타고 나기에 악한 짓만 하느니라. 우리 정씨 삼 형제는 착한 정 소저와 정직하고 광명정대한 청용의 성스러운 사랑과 기운으로 태어났기에 악한 일 한 번도 한 적 없으니 반드시 영물이라 하여야 하거늘 그 어찌하여 요물이라 하느냐?! 옥제가 즉시 성지를 걷어 들이지 않는다면 내 이제 영관전에 짓쳐 들어가 옥제의 꼬투리를 잘라올 테니 그리 알고 전해라."

거령신은 다리야 날 살려라 하고 본진으로 도망쳐 와 이 천왕 앞에 꿇어 엎드려 말하였다.

"쥐새끼 같은 놈이 신통력이 대단합니다. 소인은 패전하고 돌아왔으니 처분을 기다릴 뿐이나이다."

탁 탑 이 천왕은 수염을 부르르 떨며 거령신을 지켜보더니 큰소리로 호령하였다.

"십만 천병이 예기를 싹 꺾은 이놈을 끌어내다 참하라!"

그 옆에 서 있던 나타가 급히 나서며 말렸다.

"아버님, 싸움은 병가상사라 노여워 마시고 거령신의 죄를 용서하소서. 소자 한번 나가 겨루어 보겠나이다."

이 천왕은 그제야 거령신더러 돌아가 처분을 기다리라고 호령하였다. 나타는 진영을 뛰쳐나와 곧게 정 용자를 바라고 달려들었다.

"해해 넌 뉘 집 애냐? 귀엽게 생겼구나."

나타는 마구 손가락질 하며 욕질하였다.

"이 쥐새끼 같은 놈아! 난 이 천왕의 셋째아들 나타다. 옥제의 명을 받고 네놈을 잡으러 왔으니 공손히 오라를 지라!"

"헤, 네놈은 아비를 턱 대고 큰소리 치는 법부터 배웠구나. 하늘이 부패하여 아비가 벼슬하면 자식도 벼슬을 한다더니 과연 듣던 바로구

나. 해 해."

성이 상투밑까지 오른 나타는 "변해라!"하고 크게 소리를 지르더니 머리 아홉 개나 달린 구렁이의 흉측한 모습으로 변하여 정 용자를 한 입에 물어 삼키려고 달려들었다. 급해진 용자는 즉시 한 마리의 흉악한 악어의 모습으로 둔갑하여 입을 딱 벌리고 구렁이를 물려고 하였다. 그 바람에 놀란 나타는 풀썩 연기를 일구며 원형을 드러내고 장창으로 악어의 입안을 찌르려고 날아들었다.

악어로 둔갑한 용자는 조금도 두려움 없이 눈을 멀뚱하니 뜨고 있다가 기다렸다는 듯이 장창을 떡 하고 물어 당기니 창이 휘어지면서 나타는 그만 악어의 턱밑에 끌려들어갔다. 나타의 생명이 위급한 것을 본 이 천왕은 "저런 무엄한 놈 봤나?!"하고 사대천왕과 함께 태풍처럼 십만 천병을 휘몰아 짓쳐나갔다.

이때 조용히 눈을 감고 하늘을 향해 기도를 드리고 있던 정 용인이 갑자기 유성마냥 하늘에 날아올라가 용자를 도와 결사적으로 싸웠다. 그들은 저마다 병장기를 천만 가지로 변화시키면서 십만 천병과 싸우니 반공에서 우레가 울고 두 마리의 지렁이가 먹장구름을 가르며 마구 용을 쓰는 것 같았다.

하늘을 응시하던 정 소저는 근심에 잠겨 재촉하였다.

"둘째야 너도 빨리 올라가 싸우지 않고 뭘 하는 거냐?!"

"그놈들을 족치는 것보다 할아버지 할머니와 어머님을 보호하는 것이 더 중요하나이다."

정 용축은 우물우물 닭고기를 씹으며 예사롭게 말하였다.

"이놈아! 닭다리 값이래도 해야 할 게 아니냐? 우리 늙은이들은 관계치 말고 어서 올라가 싸우기나 해라!"

늙은 어부의 말에 정 용축은 듣는 둥 마는 둥 그저 시물시물 웃으며 닭고기만 씹어대는데 정 부인이 영감을 흘겨보며 푸념하였다.

"어이구?! 천병과 싸워 어찌 이긴다고? 두려워하는 애까지 죽음에 내모우?!"

정 부인의 말에 정 용축은 닭고기를 씹다말고 멀뚱하니 정 부인을 지켜보다 "소자 두려워서가 아니나이다. 이제 소자 본때를 보이리다!"하고 선인장을 부여잡고 근두운으로 살처럼 하늘에 솟아오르더니 닥치는 대로 마구 천병을 쳐 죽이니 하늘은 온통 비명소리와 아우성 소리로 차 넘쳤다. 정 용축까지 합세한 것을 발견한 서해용왕은 두 용왕들을 보고 말하였다.

"짐들은 저 초가집과 정 소저 일가를 물바다에 쳐넣어 죽이는 것이 어떠하나이까?"

"허허 좋소이다."

"짐은 북쪽에서 바람을 일으켜 지나가는 비구름을 막으며 물을 토하리다!"

세 용왕들이 합세하여 비구름을 끌어오며 일제히 입으로 물을 토하니 양관평 벌은 삽시에 물바다가 되었다. 한편 하늘에서 사기충천하여 싸우던 정 용인은 갑자기 어디선가 어머님의 부름소리가 들리는 것 같아 내려다보니 물바다가 된 양관평의 초가집 이영이 물결에 둥둥 떠내려가고 있었는데 그 아래 그리 멀지 않은 곳에서 정 소저가 허위적거리며 물에 잠겼다 솟았다 하는 모습이 깨알처럼 내려다 보이였다. 우선 빨리 어머니를 구원해야겠다는 생각이 든 정 용인은 빗발처럼 날아드는 창검들을 비껴 쳐버리고 곧게 날아 내려왔다.

정 소저를 부르며 물속에 들어가 겨우 어머니를 잡아안은 정 용인은 물결 위에 머리를 내밀고 푸푸 하고 입안에 물을 뿜어 던지고 진언을 외우니 갑자기 몸이 둥둥 떠오르며 물속에서 커다란 자라가 머리를 쑥 내밀고 말하였다.

"소인이 동해용왕님의 분부를 받고 급히 달려오는 중이었나이다."

"고맙다. 자라야! 우리 할아버지 할머니를 보지 못했느냐?"

"예, 달려오는 길에 두 분의 시신을 보았나이다."

"그런데 그대로 달려왔단 말이냐?!"

"죄송하오나 이미 돌아가셨기에 거북이 왕께 부탁하여 용궁에 모셔다 후히 장사 드리라고 부탁하였나이다."

"아이고! 아버지 어머님?!"

정 소저는 대성통곡하며 자라 등을 치기 시작하였다. 허나 북해용왕이 거세찬 북풍을 일으키는 바람에 정 소저는 통곡하다 말고 거대한 담장 같은 파도에 휩싸이고 말았다. 다행히 자라목을 타고 앉은 정 용인이 어머니의 허리를 단단히 감싸안고 있었기에 정 소저는 자라 등에서 떨어지지 않았다.

동해에 들어서자 파도는 더욱 기승 부리며 울부짖었다. 산악 같은 파도는 그 어떤 괴악하게 생긴 산짐승처럼 정 소저와 정 용인이를 삼키지 못해 미친 듯이 발광하는 것 같았다.

"단단히 잡아야 하나이다! 파도가 심하여 소인도 방행을 잡을 수 없어 그냥 그대로 떠밀려 가나이다."

자라는 동실한 눈알을 귓등으로 돌리고 울상이 되어 말하였다.

14회

정 용축은 홍의 선녀한테 코 꿰이고
정 용자는 옥제의 죄를 논하다

정 용자는 용인이 어머니를 구하러 내려가는 것을 보고 시름 놓고 단창을 휘둘러대었다. 사대천왕과 나타가 동시에 달려들자 정 용자는 "변해라!"하고 자신이 몸을 한 가닥 바람으로 변신시켜 하늘에 솟았다가 다시 내려오며 단창으로 이 천왕의 잔등을 겨누었다.

이 천왕의 눈결에 단창이 날아드는 소리를 듣고 급히 몸을 피했으나 때는 이미 늦었다. 정 용자의 단창이 어느새 몸을 숨이며 돌아서는 이 천왕의 어깨를 찔렀다.

단창에 어깨가 찔려 심한 아픔을 느낀 이 천왕은 황급히 몸을 돌려 줄행랑을 놓았다. 그 모양에 정 용자는 팔자수염을 쓰다듬으며 낄낄거렸다.

"해, 당당한 하늘나라 이 천왕이 달아나다니? 킥킥."

정 용자의 웃음소리에 자존심이 상한 이 천왕은 그래도 체면은 지켜야겠다는 생각이 피뜩 들어 돌아서며 몸을 부르릉 떨며 주먹을 내흔들었다.

"윽, 저런 오만 무례한 놈을 봤나?! 내 그저…"

"부왕님?!"

나타가 급히 사대천왕을 이끌고 와서 이 천왕을 부축하였다.

이 천왕은 얼굴을 찡그리고 말하였다.

"저놈의 신통력이 대단한지라 본 왕이 친히 옥제에게 상주하여 지원병을 데려 와야겠다. 너희들은 저놈을 막아 싸우면서 시간을 끌도록 해라."

"예 분부대로 하겠나이다."

나타의 대답을 들은 이 천왕은 급히 상서로운 구름을 잡아타고 영관전으로 향하였다.

"해, 저놈이 어디로 달아나?!"

정 용자는 머리를 갸웃하고 눈을 연신 깜박이더니 급히 뒤쫓아갔다.

십만 천병이 겹겹이 둘러싸인 포위 속에서 맹수마냥 좌우충돌하며 선인장을 휘둘러 대던 정 용축은 용자가 이 천왕을 뒤쫓는 것을 보고 "저 쥐새끼 같은 형이 나를 홀로 남겨 놓고 가다니?! 하며 급히 몸을 솟구쳐 정 용자를 향해 날아가는데 사대천왕이 앞을 가로막았다.

정 용축은 큰소리로 호통쳤다.

"이놈들아! 소신이 형님과 토의할 일이 있어 쫓아가는데 어이하여 길을 막느냐?!"

"하하하… 네놈이 머리가 잘못된 게로구나."

사대천왕은 서로 마주보며 한바탕 웃더니 일시에 몸을 날려 덮쳐들었다. 정 용축은 황급히 선인장을 휘두르며 맞받아 싸웠다. 정 용축은 사대천왕의 적수가 못되었다. 사경에 몰려 이리 피하고 저리 피하고 아슬아슬하게 목숨을 부지해 나가던 정 용축은 그만 넋이 나간 황소 목 터지는 듯한 소리쳤다.

"형-님! 제발 좀 목숨을 구해 주시구려!"

나타와 싸우면서 이 천왕을 뒤쫓던 정 용자는 다급한 용축이 부르짖는 소리에 머리 돌려 바라보니 용축이 목숨이 위태한지라 급히 나타의 창끝을 미끼 처버리고 번개같이 달려와 용축이를 도왔다. 그제야 궁지에서 벗어난 용축은 겁기에 눈이 떼꾼해서 말하였다.

"아우의 신통력으로는 이 많은 천병을 당할 수 없우. 하오니 제가 이 천왕을 잡아오리다."

용축은 도망치듯 구름을 잡아타고 이 천왕을 쫓아갔다. 그의 무예가 별로 신통치 못한지라 나타와 사대천왕들은 그를 뒤쫓지 않고 정 용자만 에워싸고 대적하였다.

이 천왕은 황황히 천궁으로 도망쳐가 옥제에게 아뢰었다.

"황송하오나 삼 형제들의 신통력이 너무 비상하여 소신들의 법력으로는 도저히 당할 수가 없어 그만 패하고 말았나이다."

대경실색한 옥제는 문무백관들을 둘러보며 말하였다.

"패하다니?! 이 일을 어이하면 좋단 말인고?!"

문무백관이 모두 할 말을 잃고 서로 마주보며 수군거리는데 태상로군이 반열에서 나서 읍하고 아뢰었다.

"황송하오나 소신은 일전에 정 용자가 관세음보살님의 제자라는 소문을 들었나이다. 하오니 관세음보살님께 구원을 청해보는 것이 좋겠나이다."

이 말을 들은 옥황상제는 머리를 끄덕이고 나서 즉석에서 문곡성관더러 조서를 꾸미게 하고 태백금성이 조서를 가지고 가서 관세음보살님을 모셔오게 하였다.

태백금성이 조서를 가지고 남천문을 나선지 얼마 되지 않아 동천문으로 정 용축이 마구 천궁을 들부수며 짓쳐들어오고 있다는 급보가 들어왔다. 옥제는 기겁해서 소리쳤다.

"그 횡포무도한 놈을 대적할 자가 없는고?!"

이때 태상로군이 나서서 아뢰었다.

"사태가 위급하오니 우선 먼저 피하심이 마땅하나이다."

옥제는 방법 없이 시종들의 부축을 받으며 문무백관들을 이끌고 황황히 용봉전으로 향하였다.

한편 동천문에 이른 정 용축이 막 선인장을 휘두르며 짓쳐 들어가려는데 느닷없이 저쪽에서 구름인지 안개인지 분간 못할 희색기운을 타고 꽃바구니를 든 청의 선녀, 조의 선녀, 홍의 선녀, 소의 선녀, 자의 선녀, 특이 선녀, 황의 선녀들이 반도원에서 복숭아를 따가지고 비단옷깃을 날리며 줄쳐오고 있었다.

칠 선녀들이 서로 희희낙락 떠들며 동천문 앞에 내리자 용축은 눈을 부릅뜨고 꽥 소리를 질렀다. 칠 선녀들은 선인장을 부여잡고 장승처럼 서있는 정 용축이를 발견하고 기겁하여 일제히 무릎을 꿇고 오게 된 까닭을 아뢰었다.

"소녀들은 아침에 명을 받고 반도원에서 복숭아를 따가지고 오는 길이나이다."

홍의 선녀가 말하였다.

"그래?!"

정 용축은 벌쭉 웃었다.

하늘에 칠 선녀가 있다는 말은 들어 왔으나 이렇게 진짜 목격하기는 처음인지라 용축은 넋이 나간 듯이 멍하니 바라보기만 하였다. 어쩐지 가슴이 높뛰고 피가 급히 흐름을 느낀 정 용축은 천궁을 짓쳐 들어가려던 용맹과 마음은 가뭇없이 사라지고 그 어떤 이상야릇한 정욕이 불기둥처럼 불끈 치솟아 도저히 참을 수가 없었다.

"에라, 모르겠다. 급한 불부터 끄고 보자."

정 용축은 술법을 부려 여섯 선녀들을 그 자리에 옴짝달싹 못하고 서 있게 만들어놓은 다음 홍의 선녀를 덥석 잡아 어깨에 둘러메고 동천문 가의 시녀소궁으로 들이가 씩씩거리며 옷부터 벗이던졌다.

"아이, 왜 이렇게 무례하시나이까?"

"사랑에 무슨 예가 필요하냐?!"

정 용축은 홍의 선녀의 헤쳐진 옷 새로 풍만한 젖가슴이 좌우로 갈라져 봉긋이 솟아 오른 것을 보고 더욱 욕정이 치솟아 마구 끌어안으려고 서둘렀다.

"호호호."

갑자기 홍의 선녀는 간드러지게 웃음을 터뜨리며 곱게 눈을 흘겼다.

"왜, 이렇게 성급하시나이가? 소첩이 대왕께 상봉 예로 술을 부어 올리겠나이다."

"허허, 마음은 고마우나 급한지라…"

"아이, 급히 먹는 밥이 목이 멘다 하였나이다. 이 잔…"

"지금 싸움 중인데…"

"아이 참, 싸움 중에 그 일은 어떻게?!"

홍의 선녀는 요염하게 눈을 곱게 흘겨 보이고 이윽히 지켜보는데 그 미묘한 표정과 은근한 시선에 정 용축은 구곡간장이 다 녹아나고 정신까지 혼미해지는 것이었다.

"허허 그럼 한 잔 마시고 볼가?"

"그럼요. 대왕이 술 마시기 두려워하다니요? 호호호."

홍의 선녀는 입을 가리고 할끔 정 용축이를 쳐다보고 짐짓 놀리듯 웃어대며 술잔을 들어 권하였다. 그 모습에 정 용축은 얼굴을 붉히며 머뭇거리더니 덥석 술잔을 받아 통째로 입에 쏟아부어 넣듯이 마셨다.

"호호호…"

"헤헤…"

홍의 선녀의 웃음 속에서 정 용축은 바보스럽게 웃어대더니 갑자기 정신이 혼미해져 그만 그 자리에 쓰러지고 말았다.

'흥, 하늘에서 본 적이 없는 놈이 무기를 지니고 동천문 앞에 서 있으니 마귀가 분명하지. 내 이제 이놈을 끌고 가서 옥제의 상을 받아야지.'

이렇게 생각한 홍의 선녀는 하늘 밧줄로 용축의 두 팔목을 꽁꽁 묶어 선인장에 동여매고 가는 쇠줄로 그의 큼직한 코을 꿰어 그 줄의 한쪽 끝을 틀어쥐고서야 해독주로 용축을 깨웠다.

"어이구?! 이년이…"

정 용축은 코가 너무 아파 아우성치다 말고 얼굴을 찡그리었다.

"이놈아, 호호 빨리 가자!"

홍의 선녀가 정 용축이를 끌고 시녀소궁 문을 나서니 때마침 태백금성이 관세음보살과 그의 제자인 혜안을 모시고 동천문에 도착하여 여섯 선녀들의 혈을 풀어주고 있었다.

관세음보살과 태백금성은 홍의선녀가 정 용축을 황소 끌고 오듯 끌고 오는 것을 보고 사뭇 놀라운 표정으로 지켜보며 다가오기를 기다리었다.

갑자기 함성소리가 가까이 들이어 오더니 반공에서 정 용자가 조각구름을 잡아타고 급히 날아와 내렸다. 동천문에 이른 정 용자는 관세음보살을 보고 놀라며 황급히 무릎을 꿇고 아뢰었다.

"해, 스승님 소자 억울하나이다."

"음."

관세음보살은 조용히 눈을 감고 염주를 세더니 얼굴에 노을 같은 미소를 머금고 은은한 목소리로 물었다.

"용자야, 어이하여 하늘에 올라와 소란을 피우는 거냐?"

용자는 연신 눈을 깜박이며 잠깐 생각하더니 아뢰었다.

"해, 누가 하늘에 올라오기 좋아 온 줄 아나이까? 아무런 죄도 없는 삼 형제들을 옥제가 불문곡직 죽이려 하니 소자 무슨 방법이 있나이까?"

"그뿐이냐?!"

관세음보살은 나직이 물었다.

"아니, 아니나이다. 옥제의 첫째 죄는 흑용과 천상공주의 간통죄를 묵과하고 중용했으니 스스로 법을 문란케 하였으니 권력을 남용한 죄요. 둘째는 옥제의 누이는 하계에 내려가 양군의 처가 되어 이랑진군을 낳았으나 그 죄를 묻지 않고 하늘에 등용하여 벼슬까지 시키면서도 우리 삼 형제는 요물이라 하며 잡아 죽이려 했으니 이는 횡포무도한 폭군 죄요. 셋째는 세상 그 어떤 일이든지 신선이나 인간이나 다 알아야 할 권리를 천기누설 죄로 함부로 살생하려 하였으니 권리박탈 죄요. 넷째는 누구나 관세음보살님이 가르침을 받을 권리를 막았으니 이는 부처님의 도를 막는 대역무도한 죄이나이다."

"너 이놈! 감히 옥제의 죄를 논하다니?! 죽어 봐라!"

혜안이 듣다못해 쇠몽둥이를 추켜들고 덮쳐들었다.

"해, 이놈이 무식하구나. 누구든 죄가 있으면 징벌해야 한다고 보살님이 가르쳐 주지 않더냐?!"

"이놈 받아라!"

혜안은 쇠몽둥이로 곧게 용자의 머리를 겨누고 내리쳤다. 정 용자는 옆으로 슬쩍 혜안을 지나쳐 버리고 단창을 꼬나잡고 혜안을 맞서 싸우기 시작하였다.

둘은 서로 어울리어 백여 합 싸웠으나 좀처럼 승부를 가를 수가 없었다. 조급해난 혜안은 쥐처럼 생긴 용자의 얼굴을 보고 갑자기 둔갑술로 자신을 고양이로 둔갑시켜 가지고 사납게 정 용자에게 덮쳐들었다.

순간 정 용자는 변해라 하는 소리와 함께 한 마리의 커다란 부엉이로 둔갑하여 곧바로 덮쳐드는 고양이를 앞발로 덥석 집고 날개를 퍼덕이며 날카로운 갈고리 같은 주둥이로 마구 쪼아대려 하는데 문득 태백금성이 뿌린 먼지떨이가 대붕이 되어 날아와 방법 없이 혜안을 놓고 태백금성을 대적하여 싸웠다. 그 틈에 혜안은 다리를 절뚝거리며 관세음보살님의 앞에 다가가 아뢰었다.

"스승님, 용자의 재주가 정말로 비상하나이다. 저의 법력으로 안 되어 그만 다리를 상하였나이다. 스승님께서 저 놈을 죽여 저의 원수를 갚아주시면 감사하겠나이다."

"저 놈을 보매 비록 요성이 있긴 하나 성스러운 신과 착한 인간 그리고 영리한 동물의 영이 조화롭게 형성되어 생긴 생영이기에 하늘과 세상에 해를 끼칠 놈이 아니다. 지금까지 이 세상을 이끌어갈 만한 성인이 태어날 복지의 땅을 점지 못했고 아울러 이 염주의 주인을 찾지 못하여 근심이 태산 같았는데 금일 그 적임자를 찾았구나. 나무아미타불."

"어이구! 보살님 무슨 말씀을?!"

혜안은 그만 말문이 막혀 그저 물끄러미 관세음보살을 쳐다보았다.

"인젠 그만 멈추어라!"

관세음보살님의 외치는 소리에 태백금성은 급히 정 용자의 단창을 비껴 쳐버리고 돌아와 아뢰었다.

"아뢰옵기 황송하오나 저놈의 재주가 심상치 않나이다."

"음."

관세음보살은 염주를 세며 정 용자를 바라보며 조용히 입을 열었다.

"용자야, 억울하다 하여 도리 있다 하여 그 누가 죄 있다 하여 법도와 그 정도를 넘으면 반대로 죄인이 되느니라. 부처님의 법도는 사람을 죽이는 깃이 아니라 회개하고 신신이 되어 나중에 극락세계로 보내는 것이다. 나의 이 손에 염주는 그 도를 가르치는 염주이니 특별히 너에게 주려 한다."

"해, 아 아니 마음은 고마우나 소자는 막된놈이라 그 염주를 목에 걸 재목이 아니나이다. 그러니…"

"그러하다면 네 손으로 이 염주를 끊고 달아나라. 나무아미타불!"

관세음보살이 말을 마치고 번개 같이 손에 염주를 뿌렸다. 염주는 반짝반짝 신비한 칠색 광채를 뿜으며 정 용자를 향해 날아가 그의 머리 위에서 맴돌아치는 것이었다.

용자가 공중제비하면 염주도 용자를 따라 공중제비하고 용자가 솟으면 염주도 따라 솟았다. 급해진 정 용자는 단창을 칼로 둔갑시켜 가지고 마구 염주를 찍었으나 불꽃만 튕기어 날뿐 염주의 실은 끊어지지 않았다.

용자는 급히 진언을 외워 자신의 몸을 일진 회오리바람으로 변신시켜 형체가 보이지 않게 하였다. 그러자 염주는 회오리바람을 싸고돌며 괴이한 염불소리를 냈는데 그 소리에 정 용자는 머리가 빠개지는 것 같아 도저히 참을 수가 없었다.

"아이고! 머리야…"

정 용자는 참다 못해 원 모습을 드러내었다. 순간, 염주는 기다렸다는 듯이 어느새 정 용자의 목에 척 걸렸다. 그와 동시에 정 용자의 머리의 통증은 가뭇없이 사라졌다.

"해, 해."

정 용자는 목을 만지며 연신 눈을 깜박이며 머리를 기웃거리는데 정 용축이 고함쳤다.

"형님 빨리 좀 이 아우를 살려주구려!"

"해"하고 정 용자는 관세음보살을 쳐다보며 말을 이었다.

"스승님, 저의 아우를 용서하소서!"

"너의 아우는 살성이 강하여…"

"부처님의 법도는 죽이고 벌을 주는 것이 아니라 들었나이다!"

"음."

관세음보살은 잠깐 생각하고 나서 풀어 주라고 손짓하고는 부드러운 어조로 말하였다.

"용자야, 너의 법명은 동천공이니라. 네가 이제 찾아가는 땅은 하늘이 선정하신 복지의 땅이나 잘못하면 땅의 첫 도화선이 되어 지구를 불바다로 만들 위험성이 있느니라. 무시와 멸시를 해님처럼 딛고 솟아나는 그 땅 어디에나 스님과 승려들이 목탁소리 높을 것이고 하늘을 따르는 신도들이 넘쳐나 분명 천하를 한없는 사랑과 도로 다스리는 성인이 태어나는 땅이라 하겠다. 하니 너는 그 뜻을 받들어 그 땅의 사악함을 없애고 도를 행하여 지금부터 불씨를 제거하는데 힘을 아낌이 없어야 하니라!"

"해,"하고 정 용자는 귀뿌리를 살살 마지며 관세음보살을 쳐다보며 눈을 깜박거리더니 연신 머리를 끄덕였다.

"예 예, 알아들었나이다."

"형님, 삼십육계에 줄행랑이 상책이라 뭘 꾸물거리오?! 오늘은 코가 아파 어쩔 수 없으니 어서!"

정 용축은 다가오자 바람으로 용자의 손목을 잡아끌고 급히 몸을 솟구쳐 줄행랑을 놓았다. 구름을 재우쳐 어느새 양관평에 이르러 살펴보니 물바다가 된 고향땅은 쓸쓸하기 그지없었다. 나서 자란 정다운 초가집은 물에 밀려 떠내려가 보이지 않고 그 위에서는 애오라지 갈매기들만 애처롭게 울어대며 날아예고 있었다.

"어이구! 모두 잘못된 게 아니우?

"해"하고 정 용자는 얼굴을 찡그리고 생각하더니 정 용축을 보며 말하였다.

"우리 동해 용왕을 찾아가 보자."

"와?!"

"모두 물에 떠밀려 갔으니 동해용왕은 우리 가족의 생사를 알 게 아니냐?'

"엉, 맞소!"

그들은 급히 동해로 날아가 구름을 낮추고 진언을 외워 동해용왕을 불렀다. 손자들이 찾아왔다는 전갈을 받은 동해 용왕은 "어, 어…"하고 뒷걸음치면서 황황히 손을 내저으며 침상에 들어가 누워 한참 생각하고서야 명하였다.

"천궁을 크게 소란한 손자들을 지금 만난다면 짐은 구족이 참형 당하거늘 자라왕더러 급히 나가 짐이 몸져누워 만날 수가 없다고 전하도록 하라!"

동해용왕의 명을 받은 자라왕은 정 용자를 만나 동해용왕은 지금 병이 위독하여 침상에서 일어나지 못하니 후일 찾아오라고 하였다.

"해, 그럼 지금 외할아버지 할머니 그리고 어머니와 아우의 행방을 찾고 있으니 급히 알려달라고 전하여라."

"허허 그건 소인이 알고 있나이다. 소인이 용왕의 명을 받고 양관평 (방천)으로 달려가는 도중에 할아버지와 할머니의 시신을 발견하였는데 이미 용왕님의 후한 장례로 시신을 동해에 모셨나이다. 허나 어머님과 아우만은 소인이 간신히 구원하였나이다."

"뭐라?! 할아버지와 할머니가 돌아가다니?!"

정 용축이 놀라 부르짖었다.

"해, 그렇다면 어머니와 아우는 어디에 있느냐?"

"예, 그날 파도가 너무 세찬데다 용인이 저의 목을 타고 앉아 방향을 잡을 수가 없어 밤낮 사흘이나 밀려가고 가고 가다 저 멀리 남쪽 섬나라에 간신이 모셔다 드렸나이다."

"밤낮 사흘이나?!"

"예, 여기서 곧게 남으로 가다 서쪽으로 가면 남쪽나라가 있나이다."

"해, 용축아 여기서 지체 말고 빨리 가자!"

그들은 급히 몸을 솟구쳐 하늘에 날아올랐다.

"흥, 고맙다는 인사도 없네."

자라왕은 억울한 듯 눈알을 희뜩 굴리면서 남쪽하늘로 점점 멀어져 가는 그들의 뒷모습을 지켜보며 중얼거리었다. 정 용자와 정 용축은 구름을 재우치며 아래를 주의하여 살펴보았다. 발밑 아래 바다는 마치 밑도 끝도 없는 망망한 원형 속에 담겨져 송두리째 이리 기울 저리 기울 넘실거리는 것 같았다.

고요는 끝없는 공간을 채우고 대자연의 풍경 속에서 모든 것이 침묵을 지키며 흔들거리는 것 같았다.

정든 땅과 집을 잃은 데다 그 언제나 자애로운 사랑으로 감싸주고 보살펴 주시던 외할아버지와 할머니를 잃었다는 서러움은 밀물처럼 밀려왔고 어머니와 아우를 찾는 안타까운 마음은 조바심에 먹물처럼 캄캄해지기만 하였다.

갑자기 정 용축이 소리쳤다.

"저기 무슨 섬이우?!"

정 용자 내려다보니 바다에서 두 마리의 가재미가 새끼들을 데리고 물위에 떠있는 듯한 자그만한 섬이 바라보이었다. 지금까지 날아오면서 그만한 섬은 적지 않게 보았으나 별로 남쪽 섬나라라고 할 만한 섬이 아니었기에 그는 그저 지나쳐 왔었다.

"해, 섬이 작아. 자라는 남쪽 섬나라라 했어."

"섬이 크고 작고 무슨 상관이오. 저기 저 사람들이 보이는데."

"해, 그럼 내려가 보자."

그들은 험준한 바위산 기슭에서 고기잡이하고 있는 사람들을 발견하고 곧게 그곳에 날아가 내렸다.

"해, 여보시오?"

고기잡이하던 사람들은 급작스레 나타난 그들의 모습에 놀라 달아나려다말고 그저 넋이 빠진 듯 물끄러미 쳐다보기만 하였다. 그 중 나이 지긋해 보이는 사람이 정 용자의 목에 염주를 눈 박아보더니 두 손을 정중히 합장하고 머리를 숙였다.

"나무아미타불…"

그제야 정 용자는 "해"하고 급히 두 손을 합장하였다.

"나무아미타불 여기는 무슨 섬이라 하나이까?"

"예, 여기는 삼봉도(독도)라 하나이다."

"삼봉도? 음 그런데 이 섬에 사람들이 더 없는고?"

정 용축이 나서며 물었다.

"예, 그러하나이다. 소인들은 본시 준왕의 신하들이온데 그만 억울하게 죄를 짓고 여기에 정백살이 왔나이다."

"그 참 안 되었구려 쯧쯧…"

정 용축이 혀를 끌끌 차는데 정 용자는 머리를 갸웃하고 물었다.

"해, 여기 남쪽 섬나라는 어디나이가?"

"이 금방에 무릉도가 있나이다. 하오나 남쪽 나라라고 하지 않나이다. 남쪽 섬나라 하면 아마 삼신국(탐라국, 제주도)을 말하는 것 같나이다."

"삼신국이 예서 먼고?"

"예 땅 끝 마을에서 서남쪽으로 가면 있나이다."

"해 해 나무아미타불."

"감사하외다."

삼봉도 사람들과 작별인사를 나눈 그들은 또다시 하늘에 날아올라 상서로운 구름을 잡아타고 남쪽 섬나라 삼신국을 향해 구름을 재우쳤다.

15회

삼 형제들은 삼신산에서 상봉하고
돼지는 미녀로 둔갑되다

동해 자라왕의 덕분에 겨우 목숨을 부지한 정 소저와 정 용인은 삼신국(탐라국) 동북쪽 바다가 모래 덤에 앉아 있었다.

정 소저는 한잠 자고 일어났으나 아직도 정신이 흐리터분하고 구토가 나면서 금시 쓰러질 것만 같아 도무지 자리에서 일어날 수가 없었다. 또한 세찬 파도 속에서 여기까지 어떻게 왔는지 여기가 어디인지 몰랐으며 구태여 알려고도 하지 않았다. 허나 정 용인은 무릎에 천서를 펼쳐놓고 두 손을 합장하고 웅얼웅얼 기도를 드리고 있었다.

"후-"

정 소저는 한숨을 길게 내쉬며 하염없이 바다를 바라보았다.

바다는 아직도 노여움이 가시지 않은 듯 노호하고 있었다. 밀려오는 파도는 검푸른 벽에 흰칠을 한 담장마냥 육지로 쓸어들고 있었다. 육지에 가까워질수록 더욱 견고해지는 파도는 어떤 힘으로도 돌파할 수 없을 것만 같았다.

소용돌이치며 쏴! 싸! 대는 파도소리는 세상만물을 완전히 압도하고 있었다. 이제는 그것이 담장이 아니라 생기와 용맹이 넘쳐나는 청용으로 변하는 것 같았다. 청용이 꿈틀거리며 그 무엇인가 부탁하며 힘내라고 그를 향해 돌진해 오면서 아우성치는 것 같았다.

정 소저는 저도 모르게 눈물을 흘리며 맥없이 눈을 감았다. 청용의 생전 부탁이 새삼스레 떠올랐다. 급기야 그는 벌떡 자리에서 일어나 어깨에 멘 청용의 유골함을 만져보았다.

모든 것이 그대로 보존되어 있다는 것을 확인한 그는 "후-" 하고 길게 한숨을 내쉬더니 끝내 울음을 터뜨렸다.

"아이고! 아직 부모님들의 시신을 찾아 모시지 못했는데 애들이 생사도 모르고 있으니 에구, 소첩이 마음 먹물 같나이다. 소첩은 어찌하면 좋단 말이나이까?!"

정 소저 한탄하며 울음을 터뜨리니 정 용인은 급히 무릎을 꿇고 아뢰었다.

"아뢰기 황송하오나 사람의 명은 재천이라 이미 돌아가신 분들은 하느님께서 불러 천당으로 올라갔으니 너무 상심 마소서. 그리고 두 형은 천병을 무찌르고 지금 우리를 찾아 여기로 오고 있는 줄로 아나이다. 하오니 모친께서는 심히 염려마시고 우선 인가를 찾아 숙소를 정함이 마땅한 줄로 아나이다."

"이렇게 한적한 섬에 무슨 인가 있다고 그러느냐?"

"모친께서는 잠깐 참으소서. 소자 살펴보고 오리다."

정 용인은 정 소저를 안정시키고 눈을 감으며 두 손을 합장한 후 잠깐 기도를 드리더니 부지중 몸에 힘을 주어 하늘에 날아올랐다.

정 용인이 하늘에 올라 조각구름을 타고 내려다보니 구름을 뚫고 우뚝 치솟은 산봉 아래 저쪽 산기슭에 둥글게 돌담을 둘러서 풀로 이엉을 한 집들이 이따금 보였다. 그래서 그쪽으로 좀 날아가 보니 경성을 방불케 하는 비교적 큰 성이 자리잡고 있는 것이 바라보였다. 저 성에 내려가 모친께 대접할 요깃거리를 좀 얻어오려는 생각에 정 용인은 구름을 낮추어 감쪽같이 성에 내려 살펴보았다.

사람들로 붐비는 거리에는 의관을 정제한 바다 너미 중원에서 온 사신들, 그리고 말을 끌고 다니는 목호인들과 허리끈에 긴 칼을 찬 족발인도 보였다. 거리 양편에 즐비하게 늘어선 판잣집들에서는 술 냄새와 아름다운 명기들의 웃음소리와 노랫소리가 차 넘쳐 간간히 새어나왔다.

거리에서 극성스럽게 싸구려를 부르는 장사꾼들의 진상에는 여러 가지 물품들이 진열되어 있었으나 주로는 물고기, 귤, 우황, 쇠뿔, 쇠가죽 비자, 해조, 진주 등 물건들이었다.

정 용인은 길가는 사람들한테서 여기가 바로 삼신국(탐라국)이라는 것을 알았다. 허나 호주머니에 동전이 없어 요기할 음식들을 살 수가 없어 어떻게 하면 좋을까? 하고 생각하는데 저쪽 길 건너편 허술한 집에서 웬 사람이 실성할 듯 통곡하는 부인을 부축하고 걸어 나오고 있는 모습이 바라보였다.

정 용인은 길가는 웬 노인을 붙잡고 물었다.

"노인장 어른 황송하오나 저기 저 집은 무슨 집이온데 부인이 대성통곡 하시나이까?"

노인장은 정 용인을 물끄러미 바라보며 반문하였다.

"길손은 이 고장 사람이 아닌고?"

"예, 예."

정 용인은 연신 허리를 굽혀보였다.

"저 집은 삼신산 신을 모신 낡은 절이나이다. 소문에 저 부인의 외동딸이 용왕제 제물로 선정되었다가 요행 시랑도사의 도움으로 죽음을 모면하였다고 들은 바 있나이다. 그런데…"

"감사하나이다."

정 용인은 절이라는 말을 듣고 제물이 있겠다는 생각에 급히 노인에게 사례하고 절로 달려 들어가 보았다. 아니나 다를까 큼직한 돌로 만든 산신 상 앞에는 여러 가지 제물 음식들이 차려져 있었다. 정 용인은 그 음식들을 남김없이 보따리에 걷어 싸매고 돌아왔다.

"소자 알아보니 여기는 삼신국(제주도)이라는 섬나라이나이다."

"삼신국?!"

"예 그러하나이다."

"너희 부친께서는 아침 해가 솟는 환국남쪽 땅 끝 마을 서남쪽 바다에 삼신국이라는 섬나라가 있다고 하였느라. 그 섬에 삼신산(한라산)이 솟아 있는데 고을 라, 양을 라, 부을 라, 삼신이 삼신산 북쪽 모흥혈 땅속에서 솟아나와 가죽옷을 입고 사냥을 하며 살아오다가 벼랑국에서 씨앗과 망아지를 목배에 싣고 온 삼 공주와 결혼하여 살았다고 하였다. 우리가 삼신국에 왔으니 북두칠성 아래 백두산까지 가자면 그 길이 너무나 멀고도 험하니 이 일을 어찌하면 좋단 말이냐? 너희들은 하늘을 날 수 있는 재주가 있으나 나를 데리고 날 수는 없으니 이야말로 막연한 일이 아니냐?"

"소자들이 모친을 태백산까지 무사히 모실 터이니 심려마소서."

"그러나 저러나 이 애들의 생사가 근심되어 이 마음 타서 재가 되는 구나."

"잠깐 기다려주소서."

정 용인은 두 손을 합장하며 조용히 눈을 감더니 기도를 드리기 시작하였다.

"얘야, 기도가 그 무슨 영험이 있느냐?"

정 소저는 미심쩍은 표정으로 용인을 바라보았다.

"예." 하고 정 용인은 자리에서 일어나며 말하였다.

"지금 두 형님이 오고 있으니 소자 마중가려 하나이다. 모친께서는 그 어떤 일이 있어도 이 자리에서 떠나시면 안 되나이다."

"오냐."

정 용인은 즉시 근두운으로 삼신산을 향해 날아올랐다. 그가 막 구름을 낮추어 삼신봉에 내리려는데 그 무슨 약속이나 한 듯이 정 용자와 정 용축이 삼신산으로 날아오는 것이 바라보였다. 정 용자는 정 용인이 홀로 서 있는 것을 발견하고 놀라 내려서자 바람으로 눈이 동실해서 물었다.

"해, 어머니는?!"

"너 이놈 어머니를 어쩌고?!"

"모친께서는 지금 저기 저 바다 기슭에서 형님들을 기다리고 있나이다."

"어, 그래?! 하하하 우리 셋째 고생하였다.! 허허…"

"해, 나무아미타불!"

정 용자는 한숨을 호 내쉬며 두 손을 합장하고 놀란 가슴을 삭였다.

"셋째야! 우리 쥐 같은 형님이 동천공이 되었단다. 허허허 내 원 참,

우스워서…"

"해, 빨리 가서 모친이나 뵙자!"

정 용자는 정 용축을 힐끔 흘겨보는데 정 용축이 놀라며 소리쳤다.

"아니? 저게 백록이 아니우?!"

그들이 머리를 돌려 바라보니 흰사슴 한 마리가 삼신산 봉우리 위에 있는 저그만한 호수에서 물을 마시다 다소 놀란 듯이 머리를 쳐들고 그들을 멍하니 바라보고 있었다.

사슴이 몸집은 말보다 더 작고 매끌매끌하여 보였고 더 바라지고 둥실하였으며 네 다리는 미끈하고 맵시 있었다. 널찍하니 힘줄이 들어찬 가슴팍은 위력 있는 목과 잇닿아 있었다.

날쭉하고 가지처럼 뻗어나간, 그리고 부삽같이 너부죽한 뿔에 짓눌린 그닥 크지 않은 머리는 약간 뒤로 제껴져 있었다. 사슴은 옴짝 않고 오직 머리만 움직이고 서있었지만 그 모든 자세에서 당황해하고 불안해하는 기색을 감추지 못하였다.

"형님 우리 저 사슴을 잡아 모친께 대접합시다!"

정 용축이 말하였다.

"나무아미타불!"

"살생하는 것은 좋지 않소이다."

정 용인도 머리를 흔들었다.

홀연, 저쪽 산마루에 웬 도인이 나타나 손에 먼지떨이를 흔들자 백록은 쏜살같이 달려가 그 도인을 태우고 산 아래로 내려갔다. 도인은 백설 같은 흰수염을 날리며 먼지떨이로 사슴이 양턱을 이리저리 치며 방향을 잡고 있었는데 그때마다 놀라며 뛰는 사슴의 발밑에서는 동근 구름이 피었다 사라지곤 하였다.

"해, 저놈 요괴 봐라. 해!"

"요괴라면 잡아야지우!"

정 용축은 선인장을 부여잡고 뒤쫓으려고 하였다.

"어머님이 기다리고 있소이다!"

정 용인의 말에 그들은 군말 없이 구름을 잡아타고 바닷가로 날아갔다. 바닷가에서 세 아들을 만난 정 소저는 아들들을 끌어안고 아무 말도 못하고 그저 흐느끼며 눈물만 흘렸다.

"형님, 여기로 가면 큰 성이 있나이다."

"해, 그래? 그럼 앞서거라."

"어머님 소자 업고 가리다. 자!"

정 용축은 정 소저의 앞에 떡판 같은 잔등을 척 들이댔다.

"아이?" 하면서도 정 소저는 그의 잔등에 엎드렸다.

정 용축이 정 소저를 잔등에 업자 그들은 주위를 둘러보며 용인을 따라 성으로 향하였다. 그들의 눈에는 하늘도 산도 땅도 모두 생소하게 안겨 왔다. 저 멀리 삼신국 중심에 웅거한 삼신산 준령은 하늘 갓을 떠이고 있는 듯 구름에 맞닿았는데 그 수십 갈래의 산맥들이 대하의 격랑처럼 굽이쳐 내려오며 곳곳에 폭포수와 동굴 그리고 악이라 부르는 크고 작은 화산들과 괴암 절벽을 만들어 놓아 그야말로 천하 제일 절경을 이루고 있었다.

그 산기슭에는 돌담을 둥글게 지어서 풀로 이엉을 한 집들이 여기저기 포근한 둔덕을 찾아 자리잡은 것이 흡사 동화속의 토끼 동산을 방불케 하였다. 길가의 밭에서는 개나 돼지의 가죽으로 지은 옷을 입고 있는 장정들이 쇠스랑이로 밭을 일구며 간혹 밭머리에서 한가롭게 풀을 뜯고 있는 소들을 바라보며 땀을 훔치기도 하였다.

삼 형제 일행이 성내에 들어섰을 때는 어느새 해가 넘어가 어둑어둑한지라 정 용자는 방법 없이 길가의 한 숙소를 찾아 대문을 두드렸다.

이윽고 대문이 열리더니 흰 두루마기를 입고 머리에는 상투를 얹은 사람이 그들을 맞이하였다. 정 용자는 귀 뿌리를 살살 만지며 허리를 곱사등처럼 연신 굽혀 보이며 사정하였다.

"해, 나무아미타불, 죄송하오나 소승들이 댁에서 하룻밤 유하고자 하오니 제발 사정 좀 봐 주소서."

"……."

주인장은 의아한 표정을 짓고 한참 지켜보더니 한숨을 길게 내쉬며 말하였다.

"장사를 그만 둔지 오래 되나이다."

주인장이 문을 닫으며 돌아서려는데 정 용축이 버럭 성을 내었다.

"장사를 그만 두었다고 길손이 하룻밤만 자고 가자는 것도 거절하다니?! 이런 망할 놈의 인품이 어디 있단 말인고?!"

"주인장, 오늘 산신제를 지내고 오신 분이 아니 나이가?"

정 용인이 앞에 나서며 급히 물었다.

"예, 헌데 어디에서 오신 길손들인지?"

주인장은 돌아서다 말고 삼 형제들을 일일이 다시 훑어보며 의아한 표정을 지었다.

"해, 소인들은 본시 도망강(두만강) 하류에 있는 양관평 사람들이 나이다. 헌데 관세음보살님의 명을 받고 이 땅의 악을 제거하며 모친을 모시고 태백산으로 가는 길이나이다."

"이 형은 쥐처럼 생겨도 관세음보살님의 제자 동천공이나이다! 감히 관세음보살님의…"

"주인장의 심상을 보니 심히 불안한지라 소인들은 이만 물러가려 하나이다."

정 용인이 주인의 기색을 살펴보다 한 마디 하였다.

"아니! 아니, 소인이 보매 심상치 않은 분들이라 집이 누추하여 잠깐 주저했을 뿐이나이다. 허물치 않으시면 어서 드시죠. 예 예…"

주인장은 갑자기 무슨 생각이 들었는지 대문을 크게 열고 연신 허리를 굽히며 삼 형제 일행을 맞아들였다. 주인장의 인도를 받으며 뜰 안에 들어서니 여기저기에서 사람들이 분주히 오락가락하는데 어느 방에선가 흐느낌 소리가 끊이지 않아 어쩐지 초상집 같았다. 워낙 여인숙을 경영하던 집인지라 빈 방이 많아 주인장은 그 중 비교적 크고 깨끗한 방에 그들을 모셨다.

이윽고 주인장은 두 하인과 함께 주안상을 차려가지고 들어왔다. 여러 가지 해물고기와 작은 통돼지를 구워 상에 올려놓아 그야말로 진수성찬이라 해도 괴언이 아니었다. 두 하인이 물러가자 주인장은 술을 부으며 한숨을 쉬더니 입을 열었다.

"집이 좀 부산하여 죄송하나이다."

"소첩이 물어보시기 황송하오나 댁에 무슨 일이 있는 것 같나이다."

"허허 여쭈어 보시우. 공짜 술을 먹을 수는 없나이다. 어려운 일이 있으면 이 정 용축이 다 해결해 드리리다! 허허 이놈 돼지다리는 허허."

정 용축이 급히 돼지다리를 쥐여 들고 어색하게 웃으며 큰소리쳤다.

"실은."

주인장은 난감한 표정을 짓고 머뭇거리더니 한숨을 내쉬었다.

"우선 목이나 축이시지요. 자 자…"

"해, 어머님 둘째가 다 먹어치우기 전에 수저를 들어야 하나이다."

"아니다. 주인장의 말씀을 들어야 음식이 넘어가지 어떻게…"

"맞나이다. 주인장님 주저치 마소서. 하느님께서 굽어 살펴보시나이다."

두 손을 합장하고 기도를 드리고 있던 정 용인이 아멘을 부르고 말하였다.

"어허, 셋째는 점점 이상해진다! 기도는?!"

용축이 눈이 떼꾼해서 말하였다.

"조용들 해라!"

정 소저는 엄한 기색을 짓고 아예 수저를 들려고 하지 않았다. 그제야 주인장은 한숨을 몰아쉬고 입을 열었다.

"소인은 삼신국 관아에서 일보는 새우라는 사람이나이다. 워낙 우리 삼신국은 아주 살기 좋은 나라였는데 어느 때인가 시랑도사라 자칭하는 도사가 왕을 배알하고 국사가 된 후부터 무슨 일이나 예물 거래를 하지 않고는 성사되지 않나이다. 하여 외래에서 온 사람들은 예물로 사람 구실을 하지만 본 지방 사람들은 인간대접 받지 못하고 있나이다. 특히 계절마다 거행되는 용왕제에 이전에는 소머리거나 돼지머리로 제물로 삼았는데 지금은 미녀를 제물로 바치나이다. 하여 금은보화가 많은 사람들은 예물로 선정된 딸의 목숨만은 살리지만 시랑국사의 첩 신세는 면치 못하고 있나이다. 소인도 이번에 예물로 딸의 목숨만은 구원했으나 딸애가 죽으면 죽었지 절대 시랑국사의 첩으로 가지 않겠다니 어찌할 바를 모르겠나이다."

"허허 그만한 일로 근심하시우! 이 정 용축이 선인장으로 그놈의 대갈통을 박살내면 그 딸을 소인에게 주시구려. 허허?!"

"아니, 무슨 농담을? 잘못하면 소인이 구족이 능지처참 면치 못하나이다."

주인장 새우는 부들부들 떨었다.

"그놈의 권력이 그렇게 대단하시나이까?"

정 용인이 눈살을 찌푸리며 물었다.

"그럼요, 삼신국 왕도 시랑국사의 앞에서는 꼼짝 못하나이다."

"소첩이 들어보니 심히 딱한 사정이라 너희들 무슨 방책이 없느냐?" 정 소저는 삼 형제들을 둘러보았다.

"해, 둘째가 큰소리 쳤으니 둘째가 해결하나이다."

"좋소! 소인이 지금 곧장 궁에 짓쳐 들어가 그놈이 목을 따오면 될 게 아니우?!"

"안 되나이다! 그러면 온 나라가 진동하나이다! 이 소인의 목은 하나 뿐이나이다."

"얘들아 사람이 명을 가지고 장난쳐서는 안 되느니라. 어서 주인장님께 시원하게 대답하고 방책을 세우도록 해라."

"지당한 말씀이나이다. 관세음보살님이 큰형을 세사로 받았으니 큰형님은 본분을 지켜야 하나이다."

"해," 하고 정 용자는 냉소를 지으며 머리를 돌리는데 주인장은 관세음보살님의 제자라는 말에 급히 무릎을 꿇고 머리를 조아렸다.

"소인의 청을 가엾게 여기시고 저의 딸을 구하여 주신다면 소인은 기꺼이 스님을 사위로 삼으려 하나이다."

"엉?!" 하고 정 용축은 우물우물 씹던 음식물을 튕기며 황급히 소리쳤다.

"제가 구하리다!"

"아이?!"

정 소저는 정 용축의 머리를 손가락으로 푹 찌르고 얼굴을 확 붉히며 말하였다.

"남의 화를 빌미로 귀한 딸을 가로채려 하다니?! 주인장, 이 애가 공연히 오기를 부리는 것이니 심히 염려마소서."

"허, 그 뭐 억지로 뺏자는 것도 아닌데?…"

정 용축이 두덜거렸다.

정 용자는 배를 끌어안고 깔깔거리더니 물었다.

"주인장 잔칫날을 받았나이까?"

"예 내일이나이다."

"내일?!"

정 용자는 눈을 연신 깜박이며 귀 뿌리를 매만지더니 말하였다.

"해, 댁에 잡아놓은 통돼지 있으면 소인이 이른 새벽에 돼지를 따님으로 둔갑시켜 시집보냈겠으니 집에 따님은 멀리 피난 보내시우다."

"아– 이–구?! 그런 신통력이 있다니?! 감사하기 그지없나이다."

주인장 새우는 연신 허리 굽혀 사례하고 방문을 나섰다.

이튿날 주인장 새우는 미리 잡아놓은 통돼지를 메고 정 용자를 찾아 갔다. 사실 속으로 미심쩍으나 물에 빠진 사람이 지푸라기 잡는다고 별다른 방법이 없는지라 정 용자의 말을 따를 수밖에 없었다.

깨끗하게 튀한 돼지몸체를 바라보던 정 용자는 칼로 돼지의 꼬리를 썩둑 잘라 던지고 입속으로 진언을 외우며 입김을 후 내뿜었다. 그러자 돼지는 안개처럼 피어오르는 운무 속에서 어른어른거리며 점차 어여쁜 낭자의 모습으로 변신하여 자리에서 일어나 미소를 머금고 살짝 허리 굽혀 사례까지 하였다. 주인장 새우는 넋이 나가는 사람처럼 멍해 가짜 딸을 지켜보다 환성을 올렸다.

"아?!– 이런, 이런… 얘야 우리 딸보다 더 예쁘구나!"

"꿀?!" 낭자로 변한 돼지는 턱을 불쑥 내밀며 괴상한 소리를 질렀다.

그 바람에 모두 웃음을 터뜨렸다. 주인장 새우도 어이없어 "허허" 웃었다. 정 용인이 정색하며 말하였다.

"주인장께서는 인젠 따님을 곱게 화장시키고 꽃가마에 태워 보내면 되나이다. 우리들은 온종일 이 방에 있겠으니 그리 알고 예법대로 잔치를 치르도록 하시우."

"예 알겠나이다. 이 은혜 어떻게 갚아야지…"

"그 뭐, 잔칫상이나 잘 차려 들여 보내우."

"예, 예 허허…"

주인장 새우는 연신 사례하고 가짜 딸을 데리고 부인을 찾아갔다. 부인은 가짜 딸을 보고 너무 놀라 입을 허 벌리고 한참 말을 못하다 혀를 끌끌 차며 "얘들아 가짜라는 말이 새면 우리 모두 죽을 것이니 그리 알고 입단속들을 잘 하여라." 하고 하녀들에게 곱게 화장시키고 비단 꽃 치마저고리 단장 제대로 하여 가마에 태우라고 명하였다.

16회

시랑국사는 정 용자를 유혹하고
백록은 정 소저의 견마가 되다

그날 국사로 성세호대하게 혼례를 치른 시랑국사는 문무백관들의 축하 술에 얼큰히 취하여 신부 방에 들어섰다.

삼신국 제일가는 절세가인을 첩으로 삼았다는 기분에 정욕이 극도로 달아오른 그는 먼지떨이를 팽개치고 흰 수염을 쓰다듬으며 침대가로 흔들흔들 다가들었다. 허나 신부는 지쳤는지 비단이불 속에서 깊은 잠에 빠진 듯 아무런 반응도 없었다.

어허, 무척 부끄럼을 타는 색시로군. 이렇게 생각한 시랑국사는 굶주린 승냥이 본색 그대로 침상에 뛰어올라 마구 신부의 옷을 벗기고 운우지정을 나누기 시작하였다. 그러나 웬일인지 신부는 죽은 사람처럼 아무런 반응도 없었다.

여우처럼 요염하게 매달리는 맛도 없었고 발톱에 걸려든 노루처럼 비명을 지르며 신음소리 내는 맛도 없었으며 달빛처럼 은은하고 부드러운 정감을 안겨주는 사랑의 감칠맛도 없었다. 그래서인지 그 예쁜 얼굴도 이상하게 보여 달아오른 불기둥은 흡사 아가리가 너른 김칫독에 빠져 헤매다 맥없이 죽으면서 마음을 싫증과 반감으로 북받치게 하였다.

약이 오른 시랑국사는 그 어떤 변태심이 치솟아 봉긋이 솟아 오른 신부의 젖가슴을 사정없이 움켜쥐고 비틀었다. 신부는 갑자기 굴임돼지 굴을 윽박 지르는 소리를 치며 입을 쫙 벌렸다.

"꿀, 욱?!"

"엉?!"

시랑국사는 너무 놀라 침대에서 굴러 떨어져 벌거벗은 몸으로 기어가다 황급히 일어나서 망연자실한 표정으로 침대를 지켜보았다. 그제야 그는 신부는 사람이 아니라 죽은 돼지라는 것을 알았고 그 누군가 둔갑술을 부리었다는 것을 알았다. 시랑국사는 급히 옷을 주워입고 호통쳤다.

"그 누가 밖에 없느냐?!"

밖에서 인기척 소리가 나더니 한 신하가 급히 달려들어 왔다.

"국사님, 무슨 일이나이까?"

"은밀히 행할 일이 있다."

시랑국사는 신하를 가까이 불러놓고 그의 귀에 손나팔을 하고 여차여차 하라고 명하였다. 이튿날 이른 아침 삼 형제 일행이 금방 자리에서 일어나 길 떠날 차비를 하는데 주인장 새우가 황급히 달려들어와서 궁에서 보낸 대신이 삼 형제 일행을 찾으니 어서 밖으로 나오라고 하였다.

"무슨 일이 생긴 게구나."

정 소저는 적이 불안해 삼 형제들을 둘러보았다.

"해!"하고 정 용자는 머리를 기웃거리며 눈만 깜박거리는데 정 용축은 무릎을 틀고 앉아 아침진지상 타령을 하였다.

"대신이고 뭐고 아침상이나 푸짐히 차려 주시우."

"어명이라 하였나이다. 심상치 않으시니 어서 나가 어명을 받으소서!"

천서를 보고 있던 정 용인이 자리에서 일어나며 말하였다.

"여기는 섬이라 배 없이는 떠날 수 없나이다. 이왕 궁에서 사람이 왔다면 만나보고 허가를 받고 배를 마련하여 달라고 해야 하나이다."

"그러하다면 빨리 나가 봐야지 뭣들 하고 있느냐?"

정 소저 재촉해서야 삼 형제는 자리에서 일어나 왕궁에서 온 대신과 하인들 앞에 가 장승처럼 꿋꿋이 서 있었다. 정 소저는 무릎을 꿇고 예를 갖추자고 서두르는 것을 정 용축이 잡아당기며 큰소리로 물었다.

"웬 놈들이 이렇게 일찍 찾아와서 아침진지도 못 들게 소란이냐?!"

"······."

대신은 하도 괴하게 생긴 사람들인데다 그 위엄에 오금이 질려서 한참 말을 못하다 겨우 입을 열었다.

"타국에서 오신 도승들이 있다는 전갈을 받은 삼신국왕은 후한 예물을 하사하시면서 오늘 조회에 배알하시어 여객선 탑승허가를 받으라 하였나이다."

"황은이 망극하나이다."

정 소저 나서서 예물을 받아 안고 사례하니 대신과 하인들은 군말 없이 물러가는 것이었다. 예물 함을 바라보던 정 용인이 말하였다.

"삼신국왕이 우리에게 예물을 하사할 아무런 이유도 없나이다. 하오니 그 예물은 오늘 조회에 갖고 가서 되돌려 줘야 하나이다."

"안되나이다. 여기에서는 예물이 관례인데 그러면 왕의 노여움을 사나이다."

주인장 새우가 황급히 나서며 말하였다.

"해." 하고 귀뿌리를 살살 만지던 정 용자는 급히 정소저의 품에서 예물함을 받아들고 무게를 가늠해 보며 눈을 깜박이더니 냉소하며 말하였다.

"해, 수상한네 해…"

"어허, 예물을 놓고 무슨 말이 이리도 많소?! 모두 싫다면 인 주시우!"

정 용축이 형의 손에서 예물 함을 빼앗듯 잡아챘다.

"형님!"

정 용인이 급히 정 용축한테 다가가 부드러운 어조로 말을 이었다.

"형님, 예물 보내는 데는 여러 가지 경우가 있으나 주로 두 가지 경우나이다. 첫째는 진심으로 사랑하고 존중하여 보내는 예물이고 둘째는 대방의 손발을 묶거나 이용하자는 것이나이다. 그런데 삼신국왕은 우리에게 예물을 보낼 아무런 이유도 없나이다. 하오니 이런 예물은 괴물이라 받아서는 단연 아니 되나이다."

"셋째 말이 맞다. 그 예물을 헤치지 말고 오늘 조회에 가지고 가서 돌려주자."

정 소저의 말이었다.

"하하하…"

정 용축이 크게 웃고 말하였다.

"받았던 상도 먹어야 제 것이나이다. 우선 받고 봅시다. 모두 싫다면 소자 가지겠나이다."

정 용축은 주저 없이 예물함을 헤쳤다. 예물함에는 은빛 뿌리는 은자들이 가득 차 있었다. 정 용축은 입이 함지박이 되어 두 손에 은자들을 쥐어들고 미친 듯이 웃었다.

"하! 하! 하!… 은자를 싫다 하다니?! 이건 모두 저의 것이나이다! 하하하."

순간 정 용축의 손에 은자들이 푸른빛을 발하면서 전류마냥 그의 몸에 흘러들었다. 감전된 사람처럼 후들후들 떠는 그의 일신은 점점 굳어가고 있었고 모진 고통을 참느라고 짓부릅뜬 두 눈은 빨갛게 독이 올라 핏줄이 일었다.

"너 이놈들?!"

정 용축은 고함을 치더니 갑자기 선인장을 부여잡고 정 소저를 내리치려고 하였다.

"해, 미쳤구나! 셋째야 빨리!"

두 형제는 번개같이 달려들어 정 용축을 붙잡고 꽁꽁 결박지우고 둔갑술을 부리지 못하게 혈을 질러놓았다. 그래도 정 용축은 개니 돼지니 하며 마구 욕설을 퍼부어 댔다.

"아이구, 이게 웬 일이냐?!"

정 소저 억이 막혀 한탄하는데 셋째 용인이 다가와 위안하였다.

"둘째 형님의 머리에 악마의 독이 들었나이다. 다행히 소자 천서에서 배운 기도 요법으로 제압하여 치료하려 하오니 심히 염려마소서."

"해, 기도 요법이란 뭐냐?"

"하느님의 힘을 빌어다 병을 치료하는 것이나이다."

"해, 그럼 어디 한번 시험해 봐라 해!"

정 용인은 미친 듯이 발광하는 정 용축이 신변에 다가가 그의 머리에 손을 얹고 경건한 명상에 마음을 잠그려고 조용히 눈을 감더니 다른 한 손으로 목에 십자가를 쥐어들고 입속으로 웅얼웅얼 기도를 드리기 시작하였다.

그가 소리 없이 기도를 드리는 동안 주위에 사람들은 그의 의젓하고 고상한 거동과 부드러운 모습에 매료되어 혹한 듯이 바라보고 있었다. 드디어 신의 거대한 힘이 육체의 악마를 이겨냈을 때 정 용축의 몸에서 이상한 기운이 연기처럼 서리서리 괴어 올라 예물함으로 날아들어 갔다. 이윽고 정 용인의 "압!"하는 소리와 함께 정 용축은 실성하여 맥없이 벌렁 땅바닥에 쓰러졌다.

"저 예물함의 귀물은 큰 형님이 없애구려."

정 용인이 땀을 훔치며 말하였다.

"해, 그야 뭐?!"

정 용인은 목에 염주를 만지며 진언을 외우다 입김을 뿜으니 예물함에 은자들이 삽시에 작은 독사들로 원형을 드러내고 와글와글거리었다. 그런 것을 정 용자 다시 입으로 불을 토하여 모조리 태워 버렸다.

그때에야 정신을 차린 정 용축은 벽력 같은 소리 질렀다

"어찌하여 소자를 묶어 놓았우?!"

"하하하…"

모두 웃었다. 정 소저 포승을 풀어주며 자초지종 알려주니 정 용축은 도무지 믿을 수 없다는 듯이 눈만 껌벅렸다.

이튿날 삼신국 아침 조회 때였다. 문무백관들이 왕의 만세를 세 번 부르고 계단 아래 양편에 줄쳐 갈라서자 왼편 첫머리에 서 있던 시랑 국사는 반열에서 나와 읍하고 아뢰었다.

"삼신국에서는 매년마다 용왕제를 지낼 적마다 예쁜 여인을 제물로 받치나이다. 헌데 이로 하여 민심이 흉흉한 줄로 소신은 알고 있나이다. 사실 그 누가 자신의 딸들을 제물로 받치려 하겠나이까? 하여 소신은 반드시 문무대신들이 먼저 백성들에게 본을 보여 주어야 한다고 생각하나이다. 소신이 비록 삼신국왕의 은총을 받아 어제 국사로 혼례를 치렀으나 이 나라 백성들을 생각하니 부끄럽기 한이 없소이다. 삼신국의 백성들과 전하의 은총에 보답하고 저 소신은 애첩을 금년 용왕제 제물로 바치려 하나이다. 전하께서 소신의 충성심을 헤아려 윤허하여 주옵소서."

시랑국사의 말에 문무백관들이 술렁이는데 삼신국왕이 말하였다.

"시랑국사의 충성심은 고마우나 과인이 그 어이 국사의 애첩을 제물로 바칠 수 있는고? 당치 않도다!"

삼신국 문무백관들이 시랑국사의 품성을 칭송하며 한창 공론하는데 문뜩 괴이하게 생긴 사람들이 찾아와 삼신국왕을 만나 뵙자고 한다는 전갈이 올라왔다. 삼신국왕은 별로 만나보고 싶은 생각이 없어 머리를 흔들며 손을 젓는데 시랑국사는 아침에 보낸 예물과 괴인들을 보고 싶은 궁금증에 자리에서 성큼 나서서 아뢰었다.

"괴이하게 생겼다니 분명 타국에서 온 사신들 같나이다. 만나보아 해될 일은 없는 줄로 아나이다."

"음."

삼신국왕은 머리를 끄덕이며 명하였다.

"그 괴인들을 입궁시키도록 하라!"

이윽고 삼 형제 일행이 궁궐 대청에 들어섰다.

작은 키에 상복 옷차림에 목에 염주를 건 정 용자는 몸을 좀 옹송그리고 앞에서 연신 머리를 까닥거리며 걸어들어 왔다.

그 뒤에 선 정 소저는 날씬한 몸매에 소복차림을 하고 문무백관들이 시선을 아예 느끼지 못하는 듯 거들떠보지도 않고 걸어 들어오고 있었는데 그 모습은 흡사 서리꽃 한 가지가 바람에 날려 들어오는 것 같았다.

목에 십자가 목걸이를 건 정 용인은 허리에 비용검을 비껴 차고 의젓이 걸어 들어오며 대신들을 마주 쏘아보았다. 어깨에 선인장을 멘 정 용축은 앞배를 쓰윽 내밀고 퉁방울 같은 눈을 공연히 부라리며 어기적어기적 뒤따르고 있었다.

삼신국왕은 삼 형제 일행이 하도 괴이하게 생겨 그들이 계하에 당도하기도 전에 호통쳤다.

"웬 놈들인데 짐을 민나 보자는 긴고?!"

"해!" 하고 정 용자는 국왕이 예물을 보낸 것 같지 않아 말을 돌려야겠다는 생각에 큰소리로 아뢰었다.

"소신들은 도망강 하류 양관평 사람들이온데 동해의 풍랑을 만나 삼신국까지 떠밀려 왔나이다. 헌데 궁궐에 요사한 기운이 감돌기에 찾아왔나이다."

"요사한 기운?! 그래 궁에 요괴가 있단 말인고?!"

"해, 그렇소이다."

정 용자의 말에 문무백관들과 삼신국왕은 대소하였다. 하나 시랑국사는 웃지 않았다. 그는 한손에 먼지떨이를 쥐고 점잖게 앉아 길게 드리운 수염을 쓰다듬으며 살기어린 눈길로 삼 형제 일행을 쓸어보고 있었다.

삼신국왕은 겨우 웃음을 참으며 물었다.

"그래 어디 요괴를 찾아보라!"

"바로 저 도사가 요괴이나이다."

정 용축이 앞에 썩 나서며 시랑국사를 손가락질하였다.

"뭐라? 시랑국사가?!"

삼신국왕은 억이 막혀 입을 헤 벌리고 두 사람을 번갈아 바라보다가 정 용축을 바라보며 "허허 요괴는 네놈 같은데?" 하고 웃었다. 그러자 정 용축은 "예, 소인은 요괴같이 생겼으나 요괴는 아니고 저놈이 진짜 요괴이나이다. 허허" 하고 싱겁게 웃어 보였다.

그 바람에 문무백관들이 배를 끌어안고 죽겠다고 웃어댔다. 정 용축은 어리둥절해서 문무백관들을 둘러보다 자신도 모르게 피씩 웃었다.

갑자기 삼신국왕은 대노하여 호령하였다

"삼신국을 위하여 애첩까지 서슴없이 바치는 충신을 요괴이라 모함하다니! 이놈들을 당장 끌어내다 참하라!"

"잠깐!"

정 용인이 급히 앞에 나서서 읍하고 큰소리로 아뢰었다.

"아뢰옵기 황송하오나 저 도사의 애첩은 사람이 아니나이다. 사람이 아닌 것을 애첩이라 하며 제물로 바치려 하는 것은 나라와 백성을 우롱하는 것이나이다."

"애첩이 사람이 아니라니?! 이런 해괴망측한 소리로 충신을 모함하다니, 여봐라 이놈들을 어서 포박하지 않고 뭣들 하느냐?!"

삼신국왕의 호통소리에 좌우 장수들이 우르르 쓸어나와 삼 형제 일행을 잡아 묶으려고 하였다. 급해난 정 용축은 "욱!"하고 손바닥에 힘을 주자 달려들던 장병들은 바람에 날려가듯 쓰러져 여기저기 나가 뒹굴었다. 그 바람에 삼신국왕이 삽시에 기색이 흑빛이 되어 어찌할 바를 몰라 하는데 정 용축이 퉁방울눈을 뚝 부릅뜨고 소리쳤다.

"사람인가 아닌가 하는 것은 저놈의 애첩을 불러다 보면 될 것이거늘 어이하여 사람부터 포박하려 하는고?!"

당황해진 삼신국왕은 기죽어 한 마디 하였다.

"사람이면 어찌 할고?!"

"해, 우리 목을 쳐도 할 말이 없나이다."

삼신국왕은 급히 시랑국사의 애첩을 데려오라고 분부를 내렸다. 시랑국사가 나서서 막으려다 이미 국왕의 명이 떨어진지라 벙어리 냉가슴 앓듯 참는 수밖에 없었다.

이윽고 시랑국사의 애첩이 하녀들의 부축을 받으며 궁에 들어섰다. 아미를 숙이고 사뿐사뿐 걸어 들어오는 것이 선녀 같았다. 허나 계하에 다가와 삼신 국왕께 아무런 예도 없이 그저 묵묵히 서있기만 하였다.

삼신국왕이 일굴을 찡그리며 물었다.

"네년은 사람이냐? 귀신이냐? 어이하여 과인의 앞에서 이렇게 방자할 수가 있단 말이냐?!"

"꿀꿀?!"

순간 삼신국왕과 문무 대신들은 초풍할 지경으로 놀라 멍해 있더니 느닷없이 폭소를 터뜨리며 배를 끌어안고 웃어댔다.

"해, 똑똑히 보시우!"

정 용자가 입속으로 진언을 외우며 입김을 내뿜자 시랑국사의 애첩은 죽은 굴암돼지 모습으로 원형을 드러냈다.

"소신의 애첩을 돼지로 둔갑시키다니?! 그런 재간은 소신도 피울 수 있나이다 자!"

시랑국사가 먼지떨이로 정 소저를 겨누며 진언을 외우는 것을 본 정 용자는 급히 정 소저를 막아서며 시랑국사를 겨누고 입김을 불자 시랑국사는 비명을 울리며 한 마리의 커다란 늙은 늑대로 원형을 드러내고 으르렁거리더니 갑자기 몸을 솟구쳐 궁궐 천장을 뚫고 줄행랑을 놓았다.

"해, 도망치다니?!"

정 용자는 급히 뒤쫓아 하늘에 날아올라 이마에 손 채양하고 살펴보았다. 저 멀리 두둥실 떠있는 꽃구름 아래에 시랑국사가 백록을 타고 삼신산 쪽으로 달아나고 있는 모습이 바라보였다.

정 용자는 구름을 재우쳐 뒤쫓아가 시랑국사의 앞길을 막았다.

"해, 공연히 힘 빼지 말거라."

"빈도는 네놈과 원수진 일도 없거늘 어이하여 이리 각박하게 구느냐?!"

"해, 이 땅의 요괴들을 제거하라는 관세음보살님의 명이니 어쩔 수 없구나."

"빈도가 지금까지 모은 금은보화가 산을 이루니 그것을 모두 예물로 줄 터이니 목숨만은 살려 주시구려?"

"해, 부당한 예물은 자신과 세상을 썩게 하는 부식물이다. 그 예물을 받으면 나의 수족은 네 놈의 수족이 되고 나의 머리는 네놈의 머리처럼 썩는데 그런 밑지는 장사를 그 누가 한다더냐? 해!"

"통 말이 안 통하는 놈이구나!"

사슴을 탄 시랑국사는 대노하여 먼지떨이를 휘두르며 달려들었다. 허나 시랑국사는 정 용자의 적수가 못되었다. 삼십여 합을 싸우나마나 하여 시랑국사는 맥이 진하여 백록을 타고 도망치려 하였다. 그 눈치를 챈 정 용자는 오른손에 단창을 밧줄로 변신시켜 가지고 백록의 뿔을 겨누고 획 뿌렸다.

밧줄에 뿔이 걸린 백록은 마구 들뛰며 용을 쓰다 머리를 비틀며 획 돌아서니 시랑국사는 사슴의 잔등에서 굴러 떨어져 내 꼬리 봐라 하고 줄행랑을 놓았다. 그 모습을 보고 백록이 말하였다.

"소인이 저놈의 소굴을 알고 있나이다."

"해, 너도 말하다니?!"

"급하나이다. 어서 뒤따르소서!"

정 용자는 백록을 따라 해변가 가까이에 있는 용의 동굴 속으로 들어갔다. 용의 동굴 내부 경관은 웅장하면서도 심오한 맛이 나 그야말로 용의 궁전처럼 황홀하고 신비해 정신이 아찔하여 났다.

조개와 조개껍질이 섞여 있는 패사층 벽은 흡사 꿈틀꿈틀 살아 움직이는 듯이 앞으로 뻗어 나갔고 석순과 종유석이 곳곳에 기둥처럼 즐비할 뿐만 아니라 산호 진주들이 오색찬란한 빛을 뿌려 황홀하고도 신비한 극치를 이루고 있었다. 이어 동굴의 끝부분에 이르니 검푸른 빛 맑은 물이 가득 찬 넓은 호수가 나타났다.

백록이 머리를 쳐들고 말하였다.

"이 호수는 용이 천 년간 잠자는 안식처라 하나이다. 이 속에 국사의 금은보물들이 산처럼 쌓여 있나이다. 국사는 아마 여기에 숨어 있을 것이나이다."

정 용자 호수를 들여다보니 열 길도 넘는 호수 속에 자갈돌들이 손에 쥐일 듯이 빤히 들여다 보이는데 웬 문어 한 마리가 돌멩이를 끌어안고 말똥말똥 수면을 쳐다보고 있었다.

"해, 네놈이 문어로 둔갑하면 내 모를 줄 아느냐?!"

정 용자는 웃으며 상어로 둔갑하여 호수에 뛰어들었다.

갑자기 상어가 뛰어들어 문어를 덮치자 시랑국사는 급히 한 마리의 용으로 둔갑하여 앞발을 추켜들고 상어에게 달려들었다.

정 용자는 즉시 원 모습을 드러내고 번개같이 몸을 솟구쳐 용의 머리의 뿔을 틀어잡고 앉았다. 바빠진 시랑국사는 거센 물기둥을 일으키며 호수에서 뛰쳐나왔다. 그 바람에 놀란 백록은 엉덩방아를 찧고 멍하니 있다가 급히 뒤 따라 달려갔다.

용의 굴을 빠져나와 하늘에 솟아 오른 시랑국사는 진노하여 아무리 용을 쓰고 몸부림쳐도 도저히 정 용자의 손아귀에서 빠져나올 수가 없었다. 하여 방법 없이 정 용자 이끄는 대로 삼신국 궁궐에 내리는 수밖에 없었다.

정 용자가 용으로 변신한 시랑국사를 잡아 가지고 오니 삼신국왕과 문무백관들은 혀를 차며 감탄해 마지않았다. 정 용자는 속으로 진언을 외우며 입김으로 용을 시랑국사의 모습으로 변신시켰다.

그러자 시랑국사는 다시는 악한 짓을 하지 않겠으니 살려달라고 빌고 또 빌었다. 그런 것을 정 용축이 불의에 선인장으로 사정없이 후려치니 시랑국사는 비명소리와 함께 한 마리의 늑대로 모습을 드러내고 죽는 것이었다.

"해, 왜 죽이냐?!"

정 용자는 용축이를 쏘아보다 급히 돌아서서 두 손을 합장하고 머리 숙였다.

"나무아미타불."

"둘째 형은 참 잔혹하우다. 아멘!"

"뭐라?! 세상에 이런 위선자 또 어디에 있단 말인고? 허참, 내원 더러워서!"

이때 백록이 달려와서 정 용자의 앞에 와 엎드리어 사례하였다.

"늑대의 손에서 구해주신 은혜 백골난망이나이다!"

"아이?! 백록이 말하다니?!"

정 소저는 놀라워하였다.

"소신은 워낙 북두칠성 아래 태백산에서 살았나이다. 태백산에서 명록신과 아기자기 사랑을 속삭이며 살아가던 중 어느 하루 천 년간 수도한 이 늑대를 만나게 되었나이다. 명록신의 생명이 위급한 것을 보고 소신은 죽기살기로 싸웠나이다. 허나 천년 수도한 늑대를 소신이 어찌 이기겠나이가? 끝내 늑대에게 잡혔나이다. 늑대는 소신의 무공 혈맥을 아예 잘라 둔갑술과 무공을 못하게 하고 저를 타고 삼신국에 왔나이다. 요괴국사를 태우고 다닌 죄 죽어 마땅하오나 태백산에서 갈라진 명록신이 그리워 지금까지 죽지 못하고 있나이다.”

“명록신이란 북두칠성 아래 태백산 나무꾼을 도와 하늘에 선녀와 인연을 맺게 한 꽃사슴 아가씨를 말하는 것이 아니냐?! 우리도 태백산에서 와서 지금 태백산으로 가는 길이다. 함께 가자구나!”

백록이 목메는 소리로 말하였다.

“그렇게만 하여 주신다면 소신은 견미지성 다 하겠나이다!”

“얘야?!”

정 소저는 타국에서 만난 백록이 친아들 같았다.

“어머님!”

백록은 앞발을 추켜들고 목메는 소리를 토하였다.

17회

삼 형제들은 삼학동에서 백골 정 삼 자매와 싸우다

삼신국 만찬에서 만 대접을 받은 삼 형제 일행은 국왕께 하직을 고하고 떠나자고 하니 국왕은 황금과 은자 천량, 그리고 각종 소지품들을 선물로 주면서 포항까지 연송하였다.

삼 형제 일행이 배에 올라 국왕과 백성들에게 손을 흔들어 보이자 뱃사공들은 천천히 삿대질을 시작하였다. 그러자 배 꽁무니가 힝 돌리고 잠깐 방향을 잡는 듯 흔들흔들하더니 서서히 망망한 바다로 밀려들어갔다.

뱃머리에 늠름한 자태로 서 있는 삼 형제들 앞에서 백록이 잔등을 어루만지고 있던 정 소저는 한숨을 내쉬며 자리에서 일어났다.

그는 근심어린 표정으로 머리카락을 쓸어올리며 바다를 바라보았다. 해님은 먹장 같은 구름 속에 잠겨 바다는 한결 더 검푸르고 무시무시해 보이었다. 게다가 세 마리의 학이 몰려드는 갈매기들과 어울리어 구슬프게 울어대며 뒤쫓아오는 것이 실로 신비한 악마의 소굴을 찾아 떠나는 듯한 기분이 들었다.

허나 무심한 파도는 철썩철썩 뱃전을 치고 삐걱삐걱 노 젓는 소리와 함께 배는 뒤에 물 이랑을 남기며 한 마리의 거북이마냥 파도를 헤치며 전진하고 있었다. 정 용자는 이마에 손 채양하고 하늘과 바다를바리보며 살피더니 적이 근심된 표정으로 말하였다.

"해, 괴이한 학이 뱃전을 위협하고 또한 동풍이 세차게 불어오기 시작하오니 모친께서는 조심해야 하나이다."

정 용자의 말이 끝나나마자 세찬 바람이 불어치며 파도는 배를 집어삼킬 듯이 제 마음대로 뒤흔들어 놓았다. 뱃사공들은 죽을 힘을 다 내어 노를 저었으나 배는 바람에 밀려 서쪽으로 가는 것이 마치 게 걸음을 하는 것 같았다. 그렇다고 해서 배를 멈출 수도 돌릴 수도 없었으며 바람을 피할 곳도 없었다.

홀연 상공에서 여인들의 간드러진 웃음소리가 들려 왔다.

"호호호…"

"에크, 백골 정, 삼 자매야!"

"인젠 꼼짝 못하고 죽었구나!"

"……"

삼 형제들은 낙담한 사공들이 서로 주고받는 말에서 백골 정 삼 자매는 바다와 육지에서 사기, 약탈, 살인을 일삼는 무서운 요괴들이라는 것을 알았다.

갑자기 바람은 더욱 정신이 나간 미치광이마냥 불어쳤다. 산더미 같은 파도가 그들을 뒤집어 놓을 듯이 달려들고 있었다.

사공들은 파도가 한번 지나가면 때를 놓칠세라 한사코 노를 젓다가 다음번 파도가 오면 저항력을 완전히 잃어버리고 당금 뒤집힐 듯한 위험에 봉착하군 하였다.

그것은 흡사 한 마리의 물오리가 세찬 파도 속에서 술래잡기하다 뱃전을 날개처럼 흔들어대며 깊은 심연으로부터 물거품이 일어나는 파도 위에 떠올라 맴돌아치는 것만 같았다.

"하늘이시여! 굽어 살펴주소서!"

정 용인은 하늘을 우러러 두 손을 합장하고 기도를 드리기 시작하였다. 두 눈을 감으며 경건한 명상에 잠기는 그의 마음은 막연한 공포가 서린 세찬 파도가 몰아치는 험준한 현실을 떠나 이를 데 없이 아름다운 바다의 푸른빛과 태양의 찬란한 광휘와 미풍의 향기를 지닌 푸르고 청신한 하늘나라 전야에서 어린양을 쓰다듬는 주님의 품으로 서서히 올라가고 있었다.

그 자애로운 모습에서 그는 보자기에 싸여 조용히 잠드는 애기마냥 더없이 포근하고 안온한 환각 속에 깊숙이 잠겨들었다. 허나 그의 기도소리는 파도처럼 높아가고 있었고 "기원한다!"는 소리는 뇌성처럼 뇌리의 잡념을 치면서 그의 눈에 세찬 파도가 빛나는 십자가에 부딪쳐 박살나는 것을 보여주었고 신의 손길 따라 바다가 비단길마냥 갈라지는 것을 보여주고 있었다.

거세찬 파도와 광풍에 밀려 배는 이튿날 새벽에야 무사히 대안에 다다랐다. 삼 형제 일행은 뱃사공들에게 품삯을 후히 계산하여 주고 배에서 내려 주위를 둘러보았다. 어느덧 바람은 수그러들고 희끄무레한 새벽빛이 내리덮는 포구에 연무마냥 푸근한 물안개가 흐르고 있었다. 그 밑에 깔려 무겁게 흐느적이는 물결을 타고 쌀쌀한 바닷바람이 포구에 특유한 해감 내를 풍겼다.

끼르륵 끼륵 하고 갈매기들이 부산스레 날아예는 해변에는 사람들이 끼리끼리 모여 앉아 손을 비비며 울고 있었다. 그들 속에는 출항한 친인들을 기다리는 사람, 제를 지내는 사람, 구걸하는 사람들도 있었다.

삼 형제 일행을 발견한 사람들은 우르르 모여와 너도 나도 앞다투어 손을 내밀고 구걸하였다. 정 용인은 차마 그저 지나갈 수가 없어 정 소저 보고 간청하였다.

"어머님, 황송하오나 삼신국에서 받은 은자들이 적지 않사오니 나누어 줌이 마땅한 줄로 아나이다."

"오냐."

정 소저는 웃으며 머리를 끄덕였다.

"셋째야?! 타국에 와서 은자들을 다 나누어 주고 우리는 하늬바람을 먹고 산다더냐?!"

정 용축이 버럭 소리 질렀다.

"해," 하고 정 용자는 용축이를 흘겨보며 백록의 잔등에 실은 보따리에서 은자들을 꺼내 사람들에게 나누어 주었다.

"감사하나이다!"

"하늘에 보살님이 내려왔다!"

"저도 좀 주시우"

"나무아미타불!"

정 용자는 연신 나무아미타불을 부르며 은자들을 나누어 주었다.

정 용인도 잇따라 은자들을 나누어 주자 포항은 사람들로 모여 웅성거리기 시작하였다. 발 없는 소문이 천리를 간다고 사람들이 점점 더 많이 모여들자 정 용축은 대노하여 우격다짐으로 정 소저와 백록을 끌고 사람들 속에서 빠져나왔다.

간신히 사람들 속에서 빠져 나온 정 소저는 땀을 훔치며 은자를 받아 가지고 길 지나가는 노인을 보고 물었다.

"어르신님, 이곳은 무슨 고장이온데 사람들의 신세가 가엾기 그지없나이다. 웬 일이시나이까?"

"여기는 무안(목포)이라 하는데 워낙 살기 좋은 고장이었나이다. 헌데 어느 때부터인지 괴이한 학 세 마리가 나타나 유혹, 사기, 낙탈, 살인을 일삼는 바람에 지옥의 땅이 되고 말았나이다. 저기 저 신선이 춤을 추는 듯한 산이 유달산이라 하나이다. 저 산에는 천하 일등 바위가 있는데 영혼은 일등바위에서 심판을 받고 극락세계로 가는 영혼은 저 앞바다에 세 마리의 학처럼 생긴 섬의 학을 타고 간다고 하나이다. 그래서인지…"

"학은 신선들이 타고 다니는 성스러운 영물인데 요괴이라니? 그 참, 괴이하도다."

정 용축이 눈을 습벅거리며 중얼거렸다.

바로 그때였다. 해변 바다가 하늘에서 날아예는 갈매들 중에서 세 마리 갈매기가 학으로 변신하여 곧게 날아와 그들의 서 있는 반공에서 빙빙 돌아쳤다. 긴 다리를 드리우고 주둥이를 연신 기웃거리는 학이 있는가 하면 이따금 주둥이를 내밀고 반기듯 날개를 저으며 내리꽂히다 솟구쳐 오르는 학도 있었으며 커다란 흰 날개를 비스듬히 기울이고 내려다보는 학도 있었다.

정 용축은 주저없이 선인장을 부여잡고 몸을 솟구쳤다. 정 용축이 날아오르는 것을 본 학들은 서로 약속이나 한 듯 몸을 홱 돌려 삼학동 쪽으로 쏜살같이 날아갔다. 정 용축은 바싹 뒤쫓아갔다.

일직선으로 날아가던 학들은 위험을 느끼고 갑자기 날개를 기울이며 서로 갈라져 동학동 세 섬으로 죽기살기로 날아 내려갔다. 정 용축은 어느 학을 쫓을까? 하고 망설이다 중간에 학을 쫓아 내려갔다. 그 사이 학은 섬에 내려 감쪽같이 사라졌다. 정 용축은 방법 없이 섬에 내려 여기저기 살펴보았다. 저쪽 산기슭에 포근히 자리잡고 있는 아담한 초가집 굴뚝에서 아침 연기가 모락모락 피어오르고 있었다.

"에라, 모르겠다. 서리뫼(금강산) 구경도 식후경이라 요괴이구 뭐고 아침이나 얻어 먹고 가자."

정 용축은 오솔길을 따라 초가집을 향해 걸음을 옮겼다.

홀연, 초가집 문이 열리며 선녀 같은 두 여인이 팔꿈치에 바구니를 끼고 웃으며 달려나오고 있었다. 히히, 오늘 운수 좋을 징조구나. 이렇게 생각한 정 용축은 저절로 나오는 웃음을 참지 못하고 입을 헤 벌리고 헤벌쭉헤벌쭉 마중 다가가 허리 굽히며 예를 차렸다.

"황송하오나 축 왕 정 용축이 문안드리나이다."

"어머?!"

두 여인은 흠칫 놀라며 의아한 표정을 짓고 그를 살펴보았다.

"헤헤, 낭자들은 무슨 일로 이렇게 일찍…"

"소녀들은 이 섬에서 증편을 만들어 가지고 저쪽 포항에 나가 팔아 생계를 연명해 가나이다."

"증편?! 하하하 소인이 다 사먹겠소이다. 인 주시우!"

정 용축은 너무 좋아 두 손을 내밀고 여인들을 덮치듯 다가들었다. 두 여인은 급히 몸을 피하고 웃는 것이었다.

"오늘 이 증편은 우리 서방님이 되실 분에게 드리는 것이나이다."

"뭐, 서방?!"

정 용축은 퉁방울 같은 눈을 껌벅거리며 멍해 서 있더니 볼 부은 소리 하였다.

"그 뭐? 서방 따로 있나. 내가 서방 되면 되지?"

"호호호… 우리 서방 되겠다고요?!"

두 여인은 깔깔 웃어댔다.

정 용축은 멍하니 도깨비처럼 서있다 가슴을 탕탕 쳤다.

"이 축왕이 이래 뵈어도 못하는 일이 없소이다! 힘도 세고 무예도 뛰어나고 마음도 정직하고 낭자들이 원하면 물바다 불바다에도 뛰어들 수 있나이다!"

두 여인은 더욱 죽겠다고 웃어댔다. 그 중 한 여인이 배를 끌어안고 가까스로 웃음을 참으며 말하였다.

"호호 노래 부르며 춤을…"

"허허, 그까짓 춤 노래야 그 뭐?!"

정 용축은 선인장을 땅에 내려놓더니 목이 터지는 듯한 목소리로 자장가를 부르며 춤을 추기 시작하였다. 개구리처럼 다리를 괴상하게 들었다 놓으며 자맥질하듯 두 팔을 굽혔다 폈다 하더니 제법 흥이 나는지 움쭉움쭉 몸을 돌리며 손바닥으로 함지짝 같은 엉덩이를 철썩철썩 치며 어깨를 으쓱으쓱해 보였다. 두 여인은 배를 끌어안고 죽겠다고 웃어댔다. 그럴수록 정 용축은 정색해서 두 눈을 부릅뜨고 가슴을 슬쩍슬쩍 치며 "자!–자!" 하며 엉덩이를 내밀었다 들이밀었다 하였다.

"아이, 망측해라. 호호호…"

"되었나이다. 보기 싫다. 호호호…"

"안 되었우! 아직도 멋진 동작이 많소!"

"우리 둘 중 누구를 부인으로 삼으려 하나이까?"

"둘! 다!"

"안 돼요! 호호… 한 사람만 택하세요."

"누구를 택한담?"

"안 돼요! 이 수건으로 눈을 싸매고 선택해요."

"언니, 그래도 가만히 보면 어쩌자구?"

"허허 그럼 이 손을 묶으면 되지."

정 용축은 손을 내밀었다.

"호호호 그래, 잠깐만 참아요."

두 여인은 다가와서 수건으로 정 용축의 두 눈을 싸맨 후 바구니에서 밧줄을 꺼내 그의 손목을 꽁꽁 묶어 놓았다. 그리고는 갑자기 손가락에 기합을 넣어 둔갑술과 힘을 못 쓰게 그의 혈맥을 질러놓았다. 그제야 정신을 차린 정 용축은 벽력 같은 소리를 지르며 안간힘을 다 썼으나 때는 이미 늦었다. 두 여인은 정 용축을 땅바닥에 넘어뜨리고 비둥대는 그의 다리까지 꼼짝 못하게 묶은 후 밧줄 한쪽 끈을 잡은 손을 어깨에 메고 멧돼지 끌고 가듯 초가집을 향해 끌고 가는 것이었다.

정 용축은 비계덩이 같은 몸을 꿈틀거리며 아우성쳤다.

"어이쿠! 서방님을 이렇게 끌고 가는 부인이 어디 있우?!"

"호호호… 이놈처럼 둔하고 고지식한 놈을 처음 봤다. 호호…"

한 여인이 밧줄을 잡아당기며 말하였다. 한편 정 소저는 한식경 기다려도 정 용축이 돌아오지 않자 정 용자를 보고 근심되어 말하였다.

"정 용축이 학을 뒤쫓아갔는데 지금도 돌아오지 않으니 근심되는구나."

"해, 자식?!"

정 용자는 머리를 기웃하고 눈을 깜박이더니 입술을 잘근 씹고 말하였다.

"소자 가서 데리고 오리다."

"형님은 어머님을 모시고 있소이다. 소자 급히 갔다 오겠나이다."

정 용인은 말을 마치고 급히 근두운으로 하늘에 날아올랐다. 허나 끝없이 망망한 하늘에서 어디에 가서 찾을지 막막하였다. 그래서 무심중 아래를 내려다보니 세 개의 섬이 친자매마냥 한일자로 가지런히 바다에 솟아 있었는데 그 중간 섬 산기슭에 아담한 초가집이 포근히 자리잡고 있는 것이 바라보였다.

정 용인은 구름을 낮추어 초가집 앞에 내리자마자 울바자 문을 밀고 들어가 주인을 불렀다.

"여보세요. 주인어른 계시나이까?"

"예."

집안에서 자못 부드럽고 은은한 목소리가 들리어 오더니 이내 문이 열리면서 버들가지처럼 날씬한 몸매를 가진 미인이 문을 열고 의아한 표정으로 내다보았다.

"황송하오나 선인장을 쥐고 다니는 길손이 찾아온 적이 없으신지요?"

"보지 못하였는데요."

"아, 죄송하나이다."

"아이, 손.님"

여인은 사례하고 돌아서는 용인이를 불러세웠다.

"포구에서 은자를 나누어 주시던 분이신 같은데요?"

"예."

"아이, 모처럼 찾아오신 귀한 분을 소녀 그 어찌 이렇게 섭섭하게 보내오리까? 소녀 냉수 한 그릇이라도 대접하고 싶나이다."

정 용인은 그렇지 않아도 냉수 생각이 나던 차라 기꺼이 대답하였다.

"예, 고맙나이다."

이윽고 여인은 집안에 들어가 냉수에 몽혼약 한 봉지를 타 넣고 뽕나무 잎을 살짝 띄워 들고 나왔다. 흰 저고리에 검은 색 나는 치마를 입은 그녀는 조심스레 다가가 와 수줍은 듯이 아미를 숙이며 정 용인에게 물사발을 권하였다.

정 용자 물 사발을 받아들고 보니 오동 나뭇잎이 물 사발에 동동 떠 있었다. 그 정성과 마음이 고마워 정 용인은 저도 모르게 여인을 쳐다보니 그 여인 또한 그를 쳐다보며 쑥스러운 듯이 얼굴을 붉혔다. 그제야 그는 그녀가 천하 둘도 없는 미인이라는 것을 알고 정신이 황홀해져서 우두커니 서 있었다. 허나 그것은 너무나 짧고 짧은 한순간의 마음의 몸부림에 불과하였다. 물사발이 가슴에 걸려 있는 십자가 목걸이를 넘어 올라오는 순간 그의 머릿속에는 무언중 이 여인이 요괴가 아닌가? 하는 생각이 번개불빛마냥 뇌리를 스쳤다.

"고맙나이다."

정 용인은 짐짓 실수한 척 물사발을 땅바닥에 떨어뜨렸다.

"아이?!"

"죄송하나이다."

정 용인은 사례하고 몸을 돌렸다.

선 자리에서 아련히 그 뒤 모습을 지켜보던 여인은 갑자기 얼굴에 요염한 미소를 짓더니 몸을 흔들어 한 가닥 연기 같은 기운으로 화하여 하늘에 날아올랐다.

정 용인은 어딘가 미심쩍은 생각이 들었으나 빨리 정용축을 찾아야 겠다는 조급한 마음에 급히 오솔길을 따라 내려갔다. 이제 섬을 한번 돌아보아 형님을 찾지 못하면 다시 와서 저 여인을 살펴봐야지… 이렇게 생각하며 발길을 재우치며 숲속을 살피는데 저쪽 길가 큰 나무 아래에서 웬 여인이 쭈그리고 앉아 서럽게 울고 있는 모습이 바라보였다. 여인은 정 용인이 가까이 다가온 것도 모르는 양 서럽게 흐느끼더니 자리에서 일어나 나무에 밧줄을 걸고 있었다. 그 모습에 정 용인은 황급히 달려가 여인의 손에 밧줄을 빼앗아 던졌다.

"생명은 귀중한 것이나이다."

"흑!" 하고 여인은 놀란 기색을 짓고 멍하니 그를 지켜보더니 물먹은 흑담이 무너지듯이 무릎을 꿇으며 하늘을 향하여 두 손을 합장하고 부르짖었다.

"하늘이시여?!"

"엉?!"

정 용인은 새로운 발견이라도 한 듯 기뻤다. 이런 한적한 곳에 신자가 있다니? 어떻게 하나 구원하여 하느님의 드팀없는 신자로 인도하여야지… 이렇게 생각한 그는 사람인가 요괴인가를 검토하는 것마저 망각하고 기도를 드리기 시작하였다. 이때 정 소저는 정 용인마저 소식이 없어 불안한 마음으로 하늘만 쳐다보며 기다리는데 정 용자는 옥수수 잎사귀로 싸서 만든 떡을 사가지고 와서 정 소저에게 권하였다.

"애들이 소식이 없는데 진수성찬인들 목에 넘어가겠느냐?"

"해, 아우들은 무예가 뛰어나 까짓 요괴들 쯤은 아무것도 아니나이다."

"무예는 총명보다 못하고 나무위에 원숭이도 실수할 때가 있단다. 웬일인지 마음이 까닭 없이 떨리니 아무래도 심상치 않구나."

"해 해 조금만 기다리면 소식이 있을 줄로 아나이다."

바로 이때 포항에 몰려 있는 사람들 속에서 웬 아름다운 낭자가 팔꿈치에 대바구니를 끼고 두리번거리더니 곧게 정 소저 일행 쪽으로 다가왔다. 날씬한 허리를 한들한들 꼬아 흔들며 다가오는 그녀의 미모에 정소저도 놀란 듯이 바라보았다.

212 정 용자는 연신 눈을 깜박이며 지켜보다 "해, 해!"하고 머리를 기웃

하며 코웃음쳤다. 요괴구나. 무슨 연극을 꾸미나 어디 보자… 이렇게 생각한 정 용자는 아무런 내색도 내지 않고 그저 귀뿌리만 살살 만지며 해 해거리었다. 그 낭자는 다가와 쑥스러운지 잠깐 머뭇거리더니 살짝 몸을 낮추어 보이고 자못 부드러운 음성으로 입을 열었다.

"황송하오나 지난밤 삼신국에서 오신 분들이 아니온지요?"

"해, 그렇소이다. 그대는 뉘시우?"

"소녀는 삼학도에서 살아가는 오 향옥이라 하나이다. 오늘 아침 선인장을 든 분이 이 떡들을 모친님께 갖다 드리라 하였나이다."

"아이, 그런데 그 애들은 오지 않고 어이하여 낭자가 왔단 말이오?!" 정 소저 다그쳐 물었다.

"호호."

그녀는 제풀에 얼굴을 붉히며 말을 이었다.

"두 자제분들이 지금 소녀의 두 언니와 사랑을 속삭이고 있나이다."

"사랑을 속삭이다니?!"

정 소저는 웃어야 할지 울어야 할지 모르겠다는 듯이 입을 허 벌리고 물끄러미 정 용자를 지켜보았다. 그것은 흡사 이 일을 어찌하면 좋단 말이냐? 하고 물으며 구원을 청하는 기색이었으나 정 용자는 산 넘어 불을 구경하듯 팔짱끼고 해해거리기만 하였다.

"도적 장가들다니? 용자야 일단 낭자를 따라가 아우들을 무작정 데리고 오도록 해라."

"해, 해 해… 알겠나이다."

"소녀 다녀오겠나이다."

정 용자는 백록의 안전을 위하여 그를 당나귀로 둔갑시켜 놓고 정 소저더러 다른 곳으로 가지 말고 기다리라 당부하고는 낭자를 따라 쪽배를 타고 삼학동으로 향하였다. 쪽배는 낭자의 노 젓는 소리에 맞추어 흔들흔들 몸체를 떨며 잠자는 듯 고요한 바다를 가르며 천천히 나아갔다. 낭자는 그 무슨 연인들 끼리 뱃놀이래도 하듯이 익살스럽게 웃으며 정 용자를 해죽 훔쳐보더니 점점 멀어져 가는 대안을 바라보며 느닷없이 시를 지어 불렀다.

멀어져 가는 정든 산천 푸르고 청청한데
사랑 두고 배에 실은 마음 한없이 서러워라.

장난기 심한 정 용자 그 소리를 듣고 "해," 하고 제꺽 화답하였다.

설레이는 파도는 미인의 마음이런가
뱃전에 날리는 옷자락 눈물에 젖는구나.
낭자는 놀라는 듯한 표정으로 이윽히 용자를 지켜보다 자못 구슬픈 음성으로 시를 지어 심정을 표달하였다.

낭군님 그 뜻 높고 높아
앞날을 기약하고 떠나는 마음

정 용자는 별로 깊이 생각하지 않고 화답하였다.

바다보다 깊고 하늘처럼 높아
청아한 학이 되어 구슬프게 우는데

낭자는 저도 모르게 흐느끼며 시로 하소연하였다.

어이하여 어이하여 흑흑…
죽음의 화살을 날리나이까?

정 용자는 머리를 갸웃하고 연신 눈을 깜박이며 그녀를 지켜보더니
"해해." 웃으며 화답하였다.

여인은 요물이런가?
사랑에 장부의 마음 흐리니

그녀는 갑자기 악에 받쳐 소리쳤다.

사랑의 피로 사념 씻고
장부의 뜻 이루니
정 용자는 연신 눈을 깜박이며 여인을 지켜보다 한탄하였다.

사랑은 원한이 되고
여인은 백골 정 학이 되었구나.

"해 해 해…"
정 용자는 배를 끌어안고 웃어대었다. 그녀는 눈물을 훔치며 이놈이
나의 신세를 알다니? 어디 두고 보자 하고 속으로 쏘알대고 다시 노를
젓기 시작하였다. 어느새 배는 삼학도 첫 섬에 이르렀다. 배에서 내린
그녀는 금방 있은 일로 기분이 잡쳤는지 아무 말도 없이 산길을 내처
걷기만 하였다. 두 아우를 만나면 이 여인 요괴부터 족쳐야지 하고 정
용자 생각하는데 문득 그녀가 넘어지면서 우는 소리 하였다.

"아이, 다리야…"

"해,"

"아프다는데?"

그녀는 곱게 눈을 흘기며 짐짓 뽀로통한 체 추파를 던지며 손을 내밀었다.

"아이, 좀 부축해 줘요."

"해," 정 용자는 이년이 손을 쓰려하는 구나하고 생각하면서 손을 내밀어 그녀의 손목을 잡아당겼다. 순간 그녀는 오른손 팔소매의 비수를 꺼내들고 정 용자의 가슴을 사정없이 찔렀다. 낌새를 차린 정 용자는 슬쩍 가슴을 틀어 비수를 피하며 구렁이로 둔갑하여 그녀의 몸을 칭칭 감았다. 소스라치게 놀란 그녀는 아우성치며 몸부림치다 갑자기 하얀 한 가닥 음기로 화하여 줄행랑을 놓았다.

"해, 도망치다니?!"

정 용자는 원형을 드러내고 급히 뒤쫓았다. 하늘에 날아올라 손 채양하고 살피던 정 용자는 요괴의 음기가 중간 섬에서 사라지는 것을 발견하고 쏜살같이 구름을 낮추어 섬에 내렸다. 섬에 내려 오솔길을 따라 올라가던 정 용자는 길가 큰 나무 아래 숲에서 정 용인이 흐느끼고 있는 웬 여인에게 기도하는 것을 보고 급히 달려갔다.

"해, 셋째야 뭘 하느냐?!"

"삶에 힘을 잃은 여인에게 주님의 사랑과 힘을 주고 있나이다."

정 용인은 기도에서 깨어나며 말하였다.

"해,"하고 정 용자는 여인을 지켜보더니 대뜸 얼굴을 찡그리며 말하였다.

"바보야, 요괴를 놓고 기도하다니?! 이런 요괴는…"

"아이, 요괴라니?! 생사람 잡네! 아이고!"

"형님?!"

정 용인은 여인에게 달려드는 정 용자를 막아서며 말하였다.

"설령 요괴라도 하느님을 따르겠다면 하느님의 힘으로 새로운 인간으로 변신시킬 수 있나이다."

"해, 허튼 소리!"

정 용자는 그를 밀어제치고 여인에게 달려드니 여인은 사람 살리라고 아우성치며 뒷걸음치다 황급히 몸을 돌려 달아나는 것이었다. 정용자는 기회를 놓칠세라 급히 모기로 둔갑하여 여인의 어깨에 날아가 앉는 것이었다. 그런 줄을 모르고 여인은 초가집으로 달려들어가 급한 소리하였다.

"언니, 큰일 났소! 쥐처럼 생긴 괴한이 뒤쫓아오고 있다!"

"뭐라니?!"

"허허허… 우리 형님이 오면 네 년들은 모두 죽었다! 지금도 늦지 않으니 나를 풀어놓고 얌전하게 서방님으로 섬겨라 그러면 목숨만은 부지할 수도 있다. 헤헤…"

초가집 대들보에 거꾸로 매달려 있는 정 용축이 말하였다.

"언니, 이놈은 온종일 혼나간 소리만 해요. 우선 이놈의 피를 받아먹고 보자요."

"이놈이 둘째라니 내가 피를 받을게."

둘째언니는 시퍼런 비수를 팔소매에서 꺼내들고 정 용축이 앞섶을 헤치기 시작하였다.

"어구, 쥐새끼 같은 형님의 피가 맛있는데 왜 자꾸 나부터 잡자느냐?! 쥐새끼 왔다면서."

정 용자는 즉시 모습을 드러내고 정 용축을 구하려다 그가 자신을 욕하는 소리를 듣고 그의 귓구멍으로 날아들어가 앉아 모기침으로 찌르고 속삭이었다.

"해, 한몸에서 태어났는데 내 피가 더 맛있다니?!"

"앗 따가, 아우의 목숨이 경각에 달렸는데 내 귓구멍에 들어와 장난이우?!"

정 용축의 말에 세 여인들은 삽시에 그 자리에 굳어지며 서로 마주보며 서있더니 급기야 그 무엇을 깨닫고 일시에 달려들어 정 용축의 양 귀를 사정없이 때리기 시작하였다. 이윽고 한 여인이 그의 머리를 감아쥐자 두 여인은 그의 귓구멍에 돌멩이로 틀어막으려고 애를 썼다. 정 용축은 너무 고통스러워 소리쳤다.

"이 바보 같은 년들아! 내 귓구멍이 무슨 동굴인가 하느냐?! 모기는 벌써 저쪽 구석으로 날아갔다."

그제야 여인 요괴들은 앵앵거리며 여기저기 날아다니는 모기를 발견하고 급히 박쥐로 변신하여 날아올랐다. 바빠진 정 용자는 즉시 원 모습을 드러내고 집 문을 걸고 웃어댔다.

"해해해…"

"형님 웃지 말고 빨리 이 아우를 구해주오."

정 용인은 정 용축의 혈을 찔러 변신술을 회복시켜주고 포승을 풀어주며 골려주었다.

"해, 너는 저 요괴들과 여기에서 살아라."

"어이구, 벌써 달아난지 오래오!"

"해, 내 손에서 달아나다니?!"

정 용자와 용축이 급히 요괴들을 뒤쫓아 하늘에 오르는데 벌써 정 용인이 학으로 둔갑한 세 요괴들의 앞길을 막고 싸우고 있었다. 정 용자와 정 용축이 뒤쫓아와 요괴들을 에워싸고 몰아치니 요괴들은 도저히 당해낼 수 없어 한곳에 몰려 그저 도망칠 구멍만 노리고 있었다. 그 중

한 요괴가 앞에 나서며 말하였다.

"소녀는 본시 가난한 농부의 딸로서 전생에 아무런 죄도 없었나이다. 허나 진 대부가 저를 억지로 첩으로 삼으려 하기에 죽어 원혼이 되어 부자들만 잡아 죽였나이다. 소녀에게 무슨 죄가 있다고 굳이 소녀들의 목숨을 노리나이까?!"

"소녀는 집이 하도 가난하여 병든 모친을 대접할 끼니거리도 없어 유달산에 산나물을 좀 캐왔는데 그것이 도적 죄가 되어 관청에 끌려가 맞아 죽었나이다. 너무 억울하여 원혼이 되어 약탈을 일삼아 왔으니 죽어 마땅한 줄 아나이다."

"소녀는 워낙 부잣집 딸이었으나 유달산에서 한 사나이를 만나 사랑을 나누었나이다. 헌데 그 사나이는 큰 뜻을 이루려고 사랑을 거절하였나이다. 소녀는 그 뜻을 헤아려 배를 타고 멀리 가려고 하였나이다. 저를 보내는 그 안타까움과 그리움을 없애기 위해 그 사나이는 배에 앉아 떠나는 소녀를 화살을 날려 죽였나이다. 세상 남자들은 다 늑대라 모조리 죽이고 싶나이다."

"해, 원혼이라 하지만 이미 요괴가 되어 인간 세상에 해를 끼쳤으니 용서할 수 없다!"

"형님, 원혼들이니 사랑을 베풀어 새로운 인간으로 변화시킴이 어떠하오?!"

"망된 소리?! 요괴를 용서하고 변화시키다니?!"

정 용축이 버럭 소리쳤다.

"새로운 인간으로 다시 태어날 수 있다면 소녀들은 그 어떤 죄도 달갑게 받겠나이다."

요괴들은 정 용자의 앞에 다가와 무릎 꿇고 손을 비비며 애걸복걸하였다. 정 용자는 난감하여 연신 눈을 깜박이며 귀뿌리만 만지는데 정 용인이 다가와 말하였다.

"형님의 힘과 저의 힘을 합하면 능히 새로운 인간으로 다시 탄생시킬 수 있나이다. 두 가지 방법이 있나이다. 그 하나는 이들의 원혼이 다른 사람이 뱃속에서 다시 태어나게 하는 방법이고 두 번째는 원형을 드러나게 한 후 다시 사람으로 탄생하게 하는 방법이나이다. 이들이 어느 방법을 택하겠는지?"

"소녀들을 다시 탄생시켜 주소서."

"당치않소이다! 요괴를 탄생시키다니?! 단매에 쳐 비명에 죽게 해야 하우!"

정 용축이 선인장을 추켜들며 소리쳤다.

"둘째 형님, 요괴이든 인간이든 참회하면 기회를 주고 사랑을 주어야 하우!"

"해, 너희들이 청을 들어 주겠으나 이제 다시 탄생하여 악한 짓만 하면 천벌을 면치 못하리라!"

"망극하나이다!"

"해, 고통을 참아야 하노라."

정 용자는 입속으로 주문을 외우며 단창을 휘두르다 반공에 던지니 단창은 금빛이 반짝이는 그물이 되어 세 요괴를 꼼짝 못하게 에워쌌다. 그물 속에 든 여인 요괴들은 모진 고통에 몸부림치며 악을 썼다. 허나 그물은 점점 더 조여들기만 하였다. 이어 정 용자 주문을 외우며 입김을 부니 요괴들은 백골로 원형을 드러냈다.

"해, 이제 내려가자."

삼 형제들은 구름을 낮추어 땅에 내려왔다. 정 용자는 어깨에 메고 내려온 세 백골을 땅바닥에 내려놓고 둔갑술로 그물을 걷어 들이자 정 용인이 급히 백골에 흙을 덮고 물을 길어다 쳤다. 이윽고 정 용자는 염주를 만지며 주문을 외우고 정 용인은 두 손을 합장하고 기도를 드리기 시작하였다.

"허황하도다! 허황해! 세상에 바보는 정씨 가문에 있구나! 허, 소 웃다 꾸러미 터질 일이지."

정 용축은 눈꼴 보기 싫어 뒤도 돌아보지 않고 오솔길을 따라 걸어 내려오며 투덜거리더니 급기야 무슨 생각이 들었는지 몸을 솟구쳐 하늘에 날아올라 정 소저 있는 대안으로 향하였다.

정 용축이 대안에 내려 정 소저를 찾으니 웬 일인지 보이지 않았다. 그래서 여기저기 뛰어 다니며 찾는데 유달산 기슭에서 당나귀가 달려와 눈물을 흘리며 턱질을 하며 입을 우물우물거리었다.

"뭐라? 네기 백록이냐?"

"……."

당나귀는 연신 머리를 끄덕이고 턱으로 북쪽을 향해 눈알을 희번덕거리었다.

"뭐라?! 괴한들이 어머님을 끌고 북쪽으로 달아났다고?!"

당나귀는 연신 머리를 끄덕였다.

18회

삼 형제들은 광탄강 요괴들과 싸우고
보살님은 주지중을 꾸짖다

정 소저 포항에서 애타게 삼 형제들을 기다리고 있는데 "에라, 비켜들 서라!" 하고 길 잡는 소리가 나서 머리를 돌려 바라보니 금방 배에서 내린 한 양반이 웬 여인과 함께 미리 대기하고 기다리고 있던 가마에 앉아 가는데 앞뒤에 하졸들이 줄쳐 따라오고 있는 그 기세가 임금의 행렬에 못지 않았다.

사람들은 삽시에 길가에 엎드려 감히 쳐다보지 못하고 있는데 정 소저는 얼떨떨해서 선 자리에 서 있었다. 그래서인지 가마에 앉은 사람은 정 소저만 내다보더니 잠깐 가마를 세우고 신하를 불러 그 무엇이라 분부하는 것이었다.

이윽고 몇몇 하졸들이 달려와 불문곡직하고 정 소저를 끌어다 가마에 억지로 밀어넣고 가는 것이었다. 당나귀로 변신한 백록은 유달산 기슭에서 풀을 뜯어먹다 그 광경을 보고 급히 달려왔으나 어찌할 수가 없었다. 그래서 그저 이리 뛰고 저리 뛰며 삼 형제들이 돌아오기만 기다리고 있는데 마침 정 용축이 돌아온지라 눈물이 저절로 쏟아져 내렸던 것이었다.

백록의 무언을 들은 정 용축은 대노하여 몸을 솟구쳐 하늘에 날아올랐다. 조각구름을 잡아타고 아래를 유심히 살피며 구름을 재우치던 그는 황황히 북쪽으로 달아나고 있는 사람들을 발견하고 급히 구름을 낮추어 가마 행렬 앞에 내려 막아섰다.

"이놈들! 멈추거라!"

"웬 놈인데 감히 왕도인의 앞을 막는 거냐?!"

몇몇 놈이 달려들었다.

정 용축이 선인장을 휘둘러 달려드는 놈들을 쓰러뜨리니 가마에서 웬 여인이 왕 도인을 부축하며 함께 내려왔다.

"이놈?! 웬 놈이냐?!"

왕 도인이 호통쳤다.

"우마왕의 제자 정 용축이 모친님을 모시러 왔으니 대갈통이 묵사발이 되기 전에 어서 무릎을 꿇지 못할고?!"

"하하하하…"

몸집이 뚱뚱하고 넙죽한 얼굴에 엄엄한 빛을 띠고 있는 왕도인은 새하얗게 자란 머리와 수염을 날리며 손에 쇠부채를 흔들고 있었는데 비단옷에 싸인 불룩한 앞배에는 번쩍이는 관 띠가 무겁게 드리워져 있었다. 그 곁에 서있는 여인은 선녀 같았으나 어딘가 요염하고 독기어린 느낌을 주어 저도 모르게 소름이 오싹 끼치게 하였다.

"이 미친 놈아! 오늘 네 제삿날인 줄도 모르느냐?!"

"너희 모친은 본 도인이 셋째 첩으로 삼을 터인즉 그리 알고 근심 말고 돌아가거라!"

"호호호 저놈이 참 괴이하게 생겼나이다. 저놈은 소첩이 달래 보낼 터이니 도인님은 마음 놓으시고 어서 먼저 떠나시기 바라나이다."

"말이 통 안 통하는 놈들이구나!"

정 용축은 더는 참을 수 없어 선인장을 휘두르며 우악스레 덮쳐들었다. 그러자 여인은 검을 비껴들고 번개같이 정 용축을 맞아 싸웠다. 십여 합을 싸우자 여인은 뒤로 물러서더니 하늘로 솟아올랐다. 그래서 정 용축이 여인을 내치고 정 소저를 구하려 들면 여인은 또다시 덮쳐들었다. 약이 오를 대로 오른 그는 방법이 없어 여인을 맞아 결사적으로 싸우는 수밖에 없었다.

세 요괴들을 새로운 인간으로 탄생시키고 무안 포구에 돌아온 정 용자 두 형제는 백록의 말을 듣고 급히 백록과 함께 상서로운 구름을 잡아타고 북쪽으로 향하였다. 그들이 한창 구름을 재우치며 살피는데 저쪽 앞에서 정 용축이 구름을 타고 그 무엇인가 찾으며 허둥대는 모습이 바라보였다.

"해," 하고 정 용자는 먼저 달려나가 물었다.

"셋째야, 웬일이냐?"

정 용자 일행을 바라보는 그의 얼굴이 무섭게 찡그려졌다.

"모두 허황한 짓만 하고 나다니고 있으니 어머님이 봉변당하는 게 아니우?! 내 원 참! 큰 게나 작은 게나!"

정 용인은 허리를 굽혀 보이며 말하였다.

"형님, 죄송하우."

"듣기 싫다!"

정 용축이 버럭 소리 질렀다.

"해," 하고 정 용자는 다가가 용축의 옆구리를 툭 치고 구슬렸다.

"해, 효심이야 셋째가 제일이지. 해, 그런데 어머님을 빨리 구원해야지. 요괴들이 어디로 도망쳤지?"

"모르오! 내가 쫓던 요괴는 저 아래 강쪽으로 달아나고 그 요괴를 쫓는 사이에 모두 깜쪽같이 사라졌오!"

"해," 하고 정 용자는 이마에 손 채양하고 강을 내려다 보았다.

저 아래 북쪽 협곡에서 시퍼런 용소로 내리 밀리어 태질하듯 사납게 소용돌이치며 흐르는 강은 작은 폭포에서 하얗게 부서지며 여울목에서 맴돌아치더니 다시금 젖무덤 같은 산굽이를 에돌며 가지처럼 뻗어 내려오는 네 개의 강과 합류하여 무주남쪽 평야를 가르며 바둑판 같은 금성군 동쪽으로 유유히 흐르다 무안에 이르러서야 서해로 굽이져 흐르고 있었다.

그 강의 으늑한 모래톱에는 물새들이 날아예고 은은한 나루터마다 고기를 잡는 배와 장사배들이 분주히 드나드는데 강가에서 빨래질하는 여인들의 방치소리 또한 정답게 들려 왔다. 강을 거슬러 금성 군에 이르러 좀 더 올려다보니 대여섯 골짜기들이 구불구불 잇닿아 내려온 오른쪽 산기슭길로 괴이한 사람들의 행렬이 지나가는 것이 내려다보였다.

정 용자는 머리를 기웃하고 말하였다.

"해, 저 강과 행렬에 요사한 기운이 흐른다. 빨리 내려가 보자!."

그들은 구름을 낮추어 땅에 내려 다가오는 행렬을 기다렸다. 그런데 점점 다가오는 행렬을 보니 그것은 뜻밖에 상여 행렬이었다. 흰 기를 만들어 쥔 사람 뒤에 집채 같은 상여를 둘러멘 사람들이 발을 맞추어 힘들게 뒤따르고 잇따라 몸에 훌렁훌렁한 흰 상복을 입고 묵중하게 생긴 길고 굵은 삼바로 허리를 질끈 동인 사람들이 아이고! 어이고! 하며 마을 사람들과 함께 뒤따르고 있었다.

그들은 길가에 피해 서서 상여 행렬이 지나가기를 물끄러미 지켜보았다. 문뜩 정 용자는 "해!' 하고 연신 눈을 깜박이며 지나가는 상여 행렬을 지켜보며 손가락질하였다.

"너희들 눈에는 저 상여 위에 감도는 요사스러운 기운 속에 똬리를 틀고 있는 구렁이와 흰옷을 입은 처녀가 앉아 웃고 있는 것이 아니 보이느냐?"

"엉?!' 하고 정 용축은 눈을 커다랗게 뜨고 지켜보더니 씩 코웃음치며 볼 부은 소리 하였다.

"보이기는 뭘 보인다구 흥!"

"아, 보이는구려!"

"체, 큰 형이 말이면 똥도 금으로 보이느냐?!"

정 용축이 버럭 소리치는데 정용인은 듣는 척도 하지 않고 지나가는 노인을 잡고 물었다.

"황송하오나 말씀 좀 물어도 되나이까?"

"예 예 무슨 일이나이까?"

"상여 위에 웬 구렁이와 처녀가 앉아 있기에 무슨 상여인지 물어보나이다."

"……"

노인은 악연히 놀라 아무 말도 못하고 정 용인을 지켜보더니 풀썩 무릎을 꿇고 손을 싹싹 비비며 말하였다.

"과시 신선이 분명하나이다! 제발 우리 마을 총각들을 살려 주소서!

매일 총각들이 죽어 나가니 아이고! 이 일을 어이 하오리가?! 제발…”

“무슨 일인지 천천히 말씀하시우.”

정 용인은 노인을 부축하여 일으키며 말하였다.

“사실 우리 진부촌에는 맘씨 곱고 예쁜 아비사란 처녀가 살았나이다. 어느 하루 아비사는 병든 홀아버지가 물고기를 먹고 싶다하여 이 광탄강에 나왔나이다. 허나 아비사는 물고기를 잡을 수가 없었나이다. 그런데 강 너머 택촌에 아랑사란 총각이 물고기를 잡아 주었나이다. 그것이 인연이 되어 그들은 밤낮 사랑을 속삭였나이다. 그런데 우리 마을 총각들이 시기하여 아랑사를 속여 앙암바위 아래로 떨어뜨려 죽게 했나이다. 그 후 처녀는 상사병에 걸려 거의 죽게 되었는데 웬 구렁이가 나타나 처녀를 사랑하게 되었니이더. 구렁이를 사랑하게 된 처녀의 몸은 완전히 완쾌되었나이다. 매일 구렁이와 사랑을 나누는 것을 본 마을 젊은이들은 이를 나쁜 징조라 여겨 그들을 앙암절벽 아래로 굴려 버렸나이다. 그 후부터 우리 마을 총각들은 시름시름 앓다가는 이렇게 하나하나 죽어가나이다. 처녀 요괴와 구렁이 작간이라는 것을 알고 고을에서는 그 요괴들을 잡는 것을 법으로 제정하고 아무리 잡자고 하여도 지금까지 잡지 못하고 있나이다.”

“허허 죽어 상통! 남이 잘 되면 배 아파하는 놈들 죽어 마땅하지!”

“…….”

노인은 억이 막혀 아무 말도 못하였다.

“해, 고을에서 법으로 제정하였다니 소인이 잡아드리리다.”

정 용자는 노인에게 사례하고 즉시 수염을 뽑아 단창으로 변모시켜 가지고 곧추 상여 위에 요괴들을 바라고 몸을 날렸다. 갑자기 덮쳐드는 정 용자를 발견한 요괴들은 소스라치게 놀라며 황급히 하늘에 솟아올랐다.

"웬 놈이냐?!"

구렁이가 두 가닥 긴 혀를 날름거렸다.

"해, 관세음보살님의 제자 동천공이 모친을 구하러 왔으니 어서 빨리 어머니를 내놓아라!"

"호호호… 왕 도인이 셋째 첩으로 삼겠다고 데리고 갔는데 그러고 보니 우리 사돈지간이구나. 호호호…"

정 용자는 대노하여 앙칼진 이빨을 드러내고 노려보더니 갑자기 새매가 참새를 덮치듯 처녀요괴에게 달려들었다. 처녀요괴는 급히 팔소매로 정 용자의 단창을 비켜치고 다른 팔소매를 길게 뻗쳐 정 용자의 허리를 감았다.

정 용자는 별로 대수롭지 않게 여기고 바싹 처녀요괴한테 다가드는데 구렁이가 아가리를 쫙 벌리고 한입에 정 용자를 삼키려 하였다. 정 용자는 입속으로 주문을 외워 "변해라!" 하자 왼손에 단창이 삽시에 커다 란 악어가 되어 다가드는 구렁이를 물려고 달려들었다.

소스라치게 놀란 구렁이는 꿈틀하고 멈추더니 즉시 사람의 모습으로 둔갑하여 맹호같이 몸을 날려 악어를 가로탔다. 허나 악어는 정 용자의 단창에 불과한지라 요괴가 창으로 찔러도 죽지 않고 비명소리만 내었다. 그것을 보고 정 용인이 어느새 날아 올라와 비용검을 휘두르며 구렁이 요괴에게 덮쳐들었다. 사태가 위급함을 느낀 두 요괴는 갑자기 한 가닥 검은 기운을 남기고 감쪽같이 사라졌다.

"해," 하고 정 용자는 이마에 손을 얹고 여기저기 유심히 살펴보았다. 들쑹날쑹 솟은 작은 산봉들 아래 굽이굽이 갈지자를 그리며 흘러가는 광탄강(영산강) 양안을 굽어보니 저 멀리 깎아찌르는 듯한 절벽 아래 요사스러운 기운이 감돌아 흐르는 것이 바라보였다. 저기가 바로 앙암바위라고 생각한 정 용자는 곧추 그곳으로 구름을 재우쳤다.

어느새 절벽 아래에 이른 정 용자는 광탄강 물속에 뛰어 들어가 살펴보았다. 아니나 다를까 절벽 아래 강물 속 절벽 아래에는 동굴이 있었는데 굴문 위에는 애사동이란 패루가 붙어 있었다. 정 용자는 굴문을 쳐부수고 곧게 짓쳐 들어갔다.

정 용자와 용인이 함께 쳐들어오는 것을 본 두 요괴들은 또다시 한 가닥 기운으로 변하여 줄행랑을 놓았다. 그 뒤를 바싹 뒤쫓아 하늘에 오른 그들은 두 요괴들이 산굽이에 자리잡은 절간으로 들어가는 것을 보고 곧게 절간으로 날아갔다.

그들이 땅에 내려 절간을 바라보니 절간의 본당과 탑은 매우 웅장하고 아름다웠다. 높이 걸린 현관에는 보인사란 글자가 분명하고 5간 되는 불전 지붕에 푸른 기와는 용의 비늘 같았다. 그들이 짐깐 절간을 둘러보고 절간으로 걸어 들어가려고 하는데 갑자기 사면 승방들에서 수십 명 되는 중들이 우르르 쓸어나와 정 용자 일행을 막아서는 것이었다.

"해, 웬일이지?"

정 용자 어리둥절하여 용인이를 쳐다보며 눈을 깜박이는데 주지중이 나와 읍하였다.

"나무아미타불."

"해," 하고 정 용자 막 손가락질하며 호통치려는 것을 정 용인의 형의 옆구리를 툭 치며 눈짓하였다.

그제야 정 용자는 황급히 두 손을 합장하고 허리 굽히었다.

"나무아미타불."

"시주들은 무슨 일로 보인사로 진입하려 하나이까?"

"해"하고 정 용자는 말하였다.

"소승은 관세음보살님의 제자 동천공이다. 모친을 모시고 태백산으로 가는 길에 요괴가 이 절에 피신하였기에 잡으려고 왔으니 주지는 길을 열라!”

“황송하오나 안 되나이다. 부처님을 모시고 있는 신성한 절간에 함부로 진입하여 요괴이든 사람이든 붙잡거나 살생하면 아니 되나이다. 나무아미타불.”

“황송하오나 절간에 진입한 요괴들은 민가에 해를 끼쳐 법으로 잡으려하는 요괴들이나이다.”

정 용인이 급히 나서며 말하였다.

“법은 부처님을 모신 절에서는 통하지 않나이다. 요괴들이 절간에서 나가면 방법이 없으나 절에 있으면 소승들은 보호하며 편리를 주는 것이 본분인 줄로 아나이다. 나무아미타불.”

“해, 세상에 이렇게 미련한 중도 있다니?!”

정 용자는 대노하여 단창을 꼬나잡고 짓쳐 들어가려 하였다.

순간 하늘에서 엄엄한 목소리가 들려왔다.

“동천공은 잠깐 멈추라!”

모두 놀라 하늘을 쳐다보니 관세음보살님이 상서로운 꽃구름을 타고 앉아 조용히 눈을 감고 손을 합장하고 있었다.

“부처님을 모시고 도를 닦는 중들은 중이기 전에 이 세상 인간이라 반드시 법을 지켜야 하도다. 인간의 법을 지키지 못하는 인간이 그 어찌 부처님의 법도를 지킬 수 있겠느냐? 부당한 법이라고 스스로 인정하고 거역한다면 반대로 인간세상이 부처님의 법도를 부당하다면 너희들은 무슨 할 말이 있겠느냐? 부처님은 너희들에게 인간의 법을 거역할 권리와 죄인을 보호할 권리는 주지 않았는데 네놈이 거역하는 것을 보니 너는 진짜 중이 아니도다. 자 모두 보거라.”

관세음보살이 손에 버들가지로 주지 중을 가르치니 주지 중은 한 마리의 너구리로 원형을 드러내었다. 그 모습에 모두 놀라하는데 정 용자 무릎을 꿇고 아뢰었다.

"보살님, 절간에 요괴들이 모친을…"

"너희들 모친은 지금 무달산(무등산) 지용사위에 화암동굴에 감금되었느니라."

"보살님께서 절간의 요괴들을 제거하여 주옵소서!"

중들이 일제히 무릎을 꿇고 간청하였다.

관세음보살은 대답 없이 버들가지로 절간을 가르쳤다, 그러자 처녀 요괴와 구렁이는 허망공중에 날려 땅바닥에 떨어져 아우성치며 두 개의 백골로 원형을 드러내었다.

"너희들은 이 두 원혼을 후히 장례지러 주고 강가에 딥을 세워 인간들을 가르치도록 하라."

"망극하나이다! 보살님!"

"나무아미타불!"

정 용자와 중들이 일제히 나무아미타불을 외치고 머리를 들어 바라보니 보살님의 모습은 사라지고 있었는데 그 뒤로 칠색 불광이 긴 빗자루마냥 뒤따르고 있었다.

19회

왕도인은 추장왕을 비웃고
정 용축은 백주에 기생을 희롱하다

요괴들에게 끌려 산굴에 들어선 정 소저는 떨리는 가슴을 애써 진정하며 주위를 둘러보았다. 둘레가 12자 남짓한 산굴은 그 끝이 어딘지 짐작할 수가 없었고 둥글지도 모나지도 않고 일정한 격식도 없는 것을 보아 천연동굴이 분명하였다. 정 소저는 기분이 한없이 침침해졌으나 아름답고 장엄한 주위 광경은 그야말로 놀라움과 황홀함을 자아내어 꿈나라에 온 듯한 느낌을 불러일으켰다.

관솔 불빛에 반사되어 동굴 벽마다는 눈부신 빛을 내뿜고 있었는데 금강석인지 수정인지 혹은 보석인지 똑똑히 분간할 수 없는 것들이 서로 조화를 이루며 신비하고도 황홀한 세계를 이루고 있었다.

건조하고 펑펑한 땅바닥에는 반질반질한 조약돌들이 쭉 갈렸고 굴 한쪽 편에는 침대가 놓여 있었는데 그 위에는 베개와 색 낡은 이불이 달랑 놓여 있었다.

정 소저는 그 모든 것을 둘러보다 힘없이 침대에 다가가 앉았다. 혼자서 멍하니 동굴에 앉아 있으려니 여간만 싱겁고 울적하지 않았다. 애들은 지금 어디에 있는지? 이 동굴을 어떻게 벗어나야 할지? 이렇게 생각을 굴리며 그는 무시로 동굴을 살펴보았다.

부지중 그는 누구인가 자신의 몸에 옷을 벗기고 유심히 훔쳐보는 것 같은 느낌이 들어 오싹 소름이 끼쳐 획 고개를 돌려 보니 중이 창실 한편에서 넋 빠진 사람마냥 퀭하니 그를 지켜보고 있었다. 그 눈길은 분명 정욕에 굶주린 늑대의 눈길이었다. 얼굴이 해쓱하게 질린 정 소저는 가쁘게 숨을 몰아쉬며 황급한 눈길로 그를 쏘아보며 소리쳤다.

"아니, 무엇을 그렇게 지켜보느냐?! 썩 물러가거라!"

"나무아미타불."

중은 얼굴을 붉히며 제자리에 돌아와 감방 자물쇠를 동댕이쳤다. 그리고는 야욕에 이글거리는 두 눈을 감으며 부르릉 몸을 떨었다. 이상하게도 중은 정 소저를 피하려고 생각할수록 그와 동시에 그를 점하고 싶은 생각이 더욱 간절해졌다. 그러면 아니된다는 것을 번연히 알면서도 손을 쓰고 싶은 일종의 대담성과 야릇한 마음이 심장을 높뛰게 하였다. 그래도 명색이 중인지라 그에게는 인간적인 양심과 중다운 점이 있었던 것이었다.

본래 그는 명성 있는 스님의 아래에서 십여 년간 도를 닦은 정직한 중이었다. 그에게는 다만 본능적인 욕정이 있었고 여러 해 동안 도를 닦지 않아 인간성이 마비되었을 뿐이었다.

마침내 중은 나무아미타불을 외우며 자신을 벌해 달라고 경을 외우고 외우며 세차게 몸을 떨었다. 이윽고 중은 그 어떤 무서운 힘이 자기를 질긴 소가죽처럼 갈기갈기 찢고 이겨서 떡반죽처럼 흐물흐물거리는 바위 속에 집어넣고 있다는 것을 어렴풋이 느꼈다.

정 소저는 이상한 신음소리에 급히 머리를 돌려 바라보았다.

"아니?!"

정 소저는 아연해서 부르짖었다.

중은 소리 없이 서서히 바위로 굳어지고 있었다. 먼저 발이 돌 속에 잠기어 굳어지면서 뒤로 넘어져 인간의 모습은 아예 찾아볼 수 없게 넓적한 바위로 굳어지고 있었다. 비록 인간의 모습은 찾아볼 수 없었으나 불뚝 불거져 치솟은 남근석만은 숭고한 중의 인내력을 만천하에 과시하듯 부끄럼 없이 꿋꿋이 솟아 있었다.

"나무아미타불!"

정 소저는 자기도 모르게 두 손을 합장하고 머리를 숙였다.

관세음보살님이 알려 준대로 삼 형제 일행은 구름을 타고 무달산(무등산)으로 향하였다. 얼마 날지 않아 장엄하고 수려한 무돌산 기상이 한눈에 안겨왔다.

무달산은 희노애락을 드러내지 않는 고승처럼 덤덤한 심성을 지닌 듯 고요히 감도는 구름을 안고 하늘 높이 거연히 솟아 있었다. 무주성을 한쪽에 끼고 들어앉은 산등성이들은 별 변덕이 없이 무덤처럼 둥글넓적하게 생겼는데 정상을 중심으로 서쪽과 남쪽에 아름답고도 신비한 직설 상 바위들이 깎은 듯 아아하게 솟아 들쑹날쑹 총석대를 이루어 흡사 산중에 수정 병풍을 둘러친 것 같았다.

허나 여기저기에 주검이 널려 있고 까마귀 떼 까옥까옥 울부짖으며 산과 평야에서 소란을 피우는 것이 자못 황폐하고 스산해 보였다. 무돌 산 주봉 위의 하늘에서 말 잔등 같은 능선을 따라 날아가며 아래를 두루 살펴보니 웬 절간이 깊은 협곡 산기슭에 아담하게 자리잡고 있는 것이 바라보였다.

정 용자 일행은 바로 저 절이 관세음보살님의 알려준 지용사라고 생각하고 곧게 그 곳으로 날아가 내렸다. 정 용자 땅에 내려 살펴보니 절간 어귀에는 편백나무들이 우거져 아름다운 숲을 이루고 있었는데 편백나무들 사이로 구불구불 절간으로 뻗은 산길 여기저기에는 사람들이 쭈그리고 앉아 하늘을 향해 두 손을 싹싹 비비며 그 무엇인가 정성스레 빌고 있었다.

그 속에는 남녀노소 별의별 사람들이 나 있었는데 그 사이 오솔길로 절간 대문을 바라보니 절간 울안에서 목탁 치는 소리와 사람들이 울부짖는 듯한 소리가 윙윙거리는 벌떼소리처럼 협곡을 메우며 들려왔는데 그 소리는 처절한 비명소리 같았다. 때마침 노승 한 분이 절간을 나서 이쪽으로 걸어오고 있었다. 정 용축이 불쑥 중불 나게 앞에 나서서 손을 합장하고 허리 굽히며 "나무아미타불" 하고 큰 소리로 물었다.

"소승들은 북두칠성 아래 태백산으로 가는 길손들이나이다. 황송하오나 어이하여 사람들이 원성이 이렇게 극심하나이까?"

"……."

노승은 놀라 엉거주춤 물러서서 내리보고 올려보고 하더니 겁먹은 사람마냥 슬그머니 피해가려고 하였다.

"해, 두려워 마시고 말씀하시우."

"아니, 아니…"

"이 분은 관세음보살님이 제자 동천공이나이다."

정 용인이 노승을 막아서며 말하였다.

"나무아미타불, 말 한 마디만 잘못해도 목이 떨어지나이다. 나무아미타불."

"해," 하고 정 용자는 노승의 팔목을 잡아끌며 웃으며 말하였다.

"그렇게 쉽게 떨어지는 머리를 달고 다니다니? 그러하다면 그 머리가 쉽게 떨어지지 않게 해야지. 해 해…"

노승은 방법이 없다는 듯이 안타까운 표정을 짓고 여기저기 주위를 둘러보더니 후 한숨을 몰아쉬고 입을 열었다.

"자고로 인간은 그 지방 산수의 정기를 타고 태어난다고 하나이다. 이곳 무돌산은 그 기상이 장엄하고 수려할 뿐만 아니라 큰 굴곡이 없이 편안한 감을 주나이다. 하기에 이곳 백성들은 신심이 편안하지 않거나 불의의 차별이 생기면 들고 일어나는 경향이 있나이다. 이러한 것은 매우 자연스러운 이치로써 자랑할 만한 것이라 해야 하나이다. 헌데, 몇 년 전 어디에서 왔는지 왕 도인이란 관원이 무주에 온 후부터 남녀노소 불문하고 말 한 마디만 귀에 거슬리게 해도 잡아 가두고 처형하나이다. 오늘도 수십 명을 저기서 처형하는데 사람들이 모여와서 그 울분과 넋을 위로하고자 하는 것이나이다."

"해?!" 하고 정 용자는 앙칼진 이빨을 드러내며 몸서리치는 소리하였다.

"되질 놈, 이제 나타나기만 해 봐라!"

정 용축이 눈을 부라리며 말하였다.

바로 그때였다. 호령소리 욕지꺼리 하는 소리가 소란스럽게 들려오면서 저쪽으로부터 목 칼을 쓴 사람들이 쇠사슬 족쇄를 차고 어슬어슬 걸어오고 있었다. 그 양편에는 수십 명 장병들의 늘어서서 손에 채찍으로 수인들의 발걸음을 재우치고 있었는데 말을 탄 놈의 뒤에는 가마 두 채가 뒤따르고 있었다.

"잘됐다! 그렇지 않아도 손이 근질거리는데!"

정 용축이 막 선인장을 부여잡고 짓쳐 나가려는 것을 정 용인이 급히 막았다.

"형님은 저 놈들의 퇴로만 막아주오. 한 놈도 도망치지 못하게. 소인은 큰형과 함께 저 놈들을 처치하리다."

"오냐, 자!"

정 용축은 말이 끝나기 바쁘게 몸을 솟구쳐 날아가며 말을 탄 놈을 발로 차서 떨어뜨리고 퇴로를 막아 떡 뻗치고 서니 장병들은 악연히 놀라 몸을 돌리고 멍하니 그를 바라보고만 있었다. 그런 것을 정 용자와 용인이 양편으로 짓쳐 나가며 장병들의 혈을 찌르니 장병들은 허수아비마냥 그 자리에 우두커니 굳어져 버렸나.

정 용자가 가마를 타고 있는 놈을 내리라고 호통 치니 앞채 가마에서 한 관원이 벌벌 기어내려와 연신 머리를 조아리며 살려달라고 하였다.

"해, 저 뒷채 가마에는 사람이 없느냐?"

"예, 저 뒷채는 왕 도인이 셋째 부인을 모시고 오라 해서…"

"해, 셋째 부인이라니 누구냐? 오늘 붙잡은 여인이 아니냐?"

"예, 예 맞나이다."

"해, 지금 부인이 어디에 있느냐?"

"저기 저 천연동굴에…"

"네놈이 앞서거라!"

"예, 예…"

정 용자 일행은 중에게 죄인들을 모두 풀어주라 하고 관원을 앞세우고 천연동굴로 향하였다. 그 모습을 본 사람들은 와야 함성을 울리며 앞다투어 달려와 죄인들의 목 칼과 족쇄를 부셔 버리기에 야단법석이었다.

삼 형제들을 동굴에서 만난 정 소저는 갑자기 나타난 아들들의 모습에 너무 기쁘고 흥분되어 꿈인지 생시인지 분간 못하듯 눈만 커다랗게 뜨고 굳어져 바라보기만 하였다.

"꿈이냐? 생시냐? 너희들은?"

"어머니!"

"생시나이다! 용축이 나이다!"

"해, 소자 면목 없소이다."

삼 형제들은 앞다투어 옥문을 부시고 뛰어 들어가 취한 듯이 정 소저를 지켜보다 정답게 포옹하며 웃었다. 그러나 상봉의 기쁨을 나눌 사이가 없었다. 삼 형제들의 말을 들은 정 소저는 급히 이 자리를 떠나 사태를 수습하고 백성들을 위하여 왕 도인을 제거하여야 한다고 하였다.

그래서 굴에서 빠져나온 삼 형제 일행은 병졸들의 혈을 풀어 절간에 감금한 후 정 용인은 관원으로 정 용자는 장병으로 용축은 정 소저로 백록은 노새로 둔갑하였다. 그리고는 정 소저를 중에게 부탁하고 관가로 향하였다.

자고로 백성의 원성이 높은 곳이면 잔치놀이 풍악소리 높은 법이었다. 무주성 거리에는 거지 유랑인들이 굶어 죽어가고 넘쳐나는 옥에서는 백성들의 원성이 하늘에 사무치는데 왕 도인은 고래등 같은 기와집에서 무주성 이름 있는 우두머리들과 추장 왕을 모시고 오늘도 잔치놀이 한창이었다.

날마다 잔치요. 잔치마다 풍류라 꽃 같은 기생들이 쌍쌍으로 춤을 추다 여기저기 우두머리들 사이로 하느작하느작 빠져다니며 요염하게 웃으며 술을 부으니 왕 도인과 추장왕은 정신이 황홀하고 심정이 둥둥 떠 헛장단에 부질없이 엉덩이를 들썩거리며 손발을 내젓기도 하고 기생들을 끌어안기도 하며 마음껏 즐기고 있었다. 허나 우두머리들과 아전들은 바늘방석에 앉은 듯 숨을 죽이고 안절부절 못하였다.

ㄷ자형으로 모여 앉은 음식상에는 송편, 시루떡, 찰떡, 없는 떡이 없었으며 돼지고기, 소고기, 꿩고기, 닭고기는 물론이고 붉은 조개 속에 든 대하, 빳빳한 마늘 같은 껍질에 싸인 섬게라든가 도라지, 고사리, 송이버섯 같은 것들이 가득 차려져 있었다.

"여봐라! 그 태백산 여인을 모시러 갔느냐?"

왕 도인은 술잔을 내고 입을 쩝 다시고 물었다.

"예, 떠나간지 오래나이다."

한 아전이 나서며 아뢰었다.

"데려온 즉시 의표단장 곱게 시켜 대령케 하라!"

왕 도인이 영을 내리니 곁에 서 있던 아전이 높은 소리로 "태백 여인을 모셔온 즉시 대령케 하랍신다!" 하고 곱씹어 전하니 계하에서 "예-이-" 하는 대답소리가 길게 울려 퍼졌다.

"황송하오나 소인이 무안에 내려갔다가 우연히 북두칠성 아래 태백산 여인을 만났나이다. 그 인물이 하도 절색이라 데리고 왔는데 금일 추장 왕을 모신 자리라 인사드리고자 불렀나이다."

"어허, 그런 일인고? 북두칠성 아래 태백산 여인이라니 호기심이 동하는구려. 하하하."

"근간에 소신은 감금할 놈들은 감금하고 처형할 놈들은 처형하여 무주성은 가히 태평성대를 이루었다 할 수 있나이다. 허나 무돌산 정기로 하여 무주 땅에는 지렁이가 범람하는 곳인지라."

"어허, 지렁이란 무슨 말인고?"

"지렁이는 지룡이라고도 하나이다. 무주 땅은 지룡들이 태어나 쩍하면 들고 일어나는 곳인지라 엄히 다스리지 않으면 아니 되나이다.

함부로 말하는 놈, 함부로 주먹을 휘두르는 놈들은 가차없이 처형해야 하나이다.”

“하오나 근간에 민심이 흉흉하여 본 왕은 심히 불안하도다.”

“자고로 민심이란 강한 자를 따르나이다. 패하면 역적이요. 이기면 충신이라 무작정 이겨야 하나이다. 이기려면 억눌러야 되고 반항하는 자는 주저 없이 처형해야 하나이다.”

“허나 법이 있거늘 정사란 법에 의거해…”

“허허 무주성에서는 추장 왕의 영이 법이나이다. 자고로 법도 강한 자의 것이지 약자의 것이 아니나이다. 추장 왕의 영을 거역하는 자는 곧바로 역적이나이다. 하하하…”

왕 도인이 추장 왕을 바라보며 대소하니 추장 왕은 “으흠” 하고 쑥스럽게 웃으며 좌우를 살피니 우두머리들과 아전들은 황급히 그 시선을 피하고 무릎을 꿇으며 “지당한 말씀인 줄 아나이다.” 하고 이구동성으로 소리쳤다.

정 소저를 중에게 부탁한 정 용자는 정 소저로 둔갑한 용축이를 가마에 태워가지고 무주 성 추장 왕궁으로 향하였다. 생소한 지방인지라 정 용자는 가마를 따라가며 이곳저곳 둘러보았다.

무주 성은 비교적 크고 번화한 고장이었으나 길 오고가는 사람마다 수심이 어리고 웃음기가 없는 것이 마치 죽은 사람들이 살아가는 고장 같았다. 웃고 마구 떠들고 소리치며 뛰어다니는 사람이란 한 사람도 보이지 않고 그저 흘끔흘끔 눈치를 살피며 사람을 피해가는 사람들뿐이어서 그 분위기는 초상난 집 분위기와 별반 다를 바가 없었다.

자고로 설움이 솟구치면 울음이 터지게 마련이고 압박하면 반항하기 마련이라 길가는 백성들의 기색을 보아서는 금시 울음을 터뜨리며 미친 사람들처럼 들고 일어날 것만 같았다.

이때, 잔치판에서는 기생들의 춤이 한창이었다. 북장단에 둥실 덩실 춤을 추는 기생들을 흐뭇이 바라보던 왕 도인은 불현듯 정감이 치솟아 자기 곁에 기둥기생 명월의 손을 잡아 쥐려고 하였다. 허나 아무리 더듬어도 명월이 손목은 잡히지 않았다. 그래서 머리 돌려 보니 어느새 명월이는 추장 왕의 곁에 앉아 아양 떨며 술시중 들고 있었다. 그 양에 추장 왕은 눈이 게슴츠레해서 명월이를 지켜보더니 덥석 명월의 허리를 감아 안았다.

명월이는 추장 왕의 행실이 싫지 않았으나 왕 도인의 앞인지라 엉겁결에 추장 왕을 밀쳤다.

"아이?!"

"……."

추장 왕은 술에 젖은 옷깃을 툭툭 털며 호통쳤다.

"이년?! 천한 기생이 왕의 수청을 감히 거역하다니?!"

"하! 하! 하!"

왕 도인이 대소하며 명월이를 불렀다.

"애야, 염려 말고 예 와 앉거라."

명월이는 송구스러워 어쩔 바를 몰라 하더니 왕 도인의 부름소리에 추장 왕의 기색을 할금할금 훔쳐보며 왕 도인의 곁에 다가가 살포시 무릎을 꿇고 앉았다. 왕 도인은 짐짓 추장 왕이 보라는 듯이 명월의 날씬한 허리를 감아 안고 한바탕 호탕하게 웃어대고는 수염을 내리 쓰다듬으며 비웃음에 가까운 미소를 지었다.

"허허 죄송하오나 추장 왕으로서 한 천한 계집도 다스리지 못하다니요? 하하하…"

"음―"

추장 왕은 창피하기도 하고 분하여 입술을 부르릉 떨며 주먹을 부르쥐었다.

"농담이나이다. 계집은 정으로 다스리는 것이 아니나이다. 정으로 다스리면 시간이 가면 갈수록 갈대처럼 갈팡질팡하나이다. 계집은 길거리의 떡이요. 에우는 대로 가는 물이요 바람이라 하였나이다. 하기에 먼저 먹는 자가 임자로서 에우고 막아야 하나이다. 정사와 똑같은 이치나이다. 백성들은 덕으로 다스리면 말이 많고 왔다 갔다 하며 떠들고 소동을 일으켜 뒤엎자고 드나이다. 하기에 떡 먹듯이 억누르고 삼켜야 하나이다. 하하하…"

추장 왕은 참괴함을 금할 수 없었으나 왕 도인의 도술이 두려워 그저 긍긍거렸으나 아전들과 우두머리들은 바늘방석에 앉은 듯이 어찌할 바를 몰라 부질없이 몸을 추스르며 눈치만 보았다.

다행히 이때 아래에서 전갈이 올라 왔다.

"태백산 여인 대령이오!"

"어서 올라오도록 하라!"

왕 도인이 분부하자 계하에 허리 굽히고 서 있던 아전이 그 무슨 장단에 맞추어 긴소리를 뽑아 내듯 길고도 가는 목청으로 소리쳤다.

"태백산 여인 어서 올라 오랍신다!"

"예―이―"

화답소리가 길게 울리더니 관원으로 둔갑한 정 용인과 장병으로 둔갑한 정 용자가 정 소저로 둔갑한 용축이를 모시고 계단을 밟고 올라 왔다.

정 용인은 무릎을 꿇고 아뢰었다.

"분부대로 태백산 여인을 모셔왔나이다."

"음 너희들은 말석에 앉아 목 축이도록 하라."

왕 도인의 영에 정 용자와 정 용인은 속으로 좋아라! 하고 말석에 앉아 술잔부터 잡아 쥐는데 분위기가 이상하여 머리를 들고 보니 모두 굳어 붙은 듯이 눈이 떼꾼해서 정 소저로 둔갑한 정 용축을 바라보고 있었다.

버들가지마냥 날씬한 몸매로 사뿐사뿐 걸어 올라와 조용히 허리 굽혀 예를 올리는 정 용축의 모습은 흡사 천사가 내려온 것 같았으나 웬일인지 자꾸 말석을 바라보며 쩝쩝 입을 다시는 모습은 괴이한 요녀 같은 느낌을 주었다.

"머리를 들라!"

추장 왕이 왕 도인을 슬쩍 훔쳐보며 말하였다.

정 소저로 둔갑한 정 용축이 수줍은 듯이 살며시 머리 들다 살짝 얼굴을 붉히며 추파를 던지니 추장 왕은 지도 모르게 입을 쩝 벌리며 넋이 나가는데 왕 도인은 그 모습을 비웃듯 빙그레 웃으며 분부하였다.

"부인 예 와서 수청 들도록 하라."

"황송하오나 소첩은 관비도 아니요 또한 기생도 아니나이다. 수청이라니 당치 않나이다!"

"뭐라?!"

왕 도인의 기색이 삽시에 굳어졌다.

"그래그래…"

추장 왕은 속으로 잘코사니를 부르며 자못 은근하면서도 부드러운 목소리로 말을 이었다.

"예 와서 요기나 하시구려."

"망극하나이다. 소첩이 천한 몸으로 그 어찌 추장 왕의 신변에 범접하오리까? 하오나 소첩은 며칠 로고로 지치고 끼니를 에우지 못한지라 무례함을 용서하소서."

정 소저로 둔갑한 정 용축은 사뿐사뿐 걸어 올라가 추장 왕의 신변에 다가앉아 아무 말도 없이 닭다리부터 쥐어들고 마구 뜯어 먹기 시작하였다. 그 닭다리를 뜯어 먹는 모습이 어찌나 희귀했던지 잔칫상에 둘러앉은 사람들의 눈은 금시 튕겨나올 것만 같았다.

"며칠 굶었구려. 부인?"

추장 왕은 서글픈 미소를 지으며 좌중을 둘러보았다. 아연히 놀라는 사람들의 눈길, 그리고 왕 도인의 험상궂은 눈길에 부딪친 추장 왕은 짐짓 예사로운 표정을 지으며 어색하게 "음, 음"하며 주춤거리더니 급기야 깨달은 듯이 소리쳤다.

"어허, 뭣들 하느냐?! 풍악을 울리지 않고…"

"풍악은 무슨 풍악이냐?!"

왕 도인은 갑자기 술잔을 동댕이치며 소리쳤다. 다치면 터질 듯한 침묵이 흘렀다. 우두머리들과 아전들은 몸을 움추리고 숨을 죽이고 굳어져 있는데 우직우직 닭다리를 뜯어 먹으며 정 용축이 추장 왕을 쳐다보았다.

"저 분은 뉘신데 추장 왕님 앞에서 저렇게 무례하나이까? 추장 왕님은 백성들을 다스리기 전에 저런 놈부터 다스려야 하나이다. 소첩이 비록 재주는 없으나 본을 보이고 오겠으니 잠깐 기다리시기 바라나이다."

정 소저로 둔갑한 정 용축은 자리에서 일어나 좌중을 빙 둘러 보았다. 모두 긴장해서 빤히 자기를 지켜보고 있는데 정 용자와 정 용인은 재미있다고 야단이 아닌가? 젠장, 기분이 언짢은 걸, 나를 이 모양 만들어 놓고 구경하다니?! 이제부터 내 마음대로야, 흥! 이렇게 생각한 정 용축은 왕 도인의 곁에 털썩 주저앉자마자 손가락질부터하였다.

"이눔아! 이 좋은 진주성찬에 계집까지 끼고 앉아 무엇이 부족해서 지랄이냐?! 이게 다 백성이 피땀이다. 오라! 이 좋은 닭다리도 먹지 않고 그대로 있구나. 허허."

"이, 이년이?!"

왕 도인은 입을 벌리고 수염만 부르릉 떨었다.

"이년아, 술 부어라."

정 용축은 왕 도인의 곁에 기생 명월이 손목을 끌어 당겨 안았다. 명월이 실성하여 소리 질러대며 품에서 버둥거리자 정 용축이는 기름이 번지르르한 자신이 입술을 명월의 입술에 갖다 대고 마구 비벼댔다.

여인이 기생을 백주에 희롱하는 이런 해괴망측한 일은 동서고금에 찾아볼 수 없는 일인지라 좌중은 모두 혼이 나가 그 자리에 굳어져 눈 한번 깜박거리지 않고 그저 악연히 지켜보고만 있었다.

일이 위급하다고 느낀 정 용자는 즉시 한 마리의 모기로 둔갑하여 왕 도인의 어깨에 날아가 앉았다. 그런 줄을 모르고 왕 도인은 칼을 쑥 뽑아 들었다. 순간, 정 용자는 독침으로 왕 도인의 둔갑술과 무공을 쓰지 못하게 사지 팔 맥 혈을 모조리 찔러놓았다. 칼을 추켜들고 정 소저로 둔갑한 용축이를 내리치려던 왕 도인은 갑자기 몸부림치며 칼을 떨어뜨리고 그 자리에 쓰러져 버둥거리며 비명을 질렀다. 그 바람에 좌중 사람 모두 놀라하는데 정 용자는 왕 도인으로 둔갑하여 자리에 앉아 호령하였다.

"저 놈은 가짜이니 당장 끌어내어 참하라!"

죽이라는 소리에 질겁한 왕 도인은 벌벌 기어와 정 용자를 삿대질하며 미친 사람마냥 울부짖었다.

"추장 왕님 저놈은 가짜나이다! 제발 저놈한테 속지 말고 살려주소!"

"해, 가짜?! 그럼 좋다. 네놈이 지금 궁밖에 나가 네놈이 왕 도인이라고 증명할 보증인 세 명만 데리고 오너라. 그러면 인정하마."

"음" 하고 추장 왕은 머리를 끄덕이더니 영을 내렸다.

"이놈이 보증인을 데리고 오도록 하라!"

"좋다! 좋아, 세 명의 아니라 삼만 명도 데리고 올수 있다. 네 이놈 어디 두고 보자!"

왕 도인은 병졸들에게 끌려 나가며 울부짖었다.

거리에 나선 왕 도인은 자신은 왕 도인이라면서 보증서 달라고 만나는 사람마다 붙잡고 애걸하였다. 허나 사람들은 그에게 침을 뱉으며 욕지꺼리만 하였다. 조급해진 왕 도인은 자신을 보증해 나서는 사람들에게는 금 삼십 만량에 벼슬까지 주겠다고 하며 여기저기 다니며 호소하였다.

그러자 사람들은 너나없이 몽둥이를 쥐고 거리에 뛰쳐나와 왕 도인을 때려잡자고 야단들이었다. 거리의 쥐새끼 신세가 된 왕도인은 이러다 백성들의 손에 맞아죽겠다고 생각하고 황급히 궁에 달려가 피신시켜 달라고 하였다. 전갈을 받은 추장 왕은 왕 도인을 궁에 불러들었다. 여기저기 피해 다니며 굶고 맞아댄 왕 도인의 모습은 초라하기 그지없었다.

"보증인들을 데리고 왔는고?"

추장 왕이 물었다.

"백성들은 소인이 모습을 몰라보나이다. 추장 왕과 함께 나가면 알아 볼 것이나이다!"

왕 도인은 머리를 조아리며 아뢰었다.

"아니, 세 사람도 네놈을 알아 못 본단 말이냐?! 하다면 네놈은 분명 가짜 왕 도인이구나! 여봐라1 이놈을 당장 참하라!"

"해, 잠깐!"

왕 도인으로 둔갑한 정 용자는 말하였다.

246   "이 놈은 참하여도 되살아나는 요괴이나이다."

"요괴라니?!"

추장 왕은 놀라며 반문하였다.

"추장 왕은 보시라!"

정 용자는 입속으로 주문을 외우고 왕 도인을 향해 후 입김을 불었다. 그러자 왕 도인은 괴상한 운무 속에서 오싹 소름 끼치는 백골로 모습을 드러내었다.

그 바람에 모두 또다시 놀라는데 정 용자는 입으로 불을 내뿜어 백골을 불태워 버렸다. 그제야 사람들은 자리에서 일어나 일제히 환성을 울리며 만세를 불렀다. 이윽고 삼 형제들은 원형을 드러내고 무릎 꿇고 추장 왕께 자초지종 고해 알리니 추장 왕은 크게 기뻐 삼 형제들에게 사례하는 것이있다.

20회

삼 형제들은 팔 무녀와 싸우고
정 용자는 야산에 불을 놓다

삼 형제들은 추장 왕을 하직하고 지용사에 이르렀을 때 그들을 기다
리고 있는 것은 뜻밖에도 정 소저는 두류산(지리산) 반야 신과 그의 딸
팔 무녀들이 두류산으로 모셔 갔다는 것이었다. 대노한 삼 형제들은
즉시 백록을 데리고 두류산으로 향하였다.

삼 형제 일행이 상서로운 구름을 잡아타고 살펴보니 동쪽으로 옅은
구름들이 밀려와 배회하는데 높이 솟은 무돌산(무등산) 산악에 솟은 괴
석들은 깎아지른 듯 동쪽에서 서쪽을 향해 병풍처럼 줄지어 솟아 저녁

노을에 반사되어 무주 성을 비추니 그야말로 숭엄하고 아름다운 느낌이 들었다.

동쪽을 바라보니 구름 위에 우뚝 솟은 두류산은 산에 산이 잇닿고 봉에 봉이 이어져 사면팔방으로 산맥들이 주름잡아 내려간 것이 마치 대하가 세차게 굽이치는 것 같았다. 그 아래 조그만한 산에 불쑥불쑥 솟은 바위들이 산등성이를 따라 계단식으로 들어선 모습이 먹이를 쫓아 기어오르는 거위 떼들을 방불케 하였다.

그 맞은편으로 둥근 달 같은 산봉도 보이고 용이 꼬리치는 뜻한 산봉도 보이는데 그에 못지않게 각양각색의 산봉들이 산발과 산줄기를 첩첩히 개여 신비한 협곡과 절벽 그리고 폭포수와 냇물을 이루며 사방으로 뻗쳐 줄달음치며 횡홀한 한 폭의 아름다운 산수화를 펼치고 있었다.

"해, 이렇게 아름다운 산에 요괴가 있다니?"

"큰형님, 저 기저 웬 여인이 바구니를 끼고 오고 있소이다."

"여인이?!"

정 용축이 귀가 벌쭉해졌다

"내려가 보자."

구름을 낮추어 땅에 내린 정 용자는 용인이를 보고 말하였다.

"셋째야, 백골 정들은 변신술이 무쌍하고 연기처럼 사라지기도 하니 불의에 족쳐야 한다. 그러니 네가 먼저 서 저 여인을 여기 유인해 오너라."

정 용축 급히 나서며 말하였다.

"제가 가리다!"

"해, 네가?!"

정 용축은 가라든 말든 기다리지 않고 선인장을 둘러메고 우쭐우쭐 걸어 나갔다. 정 용자와 정 용인은 서로 마주보며 웃고는 억새 숲에 몸을 숨겼다.

여인은 바구니에 수박을 담아 팔꿈치에 끼고 정 용인 마주 오는 것을 모르는 듯 사뿐사뿐 오솔길을 따라 내려오고 있었다. 여인이 가까이 다가오자 정 용축은 그녀의 미모에 저도 모르게 군침을 꿀떡 삼켰다. 새침한 얼굴이 파르족족하고 기다란 눈썹과 검푸른 두 눈 가장자리에 예쁜 입, 뽀르르한 뺨이며 콧날이 오똑한데다가 호리호리한 키에 쪼개 놓은 탐스러운 호박쪽처럼 쪽 벌어져 솟은 엉덩이가 아무리 보아도 싫지 않았다.

정 용축이 먼저 허리 굽혀 보이며 물었다.

"황송하오나 낭자는 어디 가나이까?"

"아이, 뉘신지?"

"우 마왕의 제자 정 용축이 문안드리나이다."

"호호."

여인은 아미를 숙이며 할끔 추파를 던지고 말을 이었다.

"소녀는 두류산 반야와 마야고의 팔 무녀 중 막내딸이나이다. 정 부인을 경솔하게 두류산에 모셔오는 바람에 자제분들이 오해하고 놀라실까 봐 소녀를 보내 안위하고 두류산으로 모시고 오라 하였나이다."

"어허, 그럼 그렇겠지! 그건?"

정 용축은 수박 바구니를 바라보며 말하였다.

"자고로 무돌산 수박은 하늘 아래 그 맛이 일품이라 세 자제분들에게…"

"형님과 아우는 먼저 두류산으로 떠나갔나이다. 그러니…"

"아… 그래요. 그럼 빨리 가야지요. 호호호…"

여인은 짐짓 부끄러운 태를 지으며 고개를 살짝 비틀어 정 용축을 곁

눈으로 엿보면서 매혹적인 웃음을 생긋 짓더니 참새마냥 홱 몸을 돌려 두류산 쪽으로 달려갔다.

그 웃음이 얼마나 정 용축의 관능에 자극을 주었던지 정 용축은 모든 것을 망각하고 그 여인을 뒤쫓아갔다. 어디선가 인기척 소리가 들려왔다. 그런데도 정 용축은 여인의 탐스러운 엉덩이에서 눈길을 떼지 못하고 뒤따라갔다.

홀연, 사면팔방에서 팔 무녀들이 나타나 정 용축을 포위하였다. 정 용축이 놀라 멈춰서며 둘러보니 팔 무녀들마다 미인들인지라 어느 여인을 공격할까 망설이는데 갑자기 북 소리가 울리고 징소리가 요란하게 울리면서 무녀마다 무릎 위에 부적을 뿌리며 중얼중얼 입속으로 주문을 외웠다. 그러자 부적들이 정 용축을 향해 날아왔다. 허나 성 용축은 선인장을 휘두를 염 없이 넋 나간 사람처럼 그저 우두커니 서서 헤식게 웃고만 있었다.

그의 눈에는 부적들의 발가벗은 미인들의 모습으로 보였기 때문이었다. 이윽고 한 여인이 달려와 정 용축의 혈맥을 찌르고 눈 깜박할 사이에 포박하였다. 그래도 정 용축은 헤헤 웃으며 아무런 반항도 못하였다.그때까지 억새 속에 숨어 있던 정 용인은 어딘가 불길한 예감이 들어 숲속을 헤치고 나와 정 용자를 불렀다.

"형님, 우리 둘째 형님을 믿고 기다리는 것이 우둔하나이다."

"해, 웬 말이냐?"

정 용자는 숲속에서 나오며 머리를 기웃하였다.

"지금까지 둘째 형은 여자만 만나면 실수를 하였나이다. 이번에도 예외는 아닐 것이나이다."

"해, 그래서 아우를 가라 했는데? 여하튼 빨리 뒤따라 가보자."

정 용자는 정 용축에게 백록을 끌고 천천히 뒤따르라 하고는 급히 몸을 솟구쳐 앞질러 달려 나갔다. 정 용자가 뒤쫓아오는 것을 발견한 팔 무녀들은 저마다 조각더미 구름을 타고앉아 두 손을 합장하고 팔각 진을 치고 있었다.

찬란한 색동옷에다 남빛 철릭을 받쳐 입고서 머리에는 붉은 말뚝 갓을 쓰고 두 손에 삼지창과 언월도를 각각 들어 휘두르며 웅얼거리고 있었는데 속인인지, 선녀인지, 아니면 천사인지 요괴인지 첫눈에 분간할 수가 없었다.

"해," 하고 정 용자는 연신 머리를 기웃거리며 눈을 깜박이는데 정 용인이 급히 뒤쫓아와서 말하였다.

"형님, 저년들이 도대체 요괴들이우? 선녀들이우?"

"해, 나도 통 분간이 가지 않는다. 해!"

정 용자는 앞에 나서며 삿대질 하였다.

"해, 네년들은 귀신들이냐?! 요괴들이냐?!"

여인들은 서로 마주 보며 한바탕 간드러지게 웃어대더니 제일 앞에 앉은 여인이 말하였다.

"우리는 두류산 반야와 마야고의 딸로서 팔 무당 선녀들이라 한다."

"해, 무당이 뭐냐?!"

"호호호 무당도 모르느냐! 무당은 귀신과 요괴를 다스리는 것을 업으로 한다."

"해, 우리 삼 형제도 귀신과 요괴를 다스리는데 어이하여 우리를 해하려 드느냐?!"

"여기 무달산은 우리들의 생계를 유지하는 지방으로서 무당산을 만들려 하는데 네 놈들이 중불나게 나타나서 요괴들을 없애버리는 바람에 생계가 어렵게 되었다."

"해, 이익을 위해 지방을 따지다니?! 이 지방은 네 년들의 것이 아니다. 이 땅 백성들의 것이다. 그런데 지방을 따지다니?!"

"인간들도 네 집 내 집이 있는데 네 지방 내 지방이 없다니? 호호호…"

"해, 이년아 그래도 서로 나들며 서로 돕고 함께 일하며 살아가는 것이 인간세상이다. 우리가 요괴를 제거하여 주었으면 마땅히 감지덕지하여야 하지 않겠느냐?!"

"호호호 우리에게 불리한데 감지덕지라니?'

"해, 말이 아니 통하는 구나. 그래 나의 아우는 어디에 있느냐?"

"벌써 두류산 청학동 삼성궁 칼도마에 올랐을 것이다. 호호호…"

"해, 이런 요망한 계집들 있나!"

정 용자는 대노하여 짓쳐 니갔다.

"형님 조심하오!"

"해, 까짓 계집들이 뭐?!"

정 용자는 앙칼진 이빨을 드러내며 수염을 뽑아 단창을 만들어 가지고 번개같이 달려드니 팔 무녀들은 흥이나 북치고 징을 울리는데 징소리는 귀청을 찢고 북소리는 망치마냥 가슴을 치는 것 같아 마음이 뒤숭숭해지고 머리는 빠개지는 것 같아 도저히 정신을 가다듬어 둔갑술을 부릴 수가 없었다.

그래서 가까스로 정신을 가다듬고 보니 수없이 날아오는 부적들이 발가벗은 미인들의 모습으로 되어 그를 에워싸고 달려드는데 창으로 찔러도 죽지 않고 마구 목과 팔에 매달려 꼼짝 못하게 그를 얽매는 것이었다. 그 양에 정 용인은 비용검을 비껴들고 질풍같이 달려 나갔다.

"우리 형님을 해치지 말라!"

정 용인의 달려 나오는 것을 발견한 팔 무녀들은 또다시 흥이 나 북치고 징을 울리며 그를 향해 부적을 뿌렸다. 정 용인은 부적들이 날려오는 것을 보고 급히 목에 십자가를 높이 쳐들고 눈을 감고 기도를 드렸다.

그러자 십자가에서 이상한 광채가 뿜기면서 날려오던 부적들이 그 빛에 놀라 부딪치듯 토막난 뱀이 몸뚱아리처럼 우글우글 꿈틀거리며 땅에 떨어지는데 팔 무녀 또한 비명을 울리며 그 자리에서 허둥대며 어찌할 바를 몰라 하였다.

그제야 정신을 차린 정 용자는 기회를 놓칠세라 정 용인이와 함께 몰아치니 팔 무녀들은 정 용축을 그대로 팽개치고 달아나기 시작하였다. 정 용자가 정 용축의 포승은 풀어주고 혈을 찔러 주자 그는 선인장을 주워들고 말하였다.

"형, 내가 나가서 저 년들을 산채로 잡아올 터이니 우리 하나씩 데리고 삽시다! 나머지는 첩으로…"

"해, 개똥 먹는 버릇 못 고친다더니…"

"체, 난 개가 아니고 여인은 똥이 아니오! 여인을 싫어하는 것이 병신이지! 짐승도 암컷을 좋아하는데?!"

"해, 너희 거시기를 뜯어 먹자는 여인도 좋으냐?!"

"허, 그야 내 몸에 붙어 있을 뿐이지 여인들 것이오!"

"해, 너?!…"

정 용자는 너무나 억이 막혀 손가락질만 하며 눈만 깜박이는데 정 용인이 백록을 끌고 오며 소리쳤다.

"요괴들이 달아나는데 무엇들 하우?!"

그제야 삼 형제는 팔 무녀들을 바싹 뒤쫓아가 몰아치는데 저쪽 하늘에서 웬 도인이 학을 타고 날아오며 학 날개로 만든 부채를 들어 겨누며 호통쳤다.

254   "웬 놈들의 반야의 딸들을 뒤쫓느냐?!"

도인은 급히 학에서 내렸다.

"해, 요괴도 가지가지구나. 넌 또 누구냐?!"

흰 학창의를 입은 도인은 학 죽지처럼 생긴 부채를 여유롭게 흔들며 삼 형제 일행을 지켜보았다. 삿갓을 쓴 갸름한 얼굴에 칼끝처럼 서릿발치는 두 눈과 반 뽐 남짓한 흰 수염은 도인으로서 그의 풍채를 더한층 돋구어 주었다.

"너희들은 웬 놈들이냐? 생김새가 이상하구나."

"해, 소신은 관세음보살님의 제자 동천공이다."

"하하하… 보살님의 제자로 자처하다니? 사사로운 일로 살생하고 싶지 않으니 어서 도망치거라!"

"해, 큰소리치는 것을 보니 아직 수도를 제대로 못한 건방진 도인이구나."

정 용자는 대노하여 양손에 단창을 걸머쥐고 반야를 향해 짓쳐나갔다. 반야는 조금도 두려운 기색 없이 맞받아 달려나와 부채를 휘두르며 정 용자와 어울려 싸웠다.

허나 반야는 정 용자의 적수가 못되었다. 불과 삼십 여 합을 싸우나마나 하여 반야는 기진맥진하여 뒷걸음치기 시작하였다. 바빠진 반야는 갑자기 대붕으로 둔갑하여 황망히 두류산 산봉으로 날아올랐다. 반야를 잡아야 한다고 생각한 정 용자는 즉시 청용으로 둔갑하여 바싹 반야를 뒤쫓았다.

"해, 어디 도망쳐."

정 용자는 기다란 아가리를 쫙 벌리며 날카로운 앞발로 도망치는 봉황을 움켜잡으려 하였다. 봉황으로 둔갑한 반야는 당황한 김에 몸을 홱 돌려 솟구치며 주린 독수리처럼 청용의 눈알을 쪼아대려고 하였다. 순간 정 용자는 입으로 뜨거운 입김을 확 내뿜었다. 그것이 불이라고 착각한 반야는 산악에 부딪치는 세찬 돌풍처럼 몸을 돌려 창황히 두류 산 협곡에 내리꽂히듯 날아 내려갔다.

정 용자는 불을 뿜어 반야를 죽일 수 있었으나 어머니 때문에 그렇게 할 수가 없었다. 그래서 반야가 몸을 돌리는 순간 모기로 둔갑하여 잽 싸게 봉황의 몸에 날아가 앉았다.

그런 줄을 모르고 반야는 절벽에 둘러싸인 폭포에 내려가 급히 한 마 리의 커다란 자라로 둔갑하여 엎드리었다. 금방 정 용자의 손에 구운 통닭이 될 뻔하였다는 생각에 반야는 두 눈만 멀뚱멀뚱거리며 동정을 살폈다.

웬 일인지 정 용자가 뒤쫓는 인기척 소리는 들리지 않았다. 그래도 그는 눈알을 코 등에 모으고 까딱 움직이지 않았다. 그 모습에 정 용자 는 터져나오는 웃음을 가까스로 참으며 자라 등에 앉아 주위를 둘러보 았다.

절벽처럼 둘러싸인 병풍 한쪽이 확 꺾인 것처럼 조그만한 두 산봉우 리 사이로 폭포수가 세찬 물보라를 날리며 쏟아져 내리고 있었다. 쳐 다보니 폭포수는 수십 길 위에서 옥을 부시며 떨어지다 첫 단에서 폭 넓은 비단결마냥 굽이치더니 곧장 아래로 쏟아져 내려 산 밑 바위 너 덜에 부딪쳐서는 산산이 부서지며 수수만 개의 구슬로 되는데 그 경관 이야말로 장엄하고 아름답기 그지없었다.

주위의 절벽 틈에는 활엽수와 소나무들이 울창하게 들어섰고 2단 폭 포 안쪽 물속에는 신기한 동굴이 있어 그야말로 신선들이 숨어 살 만 한 곳이었다.

정 용자는 주위를 둘러 본 후 그때까지 자라로 변신하여 엎드려 있는 반야의 목을 모기 침으로 살짝 쏘아 주었다. 그제야 반야는 "앗, 따가 워?!"하고 후닥닥 자리에서 일어나며 원 모습을 드러내더니 몸을 솟구쳐 어디론가 날아가는 것이었다. 이윽고 반야는 바위에 "청학동 삼성궁"이라고 쓴 골짜기의 한 초가집 앞에 내렸다.

정 용자 살펴보니 마치 반드시 자리에 누워 굽힌 사람이 양 다리처럼 솟아 한참 뻗어 내려가다가 막힌 산에는 그 어디나 푸른 소나무들이 그림처럼 우거져 있었는데 그 속으로 청학들이 푸드덕 푸드덕 날개 저으며 노니는 것이 바라보였다.

사방으로 산에 빙 둘러싸인 골짜기는 마치 가마 속처럼 깊이 팽겨져 있는데 그 중간 작은 호수에는 웬 돌 거북이 들어앉아 멀뚱하니 그 무슨 생각에 잠겨 인간세상을 살피고 있어 그야말로 바다 밑 세상인지 하늘나라 세상인지 분간하기 어려웠다.

반야의 어게에 바싹 붙어서 초가집에 들어선 정 용지는 히마터면 환성을 울리며 원형을 드러낼 뻔하였다. 그것은 정 소저가 그 어떤 여인과 마주앉아 이야기를 나누고 있었기 때문이었다. 그 여인은 흰 무명 치마저고리를 입었는데 할머니라 하기보다 젊은 아가씨에 가까운 아름다운 미인이었다.

둥근 달덩이 같이 환한 얼굴에 좀 돋을 사한 반듯한 이마 전 아래 고르게 벌여진 눈썹과 호수같이 맑은 눈매 근처에는 무어라 형언할 수 없는 부드러우면서도 서릿발 같아 감히 호락호락 범하지 못할 맑고 맑은 기품이 떠돌았다.

반야가 집에 들어서자 여인이 자리에서 일어나 정 소저에게 반야를 소개하였다.

"저의 남편 반야도인이나이다."

"정 소저 반야도인님께 문안드리나이다."

"하하하 앉으시죠. 마야부인 도대체 어떻게 된 일이나이까?"

"사실 지금까지 그 어떤 신도 우리 두류산과 무달산을 범하지 못하였나이다. 그런데 삼 형제 일행이 무주성에서 왕 요괴을 제거하여 애들이 밥통을 건들였나이다. 하여 정 소저를 산에 모셔 왔나이다.”

“그런 일로 이런 큰일을 벌리다니? 부인, 지금 정 소저의 자제들의 애들과 크게 싸우고 있소이다.”

“황송하오나 소첩이 나가 애들을 만류하려 하나이다.”

“아니, 우리 급히 갔다 오리다.”

마야는 초가집에 자물쇠를 잠그고 반야와 함께 몸을 솟구쳐 하늘에 올랐다. 정 용자는 정 소저가 무사한 것을 보고 반야의 몸에서 떨어져저 멀리 동남으로 날아갔다.

두류산이 바라보이는 한 높은 산에 이른 그는 삭정이들을 모아 놓고 부싯돌로 불씨를 얻어 불을 달았다. 마침 동남풍이 불어와 불은 세차게 불타며 검은 연기가 타래처럼 빙빙 돌면서 하늘에 솟구쳐 올랐다.

반야와 마야고 그리고 팔 무녀들은 정 용인 일행을 만나 싸움을 하려는데 갑자기 동남쪽 산에 불이 난 것을 발견하고 부랴부랴 불 끄려고 달려갔다. 그들이 달려온 것을 본 정 용자는 배를 끌어안고 깔깔 웃어댔다.

반야는 대노하여 호통쳤다.

“이 놈아 어이하여 함부로 산에 불을 놓느냐?!”

“해, 뭐라?”

정 용자는 의아한 표정을 짓고 머리를 기웃하고 물었다.

“황송하오나 이 산은 두류산도 아니고 무돌산도 아니나이다. 무슨 상관이나이까?”

한 무녀가 나서며 삿대질하였다.

“여기에 불이 우리 두류산과 무돌산으로 번지는 것도 모른단 말이냐?!”

"해, 그래서 불 끄려 왔단 말이지? 해 해…"

정 용자는 죽어라고 웃어댔다.

마야는 짚이는데 있어 허리 굽혀 보이고 물었다.

"황송하오나 뉘신지?"

"해, 해 해 관세음보살님의 제자 동천공도 알아 못 보다니? 금방 소신은 마야부인께서 저의 모친과 이야기를 나누는 것을 보았나이다. 해 해 그래, 지금도 우리가 무주성 요괴를 제거한 것이 그릇된 소행이라 생각하나이가? 지금도 내 지방 네 지방하나이까?"

"소신이 눈이 있어도 태산을 알아보지 못하였나이다. 죄송하오나 소신들의 삼 형제 일행을 두류산에 모시려 하나이다."

"해, 딩연 그래야죠! 해 해…"

정 용자는 반야 일행과 함께 불을 끄고 두류산으로 향하였다.

21회

정 용축은 종녀궁에서 봉변 당하고
정 용자는 성신녀를 알아 못 보다

　반야를 따라 두류산으로 가던 도중 정 용인 일행을 만난 정 용자는 그들을 데리고 청학동 삼성궁에 가서 정 소저를 만나보았다. 그들의 상봉의 심회를 나누는데 한 무녀가 찾아와 연회에 참석하라고 하였다.

　그들이 무녀를 따라 연회 대청에 들어서니 반야와 마야부인은 예로 극진히 대하였다. 비록 금방 싸운 뒤라 팔 무녀들과 삼 형제들은 서로 서먹서먹하고 쑥스러운 기분이 없지 않았으나 그래도 은근히 눈길이 오고가며 자못 화기애애한 분위기였다.

크고 둥근 식탁에는 노루고기와 사슴고기 회가 있는가 하면 푹 고운 토끼 탕에 통째로 구운 꿩고기와 여러 가지 두류산 과일과 산나물들이 보기 좋게 차려져 그야말로 구수한 냄새와 향기가 진동하여 지나가던 도깨비도 들어와서 앉을 것만 같았다.

"음, 음" 하고 몇 번 손을 내밀다 정 소저의 팔꿈치에 제지 당한 정용축은 커다란 콧구멍을 벌름거리며 참지 못하겠다고 연신 괴상한 군소리를 내더니 끝내 참지 못하고 손을 뻗쳐 꿩고기를 통째로 덥석 쥐어들고 물어뜯기 시작하였다.

"어험, 양해하시우. 소자 참을 수 없소이다!"

정 소저 얼굴을 붉히며 급히 자리에서 일어나 읍하고 말하였다.

"소첩이 참괴하오나 소자의 무례함을 용서하소서."

마야부인은 급히 자리에서 일어나 허리 굽혀 읍하고 "천만의 말씀이나이다. 사내대장부답나이다."하며 정 소저 자리에 앉기를 권하였다. 정 소저 자리에 앉자 마야부인은 반야를 보며 씽긋 웃어 보였다. 그리고는 술잔을 들고 나직하고도 부드러운 음성으로 입을 열었다.

"소신이 옥황상제의 명을 받고 철마 두 필과 사자 두 마리를 데리고 두류산에 하강한 지 수백 년이 넘었으나 지금까지 손님을 접대한 적은 한 번도 없었나이다. 그런데 오늘 이렇게 여러분을 만나 회포를 나누게 되었으니 실로 하늘의 뜻이 아니라 할 수 없나이다. 비록 누추한 곳이오나 허물치 마옵시고 마음껏 들고 편히 피로를 푸시기 바라나이다."

"감사한 마음 말로 그 어찌 다 표현하오리까 소첩이 술 재주는 없사오나 감사한 마음에 이 잔을 달게 비우겠나이다."

정 소저는 자리에서 일어나 마야부인과 술잔을 부딪치고 단모금에 술잔을 비웠다.

"허 허 얘들아 뭘 하느냐? 어서 술을 부어드려라! 하하하…"

반야가 수염을 쓰다듬으며 소리치자 팔 무녀들은 웃고 떠들며 앞 다투어 술을 부어 올리기 시작하였다. 턱 높은 양반집 낭자들과는 달리 오구작작 떠들며 다가와 술을 부어 올리는 그녀들의 모습은 그야말로 팔딱팔딱 뛰는 맑은 호수가의 생선 같았고 봄바람에 활짝 피어 반기는 해당화 같았다.

정 용축은 남 먼저 술과 고기를 마음껏 먹다보니 벌써 정신이 반은 나가 꿩 다리를 입에 문 채 눈이 멀뚱멀뚱해서 여인들만 지켜보았다. 그 모습에 정 소저는 너무나 민망하여 팔꿈치로 툭 정 용축을 건드렸다. 그제야 그는 꿈에서 깨어나듯 "헤헤, 왜 그러우?" 하고 정 소저를 바라보며 헤식게 웃었다.

정 소저 턱으로 마야부인을 가리키며 눈짓하니 그는 급기야 그 무엇을 깨달은 듯 "예 예 알았우." 하고 자리에서 일어나 마야부인의 앞에 풀썩 무릎을 꿇었다.

"부인?!"

마야부인은 다소 긴장되어 물었다.

"웬 일이나이까?"

"황송하오나 소자 부인의 사위가 되고자 하나이다."

너무나 어색하고 긴장한 침묵이 흘렀다. 이윽고 정 소저는 너무나 놀라고 민망하여 저도 모르게 자리에서 일어나 손으로 용축이 머리를 먼지털이 하듯 때렸다.

"아이고! 민망해라 이 미련한 자식아?! 에구 에구…"

어리둥절해 서 있던 마야부인은 느닷없이 웃음을 터뜨렸다.

"호호호…"

"하하하…"

반야도 흰 수염을 쓰다듬으며 하늘을 쳐다보며 크게 웃었다. 잇따라 팔 무녀들이 서로 마주보며 킥킥거리더니 와야 하고 배를 끌어안고 웃어대기 시작하였다. 삼 형제들도 어이없어 멋쩍게 웃는데 정 용자 참다못해 "해, 가자!" 하고 정 용축이 커다란 귀를 사정없이 잡아끌고 집 문을 나서서 팽개쳤다..

"어이구! 뭐 잘못하였다고?!"

정 용축은 쿵 하고 문밖에 나가 뒹굴면서도 욕질 하였다.

"씨, 아우 좀 계집맛 보면 죽나?! 이 쥐새끼 같은 놈아?!"

정 용축이 억울하여 씩씩거리며 엉덩이를 툭툭 털며 자리에서 일어나 다시 문을 열고 들어가려는데 한 무녀가 문을 반쯤 열고 웃으며 놀림조로 알려 주었다.

"호호 여자 생각이 나시면 이 골짜기를 따라가면 피아골 종녀궁이 있나이다. 그 곳에 가면 마음대로 여인을 다룰 수 있나이다. 호호호…"

"엉?! 그런 호박밭도 있나?"

귀 벌쭉해서 한동안 퉁방울눈을 멀뚱멀뚱 굴리던 그는 "허허, 에라 모르겠다. 한번 가보자!" 하고 선인장을 둘러메고 씨엉씨엉 산골짜기 오솔길을 따라 내려가기 시작하였다.

밤하늘은 활짝 개고 숲속에 엉킨 나뭇가지 위에는 희미한 조각달이 걸려 산이며 수풀이며 바위이며 모두 면사에 감싸인 것처럼 침침하고 몽롱하였다. 이따금 축축한 바람이 불어 늑대와 호랑이 울음소리가 매미와 부엉이 울음소리에 어울리어 들려왔다. 그래서인지 울분이 재처처럼 가슴에 잦아들었으나 그 밑에 불은 그냥 이글이글거렸다.

"속은 나보다도 더하면서 씨."

정 용축은 걸어 내려가다 조급증이 나 몸을 솟구쳐 하늘에 날아올라 내려다보았다. 저 멀리 아래 산골짜기에 여기저기에서 반딧불 같은 불빛이 반짝이는 것이 바라보였다. 오라, 저기가 바로 피아골 종녀궁 이구나! 이렇게 생각한 그는 구름을 낮추어 그곳에 내렸다.

정 용축이 불빛들을 찬찬히 살펴보니 그것은 토굴 같은 움막집에서 새어나오는 불빛이었다. 그 불빛을 따라 좀 나아가니 길가의 바위에 "피아골 종녀촌"이라고 소대가리만큼 크게 쓴 글씨가 희미하게 보였다.

허나 그 무슨 촌이라기보다 차라리 산속의 황폐한 공동묘지 같았다. 깊고 넓은 골 안에는 토막굴이 층층 계단을 이루어 촘촘히 들어앉아 있었다. 그 마을 중심에는 궁궐 같은 기와집이 한 채 들어앉아 거만하게 골짜기를 둘러보고 있었다. 아마 저 집이 종녀궁이겠다고 생각한 정 용축은 선인장을 끌고 곧게 그 기와집으로 달려갔다.

그 집문 앞에 이르러 머리 들고 쳐다보니 대문 위에 붙어 있는 주홍빛 현판에는 "종녀궁"이란 석자가 적혀 있는데 다 낡아서 희미하게 보였다. 거기서 돌계단에 올라서서 자세히 보니 어느 기둥에나 용과 기린을 그려 놓았고 추녀와 현판을 돌아가며 도금을 입힌데다 네 벽에 새긴 구렁이 조각상에까지 도금을 해서 그야말로 금빛이 현란하였다.

정 용축은 웃음주머니가 흔들흔들해서 헛기침을 "으흠" 하고 대문을 두드렸다.

"주인장 계시나이까?"

이윽고 대문이 빠끔히 열리며 웬 여인이 머리를 내밀고 물었다.

"뉘신지요?"

"황송하오나 길 가던 객이 여인 생각이 나서 찾아왔나이다."

"잠깐만요."

여인은 급히 문을 닫고 한참 있다가 다시 문을 열고 말하였다.

"성신마님께서 모셔 들이래요. 어서 드시죠."

"감사하나이다."

정 용축은 여인을 따라 집에 들어섰다.

집안은 그 무슨 절간의 대웅전 같았다. 등불이 대낮처럼 밝은 정면 벽에는 부처님이 모셔져 있는 것이 아니라 이상하게도 한 어여쁜 여인의 나체 조각상이 모셔져 있었다.

길고 부드러운 손으로 하신을 살짝 가리고 고요히 서 있는 그 여인의 다른 한 손에는 남근이 쥐어져 있었는데 흉물스러워 보이는 그 물건을 내려다보며 흐뭇이 미소 짓는 여인의 모습은 금시 살아 움직이는 것처럼 생생하고 아름다웠다.

조각상 좌편에는 바다 밑 해초 속 바위에 앉아 있는 복어 그림이 붙어 있었고 우편에는 큼직한 자라를 그린 그림이 붙어 있었나. 돼시 대가리와 여러 가지 음식들이 가득 차려져 있는 제단에는 향불이 타고 있어 그윽한 향기가 코를 찌르고 있었다. 하지만 어쩐지 집안은 어딘가 음침하고 싸늘한 기분이 흐르고 있었다.

금방 잠자리에서 일어났는지 한 여인이 몸에 주요한 부분만 가린 옷매무새로 정 용축을 맞았는데 그 여인의 모습이 조각상 여인의 모습과 똑같았다.

"황송하오나 뉘신지 이 한 야밤에…"

"소신은…"

정 용축은 그 여인의 모습에 넋이 빠져 그만 말도 잇지 못하고 굳어 버렸다.

"호호… 어디 누구신지 주요하지 않나이다. 여기 찾아오는 분들은 모두 여인들을 보고 찾아 오니간요. 그래 얼마 가져 오셨는지요?"

"얼마라니?!"

정 용축은 눈이 떼군해서 물었다.

"여인과 즐기려 하나이까? 종자를 받으려 하나이까?"

"그게 또 무슨 소리인고?"

"여인과 즐기는 데는 은자 적게 들지만 종자를 받자면 많이 드나이다."

"어허, 즐기든 종자를 받든 어이하여 사내가 은자를 낸단 말이우? 그렇게 따지면 사나이가 은자를 받아야 하지. 내 원 별소리 다 듣네. 으흠!"

정 용축은 볼 부은 소리하며 돌아앉았다.

"얘들아! 이 미친 소님을 바래주거라!"

그 여인의 호통 소리에 이 방 저 방에서 발가벗은 여인들이 우르르 쓸어 나와 그를 에워쌌다.

"이 년들아! 내가 누구인 줄 아느냐?!"

정 용축은 버럭 소리쳤다.

"호호호… 성신님 이 손님이 진짜 미쳤나 봐요. 호호호…"

여인들은 오구작작 떠들며 짜갈 사태가 쏟아지듯 까르르 웃어댔다.

"호 호 호 호… 미쳤네. 호호호…"

"어, 미치다니?!"

"그 누구든지 몸값을 내야 되나이다."

성신녀는 딱 잘라 말하였다.

"이년아, 너희들만 몸값이 있고 사내의 몸은 몸이 아니더냐?!"

정 용축은 털이 부스스한 팔뚝을 쑥 내밀었다.

"그럼, 그 몸값을 주겠다는 여인을 찾아 가도록 하세요. 이 손님을 바래여라!"

"이년아 내 몸 값은 내 목숨보다 더 비싸다. 그러니 살년도 없고 팔수도 없는 것이다. 그러니 값이 없는 네년들을 데리고 임시 놀아야겠다. 다시 말하면 변기로 이용하겠다는 말이다."

정 용축은 막무가내로 달려들었다.

성신녀는 잠깐 할 말을 잃고 멍하니 있다가 귀청이 찢어지는 소리 하였 다.

"변기 값이래도 줘야 할 게 아니나이까?!"

"이년아, 은자를 요구하는 변기를 봤느냐?! 허참, 내원!"

"우리는 변기가 아니라 사람이나이다!"

"사람이라도 변기 노릇만 하니 변기지 그 뭐 다름 있느냐? 이년들아, 어른이 좀 내싸야 하니 군소리 말고 수청 들라!"

"아이고?! 세상에…"

"으흠!"

정 용축이 장승처럼 떡 뻗치고 앉아 선인장을 슬슬 어루만지며 위엄 부리니 여인들은 기가 막혀 서로 마주보며 어찌 할 바를 몰라 하였다. 이때 성신녀가 여인들에게 눈짓하자 여인들은 일제히 요염하게 웃으며 정 용축의 몸에 감겨 치며 아양을 떨기 시작하였다. 한 여인이 달려들어가 푸짐한 술상까지 차려가지고 나오니 그제야 정용축은 노기가 풀려 입이 함지박만 해졌다.

"음, 그래. 이야말로 호박이 넝쿨째로 떨어지는구나. 하하하…"

정 용축은 여인들이 권하는 대로 술을 받아 마시며 이년 저년 마음대로 끌어안고 놀았다. 허나 얼마 가지 않아 그는 웬일인지 머리가 혼미해지고 일신이 해 나른해져 그만 그 자리에 쓰러지고 말았다. 여인들이 달려들어 밧줄로 자신을 꽁꽁 묶고 혈을 찔러 대는데도 그는 그저 눈만 멀거니 뜨고 지켜보며 발버둥 한번 치지 못하였다.

"이런 무례한 놈은 처음이야."

"호호호 이놈 덩치가 커서 잡아먹을 만하네."

"내일 점심에 잡아 기원제 제물상에 올려야겠다."

"그러 하오면 지금 이놈의 피를 먼저 받을까요?"

성신녀라 불리우는 여인은 눈을 찌푸리고 정 용축을 노려보고 있었다.

이튿날 아침 정 소저는 정 용축이 나타나지 않아 길을 떠나지 못하는데 마야부인이 간밤에 둘째 자제분이 골짜기 아래 피아골 종녀궁으로 갔다고 알려 주었다. 그러면서 피아골 종녀궁으로 내려가는 길까지 상세히 알려주면서 청학동 삼성궁 아래 골목길까지 배웅하여 주었다.

마야부인께 사례하고 정 소저는 당나귀로 둔갑한 백록을 타고 피아골 종녀궁으로 향하였다. 워낙 태백산으로 가자면 북쪽 방향으로 가야 하지만 정 용축 때문에 남쪽으로 향하는 정 소저의 마음은 불안하기만 하였다.

당나귀 고삐를 잡은 정 용인이 말하였다.

"종녀궁이란 소리는 금시초문이나이다. 둘째 형이 여인이라면 오금 못쓰니 빨리 장가보내야 될 것 같나이다."

"부모인들 왜 그런 마음이 없겠느냐. 허나 부친이 시신을 모시지 못하고 너희들을 그 어찌 장가보내겠느냐? 이 마음 타는구나."

"해, 소자는 장가 안 들겠으니 염려마소."

앞에서 길을 살피며 걸어가던 정 용자의 말이었다.

정 소저 일행은 한식경 넘어 걸어서야 피아골에 이르렀다. 그들의 마을에 들어가 보니 한 기와집 마당에 숱한 사람들이 모여 웅성거리는 모습이 바라보였다. 그 속에는 엉덩이만 간신히 가린 종녀들의 다리를 부여잡고 말똥하니 서 있는 계집애들도 있었고 종녀의 잔등에서 자지러지게 울어대는 갓난애들도 있었다.

정 소저 일행이 사람들의 속을 헤집고 들어가 앞을 내다보니 정 용축이 걸상에 꽁꽁 묶여 있고 그 곁에 시퍼런 칼과 피를 받을 함지박을 든 여인이 서 있었다. 그 맞은편 탁상에는 성신녀라 부르는 여인이 꽈리를 틀고 앉은 구렁이마냥 요염한 자세로 몸을 비꼬고 앉아 있었다. 더 주저할 사이가 없었다. 정 용자와 정 용축은 즉시 뛰쳐나갔다. 그 바람에 종녀들은 와야 하고 뒷걸음치며 술렁였다.

"호호 손님들은 여인들과 재미를 보자고 왔나요? 아니면 종자를 받으러 왔나요?"

성신녀는 흠칫 놀라더니 가까스로 정신을 차리고 물었다.

"해, 네년의 목숨을 가지려 왔다. 어째?!"

정 용자는 웃으며 머리를 기웃하였다. 그리고는 앙칼진 이빨을 드러내며 두 가닥 수염을 뽑아 단창으로 변신시켰다.

"아니?!"

정 용자의 모습에 놀란 성신녀는 급작스레 위험하고 혼란한 공포에 얼어붙어 서 있더니 갑자기 몸을 솟구쳐 하늘로 줄행랑을 놓았다.

"해, 도망치다니?!"

정 용자는 급히 뒤쫓았다.

정 용인의 덕에 풀려난 정 용축은 어느새 선인장을 찾아들고 공포에 질려 허둥지둥대는 종녀들을 마구 쳐 죽이려는데 "애야, 살생하지 말라!"하고 정 소저가 소리치는 바람에 그만 두고 씩씩거리기만 하였다. 정 용인은 급히 목에 십자가를 추켜들고 종녀들을 불러모았다.

"하늘이시여 사랑을 주소서!"

정 용인의 북소리 같은 목소리에 종녀들은 마치 마술에 걸린 사람들처럼 어리둥절해서 모여들기 시작하였다.

"여러분! 여러분은 마음대로 갖고 놀며 희롱할 수 있는 물건도 아니고 종자를 받는 도구도 아니나이다! 여러분들은 사람들이나이다! 사람이란 정신 영혼과 육체의 결합된 혼합물이나이다. 본능적 정신만 갖고 있는 짐승들도 자신의 몸을 물건이거나 도구로 삼지 않나이다. 살아가기 힘들다고 자신을 물건으로 삼다니?! 하느님은 자신을 사랑하고 남을 사랑하기를 바라나이다. 그리 되기를 기원하노라."

"고맙나이다."

종녀들은 저도 모르게 무릎을 꿇었다.

한편 성신녀는 뭉게뭉게 떠 흐르는 구름 사이를 헤치며 동해를 바라고 줄행랑을 놓았다. 정 용자가 바싹 뒤쫓자 성신녀는 급작스레 구름을 낮추어 구름 속에 잠긴 토함산에 내려 주위를 둘러보았다. 저쪽에 조그만한 샘이 바라보이었다. 다급해진 성신녀는 그 샘터에 달려가 풀썩 운무를 일으켜 원형을 드러내고 숨었다.

뒤쫓아 토함산에 내린 정 용자는 이마에 손 채양하고 여기저기 살펴보았으나 성신녀의 모습은 보이지 않았다. 너무나 감쪽같이 사라져 정 용자는 연신 머리를 기웃거리며 주위를 샅샅이 살펴보았다. 저쪽 우묵진 곳에 이상한 기운이 감돌아 그는 "해," 하고 다가가 보았다.

재 빛나는 바윗돌이 어머니의 젖가슴마냥 봉긋하게 솟았는데 그 밑에서 샘물이 돌틈으로 솟구쳐 올라 함지박만 한 샘을 이루고 있었다. 그 속에는 흡사 채로 친 사금인가 맑디맑은 진주알인가 싶은 고운 모래와 하얀 돌자갈이 있었는데 그 곁에 웬 복어가 숨어 있었다. 얼핏 보아서는 돌덩이 같았으나 눈여겨보니 숨을 쉴 때마다 알릴락말락한 포말이 일었다.

"해, 이게 뭐지?"

정 용자는 복어를 쥐어들고 보았다. 난생 처음 보는 물건인지라 정 용자는 알 수가 없었다. 숨어 있는 물건 같았으나 얼룩덜룩한 무늬가 있는 단단한 껍질 속에서 그 어떤 놀라움도 움직임도 숨소리도 없었다.

"해, 괴이한데? 여하튼 목을 적시고 보자."

이렇게 생각한 정 용자는 복어를 호주머니에 쑥 밀어 넣고 무릎을 꿇고 엎드리어 게걸스럽게 샘물을 들이켰다. 한 모금 들이켜니 정신이 번쩍 나고 두 모금 들이켜니 막혔던 가슴 둑이 탁 터지는 듯 시원해지고 세 모금 들이켜니 전신에 힘이 솟아 짚은 산을 그대로 들어 안을 것만 같았다.

그 바람에 정신이 맑아진 정 용자는 토지 신을 불러 물어보면 모든 것을 알 수 있다는 생각에 주문을 외워 토지 신을 불렀다. 이윽고 풀썩 안개 같은 운무가 솟으며 그 속에서 긴 지팡이에 조롱박을 단 토지 신이 모습을 드러내고 정 용자를 향해 읍하고 물었다.

"동천공께서는 무슨 일로 소신을 불렀나이까?"

"해, 여기는 무슨 산이지?"

"예, 여기는 사시장철 바다의 정기를 받아 삼켰다 토하는 토함산이나이다."

"해, 이 샘물이 신기하구나, 무슨 샘물이냐?"

"하늘, 바다, 땅의 정기가 이 산에 모여 솟는 샘물이라 생명수라 하나이다."

"해, 그렇다면 여기에 큰 절을 짓도록 해라."

"알겠나이다."

토지 신은 허리 굽혀 읍하고 정 용자의 기색을 흘끔흘끔 훔쳐보며 말을 이었다.

"소신은 이만 물러가겠나이다."

"해, 가다니?! 피아골 종녀궁 성신녀가 여기에서 감쪽같이 사라졌다. 그년이 어디에 숨었느냐?"

"……."

토지 신은 난감한 표정을 짓고 머뭇머뭇거리며 정 용자의 호주머니를 훔쳐보더니 그 무슨 위협을 느낀 사람처럼 갑자기 숨소리 죽이며 저쪽 조그만한 산봉우리를 가리키며 말을 이었다.

"저기 저기 가면 두 신선이 지금 장기를 두고 있나이다. 그 신선들과 물어보시면 알려 줄 것이나이다. 그럼 소신은 이만 물러가나이다."

토지 신은 정 용자의 대답도 기다리지 않고 풀썩 운무를 일으키며 땅 속에 숨어버렸다.

"해?!" 하고 정 용자는 토지 신의 사라지는 모습을 지켜보다 급히 몸을 솟구쳐 두 신선을 찾아갔다.

한길 남짓한 바위 돌을 마주하고 뭉게뭉게 피어오르는 구름을 방석으로 삼아 깔고 앉은 두 신선은 장기판에 정신이 팔려 정 용자가 다가오는 줄도 모르고 있었다.

길고 흰 수염을 문지르며 서로 장기판만 목 박아보는 두 신선 사이에는 금시 터질 것만 같은 긴장감이 돌았다. 이윽고 한 신선이 장기 쪽을 높이 쳐들고 "장훈아!' 하고 벽력 같은 소리를 치며 장기판을 내리치는 순간 그 신선이 잡았던 장기 쪽이 장기판에서 데굴데굴 굴러 떨어졌다. 그러자 두 신선은 금시 감전이나 된 듯 굳어져 마주 지켜보더니 갑자기 하늘을 우러러 대소하였다.

"하! 하! 하!… 이 땅에서 태어난 장수가 천하를 통일하겠구려!"

"하하하…"

"해, 네놈들은 신선들이냐? 요괴들이냐?"

정 용자의 호통 소리에 두 신선은 깜짝 놀라 머리를 돌렸다. 정 용자를 바라보던 두 신선은 황급히 자리에서 일어나 읍하고 아뢰었다.

272

"소신은 복성이라 하고 이 분은 록성이라 하나이다.

"소신, 록신이 동천 공님께 문안드리나이다."

이전에 관세음보살님의 제자로 있는 기간 그들의 말을 들은 적이 있는 정 용자는 의아해서 물었다.

"해해 자네들이 동해바다 봉래 섬 백운동굴 밖 소나무 그늘에서 바둑을 곧잘 둔다고 들었는데 오늘은 왜 토함산이지?"

"자고로 토함산은 신들이 놀이터이나이다. 헌데 동천공은 어인 일로 토함산에 왕림하였나이까?"

"해, 피아골 성신녀를 쫓아왔는데 여기서 감쪽같이 사라졌단 말이다. 분명 너희들의 소행이다."

"아니?!"

"그럴 리가?!"

두 신선은 억이 막혀 어리둥절해서 정 용자를 바라보다 무심결에 그의 호주머니에 숨어 있는 성신녀를 발견하고 서로 마주보며 의미심장하게 피씩 웃었다.

"해, 웃다니?!"

정 용자는 머리를 기웃하고 연신 눈을 깜박였다.

"그 누구도 말해줄 수 없는 곳에 있으니 동천공은 정 소저를 찾아가 물어 보시오."

"소신들은 그만 일이 있어 하직하겠나이다."

"해," 정 용자는 구름을 타고 멀어져가는 두 신선을 바라보다 "해, 이상한데?" 하고 몸을 솟구쳐 피아골로 향하였다.

정 용자 피아골에 돌아와 보니 종녀들은 여기저기에서 보따리를 싸 메고 끼리끼리 모여들어 살길을 찾아 흩어져 떠나는데 정 소저 일행은 모닥불 곁에 앉아 정심을 먹고 있었다. 정 용자의 사실 경과를 들은 정 소저는 유심히 그를 지켜보더니 다짜고짜 정 용자의 호주머니를 뒤지었다. 이윽고 정 용자의 호주머니에서 복어를 살펴보던 정 소저는 사정없이 복어를 모닥불에 던졌다. 그러자 불길 속에서 아우성 소리와 함께 성신녀가 몸부림치며 불타고 있었다.

정 용자는 적이 놀란 표정을 짓고 물었다.

"해, 모친께서 어떻게 소자의 호주머니에 요괴이 숨은 것을 알았나이까?"

"네가 요괴를 호주머니에 숨기고 물어보니 누가 감히 알려주겠느냐?"

"허허 그게 참 희한하게 생겼다."

정 용축은 불속에서 구수한 냄새를 풍기는 복어를 꺼내 들고 보더니 주저 없이 입으로 뜯어 물고 우물우물 씹어 삼켰다.

"어이구! 천하 제일미로구나!"

정 용축이 환성을 울리며 "뿡!" 하고 방귀를 뀌니 지독한 냄새가 진동하며 요사한 기운이 정 용축이 밑구멍에서 빠져나와 달아나는 것 같았다.

"해, 너처럼 난잡한 놈들 때문에 성신녀의 음기가 의연히 천하에 남겼구나."

정 용자는 삿대질하며 한숨을 내쉬었다.

22회

정 용축은 억지로 음식을 구걸하고
이비하는 상아덤에서 정견모주를 만나다

삼 형제 일행은 북쪽으로 향하여 가야 했으나 첩첩산중이라 부득불 길을 따라 남쪽으로 가다가는 동쪽으로 가고 북쪽으로 가다가는 남쪽으로 가는 일을 피면할 수가 없었다. 때로는 길을 잃고 원점에서 더 남쪽으로 나아갔을 때도 있었다.

비록 정 용자가 하늘에 솟아 길을 살피고 와서 길을 인도하였으나 한 번만 길을 잘못 선택하면 방향을 바로잡기란 쉬운 일이 아니었다. 이렇게 며칠 산중에서 길을 재우치다 보니 정 소저는 지칠 대로 지쳤고 먹을 것이 떨어져 배고파 도무지 참을 수가 없었다.

"애들아 아침 요기를 적게 하여 그런지 배고파 허기증이 난다. 여기서 잠깐 쉬고 가자."

정 소저는 나귀 등에서 내리며 말하였다.

"해, 소자 점심 요기꺼리를 얻어 오리다."

"큰형님이 그 어찌 매번마다 고생하겠나이까? 이번에는 소자 갔다 오려 하나이다."

"그 뭐? 고생이라고?! 제가 갔다 오리다!"

용축이 더럭 볼 부은 소리하였다.

"해, 응 응 갔다 와 와!"

용자는 연신 턱을 쳐들고 까닥거리며 눈을 흘겼다.

"둘째야, 넌 매번마다 사단을 일으켜 근심이구나."

"어머님, 용자는 먹을 것을 얻으러 가서 우선 제 배부터 터지게 채우고 가져오나이다. 그리고 고까짓 것 가져와 이 용축이 배를 채우지 못하나이다. 하오니 윤허하여 주소서?!"

"해, 뭐라? 저, 저게?!"

"그럼, 급히 갔다 오거라."

정 소저의 분부가 떨어지자 정 용축은 입이 헤해서 몸을 솟구쳐 하늘에 올랐다.

정 용축이 근두운으로 상서로운 구름을 잡아타고 구름 아래 산천을 두루 살펴보니 들쑹날쑹 솟은 산봉들과 말뱀같이 구불구불 주름잡아 갈기갈기 뻗은 골짜기마다 올망졸망 마을들이 자리 잡고 있는 것이 바라보이었으나 모두 허름한 초가집들이어서 별로 먹을 것이 풍족해 보이지 않았다. 그래서 보다 더 멀리 날아가며 살펴보니 저 멀리 남해가 보이는 한 마을에 용의 잔등 같은 기와집이 있는지라 서서히 구름을 낮추어 그 기와집 마당에 내렸다.

때마침 점심 때가 가까워 기와집 문으로 향기로운 기름내가 진동하는데 앞배가 불룩한 주인장이 뒷짐을 쥐고 이목구비가 단정하고 준수하게 생긴 웬 젊은 사람과 이야기를 나누고 있었다. 갑자기 나타난 정용축을 발견하고 그들이 놀라 멍해 있는데 정 용축은 허리를 굽혀 읍하고 입을 열었다.

"황송하오나 길 가던 객이 배고파 먹을 것을 좀 얻으러 왔나이다. 사정이 급하니 빨리 주시기를 바라나이다."

"아니?!"

뚱뚱한 사람이 어기찬지 대통으로 삿대질만 하며 머뭇거리더니 대노하여 부르짖었다.

"구걸해도 유분수지! 그래, 네 놈이 우리 집에서 무슨 일을 했느냐?! 아니면 네 놈한테 무슨 빚을 졌느냐?! 아니면 우리가 네 놈에게 먹을 것을 주어야 할 무슨 이유래도 있단 말이냐?!"

"어허, 이 양반아! 배고프다는데 무슨 이유가 더 필요하냐?! 이 세상에서 네 혼자 잘 먹고 잘 살겠느냐?! 잘살면 베풀 줄을 알아야지. 주기 싫다면 내 손으로 가져간다."

정 용축은 말을 마치고 곧게 집안으로 달려들어갔다.

집안에는 이미 진주성찬들이 한상 가득 차려져 있었다. 정 용축은 집안의 시녀들의 놀라 아우성치든 말든 비단 보자기에 먹을 것을 닥치는 대로 싸들고 돌아섰다. 닭다리를 우직우직 씹으며 걸어 나오던 그는 황망히 달려 들어오는 주인장을 발로 차 버리고 막 계단을 내려서는데 마당에 서 있던 젊은 사람이 그의 앞을 막아서며 읍하였다.

"소인은 구지산(김해 구지산) 이비라 하나이다. 보아하니 보통 사람 같지 않은데 어이하여 백주에 강탈하나이까?"

"강탈이라니?! 가난한 집이 아니고 부잣집 것을 가져가는데 강탈이라니?! 부자놈들은 가난한 사람들의 피땀으로 재산을 모은 것이거늘 그 어이 강탈이라 하느냐?!"

"아니나이다. 조상들이 부지런히 일하여 모은 재산이 아니면 본인들이 피땀으로 모은 재산들이나이다. 하오니 동전 한 푼 강탈하여도 아니 되나이다. 주인장께 사죄하고 물건을 되돌려주시기 바라나이다."

"난 그런 말장난이거나 겉치장 예를 차릴 사이가 없다!"

정 용축은 몸을 솟구쳐 하늘로 날아올랐다.

"도망치다니?!"

이비하도 잇따라 몸을 솟구쳐 정 용축을 뒤쫓았다.

이비하가 뒤쫓아오는 것을 발견한 정 용축은 음식 보따리를 뒤 잔등에 애기 업듯 둘러매고 내 꼬리 봐라 하고 줄행랑을 놓았다. 허나 도망치기에만 여념하다 보니 그만 길을 잃고 말았다. 그래서 정 소저 일행을 찾느라고 허둥대는데 어느새 뒤쫓아온 이비하가 쇠부채를 휘두르며 달려들었다. 정 용축은 방법 없이 선인장을 추켜들고 이비하와 싸우지 않으면 안 되었다.

"이놈아, 내가 네 놈이 두려워 도망치는 줄 알았느냐?! 넌 오늘 죽었다!"

"허허, 이 이비하는 불우함을 보고는 죽어도 못 참는 사람이다. 그래 목을 내놓겠느냐? 아니면 보따리를 내놓겠느냐?!"

"목을 내놓으면 놓지 보따리를 내놓을 수 없다. 내 보따리를 더 무겁게 하지 말고 어서 썩 물러가라!"

"말이 영 안 통하는 무지막지한 놈이구나!"

이비하는 쇠부채를 감아쥐고 구렁이 숲을 가르듯 덮쳐 드니 정 용축은 선인장을 추켜들고 부엉이 쥐를 덮치듯 마주 달려나가 싸웠다.

정 용축이와 이비하는 백여 합을 어울리어 싸웠으나 좀처럼 승부가 나지 않았다. 허나 정 용축은 싸울수록 힘이 솟구쳤고 이비하는 싸울수록 맥이 빠졌다. 그래서 틈을 노려 도망치려는데 갑자기 정 용축이 선인장이 이비하의 종아리를 겨누고 날아들었다.

이비하는 급한 김에 몸을 솟구치며 쇠부채로 막았다. 그것은 흡사 머리에 떨어지는 몽둥이를 버들가지로 막는 것과 같아 선인장은 쇠부채를 비껴 이비하의 다리를 쳤다. 다리를 상한 이비하는 번개같이 쇠부채를 모래로 변신시켜 정 용축의 면상을 겨누고 뿌렸다.

"억!"하고 정 용축이 눈을 싸안고 비벼대는 순간 이비하는 쏜살같이 구름을 낮추어 우두산에 내렸다. 상한 다리로 간신히 바윗돌을 딛고 서서 둘러보니 만물상이 모두 바위로 굳어져 있는 듯한 산봉우리 바로 눈앞에 웬 여인이 제물상을 차려놓고 서 있었다.

금방 동산에 동실 솟은 달님이라 할까? 해쓱한 얼굴에 겁을 먹고 떠는 양이 흡사 무궁화 한 송이 바람에 떨고 있는 것과 같아서 이비하는 한동안 얼없이 바라보다가 급기야 꿈을 깨듯 그 여인을 향해 정중히 허리를 굽혀 읍하고 말하였다.

"구지봉 천신 이비하라 하나이다. 하늘에서 싸우다 상하여 쫓기는 몸인지라 그만 제신을 놀래 우고 낭자를 놀라게 하여 죄송하기 그지없나이다."

"……."

여인은 그저 물끄러미 바라보기만 하였다.

이비하는 말을 마치고 걸음을 떼었으나 저도 모르게 비명을 지르며 다리를 부둥켜안았다. 이제 더 멀리 도망칠 수 없다고 생각한 이비하는 하늘을 쳐다보고 흠칫 놀라더니 그 자리에서 자그만한 거북으로 둔갑하여 바위틈으로 찾아 기어 들려고 버둥버둥 거리며 안간힘을 다 썼다. 그 모습을 지켜보던 여인은 급히 다가가 치마폭에 담아 안고 주위에서 제일 크고 깊은 바위틈에 거북이를 밀어 넣어주었다.

이윽고 뒤쫓아온 정 용축은 여인을 발견하고 호통쳤다.

"네 년도 이쁘게 생기었으니 요괴가 분명하구나!"

"……."

여인은 겁먹은 눈으로 그저 바라보았다.

"입이 붙었느냐?!"

"소녀는 요괴가 아니라 정견모주라 하나이다."

"정견모주?!"

"예."

"금방 다리를 상한 요괴가 여기에 내렸는데 못 보았느냐?!"

"요괴라니요?! 소녀 요괴를 보았다면 여기에 이렇게 있을 수 있나이까?"

"저 술상을 보니 금방 그 놈과 술까지 마시고 모른다고 하다니?!"

"황송하오나 그것은 술상이 아니라 제물상이나이다."

"제물상이라니? 남편이 죽었더냐?"

"아니나이다. 소녀 보매 우두산 아래 백성들이 연연히 홍수와 가물 그리고 온역에 시달리기에 하늘에 보다 좋은 터전과 재해 없는 좋은 세월을 마련하여 주시기를 기원하여 차린 제물상이나이다."

"하하하… 소 웃다 구레미 터진다더니? 요괴가 무슨…"

정 용축은 하늘을 쳐다보며 대소하였다.

정견모주는 하도 어이가 없어 머리를 돌렸다. 그리고는 조금도 개의치 않는다는 듯이 정 용축을 무시하고 하늘에 술을 부어 올리고 절을 하였다. 그것은 마치 나비가 꽃송이에 내려앉는 듯 우아하고 아름다웠다. 이윽고 그녀는 고요히 두 손을 합장하고 하늘을 우러러 기도를 드리었다. 두 눈을 살포시 감고 입속으로 기도를 드리는 그의 모습은 말할 수 없는 숭고함과 간절함이 넘쳐나 채색빛 광이 뿜기었다.

우두산 상아 덤에 활짝 피어난 한 떨기의 국화꽃처럼 맑고 부드러운 빛을 뿌리는 그의 모습은 노을마냥 살아 움직일 것만 같은 만물상들의 마음을 진정시켜 줄 뿐더러 산천을 아름답게 물들이는 것 같았다.

그제야 정 용축은 웃음을 거두며 새삼스러운 듯이 정견모주를 바라보았다.

하늘을 주시하는 정견모주의 호수 같은 그윽하고 맑은 눈, 날씬한 몸매에 달덩이 같은 얼굴, 버들잎 같은 눈썹에는 푸른 안개가 서린 듯하고 빨간 앵두처럼 볼록한 입술은 끝없는 사랑과 착한 마음씨로 넘쳐 있었다.

나의 눈에 예쁘고 착해 보이는 여인은 모두 요괴들이었어. 이렇게 생각하는 정 용축의 마음에는 의심과 위구심이 뒤범벅이 되어 어찌 할 바를 모르게 하였다.

아무리 우둔한 짐승도 한번 빠진 웅덩이에는 빠지려고 하지 않는 법이다. 그렇다고 마구 달려들어 잡아 죽이고도 싶지 않았고 공연히 뒤숭숭해지며 자석처럼 끌려가는 마음 또한 다잡을 수 없었다. 그래서 그는 이비하를 찾아야 한다는 생각도 빨리 돌아가야 한다는 생각도 망각하고 넋이 나간 사람처럼 서있었다.

이윽고 정견모주는 태연하게 대나무 바구니에 제물들을 주워 담아들고 산 아래로 걸음을 옮기었다. 정 용축은 잠깐 주저하다 저도 모르게 급히 뒤따라갔다. 정견모주는 걸음을 재우치다 가끔 머리를 돌려 정 용축이 뒤따라오는 것을 보았으나 별로 개의치 않는 듯 발걸음만 재우쳤다.

정 용축이 선인장을 둘러메고 여기저기 기웃거리며 한참 뒤따라 산 아래로 내려가니 산 중턱에 자그만한 초가집이 포근히 자리 잡고 있는 것이 나타났다. 정 용축은 어슬렁어슬렁 초가집에 다가가 창호지를 손가락으로 구멍 내고 집안을 들여다보았다.

집안에서 정견모주는 밥상을 차리고 있었다. 고사리와 도라지 채에 노루고기 한 접시, 듬뿍 담은 밥사발에 물 한 그릇, 그 곁에 놓인 술 주전자, 그야말로 군침이 절로 도는 밥상이었다. 밥상을 다 차려 놓은 정견모주는 방으로 들어가더니 웬일인지 다시는 나오지 않았다.

창호지에서 눈을 뗀 정 용축은 입이 떡함지가 되어 제 좋은 생각을 하였다. 허, 이거 분명 나더러 먹으라는 게 아닌가? 아무렴, 먼저 먹는 놈이 임자지. 이렇게 생각한 정 용축은 주저 없이 문을 떼고 들어가 장승처럼 밥상에 뻗치고 앉아 짐짓 "음, 음"하고 헛기침 몇 번하고 술부터 마시기 시작하였다.

술 한 잔 마시고 나서야 부지 중 술에 몽혼 약을 타지 않았을까하는 생각이 벌떡 들었다. 그래서 눈을 딱 부릅뜨고 껌벅껌벅거리며 무슨 반응이 있는가? 기다려 보니 별다른 느낌이 없는지라 정 용축은 시름 놓고 먹어대기 시작하였다.

허기진 배에 술이 들어가자 기분이 좋아졌다. 더욱이 정견모주가 자기에게 사랑의 마음이 있어 술상을 차려 주었다고 생각하니 마음은 파도치는 바다처럼 출렁이어 도무지 진정할 수가 없었다. 에 헤라, 좋다! 그는 흥이 절로 나 엉덩이를 움쭉움쭉하며 젓가락으로 상을 두드리며 괴상한 소리로 흥얼거리었다.

허나 방에서는 아무런 인기척도 나지 않았다.

"낭자, 낭자…"

그는 낭자를 부르며 귀를 숨소리를 죽이었다. 방에서 아무런 반응도 없자 그는 피씩 웃고 입을 열었다.

"낭자의 마음 다 알아. 허 그 뭐 부끄러워?"

하고 정 용자는 제풀에 어깨를 으쓱하고 바지춤을 추스르며 말하였다.

"낭자, 내손에서 빠져 못나가. 낭자는 내거란 말이야. 내 이제 들어갈까? 히히…"

이때, 정견모주는 상아덤으로 되돌와 있었다. 정 용축을 유인하여 술상에 붙잡아 둔 후 방문을 열고 살그머니 빠져 나왔던 것이었다.

정견모주는 자신이 숨긴 거북이를 찾았다. 허나 돌바위의 틈에 손을 넣어 아무리 더듬어 보아도 거북이는 손에 잡히지 않았다. 안달이 난 정견모주는 여기저기 뒤지며 거북이를 찾아보았으나 웬일인지 그림자도 찾아볼 수 없었다. 다리를 상한 이비하의 모습이 떠올랐다. 부지중 얼굴이 화끈 달아올랐다. 이처럼 미묘한 감정을 느껴보기는 처음이었다.

'하늘이 소녀에게 보내신 사랑의 인연이 아닐까?'

이렇게 생각하니 죽을 것처럼 안타까워 도저히 가만 있을 수가 없었다.

"거북아, 거북아 머리를 내 놓아라 만약 머리를 내놓지 않으면 구워서 먹으리."

순간, 바윗돌 아래 틈새로 오색 광채가 뿜겨져 나오면서 거북이가 머리를 내밀었다. 형언할 수 없는 기쁨에 잠긴 정견모주는 하늘을 우러러 두 팔을 벌려보이고는 눈물이 글썽하여 거북이를 쥐어 치마에 받으려고 하였다.

거북이는 목을 기웃하고 정견모주를 쳐다보며 물기 어린 작은 눈을 띠룩띠룩거리더니 풀썩 운무를 일으키며 의젓한 이비하의 모습을 드러내는 것이었다.

그 양에 정견모주의 커다랗게 뜨인 눈은 깜박일 줄도 잊은 듯이 황홀한 눈으로 이비하를 지켜보고 있었다. 이비하는 예를 갖추어 그에게 사례하여야 한다는 것도 까맣게 잃고 정열이 들먹거리는 눈으로 홀린 듯 마주보았다. 정견모주의 온 정열과 사랑이 한꺼번에 모인 그 눈을 지켜보던 이비하는 어디에서 그런 용기가 났는지 덥석 정견모주를 껴안았다.

이때였다. 정 용축을 찾아 동분서주하던 정 용자는 우두산 상아덤에서 웬 남녀가 한 쌍이 나비가 춤추듯 술래잡기하는 것을 발견하고 급히 구름을 낮추어 상아덤에 내렸다. 갑자기 나타난 정 용자의 모습에 이비하와 정견모주는 깜짝 놀랐다. 허나 그것은 잠깐 사이였다. 이비하는 놀란 가슴을 진정하고 상한 다리를 절뚝이며 앞에 나서며 정중히 허리를 굽혀 읍하였다.

"황송하오나 뉘신지?"

"해, 시간이 없다. 소대가리처럼 생긴 사람을 못 보았느냐?!"

정견모주는 급히 나서서 말하였다.

"소녀의 집에서 술을 마시고 있는 줄로 아나이다."

"해, 술?!"

정 용자는 머리를 기웃하고 연신 눈을 깜박이며 정견모주를 쏘아보았다. 요괴의 집에서 술을 마셨다면 벌써 몽혼 약에 쓰러졌을 게 아닌가? 이렇게 생각하며 정견모주를 살펴보니 인간 같기도 하고 신선 같기도 하였다. 바로 그때, 때마침 정 용축이 정견모주를 부르며 달려오고 있었다.

"낭자?! 낭자 어디 있우?!"

선인장을 손에 들고 여기저기 둘러보며 정견모주를 찾던 정 용축은 세 사람이 마주 서 있는 것은 발견하고 허둥지둥 달려오더니

"이 여인은 요괴가 아니라 나의 낭자우!" 하고 다짜고짜 정견모주의 손목을 잡아끌었다. 정견모주는 사정없이 손목을 홱 채며 그를 밀쳤다. 그 바람에 엉덩방아를 찧은 정 용축은 정견모주를 손가락질하며 소리쳤다.

"형님, 저 여인은 내거우."

"해, 자식."

정 용자는 다가가 정 용축의 큼직한 귀를 사정없이 잡아당겼다.

"해, 빨리 가자!"

"아 개개 저 여인은 나에게 맘이 있단 말이우."

"해, 너에게 맘이 있다고?!"

"아 개개, 정말이우."

정 용축은 눈알을 희번덕거리었다.

"무슨 근거로 너에게 마음이 있다고 하느냐?"

"저 여인은 나에게 수상을 차려주었단 말이우."

"왜?!"

"어이구! 참, 나에게 맘에 있으니 그런 거지!"

"해, 마음에 들면 술상을 차려주느냐?!"

"그럼, 미워서 술상 차려주오?!"

"해, 미운 놈 떡 준다. 빨리 가자!"

"아 개개… 간다. 가."

정 용자는 정 용축의 귀를 틀어잡고 몸을 솟구쳐 하늘로 날아올랐다.

23회

정 용자는 부악산에서 함정에 빠지고
관세음보살은 약사여래상을 그리다

삼 형제 일행은 험한 산과 골짜기를 피해 에돌며 며칠간 걷고 걸어 어느 한 넓은 벌에 이르렀다. 그 벌은 세숫대야처럼 평평한 벌은 아니고 구릉성 산지와 언덕으로 이루어졌는데 저 멀리 평야에는 큰 강이 갈지자로 흐르고 있었고 그 양안 무성한 갈대숲은 바람에 설레일 때마다 괴상한 비파소리를 내고 있었다.

강물은 호수처럼 맑고 아늑하여 물오리 떼들의 떼를 지어 헤엄치고 이따금 바라보이는 어부들의 작은 배는 햇빛 넘치는 수면에서 살같이 오락가락하다 갈대숲으로 사라지곤 하였다. 그 양안으로 움막 같은 초가집이 군데군데 보이는데 때마침 작살을 든 한 늙은 어부가 마주 걸어오고 있었다. 어부를 만난 삼 형제 일행은 정중히 예를 갖추어 허리를 굽혀 보이는데 어부는 도리어 겁에 질린 듯 멍하니 서 있었다.

정 소저가 먼저 입을 열었다.

"소첩이 길을 몰라 방황하던 중에 귀인을 만나 기쁨을 감출 수가 없나이다. 여기가 어디이고 이 강은 무슨 강이라 하나이까?"

"어, 어 예 예…"

어부는 황황한 눈길로 삼 형제 일행을 둘러보다 겨우 입을 열었다.

"여기는 다벌(대구)이라는 곳이고 이 강은 갈대숲에서 비파소리가 난다하여 금호깅이라 하는데 저 멀리 시남쪽에서 횡신강(낙동깅)과 합류하나이다. 그런데 길손들은…."

"우리는 북두칠성 아래 태백산으로 가는 길손들이나이다. 여기서 숙박을 정하고 배불리 먹고 한잠 푹 자야겠는데 그럴만 한데 있으면 알려주시오."

정 용축이 불쑥 한 마디 하였다.

"황송하오나 여기는 지금 집집마다 온역이 돌아 초상집이라 숙박을 정할 수가 없나이다."

"온역이라니요?! 치료하면 능히…"

정 소저의 말에 어부는 한숨을 길게 내쉬며 알려주었다.

"여기는 워낙 살기 좋은 고장이었소이다. 그런데 어느 때부터인가 곰처럼 생긴 중들이 여덟 명이나 나타나 원래 있던 중들을 모조리 내쫓고 산에 운거한 후부터 웬일인지 약초 캐러 간 효자들은 살아 돌아오는 자가 없나이다. 하여 사람들은 저 부악산을 팔곰산이라 부르며 산에 들어갈 엄두도 못 내나이다."

"해, 팔곰산으로 가자면 어느 길로 가야 하나이까?"

"하느님 맙소사! 손님들 죽자고…"

"이 강을 건너야 된다면 은자를 드릴 터이니 건너 주시우다."

정 용인의 말에 어부는 두려움에 어찌할 바를 몰라 하는데 정 용축이 큰소리쳤다.

"어서 건너 주시우! 배고파 죽겠나이다."

"예, 예."

그제야 어부는 연신 허리를 굽혀 보이더니 그들을 데리고 강가에 가서 배에 태워 주었다. 배는 잠깐 사이에 건너편 언덕에 닿았다. 정 용인은 어부가 요구하는 대로 품삯을 푼푼이 계산해 주니 어부는 또다시 신신당부하는 것이었다.

"손님들이 만약 악한 중들을 제거하면 이 고장 백성들의 은공들이나이다. 허나 부디 조심하소서."

"고맙소이다."

정 용인은 허리를 굽혀 답례하였다.

강가에서 당나귀로 변신한 백록을 타고 가던 정 소저는 점점 가까이 다가서는 산기슭을 바라보고 근심되어 말하였다.

"용자야 웬일인지 심히 불안하구나. 조심해야겠다."

"해, 모친께서는 근심마소서. 소자 올라가 살펴보고 오리다."

정 용자는 말을 마치고 몸을 솟구쳐 하늘에 날아올라가 조각구름을 잡아타고 산세를 살펴보았다.

두 백용의 꼬리치는 듯 두 강이 만나는 곳에 우뚝 멈추어 구름 위에 치솟은 산은 산에 산이 잇닿았고 봉에 봉이 겹치어 굽이굽이 산맥을 주름을 잡아나간 것이 흡사 구만리 장청을 비상하던 대붕이 큰 날개를 접으면서 둥지에 내려앉는 것 같았다.

첩첩한 장산에는 어디나 오동나무와 대나무 숲으로 무성하고 산악에 솟은 괴석은 벼랑에 드리웠고 안개 자욱한 침침한 골짜기로부터 요란하게 흘러내리는 벽계수는 은실마냥 유유히 내뻗어 실뱀마냥 꿈틀거렸다. 비록 산세는 웅장하고 아름다웠으나 동쪽으로 몰려오는 해풍과 음기를 막아주는 산봉들은 묵묵히 운거하여 있는 산신들 같아 부질없이 등골이 섬짓해졌다.

"해, 요괴가 있어도 범상치 않는 요괴겠구나."

정 용자는 근심되었으나 되돌아와 예사롭게 말하였다.

"해, 별 이상이 없나이다."

"그런데 왜 이렇게 마음이 떨리지?"

"근심 미 시우!"

정 용축이 앞가슴을 뻗치고 탕탕 치며 큰 소리쳤다.

"웬 일인지 이상한 느낌이 드나이다. 어머님, 조심하셔야 하나이다."

당나귀 고삐를 쥔 정 용인이 머리를 돌리고 말했다.

삼 형제 일행이 근심하며 골짜기에 들어섰을 때였다. 자고로 산이 높으면 도깨비가 있고 골짜기가 험하면 귀신이 있다고 산골짜기 어귀를 지키고 있던 요괴는 벌서 삼 형제 일행이 산에 들어서는 것을 발견하고 졸개 요괴에게 대왕님께 급히 고하라 분부하였다. 그리고 자신은 음산한 바람을 타고 골짜기에 숨더니 몸을 번뜩여서 미녀로 둔갑해서 한 손에는 갈퀴를 쥐고 다른 한 손에는 바구니를 들고 급히 삼 형제 일행을 따라가며 소리쳤다.

"여보세요?! 소녀도 함께 데리고 가세요!"

정 소저는 당나귀를 멈추라 하고 뒤돌아보며 말하였다.

"애들아, 웬 낭자가 뒤쫓아오지 않느냐?"

그러자 정 용축이 버럭 소리쳤다.

"요괴가 분명하나이다. 상관 마시우."

"해." 하고 정 용자는 머리를 기웃하고 연신 눈을 깜박이더니 의아한 표정을 짓고 "요괴?"하며 웃었다.

정 용인은 눈을 찌푸리고 쏘아보다 물었다.

"낭자는 어디로 가시는지요?"

"황송하오나 할아버지가 온역에 걸려 약초 캐러 떠났으니 제발 함께 데리고 가 주세요. 산에 요괴들이 있어 그러나이다."

"거짓말 말라! 네년이 요괴인 줄 내가 모르는 줄 아느냐?! 이 선인장으로 박살내기 전에 썩 물러가지 못할고?!"

정 용축이 선인장을 추켜들고 무섭게 달려들었다.

여인이 짐짓 "요괴라니요?!" 하고 겁기에 질린 척 오돌 오돌 몸을 떠니 정 소저는 정 용축을 책망하였다.

"둘째야, 너는 여인만 만나면 오금을 못 쓰더니 오늘은 만나자마자 요괴라고 야단이냐?"

"이 여인은 제가 만난 여인들과 티끌만치도 다른 점이 없소이다! 요염하게 생긴 얼굴에 저, 저 짐짓 가련한 상을 짓는 꼴을 보시우?!"

"너희 눈에는 인젠 여인이면 다 요괴로 보이는 모양이구나. 공연히 생사람 잡겠다."

"해, 너희 눈에 요괴로 보이는 걸 보니 이 여인은 분명 순수한 여인이 분명하다."

정 용자는 찬찬히 살펴보지도 않고 비양거렸다.

"새별 눈에도 곰팡이 낀다더니 허참, 내원…"

정 용축이 억울하여 될 대로 되어라 하고 콧방귀를 뀌고 얼굴에 쓴 웃음을 지었다.

290
"해, 내 눈에 곰팡이 끼었다면 네 눈에는 똥이 폈다."

"뭣이라우?!"

"됐소이다. 요괴인지 아닌지는 지내보면 알 게 아니우?!"

정 용인이 나서서 말렸다.

그들이 한참 걸어가니 세 갈래 길이 나타났다. 오른쪽 길은 산허리를 질러 나갔고 중간 길은 굽이를 저어 골짜기로 향하였고 왼쪽 길은 산봉으로 뻗어 올라갔다. 어느 길을 택할지 몰라 삼 형제 일행이 망설이는데 여인의 나서서 알려 주었다.

"왼쪽 길로 가면 큰 절이 있나이다. 날이 저물었으니 절에서 하룻밤 쉬시고 떠나시죠."

"요괴의 말을 들으면 함정에 빠지나이다. 오른쪽 길로 갑시다!"

정 용축이 눈알을 부라리며 우겼나.

"해, 배고프다고 아우성치더니, 해?!"

"배고프다고 요괴의 말을 듣겠소?! 저년이 우리를 험한 산봉 쪽으로 유인하는 것이 불 보듯 뻔하단 말이우?!"

"아니나이다. 유인이라니요? 소녀는 그저 손님들이 하룻밤 묵어가는 사이 시름을 놓고 약초 캐려는 마음에서 한 말이었나이다."

여인은 급히 돌려대었다.

"피곤하구나. 절에서 하룻밤 쉬고 가자."

정 소저는 하품을 하며 말하였다.

"어머니, 어부는 이 산에 곰처럼 생긴 팔 명의 중들은 요괴들이라 했나이다. 아무래도 절간은 피하는 것이 좋을 것 같나이다."

정 용인은 당나귀 고삐를 놓으며 말하였다.

"해, 중들이 요괴들이라니?!"

정 용자는 믿을 수 없다는 듯 머리를 기웃하고 말을 이었다. 그러자 정 용축은 눈을 흘기며 퉁명스럽게 내쏘았다.

"체, 요괴들이 중으로 둔갑하여 백성들을 해친단 말이오! 중이라고 다 좋은 물건짝들이 아니오!"

"그럼 오른쪽 길이 북으로 향하였고 험하지 않으니 그 길로 가자구나."

정 소저의 말에 일행은 오른쪽 길에 들어서는데 여인은 정 소저에게 자신은 절에서 숙박을 잡고 약초를 캐야 된다면서 하직인사를 하고 급히 왼쪽 길로 사라졌다. 이윽고 여인 요괴는 음산한 바람을 타고 에돌아 길에 나타나 몸을 흔들어 중으로 둔갑하여 삼 형제 일행을 마주 향해 걸어 내려갔다.

길에서 중을 만난 정 용자는 의심이 들어 떠봐야겠다는 생각에 연신 눈을 깜박이며 생각을 굴리는데 중이 먼저 두 손을 합장하고 허리를 굽혔다.

"나무아미타불 관세음보살."

"해, 나무아미타불이라니?! 황송하오나 무슨 뜻이나이까?"

"나무아미타불! 시주는 염주를 목에 걸고도 모르나이까? 나무란 서천말로 의지한다는 뜻이고 아미타불은 극락 세상을 말하나이다. 나무아미타불."

"나무아미타불 해, 고승님이 금방 염불하며 걸어 내려오셨는데 염불은 무슨 이익이 있나이까?"

"일구 나무아미타불을 염불하는 것은 만세의 괴로움을 뛰어나는 묘도요, 불을 이루고 조사가 되는 정인이요, 삼계 인천의 안목이요, 마음을 밝히고 성을 보는 혜등이요, 지옥을 깨뜨리는 맹장이요, 많은 올바르지 못한 것을 베는 보검이요."

"나무아미타불 관세음보살, 해, 소승의 무례함을 용서하소서. 해해…"

정 용자는 중의 말들이 모두 관세음보살의 제자로 있을 때 귀에 익힌 말들인지라 연신 곱사등마냥 허리를 굽히며 좋아 야단이었다.

"나무아미타불, 어디로 가는 길손들이나이까?"

"해, 소승은 관세음보살님의 제자 동천공이나이다. 오늘 형제들과 함께 모친을 모시고 태백산으로…"

"청용의 자제분으로서 천병을 무찌르고 관세음보살이 제자가 되었다는 동천공이 아니나이까?! 나무아미타불!"

중은 환성을 울리며 정 용자를 지켜보더니 급기야 깨달은 듯이 무릎을 꿇었다.

"소승이 그만 눈이 있어도 태산을 못 알아보았나이다. 나무아미타불!"

"해! 해! 해! 해!"

정 용자는 괴상하게 깔깔거리며 중을 부축하여 일으키며 물었다.

"해, 도가 도를 알아보지! 반갑소이다. 해 해…"

"소승이 동천공을 절에 인도하겠나이다."

"해, 절이 어디에 있나이까?"

"저쪽 길로 올라가면 있나이다."

중이 금방 여인이 사라진 길을 가르치니 정 용축이 버럭 소리쳤다.

"이 중도 요괴요!"

"둘째야, 함부로 말해서는 아니 된다!"

정 소저는 용축이를 책망하며 중을 따라가자고 하는 바람에 정 용축은 입이 불룩해서 따라가는 수밖에 없었다. 그들이 산굽이를 돌아 고개에 올라 말잔등 같은 산 능선을 따라 한참 올라가니 별안간 상서로운 빛이 눈부시고 채색 안개가 서려 있는 가운데 커다란 절간이 보이고 은은한 종소리까지 귀맛 좋게 들려왔다.

삼 형제 일행이 절문 앞에 이르러 머리 들고 보니 "부악산 팔공사"란 여섯 글자가 씌어져 있었다. 당나귀 고삐를 잡고 주위를 둘러보며 절간 마당 한쪽 귀퉁이에 당나귀를 그대로 세워놓고 걸어온 정 용인은 심상치 않는 표정을 지으며 말하였다.

"어머님, 어쩐지 불길한 예감이 드나이다."

"허, 그래 내가 뭐라더냐?!"

정 용축이 볼 부은 소리하였다.

"성스러운 곳에서 무슨 소리하냐?! 어서 들어가 부처님을 배알하자!"

정 소저는 두 아들을 책망하고 절간으로 향하는데 저쪽 절간 마당 구석에서 당나귀가 이상하게 울어대며 발로 땅바닥을 후비며 푸푸거렸다.

"보우?! 당나귀도 요괴 소굴을 알아보는데 저 쥐새끼 같은 형님은 당나귀보다도 못하단 말이오!"

"해, 무식한 아우의 무례함을 용서하시오. 나무아미타불."

"나무아미타불 관세음보살."

중은 답례하며 손으로 길을 인도하였다.

정 용자는 옷매무새를 단정히 하고 중을 따라 절문으로 들어갔다. 그들이 절문에 들어서니 부처님이 앉아 있는 것이 보였고 그 주위에 오백 나한 팔대금강과 사대보살이 늘어서 있는 것이 보였는데 몇몇 중들이 모여서서 목탁 치며 염불하고 있었다.

"나무아미타불 관세음보살."

정 용자와 정 소저는 경건한 마음으로 부처님 앞에 절을 하였으나 정 용인이와 정 용축은 여전히 절을 할 궁리를 하지 않았다. 연화대에 앉은 부처인 듯한 자가 웅글진 목소리로 질책하였다.

"이 놈들아, 네 놈들은 어이하여 헌금도 하지 않고 이렇듯 방자하냐?! 절도 하지 않다니?!"

정 용축은 선인장을 추켜들고 장승처럼 뻗치고 서서 눈알을 무섭게 굴리며 호통쳤다.

"이 망할 요괴야 주제넘게 부처님의 행세를 하다니?! 어디 죽어 봐라!"

순간, 바닥이 두 조각나듯 꺼지며 그들은 영문도 모르고 지척을 분간할 수 없는 지하에 굴러 떨어졌다. 정 용자는 급히 몸을 솟구쳐 빠져나가려 하였으나 눈 깜짝하는 사이에 천정이 막혀 버려 그만 그대로 땅바닥에 굴러 떨어지고 말았다.

"해." 하고 징 용자는 투딜대는 용축이와 용인의 사이에 님어져 있는 정 소저를 살펴보니 다행히도 크게 상하지 않아 한숨을 내쉬며 주위를 살펴보니 산처럼 쌓인 백골더미에 수십 명의 사람들이 쓰러져 있는 것이 보였다.

그들은 삼 형제 일행을 반가워하지도 미워도 하지 않았으며 그 어떤 희망도 품지 않고 그저 고요히 죽음을 기다리고 있는 것이 산송장들 같았다. 정 소저는 정 용인더러 먹을 것이 있으면 사람들에게 나누어 주라고 하였다.

다행히 정 용인이 며칠간 식량을 보따리에 싸 허리에 두른 것이 있어 자그만치 나누어 줄 수가 있었다. 그제야 삼 형제 일행은 그들은 대벌 백성들이며 자식이거나 부모들의 온역을 치료하기 위해 산에 왔다 봉변당한 사람들이라는 것을 알았다.

정 용축은 정 용자가 한없이 원망스럽고 괘씸해졌으나 꾹 참고 그를 도와 천장 문을 열려고 땀을 뻘뻘 흘렸다. 이리 치고 저리 치고 해보았으나 굴천장은 꿈쩍도 하지 않았다.

정 용자는 수염을 뽑아 창으로 도끼로 톱으로 변신시켜 가지고 찌르고 파고 쫓고 켜고 별수단을 다 했으나 허사였다. 손톱눈금만 한 틈만 생겨도 빠져나갈 수 있었으나 웬 일인지 연장을 들이대면 굴 천장은 불꽃도 튕기지 않았다.

삼 형제는 힘을 모으기로 약속하고 함께 모여서 두 손바닥에 온 몸에 기를 모아 굴 천정을 향해 기를 발산하였다. 세 가닥 기가 굴천장에 부딪치자 굴천장은 용암처럼 이글이글거리며 늘어났다 줄어들었다 하면서도 종시 터지지 않았다. 맥이 빠진 정 용축은 땅에 털썩 주저앉아 씩씩거리며 정 용자를 원망하기 시작하였다.

"씨, 남의 말을 듣지 않고?! 그래 누구 눈에 똥이 폈우?!"

정 소저는 타일렀다.

"얘야, 하늘이 무너져도 솟아날 구멍이 있다 했느니라."

정 용축은 너무 분하여 울먹울먹하여 말하였다.

"하늘이 무너지면 무슨 솟아날 구멍이고 뭐고 있나이까?! 저 쥐새끼 같은 형 때문에 서방도 못 가고 죽게 되었으니 이 얼마나 통분할 일이나이까?! 에 익, 저 죽일 놈 형 때문에…"

"이 자식아! 지금은 형제간 힘을 모아야 할 때다! 좀 정신을 차려라!"

"씨, 모르겠소이다!"

정 용축은 벌렁 나자빠져 굴천장에 붙어 애를 쓰고 있는 정 용자와 정 용인을 그저 바라보기만 하였다. 이때 절간 마당에서 삼 형제 일행이 나오기만 기다리고 있던 당나귀는 대가리를 쳐들고 절간 문을 바라보며 콧구멍을 벌름거리더니 꺼이꺼이 울어대었다.

그래도 그 무슨 인기척이 없자 당나귀는 드높이 뽑아 올린 목소리가 낭패한 듯이 뚝 끊어 버리고 텁수룩한 귀를 펄럭이었다. 그리고는 그 무엇을 예감한 듯 대가리를 푹 숙이고 발굽을 울리면서 절간으로 뚜벅

뚜벅 걸어 들어갔다.

절간에 들어선 당나귀는 연화대에 앉아 있는 부처님인 듯한 놈을 무섭게 노려보더니 꺼이꺼이 하고 괴상한 소리로 그칠 줄 모르고 울어대었다. 그 소리가 하도 시끄러워 상을 무섭게 찡그리고 쏘아보던 연화대에 앉아 있던 놈은 참을 수 없어 소리쳤다.

"저 당나귀도 당장 지옥에 보내어라!"

호통소리와 함께 땅바닥이 꺼지는데 뜻밖에도 당나귀는 땅바닥에 떨어지는 것이 아니라 정 용자와 정 용인의 손에 받들려 하늘에 솟아올라갔다. 굴 어귀에서 안간힘을 쓰고 있던 정 용자와 정 용인은 굴 천장이 열리자마자 당나귀를 안고 빠져나왔으나 정 용축과 정 소저는 그만 빠져나오오 못하고 말았디. 중 미리를 한 요괴들은 즉시 병장기들 찾아들고 정 용자 일행을 뒤쫓았다.

"어디로 도망치는 거냐?!"

"해," 하고 정 용자 눈을 깜박이며 둘러보니 중 머리를 한 요괴들은 여덟 놈이나 되었는데 제마다 각기 다른 병장기들을 추켜들고 그들을 에워싸고 있었다.

"셋째야, 내가 저놈들을 맞아 싸울 터이니 너는 싸우다 어머니와 백성들을 구해라."

"알았소이다."

정 용자는 앙칼진 이빨을 드러내고 적을 만난 고양이마냥 몸을 옹송그리고 이빨 새로 몸서리치는 괴상한 소리를 내더니 수염을 뽑아 단창으로 만들어 가지고 쏜살같이 짓쳐나갔다. 잇따라 정 용인이도 비용검을 비껴들고 번개같이 달려나가니 요괴들은 함성을 지르며 일시에 덮쳐들었다.

삼십여 합을 싸우다 정 용인은 짐짓 도망치는 척하고 싸움판에서 빠져나가자 정 용자는 눈치를 채고 슬그머니 꽁무니를 빼니 요괴들은 사기가 올라 정 용자를 뒤쫓기에 여념이 없었다. 그 기회에 정 용인은 절간으로 날아가 함정 문을 열고 정 소저와 용축이 그리고 백성들을 구하였다. 그런 것을 발견한 요괴들은 속았다고 야단치더니 몇몇 요괴를 파견하여 정용인 일행을 뒤쫓았다.

정 용인이와 정 용축은 백성들을 막아 싸우니 정 소저는 백성들을 이끌고 산봉으로 피해 올라가고 있었다. 정 소저의 신변이 위험한 것을 발견한 정 용자는 즉시 달려가 백성들을 뒤쫓는 요괴들을 물리쳐 버렸다.

삼 형제들의 무예와 신통성이 이만저만이 아닌데다 날이 이미 저문지라 우두머리 요괴가 소리쳤다.

"여하튼 네 놈들은 우리 손에서 빠져나가지 못한다! 오늘은 저물었으니 내일 승부를 가르자!"

"해, 내일은 네 놈들의 제삿날인 줄 알아라!"

요괴들의 물러가자 서로 의지하여 밀고 끌고 하며 산봉에 오른 백성들은 일제히 하늘을 우러러 손을 비비며 관세음보살을 부르며 머리를 조아리었다. 그 모습을 바라보던 정 용자는 불현듯 관세음보살님이 생각이 났다.

요괴들이 무예와 신통력이 대단한데다 그 수가 많고 중으로 둔갑하여 민간에 해를 끼치니 관세음보살이 마땅히 관할해야 할 일이 아닌가? 우리 힘으로 대적하기 힘드니 관세음보살님을 청하여 요괴들을 제거하고 이곳 백성들을 구하자. 이렇게 생각한 정 용자는 정 소저와 아우들과 토의한 후 근두운을 잡아타고 곧추 남해가의 락가산으로 날아갔다.

이튿날 이른 새벽 락가산 불전을 점검하고 있던 관세음보살은 정 용자가 찾아왔다는 전갈을 받고 웃으며 즉시 정 용자를 불러들이었다.

"용자야, 어머니를 모시고 태백산으로 가지 않고 락가산은 왜 찾아왔느냐?"

"해, 관세음보살님은 하계의 중들을 어떻게 가르치고 관할하기에 소자마저 봉변당하게 하나이까?!"

"용자야, 웬 말이냐?"

"해, 어머니를 모시고 북두칠성 아래 태백산으로 가던 중 대벌이라는 곳에 이르렀나이다. 그런데 그 고장에 온역이 돌아 백성들이 수없이 죽어나가나이다. 헌데 웬 중들이 부악산에 웅거하여 약초 캐러 오는 사람들을 모조리 잡아 가두고 살해하였나이다. 믿는 도끼에 발등 찍힌다고 소자는 중이 입으로 쏟아내는 말이나 관세음보살님의 밀씀과 별반 다름없는지라 믿고 따라갔다가 겨우 목숨을 건졌나이다. 삼형제의 힘으로는 도저히 당할 수가 없어 도움을 청하러 왔나이다."

"사람을 보매 그 형상을 보지 말고 본질을 보아야 하고 그 말보다 행동을 보아야 하느니라. 중의 모습을 하였다 하여 중인 것이 아니라 그 행동이 중 같아야 하느니라. 한 마디로 겉치장보다 보이지 않는 덕과 도를 보아내고 판단하여야 한다는 말이니라. 하기에 깊은 덕과 도를 닦지 않고서는 진짜 중을 보아낼 수 없느니라.

"해, 그렇다면 소자 덕과 도가 깊지 못하다는 말씀이나이까? 해!"

"자신을 아는 자는 총명한 자이니라."

"해," 하고 정 용자는 눈을 연신 깜박이며 머리를 기웃거리는데 관세음보살은 말없이 불전을 나서서 어느새 상서로운 구름을 잡아타고 북동 방향으로 날아가는 것이었다. 그제야 정 용자는 정신을 차리고 급히 관세음보살을 뒤따라갔다.

그들이 부악산에 다다라 살펴보니 싸움이 한창이었다. 정 용축이와 정 용인은 백성들을 보호하며 죽기살기로 싸웠으나 밀리고 쫓기에 산봉 꼭대기 바위 앞까지 밀려가 중들에게 포위되었다. 그 모습을 내려다보며 관세음보살이 "음"하고 중얼거렸다.

"불전에 제물상 받침돌들인 곰 조각상들의 어디 갔는고? 했더니 여기와 소란이구나. 나무아미타불."

"해, 서당개 삼 년이면 풍월을 읊는다더니? 모두 관세음보살님의 잘못이군요. 해?!"

정 용자는 볼 부은 소리하며 내려다보니 정소저의 신변이 위험한지라 다급한 나머지 큰소리로 호통쳤다.

"이놈들아 멈추지 못하겠느냐?!"

정 용자의 호통소리에 머리를 돌린 중들은 관세음보살이 연꽃 같은 꽃구름 위에 가부좌를 틀고 앉아 있는 모습을 보고 그만 기겁하여 몸을 옴추리는데 관세음보살은 빙긋이 웃으며 살짝 손가락을 튕기었다. 그러자 물방울이 반짝하며 어느새 금빛 그물 망태가 되어 펼쳐져 강렬한 칠색 불광을 내뿜었다.

그러자 중들은 타들어 가듯 몸을 비꼬며 울부짖는 무서운 곰이 되어 땅에서 마구 뒹굴며 몸부림치더니 점차 작아져 끝내 벽돌장만 한 곰 인형이 되어 그물 망태에 빨려 들어갔다.

그 모습에 사람들은 너무나 놀랍기도 하고 감격하여 관세음보살을 향해 경건한 마음으로 손을 비비고 머리를 조아리며 연신 절을 올리는데 관세음보살은 버들가지를 들어 관봉에 병풍처럼 둘러쳐진 암벽에 두드려 나온 번듯한 돌바위를 겨누고 입속으로 주문을 외웠다. 순간 한 가닥 가늘고 짧은 버들가지가 살같이 날아와 신비한 요술 붓처럼 움직이며 왼손에 약호를 든 약사여래상을 바위에 그려 놓고 사라졌다.

"나무아미타불!"

관세음보살님의 목소리에 사람들의 너나없이 머리 들어 바라보니 어느새 관세음보살은 구름 속으로 홀연히 사라지고 보이지 않았다. 그 후 그 누가 이 약사여래님의 형상을 정으로 쪼아 조성하였는지 지금까지 똑똑히 밝혀지지 않고 있다.

24회

계룡산 신선들은 반발하고
정 용자는 연미산 미녀를 뒤쫓다

부악산에서 벌어진 일은 날개가 돋친 세찬 바람마냥 삽시에 방방곡
곡에 퍼져 백성들과 중, 그리고 요괴들과 명산의 신선들의 귀에까지
들어가 마침내 나라 정씨가 이 땅을 구하고 훗날 이 세상을 이끌어갈
영재를 생산하게 된다는 풍설까지 돌게 되었다.

부악산에서 구원받은 사람들은 삼 형제들의 덕행을 높이 칭송하면서
산에 절간을 수축하고 관세음보살이 하계에 내려 보내주신 산봉의 약
사여래님의 상을 하루 빨리 조성하기로 의견을 모았다.

그 후부터 부악산은 자주 사람들의 입에 "팔곰산"으로 오르내리면서 "곰"자 음이 점차 "공"자 음으로 변하여 팔공산이라 부르게 되었다는 설이 민간에 남아돌게 된 것이었다.

부악산에서 며칠 묵은 삼 형제 일행은 그간 찾아온 명성 있는 노승들과 신선들의 눈을 피하여 이른 새벽 행장을 수습하여 가지고 부악산 절간을 가만히 빠져나와 북쪽 방향으로 길을 재우쳤다.

그들이 험한 산골짜기와 산을 넘고 넘다 앞을 바라보니 또다시 하늘을 치솟은 산이 앞길을 가로막고 우뚝 솟았는데 그 아래로 두 갈래 산길이 실뱀마냥 나타났다. 해, 들어갈수록 심산이라더니? 하고 생각한 정 용자는 한숨을 길게 내쉬며 앞을 내다보니 오른쪽 길은 곧게 북쪽 방향으로 뻗었고 왼쪽 길은 서북쪽 방향으로 뻗어 올라갔다.

길이란 그 어귀를 보고는 단정할 수 없는지라 삼 형제는 잠깐 망설이며 서성거리는데 저쪽 길가에서 느닷없이 울음 소리가 들려왔다.

삼 형제 일행은 자못 의아하게 여겨 급히 달려가 보니 길목 어귀 숲 속에서 웬 동자가 손등으로 연신 눈물을 훔치며 슬프게 흐느끼고 있었다. 열 살쯤은 되어 보이는 아이는 중 머리에 몸에 맞지 않아 보이는 헐렁한 베저고리에 짚신을 신고 있었는데 삼 형제 일행이 다가서자 금시 무슨 화라도 입을 것처럼 눈이 동실해서 악연히 쳐다보았다.

"해, 너는 요괴냐? 신선이냐?"

정 용자는 머리를 기웃하고 연신 눈을 깜박이며 쏘아보았다.

"……."

아이는 겁에 질려 그저 입술만 머뭇거리며 떨기만 하였다.

정 용인은 그 모습에 당나귀 고삐를 놓고 다가와 적이 부드러운 음성으로 물었다.

"얘야, 웬 일이냐? 너는 아버지 어머니도 없느냐?"

그제야 아이는 눈물을 훔치고 말하였다.

"저의 집은 서악산(계룡산)에 있나이다. 어머니와 함께 다벌에 외할아버지 장례에 왔다가 돌아가는 길에 여기서 호랑이를 만났는데 어머니는 그만…"

"음" 하고 정 용인은 어딘가 미심쩍어 머리를 설레설레 흔들며 정 소저한테 다가가 말하였다.

"아이가 어딘가 수상하나이다."

"수상하기는 뭐가 수상하단 말이냐? 애가 아니냐?"

정 용축이 못마땅한 듯 눈을 흘기며 혀를 끌끌 찼다.

"해, 이놈 요괴야?!"

정 용자는 금시 잡아먹을 듯이 앙칼진 이빨을 드러내며 이빨 새로 괴상한 소리를 쌕! 내었다. 그러자 아이는 와닥닥 자리를 차고 일어나 정 용축의 다리에 진드기처럼 매달려 소리쳤다.

"아저씨, 아저씨 살려주세요!"

"응 두려워 말거라."

정 용축은 아이가 매달리자 애들이 응석을 부리는 것을 볼 때 느끼는 그 어떤 육체적인 쾌감을 느꼈으며 또한 한없이 자기를 믿고 따르는 순진한 마음과 천진난만한 아이의 모습에 저절로 뜨거운 애착심이 부풀어 올랐다. 그는 애의 머리를 쓰다듬으며 정 소저 보고 말하였다.

"어머님, 불쌍하지 않나이까? 이 애를 서악산까지 데려다 주심이 어떠하나이까?"

"애야, 여기에서 서악산까지 가자면 며칠 걸리느냐?"

정 소저는 나직이 물었다.

"한나절이면 가나이다. 제발 절 데려다 주세요. 아버지가 기다리고 있나이다. 흑…"

"해," 하고 정 용자는 반대하였다.

"안되나이다. 이 요괴는 애가 아니라 늙은이나이다."

"요괴는 중이라 우기고 아이는 요괴라 하니 이거 환장 할 일이 아니오?! 모두 싫다면 소자 데려다 주리다."

"애야, 서악산으로 가자면 어느 길로 가야 하느냐?"

정 소저는 불쌍한 생각이 들어 물었다.

"왼쪽 길로 가나이다."

아이는 기뻐하며 앞장서 걸었다.

정 소저는 차마 아이를 버리고 갈 수 없어 서악산으로 가자고 하였다. 정 용자는 내키지 않았으나 정 용축이 하도 우악스레 우기는데다 한번 실수한지라 감히 더 정 소저의 말을 거역할 수 없어 울며 겨자 먹기로 서악산으로 향하는 수밖에 없었다.

허나 정 소저의 신변이 염려되어 앞장서지 않고 당나귀 곁에 바싹 붙어 서서 걸어갔다. 대신 정 용축이 아이와 함께 앞에서 걸어갔다. 다행히 아이는 길에서 곰상곰상 시키는 대로 하며 말썽을 부리지 않았을 뿐만 아니라 걸음이 또한 빨라 그들은 어느새 서악산 경계에 이르렀다.

"왔다. 왔어. 여기서부터는 자유의 천국이나이다."

아이는 흥에 겨워 풍풍 뛰며 말하였다.

"자유의 천국이라니? 무슨 말이냐?"

정 용축이 눈이 떼꾼해서 물었다.

"우리 고장에서는 아무 말이나 해도 상관없고 마음대로 행동해도 별일 없나이다."

"어허, 그러하냐?! 하다면 배불리 쳐먹고 아무 곳에나 내싸도 되고 미친개마냥 아무나 보고 짖어도 된다는 말이냐? 그러하다면 힘이 있고 권력이 있는 사람들의 자유이지 백성들은 오히려 자유 커녕 기도 못 펴고 살 게 아니냐? 자유로운 천국이 되자면 엄한 법이 있어야 하느니라. 서로 법을 지켜야만 자유가 보장되느니라."

"한수 배웠나이다."

아이는 어른들처럼 읍하고 물었다.

"황송하오나 그 오묘한 이치를 어디서 배웠나이까?"

"이놈아 그거야 배워서 안다더냐? 내 천병을 무찌르고 이 세상 요괴들을 소멸하는 완력을 가져도 인간세상 기본법을 위반한 적 없다. 법을 지키는 것은 자신과 타인들의 자유를 지키는 것이다. 오늘부터 나한테서 배우도록 해라!"

정 용축의 큰소리에 아이는 웃었다. 뒤에서 따라오는 정 소저 일행도 서로 마주 보며 키득거렸다. 정 용자는 아이가 요괴라고 단정하면서도 어딘가 이상한 느낌이 들었으나 내색내지 않고 어디 두고 보자는 심산으로 그저 침묵만 지켰다.

정 용인이도 느낌이 이상한지 머리 돌리고 말하였다.

"큰형님, 저 아이가 참 이상하나이다. 호랑이에게 어머니를 잃었다는 애 같아 보이지 않나이다."

"해,"하고 정 용자는 머리를 기웃하는데 정 소저가 말하였다.

"그러길래 아이라고 하지 않느냐."

그들이 또 험한 골짜기와 산을 넘으니 아득히 펼쳐진 평야가 나타나는데 오른편으로 유달리 높고 수려한 산이 우뚝 치솟아 그들을 한품에 끌어안을 듯 안온한 느낌을 주며 눈에 안겨왔다.

"이 벌은 황산지원이라 하고 저 산이 바로 서악산이나이다!"

아이는 또 환성을 울렸다.

정 소저 일행의 머리를 들어 바라보니 황산지원을 바라보며 웅거한 서악 준령은 큼직한 수탉 볏을 달고 구름에 맞닿았는데 그 능선이 구불구불 하늘을 향해 꿈틀거리는 것이 흡사 한 마리의 거대한 용이 바야흐로 하늘에 솟구치려는 것 같았고 그 등허리로 천 갈래 만 갈래의 산맥들이 주름을 잡아 내려와 올망졸망 들어앉은 마을들을 포근히 끌어안은 것은 금 닭이 알을 품고 앉아 있는 듯하여 그야말로 금계 포란 비룡승천이라 분명 지상 왕국이 도읍을 정할 만한 곳이었다.

서악산 정기와 경관에 빠진 그들은 시간 가는 줄도 모르고 어느새 서악산 깊은 골짜기에 자리잡고 있는 한 기와집 마당에 이르렀다. 이젠 다 왔는가 보다.

이 놈 요괴의 연극이 이젠 막바지에 이르렀다고 생각한 정 용자는 신경을 곤두세우고 살펴보았다. 아니나 다를까? 그들이 마당에 들어서자마자 대문으로 십여 명이 사람들이 우르르 쓸어 나와 그들을 맞이하였다.

제일 앞에 선 사람은 준수하게 생긴 젊은이 같았는데 몸에 흰 학창의를 입고 손에 부채를 들고 있었고 그 뒤에는 웬 미녀가 서 있었다. 그 다음 사람들 중에는 우악스럽게 생긴 사람들이 있는가 하면 토지 신처럼 조롱박을 단 구불구불한 긴 지팡이를 짚고 서 있는 늙은이도 있었고 백발이 다된 할매도 있었다.

제일 앞에 선 젊은이가 허리를 굽혀 읍하며 말하였다.

"삼 형제 일행의 왕림을 환영하나이다."

"아저씨, 이 분은 백강(금강)에 사는 백제용이나이다."

"엉, 그래? 반갑소이다."

정 용축이 어설프게 웃으며 허리를 굽혀 보이자 아이는 웃으며 일일이 소개하였다.

"이 미녀는 연미산(공주) 처녀이시고 이 분은 도둑봉(계룡산 아래 산봉) 지신이시고 이 분은 한밭(대전)에서 오신 도인이시고 이 분은 노성(논산)에서 오신 할매신이시고 이 분은 삼천 단복지(세종)에서 오신 지룡이시고…"

정 소저 일행에게 매 사람들을 일일이 소개하는데 아이는 그 어떤 악의는 있어 보이지 않았으나 어쩐지 아이라 하기보다는 그 사람들 중에서 우두머리 노릇을 하는 것 같았다.

아이가 일동을 집으로 안내하자 정 용축이 앞장서 성큼성큼 주저 없이 걸어 들어가는데 정 용자는 더는 못 참겠다는 듯이 앙칼진 이빨을 드러내고 소리를 질렀다.

"해, 이 늙은이야 지금도 원형을 드러내지 않을 셈이냐?!"

모두 놀라 굳어지는데 아이는 "하하하…" 하고 웃더니 풀썩 운무를 일으키며 백발이 다된 늙은이로 원형을 드러내었다. 그리고는 공손히 두 손을 합장하고 허리를 굽혀 읍하였다.

"소신은 서악산 계룡신이라 하고 여기 여러분들은 서악산 주변의 신선들이나이다. 오늘 여러분을 모셔옴은 긴히 토의할 일이 있고 가르침을 받으려 함이나이다. 삼 형제 일행이 소신이 청을 거절할까 저어되어 당돌하게 눈속임하였으니 용서하시기 바라나이다."

"해?!" 하고 정 용자는 눈을 깜박이며 어찌할 바를 몰라 하는데 정 소저 나서서 답례하였다.

"황송하오나 소자들의 여러 신선들의 기대에 보답할 만한 신통력을 갖고 있지 못하나이다. 하오니 소첩은 이 길로 돌아가려 하오니 너그럽게 용서하소서."

"이놈아, 신선이라면 정정당당하게 나서지 하필이면 어린애로 소신을 속인 다더냐?! 갑시다. 가!"

정용축이 눈을 부라리며 호통쳤다.

"죄송하나이다."

정 용인이 나서서 말하였다.

"여러 신선들이 우리를 해할 마음은 없는 것 같사오니 이왕 오신 바라 모친께서는 심히 염려마시고 하룻밤 편히 주무시고 내일 떠나감이 마땅한 줄 아나이다."

정 용인의 말에 정 소저는 마지못해 서악산 신선들을 따라 집으로 들어갔다. 허나 여러 신선들은 그 무엇이 시답지 않는지 은근히 불복하는 눈치여서 정 소저는 자못 불안함을 금할 수 없었다.

집안에는 이미 음식상이 차려져 있었다. 향내가 강하게 풍기는 진수성찬에 정 용축은 벌쭉하게 생긴 코를 벌름벌름거리며 냄새를 맡더니 주객들이 서로 자리를 찾아 상에 둘러앉자마자 닭다리부터 덥석 주워들고 게걸스럽게 입에 물고 뜯기 시작하였다. 그 바람에 좌석의 분위기는 가을바람에 날리는 가랑잎이 몰려다니다 삽시에 흩어지는 것 같았다.

그 모습에 모두 어색한 표정을 짓고 침묵을 지키며 서악산 계룡신의 기색을 살피는데 정 용축이 볼이 미어지게 닭고기를 입에 물고 우물우물 씹다 꿀떡 하고 삼키더니 큰 소리로 말하였다.

"허, 소신이 게걸스러움을 탓하지 마시고 무슨 요긴한 일인지 어서 말씀하시구려!"

"하하하…"

서악산계룡신은 호탕한 웃음으로 이 어색하고 난감한 국면을 타개하며 말을 이었다.

"금일 이 자리에 모신 분들은 서악산 주변 백성들을 대신하여 이 고장을 이끌고 가는 신선들이나이다. 우리 서악산은 비룡승천 형, 금계포란 형으로서 주위 산과 물이 산 태극, 수 태극이라 능히 도읍지로 선정될 만한 성스러운 땅이나이다. 하오나 우리 서악산 산신들의 의견이 지금까지 통합되지 않아 도읍지로 선정되지 못하고 있나이다. 금일 소신이 삼 형제 일행을 모셔온 것은 어이하면 신들의 의견을 통합할 수 있겠는가? 가르침을 받자 함이오니 주저치 마시고 말씀하시기를 바라나이다."

"허, 그까짓 일을 가지고 소신들을 부르다니? 자고로 의견을 하나로 통합하기는 불가능 일이나이다. 하기에 소수는 다수에 복종하는 원칙을 세워야 하나이다!"

정 용축은 별로 생각하지도 않고 말하였다.

"하오나 소수인의 말에 도리가 있을 때가 많나이다. 그리고 우리 서악산은 자유의 땅이라. 불복하는 자들은 마음대로 백성들을 선동하여 들고 일어날 수 있나이다. 미꾸라지 한 마리가 내천을 흐리듯 잘못하면 전 서악산에 소동이 일어나 수습할 수도 없게 되나이다."

"법이 있지 않나이까?! 법이 없으면 엄히 세우고 엄히 다스려야 하오이다."

"법?! 모르면 말을 삼가하시우! 우리 서악산은 표현이 자유가 법으로 규정되어 있소이다!"

도둑봉 지신이 벌떡 자리에서 일어나며 소리쳤다.

"해, 표현이 자유를 반대하는 것이 아니나이다."

정 용인이 좌우를 둘러보고 말을 이었다.

"황송하오나 우리가 참견할 일이 아니오나 서악산 계룡신의 청으로 의견 드리오니 널리 이해하시기 바라나이다. 표현의 자유가 있다면 행동의 자유도 있는지요? 표현하는 데만 그치면 별 문제지만 무리를 지어 행동한다면 이는 법으로 엄히 다스려야 마땅하나이다. 자유와 법은 모순되면서도 통일되나이다. 마음대로 무리를 지어 소란을 피운다면 그 어찌 표현의 자유를 보장할 수 있소이까?"

"호호호… 법이란 민주를 탄압하는 무기에 불과하지요. 그렇지 않은가요?"

연미산 미녀가 요염하게 웃으며 말하였다.

"법이란 집중이고 힘이고 권력이나이다. 가령 한 가정에서 집을 짓는다고 생각해 보시우. 그러자면 우선 가정 내에서 그 누구에게 의탁하여 집을 짓겠는가? 의탁하여야 하나이다. 이것이 바로 권력을 준다는 것이나이다. 그 권력을 가진 사람은 집안사람들의 의견과 길 가는 여러 사람들의 의견을 들어야 합니다. 이것을 민주라 합니다. 만약 이 의견에 끌리고 저 의견에 끌린다면 그 사람은 집을 지을 수 없게 됩니다. 하기에 수없이 많은 의견들 중에 마음에 드는 의견이 있으면 그대로 집짓기에 착수하여야 하니이다. 민약 채납힐 의견이 없다면 그 속에 이로운 점만 자신의 구상에 채납하여야 하나이다. 이것을 집중이라 하나이다. 다음 결단을 내리고 집을 짓는데 그 누가 반대해도 그대로 밀고 나가는 것을 권력의 힘이라 하나이다. 민주만 있고 집중이 없다면 그것은 민주가 없는 것과 마찬가지나이다. 자유와 민주는 엄한 법이 있어야 보장된다고 생각하나이다. 민주란 집을 짓게 하는 것이지 집을 못 짓게 하는 것은 민주가 아니라 범죄라 해야 하나이다. 그것은 민주란 일이 성사되기 위해 필요한 것이기 때문이나이다."

정 용인의 말에 좌중이 삽시에 얼어붙은 듯이 무거운 침묵이 흐르는데 갑자기 백강의 백제용이 상을 탁치며 자리에서 일어나 말하였다.

"닥치시오! 우리 모두 서악산 주변 백성들의 의사를 대표하는 신들이나이다. 우리의 주장은 언제나 민심이었소이다. 그 무슨 민주요 법이요하는 생소한 말로 신들을 우롱하지 마시오!"

"아이, 소녀는 언제나 연미산 백성들의 민심으로 처신하여 왔나이다. 오늘 듣고 보니 여기 모인 신들은 모두 자기 주장만 내세우는 신들로 보니 소녀는 이만 물러가겠나이다.”

“소신도 자리를 일어나겠나이다.”

“으흠, 저도 물러가겠나이다.”

“민주요 법이요 옛날 소리만 하다니? 소신도 가겠나이다.”

“해, 도망치자고?!”

정 용자는 앙칼진 이빨을 드러내며 자리에서 일어나 호통쳤다.

“내가 보건대 네 놈들은 민심을 대신하는 신선들이라 하지만 자신의 야망을 품은 요신들이 분명하다. 하니 동천공은 너희들을 용서할 수 없다!”

“호호호 쥐새끼가 동천공이라더니. 호호호…”

집 문을 나서면서 연미산 미녀가 웃었다.

“해?! 이년아!”

“어이구?! 동천공 왜 이러시나이까?!”

서악산 계룡신이 자리에서 일어나 황망히 다가와서 정 용자의 앞을 막고 말렸다. 정 소저도 정 용자의 팔을 잡고 말렸으나 도저히 당해 낼 수가 없었다. 그래서 정 용축이와 정 용인을 불렀다. 허나 정 용축은 별로 관심이 없다는 듯이 닭다리만 뜯고 있었고 정 용인은 그저 웃고만 있었다.

대노한 정 용자는 서악산 산신을 밀치고 급히 뒤쫓아 나갔다. 서악산 계룡신은 허겁지겁 뒤쫓아 나오며 소리쳤다.

“동천공 함부로 살생하면 아니 되나이다!”

“해,”하고 정 용자는 손 채양하고 하늘을 쳐다보았다. 신선들은 서로 각이한 방향으로 흩어져 달아나는데 연미산 미녀는 서북쪽으로 날아가는 것이었다. 그것을 보고 정 용자는 급히 몸을 솟구쳐 하늘에 날아올랐다.

정 용자가 뒤쫓아오는 것을 발견한 연미산 미녀는 구름을 멈추고 품속에서 짧은 방망이를 꺼내들고 달려들었다.

"쥐새끼 같은 놈이 담도 크구나. 뒤쫓아 오다니?!"

"해, 네년이 오늘 죽었다!"

정 용자는 수염을 뽑아 단창을 만들어 가지고 맹호같이 덮쳐들었다. 연미산 미녀는 웃으며 방망이를 번개같이 휘두르며 정 용자를 맞아 싸웠다. 허나 연미산 미녀는 정 용자의 적수가 아니었다.

불과 십여 합을 싸우나 마나하여 진하여 씩씩 콧소리를 내더니 불현듯 우악스럽게 생긴 곰으로 원형을 드러내고 하늘이 무너질 듯이 으악 소리를 지르며 앞발을 번쩍 쳐들었다. 흰털이 듬성듬성한 앞가슴이 드러나자 징 용자는 쏜살같이 딜러 들어가 단창으로 곰의 가슴을 찌르려고 몸을 날렸다. 순간 다급한 소리가 들려왔다.

"멈추시오!"

정 용자 머리를 돌려 바라보니 서악산 산신이 황급히 달려와 허리를 굽혀 읍하며 말하였다.

"비록 맹수이나 백성을 위하는 의로운 생령이오니 살려주시기 바라나이다."

"요망스러운 짐승을 살려두면 후환이나이다."

정 용자 머리를 돌려보니 연미산 미녀는 어느새 연미산에 몸을 숨기고 보이지 않았다. "해,"하고 정 용자는 아름다운 백강을 따라가며 구름을 낮추어 제비꼬리 같은 연미산에 내렸다. 서악산 산신도 울상을 하고 뒤따라 내렸다.

"동천공, 정 그러하시면 소신이 나서서 화해시키리다."

"해!" 하고 정 용자 연미산을 살펴보니 저쪽의 병풍같이 둘러있는 낭떠러지 앞에 소나무 우거진 언덕이 있고 그 언덕 밑에 산굴이 있었다.

둘이 가까이 가보니까 김치 독만큼 한 굴 어귀는 큰 바윗돌에 막혀있었다. 그 곁면은 무엇을 자주 옮겨 놓았던 모양으로 심하게 패였다.

정 용자 찬찬히 살펴보니 주먹이 드나들 수 있는 틈이 있는지라 즉시 몸을 떨며 모기로 둔갑하여 앵 하고 굴 안으로 날아들어 갔다. 다급해진 서악산 산신은 파리로 둔갑하여 바싹 정 용자를 따라 날아 들어갔다.

십여 발자국 날아들어 가니 갑자기 굴이 넓어지면서 관솔불빛에 굴 안이 삽시에 환해졌다. 연미산 미녀는 웬 아이를 끌어안고 있었고 그 곁에는 한 사나이가 앉아 있었다. 모기로 둔갑한 정 용자는 연미산 미녀의 어깨에 날아가 앉았다. 그러자 파리로 둔갑한 서악산 산신도 근심되어 연미산 미녀의 어깨에 내려가 앉았다. 그런 줄을 모르고 연미산 미녀는 애의 머리를 정답게 만지며 말하였다.

"애야, 빨리 자라라. 네가 크면 엄마 너를 임금으로 봉하고 서악산 아래에 도읍을 정해 주마."

"도읍지란 무슨 소리우?"

사나이가 눈을 껌벅거리며 물었다.

"지금 여러 신들은 서악산 아래 도읍지를 점하려고 싸우고 있나이다."

"여보시우 도읍지이고 뭐고 밖에 나가 좀 바람이래도 쏘이게 해 주구려. 답답해 환장하겠소이다!"

"소첩은 당신이 없으면 못사나이다. 이 애가 임금이 되고 도읍지를 세우기 전에는 문밖 출입이 아니 되나이다."

"엄마 어디 갔다 왔어? 엄마를 온종일 기다렸다!"

"그래? 어이구 나의 귀염둥이야!"

정 용자는 차마 손을 쓰지 못하고 되돌아 날아 나왔다. 뒤따라 날아 나온 서악산 산신은 원래의 모습을 한 정 용자를 의아하게 바라보며 물었다.

"동천공 어이하여 손을 쓰지 않았나이까?"

"해, 죽이기를 바라였나이까?"

"예. 그녀의 말을 듣고 죽이고 싶었나이다."

"해,"하고 정 용자는 몸을 솟구치며 말했다.

"도읍지보다 아이가 더 중요하나이다."

"아니, 아이가 더 중요하다니요?!"

서악산 산신은 얼없이 눈을 껌벅거리다 급기야 그 무엇을 깨달은 듯 몸을 솟구쳐 하늘에 날아올랐다. 그 후 연미산 아래 백강(금강) 기슭에는 웅진(공주)이라는 백제의 도읍지가 생겼고 인간을 사랑한 곰 이야기가 지금까지 유전되고 있다.

25회

정 용자는 황씨를 때려죽이고
정 용축은 꾀로 이무기를 생포하다

이튿날 모두 행장을 수습하는데 정 용자는 서악산 주변의 신들을 모두 제거하고 떠나자고 하였다. 허나 서악산 계룡신과 정 소저가 강경하게 말리는 바람에 정 용자는 더 우기지 못하고 길을 떠나는 수밖에 없었다. 그들이 집 문을 나서자 계룡신은 많은 식량과 로비를 주면서 백강 기슭까지 배웅하여 주었다.

"천리 배웅도 결국 이별이라 인젠 돌아가소서."

정 소저의 말에 서악산 계룡신은 허리를 굽혀 읍하고 말하였다.

"그럼, 모두 무사히 다녀가시길 바라나이다."

"그간 신세를 많이 끼쳐 죄송하나이다."

"이제 축이 다시 찾아오면 뭐로 둔갑하겠나이까?! 허허…"

"해," 하고 정 용자는 말하였다.

"서악산 주변 신들에게 이르시기 바라나이다. 야심으로 정사를 한다면 언제인가는 천벌을 면치 못한다고."

"예, 예."

계룡신이 연신 허리를 굽혀 보이자 정 소저 일행은 정중하게 답례하였다. 서악산 계룡신은 손을 흔들며 점점 멀어져 가는 그들을 지켜보다 저도 모르게 중얼거렸다.

"서악산 도읍지는 혹시 서 사람들의 후손을 기다리는 것이 아닌가?"

서악산 계룡신과 하직한 정 소저는 당나귀로 변신한 백록의 잔등에 올라앉았다. 정 용자가 앞에서 길을 열고 용인은 당나귀의 고삐를 쥐고 걷는데 정 용축은 선인장에 짐 보따리를 꿰여 메고 어정어정 그 뒤를 따랐다. 그들은 반나절 걸어 어느 한 마을에 이르렀다. 다시 거기서 한식경 가니 두 갈래 큰 길이 나타났다.

홀제, 저쪽에서 사람들이 행렬이 다가오는 것이 보였다. 앞에서는 한 병졸이 징을 치며 길을 열고 수십 명이 병졸들이 가마를 옹위하여 오고 있었다. 그 뒤로 여러 가지 짐을 챙겨 멘 사람들이 뒤 따라오고 있었는데 그 중에는 흰 소를 끌고 오는 사람도 있었다.

삼 형제 일행은 길가에 피해서서 그들이 지나가기를 기다리는데 정 용인이 나서서 지나가는 짐꾼을 붙잡고 물었다.

"여보시우, 황송하오나 무슨 행렬이나이까?"

짐꾼은 이마의 땀을 훔치며 의아한 기색으로 그를 지켜보더니 말하였다.

"관청에서 태백산으로 개천제를 지내려가는 행렬이우다. 그것도 모르시우?"

"고맙소이다."

정 용인이 사례하고 돌아서는데 정 소저는 얼굴에 희색이 만면하여 말하였다.

"금방 태백산이라 하지 않았느냐?!"

"예, 태백산이라 했나이다."

"얘들아, 나의 부친께서는 일전에 조선 땅에 우리가 찾아가는 태백산 이름을 본따서 부르는 산이 있는데 그 산은 하늘로 통하는 길로서 단군님도 그곳에서 하늘에 제를 지냈다고 하였다. 너희 외할아버지 할머니 그리고 부친이 돌아가셨지만 여태껏 제사 한번 제대로 지내지 못했구나. 이번 길에 태백산에 올라가서 너희들 외조부와 부친이 하늘로 올라가시게 제사 지냄이 마땅하지 않겠느냐? 가령 승천하셨다면 이곳 태백산에서 명복을 빌어야지 않겠느냐?"

"옳소이다! 같은 값이면 연분홍치마라고 제사 지낼 바에는 명산에서 지내야지우!"

정 용축은 연신 머리를 끄덕이며 소리쳤다.

"명을 따르겠나이다."

"해, 우리는 북쪽으로 가야 하지만 이곳 태백산으로 가자면 동북쪽으로 가야 하나이다. 모친께서 연도의 피로를 마다 하신다면 소자들은 반대하지 않나이다."

"얘들아 그럼 어서 저 행렬을 뒤따르도록 해라."

정 소저의 분부에 일행은 즉시 관청제사 행렬을 뒤따라 태백산으로 향하였다.

산 고개를 넘고 또 넘고 산골짜기를 따라가다 산굽이를 에돌아 수십 개의 작고 큰 산과 개천을 넘으니 끝내 하늘에 우뚝 솟은 거대한 태백산이 나타났다. 허나 날이 이미 저물어 태백산 아래에 자리잡은 마을에서 하룻밤 묵어야 하였다.

관청제사 행렬을 따라 마을에 들어선 삼 형제 일행은 마을 길가 주점에서 제물 음식과 술 과일들을 사고 돌아보니 마을 길가에 태백관아라고 쓴 간판이 붙어 있는 궁궐 같은 기와집이 위엄 있게 자리잡고 있었다.

마을 동구 밖에는 세 개의 작은 연못이 있었는데 삼 형제 일행이 가까이 다가가 보니 상연은 그 둘레가 백여 장이요, 중연은 삼십 여장, 하연은 삼십 여장이 되어 실뱀마냥 고요히 마을을 에돌아 흐르고 있었다. 연못에서는 흡사 재로 친 사금인가 맑디맑은 진주일인가 싶은 고운 모래와 하얀 돌 자갈 위로 수정처럼 맑은 샘이 포말을 일구며 수수억 수수만 개의 구슬로 되어 한없이 솟아오르고 있었다.

허나 주위에 도깨비처럼 서있는 버드나무와 저쪽 으슥한 둔덕에 짐승의 잠자리 같은 시커먼 땅 구멍은 뼈를 에이는 듯한 연못의 냉기와 함께 엄습하여 와 저도 모르게 등골이 다 서늘해졌다. 그리고 저녁 땅거미가 짙어가는 연못에 음침한 안개가 서리서리 피어 오르는 것이 금시 그 무슨 괴물이라도 뛰쳐나올 것만 같았다.

삼 형제들이 길가는 사람들에게 물어보니 이 못은 남으로 굽이굽이 꼬리치며 흐르는 천삼백 리의 황산강의 발원지인 황지연못이라 하면서 몇 달 전도 이대부의 딸이 종적없이 사라진 곳이라고 알려주었다.

"해," 하고 정 용자는 머리를 기웃하고 연신 눈을 깜박이며 황지연못을 살펴보는데 정 용축이 빨리 주막집에 가서 저녁을 먹자고 성화를 부리는 바람에 그들 일행은 그만 발길을 돌리고 말았다.

주막집에서 하룻밤을 보낸 삼 형제 일행은 아침 일찍 일어나 행장을 수습하여 가지고 태백산으로 향하였다. 허나 관청제사 행렬은 그들보다 먼저 떠났는지 그림자도 보이지 않았다. 그래서 그들은 마을 주민들한테서 길을 물어서 길을 찾아 산으로 올라갔다.

이른 아침이라 안개가 끼어 태백산 경관이 보이지 않아 그들은 부지런히 길만 재우쳤다. 그들이 태백산 중턱까지 올라갔을 때였다. 갑자기 저 멀리 앞에서 고함소리 아우성소리가 들려왔다. 이윽고 관청제물 행렬 사람들이 여기저기 얻어맞아 피투성이 된 몸으로 서로 부축하며 내려오고 있었다.

"허허, 무슨 변이 생긴 게로군."

정 용축이 무슨 구경거리나 만난 것처럼 웃으며 말하였다.

"해, 무슨 도깨비래도 만났우?"

정 용자는 다가오는 사람들을 바라보며 물었다.

황급하게 달려 내려오던 한 병졸이 어깨 숨을 들먹이며 말하였다.

"올라가지 마시오! 한 괴한이 길세를 내라면서 제물들을 다 빼앗소이다!"

"해, 그 많은 병졸들의 한 괴한을 당해내지 못하다니? 해!"

"모두 내려가지 마시고 이 축이 뒤를 따르시오!"

"애들아, 관청제사 행렬도 뒤돌아오는데 일없겠느냐?"

당나귀를 탄 정 소저는 근심되어 물었다.

"모친께서는 심히 염려마소서."

정 용인은 예사롭게 정 소저를 위안했다.

삼 형제 일행은 되돌아 내려오는 관청사람들을 뒤따르게 하고 급히 산으로 올라갔다. 갈지자형으로 된 산굽이를 세 굽이를 돌아 올라가니 길에 장창을 쥔 웬 괴한이 불룩하게 나온 앞배를 내밀고 장승처럼 떡 뻗치고 서 있었다.

"해," 하고 정 용자 바라보니 이마는 좁고 양 볼이 불거져 나온 삼각형 머리를 가진 괴한이 올빼미 눈에는 서슬 푸른 독기가 반뜩이고 귀밑까지 찢어져 올라간 입은 금시 쩍 벌려져 시뻘건 아가리를 드러낼 것처럼 씰룩거리고 있었다.

"해, 넌 무슨 요괴냐?!"

"나는 태백산 원주민인 황씨다! 누구든 하늘에 제를 지내려면 이 고장에 길세를 내야 한다. 일반인은 한 배, 관청인은 두 배, 중들은 세 배를 내야 하는데 네 놈의 목에 염주를 보니 중이 분명하니 세 배를 내야 한다!"

"해, 이 땅에 모든 길은 서로 하나로 이어지는데 무슨 미친개처럼 텃세냐?! 아무래도 내 놈을 잡아 제물로 삼아야겠구나!"

"에끼, 쥐 같은 놈이 담도 크구나!"

"해?!" 하고 정 용자는 약이 올라 앙칼진 이빨을 드러내며 수염을 뽑아 단창을 만들어 가지고 잽싸게 달려 나갔다.

"애야, 원주민이라니 죽이지는 말거라!"

정 소저는 근심되어 소리쳤다.

괴한은 창을 꼬나잡고 정 용자와 어울려 싸웠다. 허나 두세 합을 싸우나 마나하여 괴한은 이리저리 피하며 살려달라고 죽는 소리하였다. 그 모습에 정 소저는 죽이지 말라고 연신 소리쳤다.

정 용자는 단창을 쳐들어 괴한의 머리를 겨누고 호되게 내리쳤다. 괴한도 만만치 않았다. 단창이 날아드는 것을 본 괴한은 술법을 써서 땅바닥에 가짜 시체를 내버려둔 채 진짜 몸뚱이는 살짝 빠져 달아났다.

"애야, 사람을 죽이다니?! 이 일을 어찌하면 좋단 말이냐?!"

"해, 어머니 이놈은 사람이 아니라 요괴나이다. 가짜 시체만 남겨놓고 도망쳤나이다."

"헤, 시체가 무슨 가짜가 있우?!"

정 용축의 입이 불룩해서 투덜거렸다.

"어머니, 여하튼 빨리 제사를 올리고 봅시다."

정 용인의 말에 정 소저는 큰일났다고 한탄하는데 관청제사 행렬의 관원이 다가와 저런 도둑놈은 때려 죽여도 상관없다면서 일이 생기면 자기가 나서서 해결해 주겠다고 하였다. 그제야 정 소저는 좀 시름이 놓여서 길을 재촉하였다.

해가 뜨자 태백산을 싸고 감돌던 잿빛안개는 천천히 흩어지면서 웅장하고 신령적인 태백산의 모습을 드러내기 시작하였다.

하늘 신 환인의 아들 환웅천왕이 홍익인간의 이념을 품고 북두칠성 아래 태백산(백두산) 신단수 아래로 내려와 신시를 열고 웅녀와 혼인하여 단군왕검을 낳고 태백산 배달민족 단군조선을 세운 후 그 민족의 터전을 잘 닦기 위해 이곳 태백산을 하늘로 통하는 길, 하늘로 오르는 산이라고 믿어 산봉에 천제단을 쌓고 하늘에 제를 올리었다는 산이 바로 이 태백산이었다.

삼 형제 일행이 정상에 올라 바라보니 태백대간이 거세게 격랑치는데 그 속에서 무섭게 생긴 거대한 용이 꿈틀거리며 달려오다 갑자기 놀라 솟구치며 크게 입을 쫙! 벌려 용트림한 웅장한 산이었다.

태백산은 크고 거대한 능선과 봉우리로 이루어져 아기자기한 정다움과 아름다움은 찾아보기 힘들었으나 손을 뻗쳐 해를 만질 것 같고 구름을 밟고 하늘을 거니는 신선 같아 천상임이 분명하였다.

정상에는 이끼 돋은 돌로 둘레가 스물 넉자쯤은 푼이 되어 보이는 타원형 천왕단이 있었는데 여기에서는 하늘에 제를 올리고 그 곳에서 삼백 보쯤 되는 북쪽에는 사람에게 제를 올리는 천왕단보다 작은 장군단이 있었고 남쪽에는 땅에 제를 드리는 천제단이 있었다. 이 세 개의 돌로 쌓은 단이 바로 이곳 태백산 천제단 전반 신역을 이루고 있었다.

정 소저는 천왕단에 제물을 차려놓고 천제단 바로 밑에 동해바다와 연결되어 용이 하늘로 솟아올랐다는 성스러운 용정이 있다는 말을 듣고 그 용정의 샘물을 제수로 올리려고 정 용축이를 보고 가서 퍼오라고 하였다. 허나 정 용축은 물바가지를 들고 여덟 번이나 산을 오르고 내리고 하며 용정을 찾았으나 끝내 찾지 못하고 산에 올라와 물앉아 떼질 썼다.

"인젠 소자는 찾을 방법이 없소이다!"

"해, 바보…"

"그럼, 머리 좋은 형님이 가서 찾아보구려!"

"헤," 하고 정 용지는 눈을 흘기며 물비기지를 받이 쥐고 주위에서 사람들의 발자국을 찾더니 희미하게 드러나는 오솔길을 따라 내려가더니 얼마 되지 않아 맑디맑은 용정 샘물을 한 바가지 가득 퍼 가지고 왔다.

"해, 그 머리와 눈은 어디에 쓴다더냐?!"

"허, 사람이 눈이 아니라 쥐 눈이구려."

정 용인이 큰형의 기색을 살펴보고 제꺽 면박 주었다.

"둘째형은 무슨 말을 그렇게 하시오?! 큰형은 눈으로 용정을 찾은 것이 아니라 머리로 찾은 게우다. 머리도 써야 총명해지우! 머리 써요. 써!"

"워낙 태어날 때부터 둔한 걸 누구를 탓하겠느냐? 너무 그러지 말거라."

정 소저의 말이었다.

"그럼! 내 탓이우?! 어머니 탓이지. 체!"

정 용축의 말에 모두 어기 막혀 그저 웃으며 제단에 마주서서 제를 올리기 시작하였다.

정 소저 일행이 제를 마치고 태백산을 거의 내려올 때였다. 갑자기 창검을 든 수십 명의 장병들이 삼 형제 일행을 막아 나섰다. 그 중 한 장병이 관아 본관이 요긴한 일로 찾으니 가자고 하였다.

정 소저는 아침에 살인사건 때문에 관가에서 붙잡으러 왔다고 생각하고 불안에 떠는데 용자는 별로 대수롭지 않은 듯이 헤헤거리며 앞장서 장병들을 따라나섰다.

정 소저 일행이 장병들을 따라 관청에 들어서니 널찍한 관청 정면 계단 위에 뚱뚱한 몸매에 둥실 솟는 해가 그려져 있는 관복을 입은 관원이 비단보에 싸인 책상을 놓고 앉아 위엄 부리고 있었고 그 곁에 학창의를 입은 사람은 따로 책상에 마주앉아 붓을 들고 앉아 있었다. 그 아래 양편에는 한길 되는 굵직한 대나무를 짚고 늘어선 시관들이 험상궂은 얼굴로 그들을 노려보고 있었다.

정 소저 일행이 관청에 들어서자마자 관원이 책상을 치며 호통쳤다.

"웬 놈들인데 감히 본관 관할 구에서 함부로 살인한단 말이냐?!"

"해," 하고 정 용자는 머리를 기웃하고 말하였다.

"살인이라니요?!"

"이놈 봐라! 백주에 사람을 때려 죽이고도 모르는 척하다니?!"

"해, 그건 사람이 아니라 요괴나이다."

"요괴라니?! 이런 발칙한 놈 있나?!"

"해, 그 죽은 자의 시체가 있나이까?!"

"뭐라?!"

관원이 말문이 막혀 눈만 껌벅거리는데 곁에 앉아 있던 학창의를 입은 사람이 자리에서 일어나 관원의 귀에 손나팔을 하고 뭐라 속삭였다. 연신 머리를 끄덕이며 듣던 관원의 얼굴에 웃음기가 돌았다. 이윽고 관원은 다소 부드러운 어조로 말하였다.

"본국에는 세 가지 법이 있다. 그 첫째는 살인한 자는 참수형에 처한다. 그 둘째는 다른 사람에게 상처를 입힌 자는 곡식으로 그 죄를 갚는다. 그 세 번째는 도둑질한 자는 노비로 삼는다. 이상 죄를 범하고 용서받을 자는 한 사람마다 오십만 전을 내야 한다. 네 놈들은 살인하였으니 반드시 참수형에 처하여야 한다. 허나 본관이 보매 네 놈들은 보통 인간이 아닌지라 입공속제할 기회를 주려 한다. 어떠하냐?"

"좋소이다! 무슨 일이나이까?!"

중뿔나게 정 용축이 앞에 썩 나서며 말하였다.

"일전에 경성 이 대부 셋째 딸이 하늘에 제를 올리려고 노모를 모시고 본 고을로 찾아왔다가 마을 동구 밖 황지 연못가에서 실종되었는데 지금까지 사건을 밝혀내지 못하여 새촉이 불같도다. 만약 네 놈들이 이 안건을 밝혀내면 죄를 면할 뿐만 아니라 상을 하사하겠으나 일 주일 내로 밝혀내지 못하면 모조리 참하리라!"

"허허 이 안건을 밝혀내면 이 대부의 셋째 사위가 될 수도 있지 않겠나이가?! 하하하… 좋소이다. 이 정 용축이 밝혀내리다."

"음." 하고 관원은 흡족해서 머리를 끄덕이더니 호령하였다.

"여봐라! 이놈 외에 다른 놈들은 모두 옥에 가두어라!"

"엉?!" 하고 정 용축은 그제야 정신이 번쩍 들어 눈이 떼꾼해서 어쩔 바를 몰라 서성거리는데 정 용자는 재미있다고 낄낄거리며 웃어대고 정 용인은 적이 답답하다는 듯이 얼굴을 찌푸리며 "쯧쯧" 혀만 차는데 정 소저는 장병들에게 끌려가며 소리쳤다.

"너를 도와줄 사람은 문밖에 매어 놓은 백록뿐이니 이 어미 속이 타는구나!"

관가에 숙박을 잡은 정 용축은 그날부터 울며 겨자 먹듯 머리를 붙안고 생각하고 또 생각해 보았다. 허나 별 좋은 수가 떠오르지 않았다.

관가 아전들과 물어 보아도 아무런 단서도 잡을 수가 없었다. 궁지에 빠진 정 용축은 경솔하고 주책없는 자신을 원망하며 후회하였으나 이미 쏟아진 물이라 어찌 할 수가 없었다. 애오라지 사건을 밝혀내어 어머니와 형제들을 구하는 수밖에 없었다. 그는 체면이고 뭐고 관계치 않고 관원이 허가를 받고 옥중으로 찾아가 정 소저 일행을 만나 사정하였다.

"형님, 무슨 방법을 좀 대 주구려?"

"해, 모른다! 몰라. 누가 너더러 주책없이 놀라더냐? 흥."

정 용자는 손을 홱홱 내저으며 콧방귀만 뀌었다.

"씨." 하고 정 용축은 정 용인이 보고 사정하였다.

"아우의 머리는 누구보다도 비상하지. 난 그저 아우만 믿는다이."

"형님, 황송하오나 그 무슨 수가 떠오르지 않소이다."

정 용인은 자못 난감한 표정을 지어보이며 말하였다.

"둘째야 좋은 수가 떠오르면 너를 부를 터이니 어서 다른 방도를 찾아보아라. 백록의 먹이도 제때에 주고…"

"어이구?! 이 난국에 말 못하는 미물까지 챙겨 주라니, 알았나이다. 소자 지금 곧바로 가서 먹이를 주고 오리다."

정 용축은 그길로 당나귀로 변신한 백록을 찾아가 구유에 먹을 것을 담아주고 말하였다.

"백록아 어머니와 형제들은 옥에 감금되었다. 관가에서는 나더러 황지 연못가에서 실종된 경도 이 대부의 안건을 밝혀내야 그들을 살려주겠단다. 무슨 방법으로 이 안건을 밝혀내야 하느냐?"

백록은 그의 말에 아무런 반응도 없이 그저 먹이만 먹어대었다. 이에 성이 난 정 용축은 저도 모르게 손을 번쩍 들어 백록의 귀를 때렸다. 백록은 화딱딱 놀라며 머리를 쳐들고 푸푸기렸다.

이튿날 정 용축은 온종일 숙박집 방안에 들어박혀 이 궁리 저 궁리 별궁리 다 해보았으나 별로 신통한 궁리가 떠오르지 않았다. 그의 불 같은 성질은 마치 닭이 닭장 같은 그 협소한 생활과 방속에서 짓눌려 무시로 폭발할 기세였다. 허나 그는 꾹 참고 생각만 굴렸다. 그 좋아하 던 술 생각도 없었다. 오히려 술상을 차려오는 시종들의 행실에 화가 치밀었다.

그의 하루 일과는 방에 들어박혀 생각하며 옥에서 그 무슨 소식을 보 내지 않을까? 하고 기다리는 것이었고 백록에게 먹이를 제때에 주는 것이었다.

오늘도 그는 백록에게 먹이를 주고 돌아서려 하는데 갑자기 당나귀 로 변신한 백록이 제풀에 후닥닥 놀라며 정 용축을 바라보았다. 성 용 축은 의아한 생각이 들어 잠깐 당나귀를 바라보다 피씩 웃어 보이고는 돌아섰다.

정 용축이 사흘이 되어도 집에 틀어박혀 있자 관가의 재촉이 화살처 럼 날아들며 별별 소문이 다 돌았다. 정 용축은 생각할수록 조급해져 방에서 뱅글뱅글 돌았다. 그는 종래로 이런 고민과 생각을 해본 적이 없었다. 허나 그는 생각하고, 생각하고 또 생각하였다. 그러자 그의 눈 에 보이는 모든 것이 예사롭게 보이지 않게 되었다.

나흘이 되자 그는 여느 때처럼 당나귀로 변신한 당나귀에게 먹이를 주고 돌아서려는데 백록이 또 후닥닥 놀라며 머리를 쳐들고 푸푸거렸 다. 당나귀가 왜 이렇게 자주 놀라는고? 하고 정 용축은 퉁방울 같은 눈을 굴리며 생각하였다. 부지중 번개불빛 같은 것이 뇌리를 스쳤다. 그렇지! 그렇고 말구! 살았다! 살았어! 정 용축은 무릎을 철썩 치더니 얼싸 좋다 괴상하게 덩실덩실 춤까지 추었다.

정 용축은 즉시 관아로 달려가 수십 명 장병들을 점검하여 병졸들에게 북과 징을 가지고 자신을 따라오라고 분부를 내렸다. 그들을 데리고 마을 동구밖 황지 연못가로 달려간 그는 병졸들에게 북과 징을 울리면서 태백산에서 오신 정 용축 대왕이 삼일 내에 이 대부의 셋째 딸을 납치한 도둑놈을 잡아낸다고 소리치며 다니라고 하였다. 그리고는 비교적 영리해 보이는 한 장병을 불러 저녁 무렵에 중년되는 사나이 한 놈만 마음대로 잡아오라고 은밀하게 영을 내렸다.

저녁 때가 거의 되자 장병들은 사십 남짓해 보이는 한 사나이를 붙잡아 관가 대청에 앉아 있는 정 용축의 앞에 대령시켰다.

정 용축은 눈을 부라리며 호통쳤다.

"너 이놈 네 죄를 아느냐?!"

사나이는 후들후들 사시나무처럼 떨더니 물먹은 흙담이 무너져 내리듯 풀썩 엎드리어 연신 이마를 조아리며 아뢰었다.

"소인은 죄가 없소이다! 억울하오니 통촉하여 주옵소서!"

"하하하… 죄가 없다?!"

"예, 소인은 여태껏 이웃집 바오라기 하나 주워온 적도 없소이다."

"음." 하고 정 용축은 짐짓 위엄을 부리며 한참 그 사나이를 지켜보다 영을 내렸다.

"이 놈을 집으로 돌려보내어라."

이튿날 오후 정 용축은 또다시 병졸들에게 명하여 어제 붙잡아 왔던 그 사나이를 잡아오게 하였다.

"너 이놈, 아무리 생각해 보아도 이 대부의 셋째 딸을 네 놈이 납치한 것 같다. 어서 이식질고 못할고?!"

"억울하외다! 통촉하소서!"

"그래 지난 밤 웬 놈들이 네 놈을 찾아왔더냐?"

"네, 아랫집 최 파부, 이웃집 빅 시빙, 곳가 횡씨, 뒷집 이 영감…"

사나이는 십여 명 되는 사람들을 고해바쳤다.

"그 외 없느냐?! 한 사람 빠져도 큰일 날 줄 알아라!"

"예, 예 없나이다."

"돌아가라."

그 이튿날 그 사나이를 또 잡아다 물어보니 자기를 찾아온 사람이 네 사람뿐이라 하였다. 그래서 그 사나이를 돌려보내고 그 이튿날 그 사나이를 또 불러다 물어보니 찾아온 사람이 두 사람이라 하였다. 그 두 사람 중에 세 번이나 연속 찾아온 사람은 누구냐고 물으니 그 사나이는 황지 연못가의 황씨라고 하였다. 황씨가 바로 범인이라 단정한 정 용축은 큰 소리로 장병들에게 영을 내렸다.

"장병들은 모든 군사를 풀어 즉시 황씨를 포박하여 잡아오라!"

영을 받은 장병들은 즉시 달려가 황지 연못가의 황씨를 포박하여 관아 대청에 앉아 있는 정 용축의 앞에 대령시켰다. 범인을 잡았다는 소문을 들은 본관도 기쁜 나머지 황급히 달려와서 정 용축의 곁에 앉아 있었다.

범인을 지켜보던 정 용축은 바로 이놈이 태백산 길가에서 강도질하다 정 용자한테 맞아죽은 놈 같아 급히 자리에서 일어나 불의에 그 놈의 혈을 찔러 둔갑술을 부리지 못하게 하였다. 그리고는 돌아와 자리에 앉자마자 선인장을 부여잡고 호통쳤다.

"너 이놈! 경성 이 대부의 셋째 딸을 어디에 숨기었느냐?! 이실직고하지 않으면 이 선인장이 용서하지 않을 것이다! 바른대로 고하면 목숨만은 살려줄 테다!"

"황송하오나 소인은 무슨 말씀이신지 모르겠소이다!"

황씨는 불룩한 배를 내밀고 배포 좋게 대구하였다.

"안 되겠다. 여봐라! 이놈이 이실직고할 때까지 사정없이 쳐라!"

정 용축의 영에 좌우 시관들이 달려들어 황씨를 엎어놓고 마구 곤장을 때리기 시작하였다. 황씨는 곤장 오십여 대를 맞고도 억울하다고 아우성치더니 백여 대를 맞고서야 살려달라고 사정하며 이 대부의 딸을 태백산 용연동굴에 숨기였다고 탄백하였다. 그런데도 시관들이 오십여 대를 더 때리니 황씨는 풀썩 운무를 일으키며 커다란 이무기로 원형을 드러내고 꿈틀거렸다.

그 바람에 시관들이 놀라 와야! 하고 기겁하는데 정 용축이 씽 하니 달려 내려가 선인장으로 단매에 이무기의 대가리를 쳐 죽였다. 그 광경에 모두 놀라 넋이 나간 듯 서 있는데 정 용축은 자리에 돌아와 앉아 큰소리로 호령하였다.

"여봐라! 장병들은 즉시 가마를 메고 연지동굴에 가서 이 대부의 딸을 모셔오도록 하라! 일각이 삼추 같으니 늑장부리는 자는 가차 없이 참하리라!"

정 용축은 영을 내리고 곧게 옥에 감금된 정 소저 일행을 찾아갔다. 그때까지 본관 관원은 악연이 놀라 돌처럼 굳어져 눈만 껌뻑거리고 있었다.

26회

삼 형제들은 대수에서 길이 막히고
정 용인은 양면 낮짝 요괴를 족치다

딸을 구사일생으로 구출하였다는 소식을 접한 경도성 이 대부는 다섯 채의 쌍두마차와 수십 명의 장병들을 보내어 딸과 정 소저 일행을 경성으로 모셔오라고 영을 내렸다. 쌍두마차에 앉은 정 소저 일행은 온종일 달려 대수(한강)강변에 이르렀다.

첩첩산중과 깊은 골짜기들을 에돌아 흐르던 대수강은 바둑판 같은 들판을 만나 활등처럼 굽이져 유유히 흐르고 있었다. 바다를 향하여 아득히 열려져 있는 들에는 마치 높은 산봉우리만 썩둑 베어다 옮겨

놓은 것 같은 작은 산봉들이 군데군데 장기 쪽처럼 널려 있었고 강변을 따라 마을들이 듬성듬성 자리잡고 있었다.

정 소저 일행이 대수강변을 따라 올라가는데 갑자기 경도성 방향 산중에서 먼지구름이 북녘하늘을 덮고 함성소리가 천지를 진동하더니 산굽이 큰길로 신호기가 날리고 화각소리 동라소리 요란하더니 궁노수들과 삼지창, 오지창을 거꾸로 멘 장병들이 말을 탄 장병들을 따라 물 사태마냥 밀려나오고 있었다.

경도성 이 대부의 장병들을 따라온 정 소저 일행은 잠깐 걸음을 멈추고 천군만마가 대수강을 따라 창황이 서쪽으로 향하는 것을 바라보고 있는데 말을 탄 장병 수십 기가 질풍같이 마주 달려와 이 대부의 영을 전하였다.

그것은 갑자기 위만이 내란을 일으켜 경성으로 갈 수 없다는 것과 이 대부는 준왕을 따라 갑비고차(강화도)로 갔으니 잠시 서리풀(서울 부근) 마을에서 기다리라는 전갈이었다. 그래서 일행은 서리풀 마을로 향하였다.

서리 풀이 무성하여 서리 풀 마을이라 한다는 그 마을은 대수강 하류 유역 중심지의 상당히 큰 도읍지였다. 대수 강을 끼고 들어앉은 마을에는 크고 작은 기와집들이 즐비하게 들어서 있었고 이따금 괴이하게 지은 목재 건물들도 보였다.

거리 양편에는 가게와 주점들이 물샐틈없이 들어앉았는데 갑자기 나타난 피난민들과 패잔병들로 하여 북적북적 인산인해를 이루었다. 여기저기에서 사람들이 떼 지어 다니고 한집 식구들은 서로 이름을 부르며 허둥지둥 헤매고 있었다. 간혹 말을 탄 장병들이 마구 사람들을 헤집고 달리는데 그 바람에 수없이 많은 사람들이 아우성치며 쓰러지고 넘어졌다.

땅바닥에서는 신음소리가 들려왔고 간신히 자리에서 일어난 사람들은 무릎을 꿇고 손을 비비며 하늘에 기도를 드렸다. 굶주림에 시달린 사람들은 여기저기 길가에 앉아 동냥하는데 하늘에서는 길을 잃은 까마귀들만 스산하게 울며 날아예고 있었다.

정 소저 일행은 장병들이 안패대로 한 숙박 집에 들어가 행장을 풀었다. 쌍두마차에 편이 앉아오다 보니 별로 피곤하지 않았고 시장하지도 않았으나 병졸이 찾아와 저녁식사 준비 다 되었다고 재촉하는 바람에 일행은 그길로 숙박집 주방 대청 연회석에 참석하였다.

진수성찬으로 가득 차려진 저녁 연회석에서 정 용축은 어깨가 으쓱하여 잔뜩 목을 빼들고 이 대부의 딸만 지켜보는데 정 용인의 침울한 표징을 짓고 수질을 들려고 하지 않고 묵묵히 앉아 있었다.

정 소저는 의아하여 물었다.

"둘째야, 얼굴에 수심이 가득하니 웬일이냐?"

"나라에 변이 생기면 백성들만 도탄에 빠지나이다. 오늘 길에서 굶주림에 허덕이는 백성들을 보니 입맛이 없소이다."

"해, 우리 대강 요기하고 여기 상에 음식들을 모아 거리의 백성들에게 나누어 줌이 어떠하냐?"

"좋소이다!"

정 용인은 무릎을 철썩 치며 말을 이었다.

"황송하오나 어머님, 우리 수중에 은자가 적지 않으니 아예 백성들에게 나누어 주심이 어떠하나이까?"

"허, 하늘님과 부처님이 어디에 있는가? 했더니 여기에 있구려. 그래 다 나누어 주고 우리는 서북풍을 먹고?! 고까짓 꺼 나누어 주고 어떻게 그 많은 백성들을 구한단 말이냐? 진정 백성들을 구하려면 나를 따라 이 나라 부자들을 모조리 쳐 없애고 그 재산을 털어 백성들에게 나누어 주자!"

"해, 그건 반란이다."

"반란이 뭐 나쁘오? 그래 산속에서 백성들의 시주를 받아먹으며 그 뭐, 마음을 비우고 도를 닦아 극락세계요 뭐요 하며 목탁을 두드려 언 제, 어떻게 이 세상을 구한단 말이오?!"

정 용축의 말에 정 용인이 중얼거리듯 말하였다.

"이 세상은 하늘님의 자비로운 사랑으로 구해야 하오이다."

정 용축이 버럭 소리쳤다.

"헛소리 치지 말거라! 하늘님도 인간들이 만들었다. 하늘님 의란 말 도 하늘님의 정신도 인간들이 만들었다. 인간이 없으면 하늘님도 없어 진다. 하늘님이란 하늘이라는 뜻이다. 하늘과 땅에 숨을 쉬고 움직이 는 모든 것은 신이 있다. 나무도 별도 다 신이 있다. 신이란 몸체를 움 직이고 지휘하는 보이지도 만질 수도 없는 신기한 힘이다. 정신이란 바로 세밀하고 맑고 깨끗하게 정제된 신을 말한다. 하늘님은 인간의 그 신을 유혹하여 자신의 노예로 만드는 것이다. 너도 정신 좀 차리어 라."

정 용인의 격분하여 벌떡 자리를 차고 일어나 삿대질을 하는데 정 소 저 황급히 정 용인의 팔을 잡아당기며 "싸우겠느냐?" 하고 머리를 돌 려 정 용축을 쏘아보며 질책하였다.

"너는 여인이라면 오금을 못 쓰며 사고만 치더니 갑자기 무슨 개똥 장황설이냐?!"

"장가를 못간 사내가 여인 보고 반하는 것이 정상이지 여인 보고도 목석이면 그게 인간이나이까?! 저도 스승한테서 배운 이론이 있는데 장황설이라니요?! 사실 형님과 아우는 소자의 대상도 아니되나이다!"

"해, 둘째 태백산에서 안건을 밝혀내더니 하늘도 땅도 콩알처럼 보네. 해!"

"큰 형님 우리 이 음식들을 나누어 가지고 거리로 나갑시다."

"해, 은자들도 가지고 나가야지."

"내 먹을 것은 남게 두오!"

정 용축의 큰소리는 들은 척도 하지 않고 정 용자와 용인은 상 위에 음식들을 모조리 보따리에 싸들고 거리로 나왔다.

어둠이 깔리기 시작한 거리에 사람들이 밀려다니고 있었다. 장병들이 줄지어 다니고 부상병들과 거지들이 여기저기 골목으로 쓸어 다니며 먹을 것과 잠자리를 찾아다니기에 분주하였다. 이따금 책을 든 사람들이 조용히 거리를 에돌아 사라지고 요란한 쌍두마차의 울부짖는 말들의 울음소리도 들려왔다.

거리에서 먹을 것과 동전들을 나누어 주던 정 용인은 웬 아이가 노인의 손을 잡고 겨우 몸을 지탱하며 다가오는 것을 보았다. 그 아이는 열살 가량 되어 보이는데 얼굴은 땟자국에 얼룩져 진흙탕 속에서 나온 애 같았고 너덜너덜 찢어진 옷 사이로 허연 속살이 다 들여다 보였으나 눈동자만은 그래도 유난히 반짝였다.

그는 앙상하게 여위고 수척한 노인을 끌고 다가와 "우리도 주세요?" 하고 손을 내밀며 동냥하였다. 그 목소리는 애원한다느니보다도 신음하는 듯한 애처로운 목소리였다.

정 용인은 먹을 것과 은자 몇 잎 건네 주자 그들은 엎드려 연신 머리를 조아렸다. 그리고는 게눈 감추듯 음식을 먹어치우고 동전을 옷섶으로 닦고 또 닦으며 귀신을 보고 웃는 사람처럼 부질없이 자꾸 웃기만 하였다.

그 모습을 보고 정 용인은 근심되어 물었다.

"애야 저녁에는 어디서 자느냐?"

"천신회(天神會)에서 사는데요."

"여기 천신회라는 것이 있느냐?"

"예, 지금 우리 가고 있던 참이었다."

"그럼 우리 함께 가자구나."

"예, 좋아요."

정 용인은 아이와 함께 노인을 모시고 천신회로 향하였다.

그 곳에서 멀지않은 곳에 천신회가 있었다. 천신회는 나무 목재로 지은 이층 건물인데 천신회 주변에 선 나뭇가지 사이로 지붕 위에 작은 깃발이 올려다 보였다. 하늘을 찌르는 첨탑의 끝 깃발은 흡사 둥근 달에 외롭게 날리고 있었다.

정 용인은 아이와 노인을 따라 천신회의 문을 밀고 안으로 들어갔다. 그 속에는 부인들, 노인들 어린이들이 벽에 걸려 있는 깃발 앞에 무릎을 꿇고 수없이 많이 모여 있었다.

제일 앞줄에는 옷매무새가 단정한 부유층과 권세가들의 앉아 있었고 뒤쪽에는 거지와 일반인들이 죽은 사람들처럼 눈을 감고 고요히 앉아 있었다. 그 주위에는 수많은 등불 빛이 어둠 속에서 가물가물거리며 별처럼 빛나고 있었으며 그 어둠 속에서 사람들은 천신교라 쓴 깃발 아래에서 말하는 사나이를 생기 없는 눈으로 물끄러미 쳐다보고 있었다.

사나이는 기다란 흰 두루마기를 입고 기름기 번들거리는 이마 아래 몽상가 같은 희멀건 눈을 덮고 번뜩이는 안경 위로 이따금 아래를 보며 말하고 있었는데 갑자기 높은 소리로 그러다가는 숨이 넘어가는 소리로 이야기하고 있었다. 그러다가는 "기원하노라!"하고 머리를 가슴 앞에 수그리고서 위엄을 띠고 생각에 잠겼다는 급기야 깨달은 듯이 손을 펼치며 "하늘이여!" 하고 소리치는데 그때마다 사람들은 "하늘이

여" 하고 연신 십자가를 가슴에 그리고 손을 비볐다.

정 용인은 구석 쪽으로 가서 무릎을 꿇고 아이와 노인을 자기 앞에 꿇어 앉혔다. 노인은 겨우 몸을 지탱하며 후들후들 떨기만 하였으나 사내 아이는 벌써 무릎을 꿇고 앉아 덤비는 기색도 없이 고사리 같은 손을 들어서 크게 십자가를 그으면서 땅에 머리를 조아렸다.

정 용인은 천신회라고 쓴 깃발을 쳐다보고 무릎을 꿇고 이야기를 들으며 기도와 경건한 마음에 잠기려고 애썼다. 그러나 그것은 오래가지 못하였다. "기원하노라!"하는 소리가 울리더니 노래를 부르기 시작하는데 그 속에서 한 사람이 큼직한 모금함을 들고 돌아다니며 사람들의 턱밑에 들이대고 있었다.

대다수 사람들은 별로 거부김이 없이 밁게 직게 나름대로 호주머니를 털어 동전을 내고 있었으나 가끔 난감한 표정을 짓고 주저거리며 둘러보다 자신한테 집중되는 눈 시선에 마지못해 동전을 내는 사람도 있었다.

정 용인은 잠깐 어리둥절해서 바라보았다. 하늘님께서 백성들한테 금전을 요구하신 적이 있는가? 또한 그 어떤 면목과 구실로 헌금을 모으라 하신 적이 있는가?

일전에 국왕과 천신회가 혼합되어 있을 때 세금으로 십분의 일에 해당되는 금액을 국왕에게 바친 적은 있어도 감히 하늘님의 이름으로 백성들의 턱밑에 모금함을 들이밀다니?! 하늘님은 자신을 따르는 마음을 요구하셨지 그 언제 금전을 요구하셨는가?

하늘님은 사랑을 베푸는 분이시지 금전을 모으는 분이 아니다. 하늘님의 명분으로 백성의 금전을 수탈하는 것은 창검으로 백성들의 돈을 빼앗는 것보다도 더 악랄한 수단이 아닌가? 그것은 하늘님의 이름이 창검보다 더 무서운 존재이기 때문이다.

스승님은 땅을 제단으로 하늘을 천신회로 삼고 하늘님의 사랑을 온 천하에 베푸시었다. 제단이 없어 천신회가 없어 봉금을 주지 않아 복음을 전하지 못하고 세례를 못하는가?! 두루마기를 쓴 마귀들아 물러가라! 이렇게 생각하며 정 용인이 격분하는데 모금함을 든 사람이 어느새 아이와 노인의 앞에 와서 자리를 뜰 염을 하지 않았다.

주위의 모든 시선이 아이와 노인의 몸에 집중되었다.

노인은 얼굴을 붉히며 한참 주저하더니 후들후들 떨며 정 용인한테서 가진 동전을 모금함에 쩔렁 소리나게 떨어뜨려 넣었다. 그리고는 앙상하게 여윈 손으로 가슴에 십자가를 그으며 머리 숙였다.

"하늘이시여!"

정 용인은 성이 상투밑까지 치솟아 올랐지만 내색하지 않고 생각을 굴렸다. 어떻게 한담? 그렇지. 그는 부지 중 그 어떤 생각이 떠올라 마음을 단단히 다잡고 있는데 모금함을 든 사람이 그의 턱 밑에 모금함을 들이밀었다.

정 용인이 짐짓 시간을 끌자 장내의 모든 시선이 그의 몸에 집중되었다. 이때라고 생각한 그는 호주머니에서 동전 한 잎 꺼내들고 입속으로 주문을 외워 동전을 커다란 황금덩어리로 변신시키고 그 황금덩어리에 입맞춤하며 그 무엇이라 속삭였다.

'아, 황금이다!'

순간 장내는 황홀과 정열과 열광과 희망뿐인 신비스러운 세계에서 갑자기 멈추어 버린 듯이 굳어졌다. 사람들은 모든 것을 황금덩어리에 맡겨 버린 듯 저것이 무엇인지 분간 못하는 것 같았다.

그들은 말도 웃음도 잃어버리고 큼직한 모금함의 황금덩어리만 따라 눈만 움직이고 있었다. 그것은 마치 닭장 속에 갇힌 수없이 많은 닭들이 놀라 황갈색 눈으로 두리번거리는 그런 모습 같았다.

모금함에 황금이 오색찬란한 황금빛을 발산하며 깃발 아래에 서 있는 사나이 앞에 놓이자 사나이는 실성한 사람처럼 두 팔을 하늘 높이 쳐들었다.

"하늘이시여! 오늘에야 비로소 하늘이 이 가슴속에 이 마음속에 살아 계심을 알았나이다. 불쌍한 어린 양들이여 믿고 따르라! 하늘은 그 언제나 그대들을 굽어 살피노니 하늘이 길이요, 나의 말이 진리요 생명이나니 아무것도 근심 말고 나를 따르라. 이 황금을 보라! 내가 너희에게 이르노니 내가 바로 천신이요, 하늘이니 먹을 것 입을 것 염려하지 말라…"

"너 이놈, 황금이 마귀로 변하는 것도 모르고 무슨 장황설이냐?!"

갑자기 모금함에서 운무가 일더니 모금함이 순식간에 험상궂게 생긴 머리에 두 가닥 양 뿔을 단 무서운 마귀로 변신하여 길고 굵은 장대로 사나이의 아랫배를 사정없이 푹 찔렀다. 사나이는 비명을 울리며 사람이 모양을 한 얼굴과 뱀이 대가리를 한 머리가 둘이 달린 구렁이로 원형을 드러내고 꿈틀거리더니 홀연 한 가닥 음기로 화하여 달아났다.

"너 이놈 어디로 도망치느냐?!"

정 용인은 혼비백산하는 사람들을 안개 할 사이도 없이 몸을 솟구쳐 천신회 요괴를 뒤쫓았다. 대수 상공에서 원형을 드러낸 천신회 요괴는 정 용인이 뒤쫓아오는 것을 발견하고 입을 쫙 벌리고 기다란 두 가닥 혀를 내밀어 정 용인의 허리를 감아 삼키려고 하였다. 정 용인은 덤비지 않고 비용검을 뽑아들며 말하였다.

"네 놈은 이 혀로 하늘님을 외곡하며 신도들을 끌어당기니 우선 그 혀부터 잘라야겠다!"

"에크!" 하고 요괴는 놀라며 혀를 빨아들이고 가는 눈으로 독기 어린 검푸른 빛을 내뿜으며 말을 이었다.

"네 놈은 웬 놈인데 감히 하늘님과 맞서느냐?!"

"이놈?! 감히 하늘님으로 자처하다니?!"

"하늘님의 성령을 받으면 하늘님이요 하늘님의 성령을 받아 말하니 하늘님의 말씀이라는 것을 모르느냐?!"

"하하하…"

정 용인은 어기 막혀 웃으며 꾸짖었다.

"설령 네 놈이 하늘님이 성령을 받았다 해도 그것은 성령을 받은 것이요. 설령 네 놈이 하늘님의 성령을 받고 말해도 그것은 네 놈이 말이지 하늘님의 말씀이 아니다. 그것은 하늘님이 성령은 영원히 죽지 않고 살아있는 것으로서 이전에나 지금이나 장래에나 이 세상 수없이 많은 사람들이 그 성령을 받을 것이다. 그런데 저마다 성령을 받았다고 하늘님이라 자처하고 자신의 말은 하늘님이 말씀이라 한다면 이 세상이 어떻게 되겠느냐?! 하늘님의 두루마기를 쓴 사람과 진짜 신도를 식별하는 것은 단 한가지뿐이다. 두루마기를 쓴 사람은 자신을 하늘님으로 간주하면서 감언이설로 사람들을 노예로 만들어 금전을 수탈하고 진짜 신자는 자신도 죄인으로 간주하면서 사람들을 죄에서 해방시키며 돈을 받는 것이 아니라 애오라지 사람들을 구제하면서 하늘님의 사랑을 베푸는 것이다."

천신회 요괴는 너털웃음을 쳤다.

"하하하 돈을 받지 않고 어떻게 제단을 쌓고 천신회을 지으며 백성들을 구제한단 말이냐?!"

"하늘님을 보아라! 하늘님은 백성들의 돈을 모아 제단을 쌓고 천신회를 짓고 복음을 전하였더냐?! 하늘님은 산야를 가리지 않고 천리 길 만리 길 마다하지 않고 바다 같은 마음과 능력으로 친히 백성들을 보살피며 구제하니 스스로 있는 자들이 높이 칭송하며 따라하였느니라!"

"허허 네 놈은 이단이구나!"

"이단을 부르짖으며 정직하고 문명한 성직자를 모독 탄압하는 것은 두루마기를 쓴 천신회 요괴들의 상투적인 수법이다. 성령은 이전에 한 번만 존재하였고 죽은 것으로 생각하였기에 적지 않은 정직한 신자들도 이단을 부르짖은 것이다. 이제 성령이 영원함을 인식하고 시대에 따라 수없이 많은 성직자들이 나타나 보다 현실적인 마음으로 하늘님을 모실 것이다."

"동정녀는 성령으로 하늘님을 잉태하여 낳았는데 네 놈의 말대로 하면 하늘님의 성령으로 그 후대가 태어난다는 말이 아니냐?!"

"그래, 하늘님이 후대가 끊어질 줄 알았느냐?!"

"네 놈이야말로 이단 중에 진짜 이단이구나!"

"요괴가 감히 이단을 거론하다니?!"

정 용인은 비용검을 비껴들고 비호같이 덮쳐들었다. 천신회 요괴도 만만치 않았다. 천신회 요괴는 기다란 구렁이 몸뚱아리를 꿈틀거리며 이리저리 피하면서 두 머리에 달린 두 입을 쫙 벌려 시뻘건 구새통 같은 목구멍으로 연기 같은 검은 독기를 내뿜었다. 그러자 대수상공은 삽시에 검은 음기에 휩싸여 밝은 둥근 달님마저 모호한 괴물로 변해 보이게 하였다.

모든 것이 선명한 윤곽을 잃고 모두가 모호한 가운데 형체가 변하더니 지척을 분간할 수없는 칠흑 같은 밤이 되었다. 궁지에 빠진 정 용인은 방법이 없어 목에 십자가를 높이 추켜들며 하늘님을 불렀다. 그러자 십자가에서 오색 광채가 빗발치면서 대수 상공은 삽시에 대낮처럼 밝아졌다.

십자가의 오색 광채에 놀란 천신회 요괴는 사람으로 변하였다 구렁이로 변하였다 연속 반복하며 몸을 사시나무 떨듯 하더니 갑자기 몸체를 구렁이와 사람의 모습으로 나누어 가지고 각기 다른 방향으로 줄행 랑을 놓았다. 그 바람에 정 용인은 어느 놈을 먼저 쫓을지 몰라 서성거 리다 서쪽으로 도망치는 구렁이를 쫓아가 비용검으로 번개같이 구렁 의 목을 겨누고 내리쳤다.

"이놈아!"

"악!" 하고 비명을 토하는 구렁의 대가리는 장독에 굴러 떨어지는 메 주덩이마냥 대수강에 떨어지고 몸체는 꿈틀거리며 대수 양안에 비린 내 나는 검은 피를 뿌리며 용을 쓰더니 검은 실타래처럼 대수강에 떨 어졌다. 그 바람에 세찬 물기둥 일으키더니 악마의 흔적은 사품치며 흐르는 대수 강 물결 위의 흰거품처럼 가뭇없이 사라졌다. 이윽고 정 용인은 사람의 모양을 하고 도망친 요괴를 찾았다. 허나 그 사이 어디 로 도망쳤는지 그림자도 찾을 수 없었다.

"천신회 요괴의 반쪽이 사람의 모습으로 사라졌으니 이 일을 어이하 면 좋단 말인고?"

정 용인은 길게 한숨을 내쉬었다.

27회

정 용자는 락가산으로 날아가고
가짜 미륵은 압록강까지 도주하다

정 소저 일행이 대수강가 서리촌에서 며칠 묵는 기간 병란은 나날이 험악해지고 길은 조금치도 열리려는 조짐이 보이지 않았다. 하여 그들은 이 대부의 셋째 딸의 강경한 만류도 뿌리치고 대수강을 거슬러 동쪽으로 향하였다.

허나 어디나 병란으로 군사들이 둔치고 싸우며 약탈과 살인을 일삼으니 길은 있어도 지나갈 수가 없었다. 그래서 길을 찾아 첩첩산중을 헤매며 가고 가다보니 어느새 그들은 미시파령을 넘어 동해 바닷가 속새(속초)라는 마을에 이르렀다. 바다가 나타나자 정 소저는 한시름 놓은 듯이 얼굴에 환한 표정을 지으며 말하였다.

"얘들아 여기에서 배를 타고 가면 고향이 멀지 않다."

"해," 하고 정 용자는 이마에 손 채양하고 기웃거리며 바라보더니 말하였다.

"바다 기슭에도 군기가 바라보이는 것 같나이다. 소자 하늘에 올라가 살피고 오겠나이다."

정 용자 말을 마치고 근두운을 날려 하늘에 올라 살펴보니 바다 기슭에도 대치 상태를 이룬 남북 군사들의 영채와 군기가 수풀을 이루었는데 그 경계 또한 삼엄하여 귀신도 빠져나갈 수 없었다. 그래서 머리를 돌려 살펴보던 정 용자는 부지 중 눈이 종지 밑굽만 해서 조각구름 위에 굳어졌다.

"해, 세상에 이런 곳이 있다니?! 하늘땅의 모든 아름다움의 극치와 신비함은 이곳 산봉 협곡과 폭포수에 모여 있구나!"

남쪽 설산(설악산)은 번쩍번쩍 눈부시는 신비한 흰색 모자를 쓴 하늘의 거대한 사나이가 구름 위에 우뚝 치솟아 의젓이 북쪽 산봉들을 바라보는 것 같은데 그 어엿한 총각의 모습에 반한 북쪽의 일만 이천 서리뫼들은 흡사 일만 이천 하늘 선녀들이 길고 흰 수건을 휘두르며 요염한 안개 속에서 저마다 자신들의 요염한 자태를 뽐내며 춤을 추는 듯하였다.

봉에 봉마다 폭포수와 은띠 같은 내천을 끼고 자신의 귀태와 신비함을 뽐내니 안개 속에서 신선들이 학을 타고 노닐고 구룡연에서 선녀들이 미역 감는 듯한데 그 모습을 거북이, 토끼, 용들이, 남몰래 숨어 훔쳐보는가?

이 세상 험악한 도깨비와 맹수들이 다 모여 형성된 귀면암이 험상궂은 모습으로 괴암절벽 이루고 신선들마냥 의젓이 솟은 삼선암을 시기하며 싸움을 거니 백옥 같은 천군만마 그 자리에 굳어져 기폭을 펄럭이는 듯 산에 산마다 살아 움직이며 변화무쌍한 절승경개를 이루니 그야말로 그 신비하고 황홀함을 한입으로 도저히 표현할 수 없었다.

정 용자 설산과 서리뫼(금강산)의 경관에 취하여 시간 가는 줄을 모르고 살펴보는데 저쪽 설산 흰모자 같은 신비한 바위산 봉우리에서 퉁소 소리가 은은하게 들려왔다.

"헤, 저건 또 웬 소리지?"

정 용자는 귀를 강구고 연신 눈을 깜박였다.

퉁소 소리는 졸졸 흐르는 시냇물 소리 같았다. 그의 눈앞에 산과 물과 구름이 부드럽고 신기힘을 퉁소소리에 담아 표현하며 남에게 알릴 수 없는 절절한 감정을 퉁소소리에 용화시켜내고 있었다. 그 음향은 쓸쓸한 가을바람에 실려 서글프게 우는 듯하더니 불현듯 격정의 파도 치듯 광풍폭우가 쏟아지고 우레가 울리며 그리움과 원한에 몸부림치는 한 사나이의 모습을 연상케 하였다.

정 용자는 신기하여 구름을 재우쳐 설산 봉우리의 가까이 다가가 보니 웬 백발이 다된 신선이 봉우리 꼭대기의 어름바위에 걸터앉아 퉁소를 불고 있었다. 정 용자는 구름을 낮추어 바위 아래에 내려서서 쳐다보며 머리를 기웃하고 물었다.

"헤, 영감 거기서 애들처럼 뭐하는 거유?"

신선은 퉁소에서 입술을 떼고 의아한 눈길로 정 용자를 지켜보더니 갑자기 너털웃음을 하였다.

"어허 하하하… 동천공이 신기하게 생기었고 예의가 없다더니 과시 듣던 바로군. 하하하…"

"헤, 누구시우?"

신선은 가까스로 웃음을 참으며 말하였다.

"소신은 울뫼봉(울산봉) 산신이나이다."

"해, 난 또 누구라고, 서리뫼산으로 들어가려다 자리가 없어 들어가지 못하고 이 설산봉에 주저앉은 그 울뫼봉이라 부르는 바위산신이네. 해 해…"

"그렇소이다. 헌데 동천공은 웬 일로 소신을 찾아 왔나이까?"

"해, 모친을 모시고 태백산으로 가는 길에 병란으로 길이 막혀 오다 보니 예까지 왔는데 배를 타고 바다로 가자고 하여도 길이 막혔나이다. 저기 저 서리뫼산으로 넘어갈 수 있는지 알아보러 왔나이다."

"사람이 아니라 산새들도 못 넘어가나이다. 소신도 서리뫼 기슭에서 살고 있는 노친을 만나지 못하고 있나이다."

"해, 거짓부리!"

"거짓말이 아니나이다. 워낙 설산은 남신산이고 서리뫼는 여신산이라 서로 사의 좋았는데 근래에 북쪽 태백산 천상공주의 아들 금성이 미륵보살로 자처하면서 서리뫼의 모든 신들을 통제하고 이끌고 있나이다."

"해?! 그년이 아들까지 낳다니?! 에익…"

정 용자는 성난 원숭이마냥 괴상한 소리를 지르며 팔과 다리를 부질 없이 들었다 놓았다 하더니 자신의 머리를 마구 잡아 뜯기도 하고 두드려 대기도 하였다.

"아니? 동천공 웬일이시우?"

"아이고, 머리야! 그래 그놈의 신통력이 그렇게 대단하단 말이나이까?!"

"동해에서 서해까지 서리뫼에서 북두칠성 아래 태백산까지 모두 그놈의 손아귀에 있소이다."

"해,"하고 정 용자는 연신 눈을 깜박거리며 귀뿌리를 만지더니 별안간 "한번 시험해 보리다." 하고 몸을 솟구쳐 북쪽으로 씽하니 날아갔다. 정 용자는 주저 없이 구름을 재우쳐 서리뫼를 향하여 날아 들어가니 갑자기 징소리가 요란하게 울리며 일만이천봉 서리뫼 각양각색의 신선들이 살처럼 날아 올라와 삽시에 구름성벽을 이루고 막아서는데 그야말로 금성 철벽이었다.

그 중에 늘씬한 체구에 당나라 북방양식의 균형 잡힌 철갑옷을 입고 머리에는 금빛 삼산관을 쓴 자가 연꽃 모양이 구름을 잡아타고 앞에 나섰다.

"짐은 금성 미륵보살이다! 넌 웬 놈인데 감히 미륵보살이 경계선을 넘이시느냐?!"

"해, 태백산 천상공주라 불리는 여우의 뱃속에서 태어나 감히 미륵보살이 행세를 하다니?!"

"하하하… 원수는 외나무다리에서 만난다더니! 쥐새끼처럼 생긴 모양을 보니 네 놈이 바로 청용의 큰 아들 정 용자구나! 어머님의 분부를 받고 예서 너희들을 기다리고 있은지 오래다. 하하하…"

"해, 죽기를 기다렸구나. 어디 담이 있으면 나서라. 해!"

정 용자는 삿대질하며 괴이하게 몸을 움츠리며 웃었다.

금성 미륵보살은 짐짓 자비로운 표정을 지으며 말하였다.

"중생을 구제하며 다스리는 미륵이 그 어이 살생하겠느냐? 그래도 우리는 육촌 형제간이 아니냐? 너그러운 마음을 베풀 때 공손히 항복하고 오라를 지라!"

"해, 제법 너그러운 미륵이로구나. 어디 네 놈의 목을 따도 미륵행세를 하는가 보자!"

정 용자는 코웃음치듯 입가죽을 씰룩거리더니 앙칼진 이빨을 드러내고 몸서리치는 소리를 내었다. 그리고는 수염 두 대를 뽑아 단창으로 만들어 가지고 살같이 금성 미륵을 향해 날아갔다.

"고약한 쥐새끼로구나."

금성 미륵은 조금도 서두르는 기색이 없이 가슴에 두 손을 합장하고 조용히 눈을 감고 중얼중얼 주문을 외웠다. 그러자 온 몸에서 광채가 뿜기더니 갑자기 한 몸이 부서지듯 오백 나한으로 둔갑하여 삽시에 정 용자를 에워싸고 덮치는 것이었다.

다급해진 정 용자는 두 가닥 단창을 팔대금강으로 변신시켜 도검 불침의 금강 지체와 수화 불침의 불귀지체 금강불괴 비법으로 오백 나한을 맞아 싸우게 하고 자신은 잉어가 엄청난 파도를 뛰어 넘는 모습처럼 몸을 틀어 그 탄력을 이용하는 금리도천파법으로 앞을 막는 나한들을 뛰어넘어 곧추 진짜 금성미륵을 찾아 싸웠다.

백여 합을 싸우니 금성미륵이 점점 맥이 진하여 뒷걸음치자 서리뫼 신선들이 눈사태가 쏟아져 내리듯 일시에 덮쳐들었다. 그 바람에 정 용자는 궁지에 몰려 뒷걸음치는데 다행히도 정 용자를 찾아 헤매던 정 용축이 때마침 달려와 싸움에 합세하여 도왔다.

이윽고 설산 신선들이 모여와 정 용자를 도와 싸우니 서리뫼 봉과 울뫼 봉 사이의 반공은 온통 창검으로 수풀 이루어 창검이 부딪치는 소리 비명소리 함성소리로 천지를 진동하였다.

싸움은 날이 저물어서 겨우 끝났다. 모두 신선들이어서 별로 상한 신이 없는지라 정 용자는 설산 신선들에게 사례하고 급히 돌아와 정 소저에게 자초지종을 상세히 고하였다.

정 용자의 말을 들은 정 소저는 자못 근심되어 말하였다.

"갈수록 심산이라더니 이 일을 어이하면 좋단 말이냐?!"

정 용축이 기다란 턱을 번쩍 쳐들고 퉁방울 눈자위를 희번득거리며 큰소리로 말하였다.

"차라리 잘되었소이다! 원수를 갚게 되었으니 이보다 더 좋은 일이 어디 있겠소이까?!"

"해, 해," 정 용자는 연신 코웃음치며 머리를 기웃거리는데 정 용인이 심중한 표정을 짓고 입을 열었다.

"대장부 십 년 후에 원수를 갚아도 늦지 않다고 하였나이다. 문제는 어머님을 안전하게 북두칠성 아래 태백산까지 모시고 가는 것이나이다. 경계가 그렇게 삼엄하다면 어머님과 백록을 어떻게 데리고 가나이까? 소자의 생각에는 다른 방도를 찾는 것이 현명할 줄 아나이다."

"해, 소자"

정 용자는 생긱에서 깨어나며 밀을 이었다.

"아무래도 남해 락가산으로 다녀오는 것이 상책인가 하나이다."

"오냐. 나의 생각도 그러하니 빨리 갔다 오는 것이 좋겠구나."

정소저의 말에 정 용자는 두 아우에게 어머니의 신변 안전을 신신당부하고 즉시 근두운으로 상서로운 구름을 잡아타고 남해 락가산으로 향하였다.

하늘도 대지와 같이 마법의 세계였다. 하늘은 활짝 개고 반짝반짝 빛나는 별들은 숨바꼭질하며 소곤소곤 속삭이는 듯하였다. 그리고 둥근 달님은 뭉게뭉게 떠 흐르는 구름 속에 빠져 헤매다가는 세찬 물결을 헤가르며 달려가는 은빛 버들치처럼 잽싸게 구름을 헤치고 날아가는 정 용자의 모습을 발견하고 멍하니 바라보다 환히 웃는 것 같았다.

정 용자는 이튿날 아침에야 남해의 승가라국 보타 락가산에 이르렀다. 정 용자 구름을 낮추며 바라보니 연꽃형 락가산 산길은 험하고 계곡은 깎아지른 듯 험준한데 산정에 연못이 있었다.

거울처럼 맑디맑은 연못물은 대하로 되어 락가산을 둘레둘레 흐르기를 스무 바퀴나 하여 남해로 흘러들고 있었다. 그 연못가에 수정같이 번쩍이는 돌로 된 천궁이 있었다. 때마침 관세음보살님은 천궁 앞에 나서서 동녘하늘을 향하여 두 손을 합장하고 주문을 외우고 있었다.

정 용자는 관세음보살님의 등 뒤에서 오십여 보밖에 내려 기웃거리다 부지중 천궁에 들어가 구경하고 싶은 호기심에 살금살금 천궁 대문 쪽으로 발길을 옮겼다.

"용자야 찾아왔으면 문안도 않고 도둑놈처럼 뭐하는 거냐?"

관세음보살은 뒤돌아보지도 않고 말하였다.

"해, 등 뒤에도 눈이 있나?"

정 용자는 어깨를 으쓱하고 연신 눈을 깜박이다 급기야 깨달은 듯 황급히 달려가 무릎을 꿇고 아뢰었다.

"해, 동천공이 엎드려 관세음보살님께 삼가 문안드리나이다."

"그래, 오늘은 또 무슨 일로 찾아왔느냐?"

정 용자는 혹시 관세음보살이 따라가지 않을 것 같아 슬쩍 거짓말을 하였다.

"해, 서리뫼에서 갑자기 부처님이 보내신 미륵보살이 나타나 앞길을 막는 바람에 방법이 없어 찾아왔나이다."

"부처님이 보내신 미륵보살이라면 나도 방법이 없다. 어서 돌아가 미륵보살님을 섬겨라."

다급해진 정 용자는 또 거짓말을 하였다.

"그 미륵보살은 관세음보살님도 자기 앞에서는 꼼짝 못한다면서 서리뫼 신선들을 선동하여 조선 땅을 둘로 쪼개려 하나이다."

"이 철부지야 누구에게 감히 거짓말을 하며 격장법을 쓰는 거냐? 흑룡과 천상공주 사이에 태어난 소위 미륵보살이라 자처하는 금성이란 자를 제거하지 못해 찾아오다니 부끄럽지 않으냐? 내가 너를 그 땅에 보낼 때 바로 그런 자들을 다스리라고 보내지 않았더냐?! 돌아가거라. 나무아미타불!"

"해,"하고 정 용자가 머리 쳐들고 보니 관세음보살은 돌부처마냥 굳어져 중얼중얼 주문을 외우고 있는 것이 아무리 말해도 들어줄 기색이 아니었다. 허나 그렇게 쉽게 포기할 정 용자가 아니었다. 그는 관세음보살에게 "그럼 소승은 물러가나이다. 나무아미타불 관세음보살"하고 몸을 솟구쳐 자신의 빈 허울만 날려 보내고 자기는 작은 쥐로 둔갑하여 곧게 천궁으로 기어 들어갔다. 관세음보살은 실눈을 짓고 난데없는 쥐 한 마리가 천궁으로 기어 들어가는 것을 보면서도 빙긋이 웃으며 가만 내버려두었다. 쥐로 둔갑한 정 용자가 천궁에 들어서니 바로 현관 아래 탁상에 목어 모양을 간단히 줄여서 만들어 놓은 목탁이 달랑 놓여 있는 것을 발견하였다.

그 목탁은 나무로 큰 방울 모양으로 깎아 그 중앙을 반쯤 자르고 그 속은 파서 비게 하여 자그만한 나무채로 두드리게 되어 있었다. 손잡이는 변형된 물고기의 꼬리지느러미 변두리가 양쪽으로 붙은 형태였는데 물고기의 아가미를 나타내는 양 볼에는 험상궂게 생긴 마귀의 얼굴이 그려져 있어 단순의 물에 사는 생물의 어리석음 깨우쳐 주는 것이 아니라 마귀들도 다스리는 목탁 같았다. 그래서 정 용자는 그 목탁을 품속에 넣고 손가락에 검은 춤을 발라 벽에다 "동천공이 수행하기 위해 목탁을 가져가오니 찾으시려면 속세마을로 왕림하여 주소서"라고 써 놓고 황급히 한 가닥 기운으로 화하여 달아났다.

락가산을 떠나 귀로에 오른 정 용자는 아무리 생각해도 관세음보살이 목탁 때문에 자신을 찾을 것 같지 않았다. 오히려 수행하려는 그의 마음을 기특하게 여기시고 시름 놓으면 이번 걸음이 헛물만 친다고 생각한 정 용자는 곧추 남천문으로 날아갔다.

정 용자는 구름을 거두고 안으로 들어가려 하자 중장천왕이 거느린 군사들이 막아서서 못 들어가게 하였다.

정 용자는 성이 나 소리쳤다.

"네 놈들이 못 들어가게 하면 빨리 옥황상제께 동천공이 찾아왔다고 아뢰어야 하지 않겠느냐?!"

그제야 중장천왕은 영관전에 들어가 옥황상제께 동해태자청용의 큰 아들 동천공이 찾아와 뵙자한다고 아뢰었다.

"동천공이라니? 그 청용의 아들 쥐새끼처럼 생긴 정 용자를 말하느냐? 음 쯧 쯧…"

옥제는 군소리 내며 혀를 차더니 돌려보내라고 손을 저었다. 그러자 태백금성이 반열에서 나서서 읍하고 아뢰었다.

"정 용자는 관세음보살의 제자이나이다. 찾아온 데는 필시 이유가 있을 줄로 아나이다. 그 놈의 말을 들어보고 돌려보내는 것이 사리에도 예의에도 맞는 줄로 아나이다."

"음"하고 옥제는 머리를 끄덕이며 정 용자를 대령시키라고 하였다.

중장천왕은 영을 받고 돌아져 나와 정 용자를 데리고 남천문을 거쳐 영관전에 이르렀다. 중장천왕은 옥황상제의 앞으로 나가 절을 하였다. 그런데 뒤따라 들어온 정 용자는 절은커녕 꼿꼿이 서서 옥황상제를 향해 삿대질하며 호통부터 쳤다.

"해, 옥제는 어이하여 미륵보살을 하계에 내려 보내어 고의적으로 우리 조선 땅을 둘로 분단시켜 이 동천공의 앞길을 막는가?!"

이에 문무백관들은 그만 대경실색하였다.

"이런 발칙한 놈 봤나. 무엄하기 짝이 없구나."

그러자 정 용자에게 한번 혼난 적이 있는 옥제는 신하들을 만류하였다.

"하계인과 무슨 예의범절을 따지겠느냐. 그래 미륵이란 웬 소리냐? 어처구니없는 황당한 소리가 아니냐?!"

문곡성군이 나서서 아뢰었다.

"그러하오이다. 미륵보살은 석가모니 입멸 후 오십육억여 년이 지난 후에야 태어나 용하수 아래에서 성불하게 되나이다. 그런데 아직 이천 년도 되지 않았는데 미륵보살이 성불한다니 당치 않는 헛소리인 줄로 아나이다."

"해, 그렇다면 지금 나타난 금성미륵보살이란 웬 놈이란 말이냐?!" 정 용자는 짐짓 모르는 척 따지고 들었다.

"금성미륵이라 알고 있는 신하가 있는고?"

옥제가 좌우를 둘러보며 물었다.

태백금성이 반열에서 나서서 읍하고 아뢰었다.

"금성이란 이름은 소신의 이름을 도용하였기에 조선 땅 예언서에서 소신이 본 적이 있나이다. 지금부터 천여 년 후에 조선에는 금성이란 자가 나타나 북쪽 절반 땅을 점하고 삼대 세습왕조를 세우나이다. 삼 천리 금수강산이라 불리는 이 땅은 육로를 이용하면 서천땅까지 오갈 수 있고 삼면은 바다여서 이 세상 어디에나 오갈 수 있는 복지의 땅이 나이다. 그리고 그 경치가 하늘아래 일품인데다 천연자연수 또한 풍부 하고 그 맛이 생명수라 물이 귀한 세상이 도래하면 물만 팔아먹고 살 아갈 수 있는 나라이나이다. 교통이 좋아 온 나라가 물류창고가 되어 수출로 얻는 이윤과 온 나라가 관광지가 되에 그에 따르는 산업으로만 해도 온 나라가 먹고 남는다 하나이다. 허나 가정싸움에 가정이 망하 고 당파싸움에 나라가 망한다고 이 나라 사람들은 당파싸움에만 이골 이 터 나라가 분열되고 외래 오랑캐 침략과 수모를 받으며 세세대대 살아가는데 금성 삼대세습 왕조 때까지도 세상에서 통일을 이루지 못한 나라로 유일하게 남는데 바로 그때가 조선땅이 하늘아래 도화선이 되어 화장터가 되느냐? 아니면 하늘아래 제일 지상낙원이 되느냐? 하는 판가리가 날 때라 하나이다. 이때 주요한 것은 남쪽나라인데 그들의 의연히 당파싸움에 주력하면서 백성들을 잘못 선동하면 북쪽나라에 얕보이어 전쟁이 폭발하지만 그렇지 않으면…"

"해, 누가 천년 후에 일들을 물었더냐?"

정 용자는 밸이 꼬여 새된 소리를 질렀다.

태상로군이 반열에서 나서서 읍하고 아뢰었다.

"황송하오나 지금의 금성미륵은 가짜 미륵이 분명하나이다. 정 용자마저 당해내지 못한 요괴라면 하늘에까지 그루가 미칠 것이 불보듯 하오니 천병을 보내 징벌함이 마땅한 줄로 아나이다."

"지당한 말씀이나이다!"

태백금성이 아뢰었다.

태백금성과 태상로군이 말이 옳다고 여긴 옥제는 탁 탑 이 천왕과 나타태자 그리고 사대천왕들에게 즉시 일만 천병을 출동시켜 정 용자를 도와 가짜 금성미륵을 잡아오라고 엄명을 내렸다. 그제야 정 용자는 옥제에게 절을 하여 사례하고 일만 천병을 이끌고 속새마을로 향하였다.

한편 금성 미륵보살은 오늘은 기어코 정 용자 일행을 잡아야겠다고 작심하고 서리뫼 일만 이천 봉마다 함정을 파고 군사들을 매복시키고 대기하고 있었다. 그런데 정오가 다 되어도 정 용자는 그림자도 보이지 않았다. 그래서 군사를 퇴군시킬까? 하고 주저하는데 갑자기 서쪽 하늘에 검은 구름이 몰려오더니 일만 천병이 정 용자와 탁 탑 이 천왕을 앞세우고 어느새 서리뫼 상공에서 기발을 날리며 북치고 징치며 싸움을 걸었다.

천둥같이 노한 금성미륵은 즉시 서리뫼 일만 이천 신선들을 이끌고 하늘에 날아올라가 구름 위에 팔괘 진을 쳤다. 금성미륵이 팔괘 진을 치고 맞서는 것을 본 탁 탑 이 천왕은 대노하여 꾸짖었다.

"이놈, 감히 미륵보살로 자처하다니?! 어서 무릎을 꿇지 못할고?!"

금성 가짜 미륵보살은 징그럽게 웃으며 말하였다.

"네 놈은 웬 놈인데 우리나라 내정에 간섭하느냐? 어서 썩 물러가라!"

"누가 나가 저 놈의 목을 따 오겠느냐?!"

이 천왕은 좌우를 둘러보며 물었다. 나타가 읍하고 말하였다.

"놈들이 팔팔 육십사 팔방을 나눠 팔괘 진을 쳤으니 우리는 천병을 오십오의 다섯 방위 방위진을 이루어 생문으로 들어가 기문으로 나오면서 음향 방향을 지고 양향 방행을 임습하여아 하나이다."

탁 탑 이 천왕은 나타의 말을 듣고 즉시 북을 치며 수기를 흔들어 다섯 방위 진으로 나타를 선봉으로 금성미륵의 팔괘 진과 충돌하니 금성은 놀라며 즉시 팔괘 진을 거두고 좌우익을 이루어 새의 날개 모양으로 치는 조익진으로 몰아치니 이 천왕과 나타는 급작스레 변한 진세에 진퇴양난에 빠져 어쩔 바를 몰라 하였다.

다급해진 정 용자는 이 천왕한테 급히 날아가 방위 진을 거두고 장사진을 이루라고 하였다. 그 말을 옳게 여긴 이 천왕은 즉시 수기를 흔들어 장사진으로 조익진을 몰아치니 금성미륵은 또다시 군기를 흔들어 학이 날개 모양으로 치는 학익진으로 장사진의 머리를 치니 천병들은 대 혼란에 빠졌다.

정 용자는 급히 장사진을 나누어 적군을 속이는 고기비늘 모양의 어린진을 치라고 소리쳤다. 허나 함성이 높아 이 천왕은 정 용자의 말을 듣지 못하고 마구 좌우로 충돌하고 있었다. 안달난 정 용자는 다급한 나머지 군기 대신 허리에 찬 목탁을 꺼내들고 두드렸다.

순간 먹장구름이 우레에 쪼개지듯 양편 군사들이 선 자리에 굳어진 듯 멍청하니 서서 정 용자만 바라보았다. 해, 하고 신기하게 여긴 정 용자는 이리 기웃 저리 기웃 목탁을 살펴보며 눈을 깜빡이다 악마 퇴치법 주문을 외우며 "따 딱!" 하고 목탁을 두드렸다. 그러자 일만 이천 봉 서리뫼 신선들이 머리를 싸쥐고 구름처럼 흩어져 각기 자신들의 봉우리로 돌아가 삽시간에 괴암으로 굳어져 버렸다.

금성 가짜 미륵보살은 목탁소리에 머리를 싸쥐고 살맞은 늑대마냥 비명치며 뒹굴기도 하고 들뛰기도 하더니 정 용자가 또다시 목탁 치는 작은 나무 채를 드는 것을 보고 기겁하여 꽁지 빠지게 압록강까지 줄행랑을 놓았다.

"해, 신기한데 관세음보살이 달라고 해도 주지 말아야지. 해!"

정 용자는 부질없이 어깨를 으쓱하며 목탁을 허리끈에 단단히 졸라매었다.

"그 참, 신통력이 대단한 목탁이나이다."

손바닥에 탁 탑을 바쳐 든 이 천왕이 수하 장병들을 데리고 와서 부러운 표정을 짓고 말하였다.

"해, 자네들도 부지런히 도를 닦으면 손에 목탁이 이렇게 되는 거야. 해,"

"경하드리나이다."

"해, 그 뭐."

정 용자는 겸손한 척 연신 허리를 굽혀 보이며 오늘 수고들 많았다고 이 천왕에게 사례하였다.

28회

정 용자는 서리뫼에서 도깨비병에 걸리고
정 용축은 눈이 있어도 태산을 못 보다

삼 형제 일행은 비록 가짜 미륵보살은 격파하였으나 인간들의 병란
은 어찌 할 수가 없었다. 하여 이튿날 행장을 수습하여 가지고 서리뫼
산길로 가기로 작심하고 길을 떠났다. 허나 산이 높고 골짜기가 깊은
데다 길이 없어 정 용자는 수시로 하늘에 날아 올라가 살펴보고 내려
와 앞장서서 길을 열었다.

다행히도 당나귀로 변신한 백록이 가파로운 산길도 평지 걷는 듯하
여 정 소저는 별로 당나귀 등에서 내리지 않았으나 대신 고삐를 잡고

있는 정 용인이는 마음이 조마조마하여나 서리뫼 구경에 눈을 팔 수가 없었다. 허나 선인상에 보따리를 꿰어 멘 징 용축은 시리뫼의 이름답고 괴이한 산천경개에 눈이 팔려 발걸음이 거북이 걸음보다도 더 더디었다.

서리뫼 산봉들은 들어가면 갈수록 심산이요 들어가면 갈수록 그 경치가 가관이어서 사람이 혼을 모조리 뽑아가는 것 같았다. 그래서 정 용인은 신경질이 나서 정 소저를 보며 말하였다.

"어머님, 안 되겠나이다. 어머님은 수건으로 눈을 싸매시고 저 대신 둘째형을 당나귀 고삐를 잡게 하여야 하겠나이다. 이러다간 평생 서리뫼 산에서 빠져나갈 수가 없겠나이다."

정 용인의 말이 옳다고 여긴 정 소저는 수건으로 자신의 눈을 싸매고 정 용축이더러 당나귀 고삐를 잡으라고 하였다.

"둘째야, 지금부터 네가 고삐를 잡도록 해라."

정 용축은 정 소저의 분부인지라 불복할 수 없어 어깨에 멘 선인장과 보따리를 넘겨주고 눈을 흘기며 볼 부은 소리를 하였다.

"체, 선인장과 보따리도 가벼운 줄 아느냐?"

"자칫 잘못하면 모친께서 낙마하시니 형님 부디 조심하시우."

"됐다. 형이 삼척동자냐?!"

정 용인은 웃으며 선인장과 보따리를 받아 메고 서리뫼 경관을 둘러보기 시작하였다. 태양이 산봉우리에 우뚝 솟아 산들을 쓰다듬자 서리뫼 봉오리들은 살아 움직이는 듯 각양각색의 신기한 모습을 드러내고 있었다. 흰봉관을 쓰고 검은 예복을 입은 아름다운 여인 같은 봉우리가 있는가 하면 백발을 날리며 의젓이 서 있는 신선들 같은 봉우리도 있었으며 도깨비같이 생긴 괴이한 봉우리들도 있었다.

산허리에 감긴 담청색과 우윳빛 안개는 미인의 가슴에서 나풀거리는 두루마기처럼 드리웠는데 그 속에서 신선들과 선녀들이 학을 타고 금시 나타나 유유히 노닐 것만 같고 영롱하고 투명한 흰바위들은 각양각색의 만물상을 이루어 살아 움직이는 듯 신비감을 더해 주고 있었다.

골짜기들은 마치 호리병 속과도 같이 깊이 팽겨져 동전만 한 하늘이 빠끔히 쳐다보이는데 괴암 절벽에 구불구불 서 있는 소나무들은 거꾸로 매달려 떨어지려는 도깨비 바위들을 붙안고 있었다. 그 위에 산봉이 병풍처럼 둘러친 중간 벼랑이 핵 파인 것처럼 앞이 확 트인 곳으로 한 줄기 폭포수가 옥을 부시며 떨어지고 있었다.

수십 길 위에서 폭 넓게 떨어지는 이 폭포수는 밑에 있는 바위 너덜에 부딪쳐서 분수처럼 몇 갈래의 물기둥으로 뻗쳐올랐다간 수억만 개의 옥구슬로 부셔져 덜어지는 순간 상쾌하고노 미묘한 산울림소리를 내며 백용이 꼬리치듯 굽이굽이 내리흘러 깊은 계곡으로 사라지고 있었다.

오던 길을 뒤돌아보니 거기에는 방금 전과는 전혀 다른 경치가 펼쳐졌는데 현란한 진주보석으로 촘촘히 단장한 기암 연봉들이 아직 한 번도 들어보지 못한 장단에 맞추어 움씰움씰 춤을 추고 단풍든 봉우리들은 거대한 불덩이들 마냥 온 하늘을 밝게 물들이며 이글이글 불타는 듯하였다.

"셋째야! 빨리 오지 않고 뭘 하는 거냐?!"

정 용축이 버럭 소리쳤다.

"해, 뒤돌아볼 적마다 다시 볼 적마다 경치가 변하니 내 눈에 문제 있는가? 눈이 커지면서 너무 황홀해 정신이 다 아찔해지오다."

앞장서 걸어가던 정 용자는 연신 눈을 비비며 말하였다.

"눈을 싸매니 일 없구나. 용자야 너도 눈을 싸매거라."

정 소저는 당나귀 등에 앉아 눈에 수건을 풀지 않고 말하였다.

"셋째가 길을 잃은 모양이우다. 아직도 오지 않는 걸 보니."

정 용축은 걸음을 멈추고 소리쳐 불렀다.

"셋째야?!"

그제야 정 용인은 급히 달려와 말하였다.

"서리뫼 구경도 식후경이라 했나이다. 점심을 먹고 갑시다."

정 용축이 눈을 부릅뜨는데 정 소저가 말하였다.

"오냐, 나도 시장하구나."

정 소저의 말에 모두 걸음을 멈추고 점심 요기하려고 하는데 문득 저쪽 아래 바위 밑에서 신음 소리가 들려왔다. 그 소리에 모두 놀라며 머리 돌려 바라보니 그리 멀지 않는 곳에 웬 할머니가 바윗돌에 기대어 신음소리를 내고 있었다.

"에그, 사람 좀 살려 주구려."

할머니의 비명 소리에 그들은 급히 달려 내려가 보았다.

"에그, 하늘님이 눈이 있어 구원병을 보냈구려. 아이고 아이고 다리야!"

삼베 치마저고리를 노닥노닥 기워서 입은 할머니는 한쪽 다리를 만지다 바위를 짚고 일어서려고 애를 쓰고 있었는데 그때마다 덜 익은 바가지처럼 쪼그라드는 얼굴에 잔주름은 힘줄마냥 한곳에 모여 씰룩거렸다. 그러다가는 지친 듯 한숨을 몰아쉬며 바위에 의지해 몽탁하게 잘려 썩은 웅크린 고목처럼 주저앉아 초점 잃은 눈을 멀거니 뜨고 삼형제 일행을 쳐다보고 있었다.

"할머니, 웬 일이시나이까?!"

정 용인이 물었다.

"성묘하러 올라왔다가 그만 길을 잃어 헤매다 다리까지 상했으니 어이구, 죽자 해도 죽어지지 않는구려."

"해,"하고 할머니를 노려보며 연신 눈을 깜박이던 정 용자는 자꾸 눈을 비벼대며 머리만 기웃거리는데 정 용축이 눈을 지릅뜨고 말하였다.

"이 할매는 요괴가 분명하나이다!"

"아이고! 요괴라니?! 거의 죽어가는 할매를 구해주지 못할망정 저런, 저런 한심한 소리하다니?!"

"둘째야, 어이하여 말을 함부로 하느냐?!"

정 소저는 나귀 등에서 내려 할머니 신변으로 다가가 물었다.

"할머니 어떻게 상하였나이까? 소첩이 재주가 없어 치료할 수는 없사오나 자택까지 모셔다 드릴 수는 있나이다."

"어이고, 고마운 낭자이시구려. 우선 요기할 것이 있으면 좀 주시구려."

"예, 그렇지 않아도 저희들도 점심 요기하려던 참이었나이다."

"어머니, 요괴에게 점심까지 대접하다니?!"

정 용축은 눈을 흘기며 볼 부은 소리하였다.

"너의 눈에는 만나는 사람마다 요괴로 보이느냐? 군말 말고 어서 점심 먹자!"

"어머니, 큰 형님이 참 이상하나이다. 아무런 말도 없이 눈만 비벼대는 것이 아무래도 심상치 않나이다."

정 용인의 보따리를 풀며 적이 근심스러운 표정을 짓고 말하였다.

그제야 정 소저는 정 용자를 유심히 살펴보았다. 정 용자는 그것을 눈치채지 못하고 앞이 보이지 않는지 눈만 자꾸 비벼대다 땅에 홀랑 드러누워 몸을 옹송그리고 끄덕끄덕 조는 것 같더니 부지중 잠에서 깨여나며 앞뒤 발을 쭉 뻗고 기지개를 늘어지게 켜면서 허리를 꾸부정하게 말아 올리는데 그 모습은 흡사 늙은 고양이가 자리에서 일어나 기지개를 켜고 멍하니 서리뫼 봉우리들을 바라보는 것만 같았다.

그 모습을 보고 할머니는 눈살을 찌푸리며 말하였다.

"서리뫼 구성에 정신마비 왔구려. 쯧쯧…"

정 소저는 급히 옥수수떡을 할머니에게 쥐어 주며 물었다.

"정신마비라니요?!"

"산에 산마다 자신의 특이한 산정기를 갖고 있나이다. 서리뫼 산정기는 죽은 사람도 살리는 청신하고도 강한 정기를 가지고 있나이다. 허나 자제분은 일신이 너무 지친데다 갑자기 정신이 너무 황홀하여 마비가 온 것이나이다."

"그러면 어떻게 하여야 하나이까?"

정 소저는 급히 다잡아 물으며 옥수수떡 한 개를 더 주었다.

그러자 정 용축이 버럭 소리치며 선인장을 찾아 쥐고 달려들었다.

"어머니, 요괴의 유혹에 우리 점심거리 다 주면 울 무얼 먹으란 말이나이까?! 이 할매 요괴를 가만두었다간 큰일 나겠다!"

"형님, 아직 요괴인지 사람인지 모르는데 왜 이렇게 예의를 지키지 않소?!"

정 용인이 급히 막아서며 말렸다.

"해," 하고 정 용자는 그 모습을 바라보며 연신 눈을 깜박이더니 실성한 원숭이마냥 마구 손발을 내 흔들며 괴상한 소리를 질러대더니 느닷없이 까르르 웃어대였다. 그 모습에 다급해 난 정 소저는 크게 정 용축을 꾸짖고 할머니 앞에 무릎을 꿇고 사정하였다.

"죄송하나이다. 소첩이 대신 사죄드리오니 저 애의 병을 제발 치료하여 주옵소서."

할머니는 정 용축의 기색을 흘끔흘끔 살피며 말하였다.

"좀 내려가면 비류봉과 옥류동 골짜기가 있는데 그 산에 수백 년 묵은 산삼과 도라지들이 수없이 많나이다. 그것을 한두 뿌리 캐어다 구룡폭포의 잉어와 함께 푹 달여 먹으면 즉시 효험을 보나이다.”

할머니의 말에 정 소저는 급히 사례하고 말하였다.

“고맙나이다. 애들아, 어서 할머니를 나귀 등에 모시여라! 점심은 길을 재우치며 먹도록 하자.”

“할매 요괴를 나귀 등에 모시다니?!”

정 용축은 퉁방울눈을 부릅뜨고 억이 막힌 듯 정 소저를 지켜보았다.

“용자를 구하는 것이 급하다! 눈이 있어도 태산을 못 알아본다더니 너는 어이하여 귀인을 요괴로 보느냐?! 요괴가 두려워 사경에 처한 사람을 도와 못주겠느냐?! 다시는 그런 소리를 입밖에 내지 말거라!”

“에익, 모르겠소이다! 셋째야 네가 와서 견마 잡아라!”

정 용축은 고삐를 뿌리치고 투덜거렸다.

“어머님의 말씀이 지당하나이다. 우선 큰형님의 병을 치료하는 것이 시급하나이다.”

정 용인은 군말 없이 할머니를 안아 당나귀 등에 태우고 고삐를 잡아 쥐었다. 정 소저는 근심되어 정 용자의 팔을 잡고 걸었다. 정 용자는 부질없이 자꾸 웃으며 서리뙨 산천경개만 둘러보며 정 소저 이끄는 대로 끌려 걸어 내려갔다. 그들이 한참 걸어가는데 갑자기 할머니는 걸음을 멈추라고 하였다.

“저기 저 제일 높은 봉이 비류봉이고 그 아래 산봉 사이로 바라보이는 산봉우리 아래는 옥류동 골이라 하나이다. 비류봉에 올라가 산삼을 캐오고 옥류동 골짜기 안에서 해묵은 백도라지를 캐어다 저 구룡연에서 잉어를 잡아 세 가지를 함께 푹 고아 대접하면 되나이다.”

“둘째야 들었느냐?! 네가 저기 저 제일 높은 봉에 올라가 산삼을 캐오고 그 아래 옥류동 골안에서 해묵은 백도라지를 캐오너라.”

정 소저의 말이었다.

"황송하오나 어머님, 셋째를 보내시면 안 되나이까?"

성 용축은 가기 싫어 입이 불룩해서 말하였다.

"네가 할머니를 해할까 봐 그러니 군말 말고 어서 갔다 오너라."

"소자는 산삼이 어떻게 생겼는지 도라지 어떻게 생겼는지도 모르는데 어떻게…"

"산에 올라가면 산삼 도라지들이 반겨 맞아줄 것이니 그저 착한 심성만 있으면 되나이다."

정 용축이 말에 할머니는 빙긋이 웃으며 말하였다.

"……"

할머니의 말에 정 용축은 입이 한발이나 나와서 눈을 흘기며 입으로 그 무어라 씨불거리더니 마지못해 몸을 솟구쳐 비류봉으로 날아갔다. 매지구름을 잡아타고 어느새 비류봉 정상에 내린 정 용축은 눈이 종지 밑굽만 해서 주위를 둘러보았다.

'허허, 예가 바로 신선들이 사는 곳이구나.'

우중충한 기암과 깎아찌른 벼랑으로 둘러싸인 비류봉 정상에는 평탄한 땅이 흐르는 안개 같은 희미한 구름 속에 넓게 펼쳐져 있었고 갖가지 나무들이 뿌리를 깊이 박고 자라고 있었다. 허나 기후가 차고 바람이 세게 불어서 나무들은 위로 자라지 못하고 옆으로 뻗어 기형적인 모습을 하고 있었는데 그것들은 무상한 기이하고 신비한 호기심을 불러일으키어 정신이 다 아찔해지게 하였다.

"어허, 과연 천하제일 절승경개라더니 과언이 아니로다!"

비류봉을 중심으로 동쪽에는 세존봉 서쪽에는 영랑봉 남쪽에는 월출봉, 일출봉, 차일봉, 북쪽에는 오봉산 , 옥녀봉, 등… 일만 이천 봉이외 서리뫼와 내 서리뫼를 이루어 구름 속에서 저마다 그 각이한 자태를 뽐내니 해님도 그 황홀함에 반하여 내려와 손에 잡힐 듯 말 듯하고 보라빛 안개 속에 군데군데 솟은 기이한 암주, 암대, 단애, 들이 천태만상을 이루어 살아 움직이는 듯 생생하였다.

그 사이로 백학 청학이 날아다니며 노닐 것 같은데 구름 속에 아아히 치솟은 기암 괴석들로 이루어진 층암 절벽과 이곳저곳 심산 계곡에서 흘러내리는 여러 갈래 폭포들은 하늘 선녀들의 옷고름 날리며 춤을 추는 듯 그 신기하고도 아름다움은 실로 귀신이 혀를 찰 절경이었다.

정 용축은 산삼이고 도라지고 산천경개나 구경하고 싶었으나 차마 그럴 수는 없어 산삼을 찾아다니기 시작하였다. 허나 산삼이 어떻게 생긴 줄도 모르는 그에게는 바다에서 바늘 찾기보다 더 힘든 일이었다. 그래서 할매요 요괴요 하며 속으로 막 욕하는데 갑자기 저쪽 숲속에서 인기척 소리가 들려왔다.

정 용축이 신경을 곤두세우고 가까이 다가가 보니 숲속에 세 갈래 흰 수염을 무릎까지 길게 드리운 백발노인 한 분이 앉아 있었는데 그 노인은 백설같이 흰 신기한 옷차림을 하고 있었다. 떨어져 나간 나무껍질 같은 깡마른 얼굴에 지렁이 같은 주름살과 검은 콩알처럼 더덕더덕 박힌 노인반점은 사람이라 하기보다 해묵은 나무뿌리 같았다.

노인은 돌부처마냥 앉아 실눈을 짓고 정 용축을 쳐다보며 말하였다.

"산천경개 좋아 여기에 올라와 주저앉았는데 누구도 데려가 주지 않는구려. 이 늙은이를 가엾게 여기시고 좀 업고 내려가 주시우?"

"허," 하고 정 용축은 어설픈 웃음을 치며 먼 산을 바라보고 말을 이었다.

"지금 당장 산삼을 캐어다 형을 구해야 하는데 언제 노인을 구할 사이가 있겠나이까?! 노인이 산삼을 찾아준다면 소인이 등에 업고 가겠나이다."

노인은 무릎까지 오는 수염을 쓰다듬으며 지긋이 정 용축을 아니꼽게 흘겨보더니 입을 열었다.

"이곳에는 산삼이 없나이다. 산삼을 캐려면 저기 저 바라보이는 옥류봉 아래 옥류동 골짜기 안에 있나이다. 그러니 제발 저를 업고 그곳까지 데려다 주시구려."

"체, 분명 이곳에 산삼이 있다고 하였나이다. 내 이제 산삼을 캐면 그때에는 노인을 가만두지 않을 터이니 어디 두고 보시우."

정 용축은 눈을 부라리며 으름장을 놓고는 여기저기 숲을 헤치며 산삼을 찾아다니었다. 그러나 산삼이라 할 만한 것은 찾을 수가 없었다. 에라, 모르겠다. 산삼을 못 캐었으니 도라지래도 한두 뿌리 캐어가자. 이렇게 생각한 정 용축은 몸을 솟구쳐 옥류동 골짜기 안으로 날아갔다. 서리뫼 산봉들은 더 말할 것 없고 바위 하나 나무 한 포기도 그 신비함과 오묘함이 있거늘 비류봉골 안은 더 말할 나위 없이 신비하고 황홀하였다.

봉황이 날개를 펴고 꼬리를 휘저으며 하늘 높이 날아오르는 것 같은 비봉폭포와 봉황이 춤을 추는 것 같은 무봉폭포가 부딪칠 듯 봉황담과 봉황 바위 아래에서 하얀 구름을 말아 올리는데 그 양쪽 깎아찌른 층암절벽 산정에서 하늘선녀들인가? 약초 캐는 시골 할매들인가? 백학 청학을 타고 구름위에 둥둥 떠다니고 있었다. 선녀들과 할매들은 한층같이 흰백옥 같은 치마저고리를 입고 있었는데 어찌나 아름다운지 정신이 다 혼미해졌다.

정 용축은 부지중 정욕이 솟구쳐 할매들은 거들떠보지도 않고 생선 같은 한 젊은 선녀를 쫓아가 붙안았다. 그러자 그 선녀는 그의 품에서 가뭇없이 사라져 보이지 않고 여기저기에서 선녀들과 할머들의 웃음소리만 들려왔다.

그제야 정신을 번쩍 차리고 주위를 둘러보니 연보랏빛 안개가 기암 산정에 감돌고 영롱한 빛발들이 수시로 변하는 한낮 단풍든 봉우리들은 거대한 불덩이들마냥 온 하늘을 붉게 물들이며 이글거리고 숲속에서는 서늘한 바람이 신묘한 약초 향기들을 실어오고 있었다.

어허, 이러다간 나까지 정신마비가 오겠다. 에라, 모르겠다. 이렇게 생각한 정 용축은 선인장을 둘러메고 부질없이 흘끔흘끔 뒤돌아보며 가재걸음을치다 황급히 몸을 솟구쳐 매지구름을 잡아타고 줄행랑을 놓았다. 구름을 낮추어 땅에 내린 정 용축은 퉁방울눈을 부라리며 다짜고짜 선인장을 추켜들고 할머니한테 달려들었다.

"산삼이고 도라지고 괴이한 풀 한 포기도 못 보았다! 감히 감언이설로 우리를 속이다니?!"

"형님, 할 말이 있으면 말로 하시우!"

정 용인이 급히 앞을 막아서며 말렸다.

"산삼이 어떻게 생겼는지? 도라지 어떻게 생겼는지? 알려주지도 않고 그저 가면 나타났다고 하였으니 한심하지 않느냐?!"

할머니는 두려워하지 않고 정 소저를 쳐다보며 예사롭게 말하였다.

"이번에는 셋째를 보내 보게나."

정 소저는 조급한지라 정 용축을 크게 꾸짖고 정 용인이에게 함께 가서 빨리 산삼과 도라지를 캐오라고 하였다. 정 용축은 달갑지 않았으나 정 소저의 엄한 분부인지라 할 수 없이 정 용인이를 따라갈 수밖에 없었다.

그들이 매지구름을 낮추어 비류봉 정상에 내리자 정 용축이는 숲속을 가리키며 한 백발노인이 있는 곳으로 그를 데리고 갔다. 그들이 가까이 다가오자 백발노인은 대노하여 정 용축이를 마구 삿대질하였다.

"너 이놈, 자고로 사람은 산천의 정기를 타고나고 산천 또한 사람의 마음이 비껴 자기의 모양을 갖추느라. 그래서 여기 해동국 사람들이 마음은 티 없이 맑고 예의범절이 바른데 네 놈은 죽어가는 노인을 보고도 못 본 채 달아나니 그 어찌 이 고장 사람이라 하겠느냐? 이제 또 한 놈을 데리고 온다고 내 산삼을 알려줄 것 같으냐?! 보기도 싫으니 썩 물러가라!"

정 용축이 또한 대노하여 눈을 부릅뜨고 선인장을 추켜드는데 정 용인이 급히 말리고 백발노인의 앞에 무릎을 꿇었다.

"죄송하나이다. 소인이 대신 사죄드리오니 식노하소서."

"음 네 놈은 그래도 사람 같구나. 그래 무슨 일로 왔느냐?!"

"소인들은 북두칠성 아래 태백산 기슭 양관평에서 동해용 태자 청용의 아들로 태어났나이다. 헌데 옥제가 요괴라고 징벌하는 바람에 동해에서 떠돌다 삼신국에서 부터 태백산으로 가는 길에 난을 만나 서리뫼 산을 경과하게 되었는데 서리뫼의 황홀한 산천경개에 큰 형님의 정신마비가 왔나이다. 산삼과 백도라지는 바로 큰형님의 병을 치료하기 위해서이나이다."

"음 큰형님의 사람됨은 어떠하냐?"

"큰형님은 관세음보살님제자이신 동천공이라 하나이다. 관세음보살님의 해동국 조선 땅의 사악한 요괴들을 소탕하라는 영을 받은 존귀한 몸이나이다."

"아무리 존귀하다 해도 이 늙은이보다도 더 존귀하겠느냐? 어서 이 늙은이를 집까지 모시도록 해라."

정 용축이 밸이 꼬여 슬그머니 선인장을 잡아 쥐고 단매에 백발노인을 후려치려는데 어느새 정 용인이 노인의 앞에 쭈그리고 앉아 등을 돌려대고 있었다. 순간 백발노인의 모습은 가뭇없이 사라지고 굵고 푸르싱싱한 나무 줄기와 잎사귀들의 정 용인의 등을 가득 메웠다. 그들은 놀란 나머지 급히 검과 선인장으로 땅을 팠다. 이윽고 백발노인의 모양을 한 굵직한 인삼이 모습을 드러내었다. 정 용축은 너무 부끄럽고 황송하여 넙죽 엎드려 그 자리에 절을 하였다.

"소인이 눈이 있어도 태산을 알아 못 봤나이다. 용서하소서."

"산삼 신령님께 감사를 드리나이다."

비류봉에서 산삼을 캔 그들은 급히 옥류동 골안으로 날아갔다.

그들의 구름을 낮추어 비봉폭포 기슭에 내리려 하는데 저쪽 양지바른 언덕에 백옥 같은 흰 치마저고리를 입은 웬 할머니가 지팡이를 짚고 서있는 모습이 바라보이고 그 보다 가까운 곳에는 칠 선녀들이 의아한 눈매로 그들을 지켜보며 서 있는 것이 바라보였다.

정 용축은 칠 선녀들한테로 가자고 하였으나 정 용인은 말을 듣지 않고 그를 네리고 할머니 앞에 가서 땅에 내려섰나. 그러사 할머니는 정 용축을 쏘아보며 욕하였다.

"너 이놈아, 백주에 하늘 선녀를 강탈하려 들더니 어이하여 또 왔느냐?!"

정 용인은 황급히 무릎을 꿇고 빌었다.

"죄송하나이다. 소인이 대신 벌을 받겠나이다."

산삼을 캔 경험이 있는 정 용축은 이 할매가 도라지라고 생각하고 급히 무릎을 꿇었다.

"잘못했나이다. 용서하소서!"

"말로만 잘못하였다고 하면 되느냐?! 어디 맞아봐라!"

할머니는 지팡이로 사정없이 정 용축을 후려치기 시작하였다. 정 용축은 등뼈가 부러지는 것 같았으나 꾹 참는데 할머니는 진심으로 뉘우치지 않는다면서 더욱 호되게 내리쳤다. 그래서 밸이 꼬인 정 용축은 더는 참을 수 없어 발끈 하려는데 정 용인이 연신 머리를 조아리며 말하였다.

"황송하오나 그 어이 잘못을 한순간에 깨닫겠나이까? 식노하시고 시간을 주신다면 소인이 책임지고 타이르겠나이다."

"음" 하고 할머니는 매질을 멈추고 머리를 끄덕이더니 물었다.

"그래 무슨 일로 찾아왔느냐?"

"큰 형님의 병을 치료하고 저 백년 묵은 도라지를 캐러 왔나이다."

정 용인이 머리를 조아리며 아뢰었다.

"이 늙은이는 천년 묵은 더덕신이다. 백년 묵은 도라지를 캐려면 저기 저 선녀들의 서있는 곳에 가 보거라."

"저곳 선녀들은 처녀들이나이다."

"옥류동 백도라지는 백년 천년 묵어도 처녀이니라."

"고맙소이다!"

그들이 엎드려 사례하고 머리를 들고 보니 더덕신은 감쪽같이 사라지고 보이지 않았다. 그래서 그들은 곧추 칠 선녀들을 향해 달려갔다. 그들이 달려오는 것을 본 칠 선녀들은 와야 하고 연보랏빛 안개 속으로 달아나더니 삽시간에 사라졌다.

허나 그들이 서 있던 자리에는 이미 꽃이 시들어 붙은 탐스러운 둥근 열매가 달린 백도라지들이 일곱 가지나 가지런히 서 있었다. 그들은 그 중 제일 줄기가 굵고 싱싱한 도라지를 파가지고 급히 구름을 타고 돌아왔다. 그들이 돌아오자 정 소저는 벌써 돌을 주워다 냄비를 걸어 놓고 그 곁에 삭정이까지 주워다 놓고는 빨리 구룡연에 가서 잉어를 잡아오라고 재촉하였다. 그때였다. 할머니의 몸에서 오색 광채가 뿜겨 빗발치더니 풀썩 운무가 일었다. 모두 놀라 바라보니 할머니는 어느새 하늘 선녀들보다 더 아름다운 여인으로 변신하여 서 있었다.

"애들아, 내가 바로 너희들의 할머니이신 잉어공주이다."

"……"

"너희들을 보니 청용의 모습이 더욱 그립구나."

잉어공주는 더 말을 잇지 못하고 실성한 듯이 걸어와 악연히 굳어져서 있는 정 소저의 잔등에 청용의 시신 궤를 애끓게 어루만지며 대성통곡하기 시작하였다. 정 소저 일행은 너무나 뜻밖에 당하는 일이라 그저 물끄러미 바라보고만 있었다. 이윽고 청용한테서 동해 황후는 서리뫼 구용폭포의 잉어공주라고 들은 적이 있는 정 소저의 눈에는 추억과 함께 눈물이 소리 없이 고여 들기 시작하였다.

"어머님?! 청용님의 시신을 업고 어머님을 뵙는 이 마음 미어지나이다. 어머님?!"

정 소저는 잉어공주를 부축하여 일으키다 저도 모르게 서러움이 솟구치어 와락 잉어공주를 붙잡고 끝내 울음을 터뜨렸다. 오래도록 그 모습을 지켜보던 정 용인은 무릎을 꿇고 연신 머리를 조아렸다.

"할머니?!"

정 용축은 무릎걸음으로 벌벌 기어가 잉어공주의 치맛자락에 매달리며 목 메어 말하였다.

"할머니, 이 우둔한 도깨비를 용서하소서. 흑…"

"도깨비라니?! 너는 나의 귀여운 손자이다. 제 손자를 미워하는 할미를 보았느냐?! 에그, 에그…"

잉어공주는 정 용축의 이마에 키스하여 주고 정 용인를 끌어안고 정답게 잔등을 쓰다듬어 주는데 정 용자는 그 모습을 바라보며 낄낄 괴상하게 웃으며 머리를 기웃거렸다. 잉어공주는 정 용자한테 다가가 그의 손을 잡고 무릎을 꿇었다.

"얘야, 너는 우리 가문의 장손이다. 제발 가문과 이 땅을 세세만대 길이 빛나게 하여다오."

정 소저는 급히 다가가 잉어공주를 부축하여 세우시고 엎드려 절을 하였다.

"소첩이 뒤늦게나마 문안드림을 용서하소서."

정 용축이와 정 용인이도 무릎 꿇고 절을 하였다.

"할머니에게 문안드리나이다."

"오냐, 오냐."

잉어공주는 심각한 표정을 짓고 말을 이었다.

"급히 정 용자의 병을 치료해야겠다. 나의 피를 받아 산삼과 백도라지를 고아 먹이면 즉시 효험이 날 뿐만 아니라 보다 큰 신통력을 발휘할 것이니라. 내가 피를 흘려 본형을 드러내면 즉시 구룡연에 놓아 주어라 그러면 나는 삼일 내에 복색한단다. 그리고 이 길로 아사달산에 찾아가 이 땅 시조이신 단군님께 제를 올리고 북향하여라. 뿌리를 모르면 나무는 건전히 자라지 못하거늘 나의 부탁을 명심하여라."

잉어공주는 말을 맡치고 품에서 작은 칼을 꺼내 손목을 베어 피를 냄비에 받았다.

"어머니?! 망극 하나이다!"

정 소저는 눈물을 흘리며 무릎 꿇었다.

"할머니?!"

정 용축이와 정 용인도 무릎을 꿇고 스스로 손자를 위하여 피를 흘리는 잉어공주를 악연히 쳐다보며 눈물을 흘렸다.

29회

정 소저 일행은 요행 변을 모면하고
세 미녀는 꽃으로 다시 피어나다

　정 용자에게 약을 달여 먹이고 구룡연에서 잉어공주가 다시 복색하기를 기다려 그 생사를 확인한 후에야 정 소저 일행은 아사달산(구월산)을 향하여 길을 떠났다.

　서리뫼 산을 벗어나 산을 넘고 영을 넘어 반나절 넘어 걸으니 점차 산이 낮아졌다. 이윽고 넓고 넓은 벌 저 멀리 아득히 펼쳐진 벌을 휘감아 안은 산이 바라보였는데 서해바람을 막아 우뚝 솟은 아흔 아홉 봉우리들은 마치 여기저기에서 주먹을 부르쥐고 천만이라도 덤벼들라는 시퍼런 기개가 서린 듯 솟아 있었다.

"애늘아, 여기서 좀 점심 요기하고 가자."

정 소저의 말이었다.

정 용인이 나귀 고삐를 쥐고 걸어가다 머리를 돌려 쳐다보며 말하였다.

"어머님, 속새마을에서 준비한 건량이 다 떨어졌나이다."

"허, 그러면 어디 가서 얻어오면 될 게 아니냐?"

정 용축이 볼 부은 소리하였다.

"해, 그럼 네가 가서 먹을 걸 얻어 좀 얻어오렴?"

"좋소이다. 그 뭐?!"

정 용축은 눈을 흘기며 하늘에 날아올랐다.

하늘에 날아오른 정 용축은 구름을 밟고 서쪽으로 구름을 재우치며 아래를 살펴보았다. 아아히 펼쳐진 넓은 벌에는 군데군데 마을들이 널려 있고 저쪽 아사달산 아래에 큰 성이 자리잡고 있는 것이 바라보였다. 같은 값이면 분홍치마라고 생각한 정 용축은 곧추 성안으로 날아가 내렸다. 성안 거리는 어수선하였다.

천가만호 올망졸망 들어앉은 거리에는 길손들이 별로 없는데 갑자기 말을 타고 달려오는 장병들의 말발굽 소리에 쓰레기를 앞다투어 주우려고 모여드는 유랑 아이들의 무리를 흩어놓았다. 저쪽 십자거리 중심에는 돌을 쪼아 만든 거대한 동상이 거리를 지켜선 거인마냥 우뚝 서 있었다.

정 용축이 길가 주점에서 음식거리를 사려고 보니 늙은 주점 주인은 가게에 앉아 끄덕끄덕 졸고 있었다. 정 용축은 큰소리로 주인을 깨웠다. 얼결에 놀라 깨어난 주인은 그를 보더니 황망히 무릎을 꿇고 머리를 조아렸다.

"아이고, 도깨비두령님!"

"웬 허튼 소리냐. 난 도깨비가 아니라 사람이다. 먹을거리를 좀 사려 하는데 저기 저 동상은 무슨 도깨비 동상이냐?"

"아이고 손님, 도깨비 상이라니요?! 목이 떨어지나이다."

"이놈아, 네 놈은 나를 도깨비라 했는데 나는 일개 돌덩이를 도깨비라 못 부르단 말이냐?"

"쉬―"

주인은 사위를 둘러보더니 정 용축이 귓가에 대고 숨소리 죽이고 말하였다.

"저 동상은 금성미륵보살의 동상인데 한 마디만 잘못 말해도 목이 떨어시나이나. 여기 사람들은 식사하기 전에 서 금성미륵보살님께 먼저 기도드리고 먹나이다."

"그래, 저 금성미륵보살이 예 있느냐?!"

정 용축은 놀라며 물었다.

"금성미륵보살은 동생이 둘인데 지금 여기에 있는 막내 동생은 신통력이 대단하여 신선들도 두려워하나이다."

"원수는 외나무다리에서 만난다더니 우선 저놈의 대갈통부터 부셔 버려야지."

정 용축은 씽하니 달려 나가 무작정 선인장으로 금성미륵보살의 목을 있는 힘껏 후려쳤다. 불꽃이 번쩍 일며 동상 목이 데굴데굴 굴러 떨어졌다. 그 모습을 보고 사람들은 질겁하여 달아나는데 저쪽에서 말을 탄 장병들의 창검을 휘두르며 쏜살같이 달려왔다. 다급해진 정 용축은 황급히 구름을 타고 돌아와 정 소저에게 아뢰었다.

"어머님, 큰일났소이다. 성안에 천상공주의 셋째 아들이 운거하여 있나이다. 소자 겨우 목숨을 부지하였나이다."

"해, 네가 또 사단을 친 모양이구나."

성 용자는 손가락질하며 낄낄 웃으며 연신 눈을 깜박이더니 성 소저를 보며 말하였다.

"여기에 필시 사연이 있을 것 같나이다. 소자 찾아가 좀 염탐해 봐야겠나이다."

"형님, 헤헤 먹을거리 좀…"

"해, 네가 구해오지 못한 것을 내가 무슨 재간에 구해 온단 말이냐? 해?!"

정 용자는 정 소저를 모시고 가던 길로 성을 바라고 곧게 가라고 정 용인에게 신신당부하고는 근두운을 날려 구름을 잡아타고 아사달산 아래 성으로 유성처럼 날아갔다. 정 용자가 구름 우에서 손 채양하고 내려다보니 성안 중심거리에 창검을 추켜든 장병들이 수없이 몰려 서 있는 것이 내려다보였다.

그는 즉시 작은 꿀벌로 둔갑하여 씽 날아서 용포를 입은 자를 마주하여 서 있는 자의 등에 내려가 살짝 앉았다. 그리고 어깨 너머로 내다보니 양귀가 벌쭉하게 솟아 있고 가느스름한 눈에 음특한 교묘함이 서린 놈이 뾰쪽하게 생긴 턱과 주둥이를 거만스럽게 쳐들고 있었는데 그 모습은 흡사 사람이 모양을 한 여우 같았다.

"금호 대왕님, 이는 필시 삼 형제들의 저질은 소행이 분명하나이다."

정 용자가 앉아 있는 자의 말이었다.

"음, 그런데 그놈들이 왜 북두칠성 아래 태백산으로 곧게 가지 않고 여기로 왔단 말이냐?"

"소신이 보건대 아마 우리 해동국의 뿌리이시고 태양이신 단군님을 모신 아사달산…"

376 "뭐라, 행?!"

금호대왕은 괴이한 콧소리를 내며 실눈을 부릅떴다.

"아니, 죄송하나이다. 우리 해동국의 뿌리이시고 태양이신 금성님을 모신 아사달 산을 찾아 하늘에 제를 지내려고 오는 것 같나이다."

"군사의 추측대로 그렇다면 큰일은 없겠으나 가령 금성미륵보살님을 반대하는 수십만 죄인들을 감금한 아사달산 수용영채 때문에 온다면 이는 결코 작은 일이 아니지."

"하오면 즉시 군사를 풀어 잡아 능지처참해야 하는 줄로 아뢰나이다."

"일전에 큰 형님은 정 용자의 목탁소리에 혼난 적이 있지. 하니, 힘으로 대적하기보다 꾀로 대적해야지. 우선 미인계로 우선 그 괴이한 목탁과 청용의 시신을 손에 넣이야지. 니는 군사들을 아사달 길목마다 매복하라 분부하고 이 길로 즉시 아사달산 수용영채에 찾아가 경계를 강화하도록 하라."

"영대로 하겠나이다."

군사는 허리를 굽혀 읍하고 즉시 수하 장병들을 불러 분부한 후 몇몇 신하들과 함께 말을 타고 질풍같이 아사달산 수용영채로 달려가는 것이었다.

사방 백여 리나 철조망을 둘러친 아사달산 골짜기에서 피골이 상접한 죄인들이 발목에 무거운 족쇄를 차고 고된 고역에 시달리는 모습이 바라보였다. 그들은 살아 있는 송장들처럼 멍하니 달려오는 장병들을 바라보고 있었다. 그때까지 군사의 잔등에 붙어 있던 정 용자는 갑자기 벌침으로 군사의 정수리를 찔러 죽이고 삽시에 군사의 모습으로 둔갑하였다.

한 영채 앞에 이른 그는 수하 장병들에게 모든 수용영채의 장병들과 모든 죄범들을 한곳에 모이라고 영을 내렸다. 그러자 채찍소리 호통소리 비명소리 요란하더니 삽시에 수백 명의 장병들과 수십만 명의 죄인들이 모이어 벌 떼처럼 웅성거렸다. 대 살육이 시작된다고 예감한 죄인들은 된서리 맞은 풀처럼 각양각색의 기색을 짓고 있었고 장병들은 살기에 어려 득의양양해 있었다.

이윽고 군사로 둔갑한 정 용자는 장병들에게 죄인들의 발목에 족쇄를 즉시 풀어주라고 령을 내렸다. 좀 의아해 하는 장병들이 없지 않았으나 군사의 령인지라 모두 군소리 없이 죄인들의 발목의 족쇄를 풀어주기 시작하였다.

수천 명의 죄인들의 족쇄를 풀어주자 정 용자는 참지 못하고 죄인들에게 장병들에게 족쇄를 채우라고 영을 내렸다. 그제야 영문을 알아차린 죄인들은 하늘이 터질 듯한 괴함을 찌르며 삽시에 장병들을 깔고 앉아 발목에 족쇄를 채웠다. 정 용자는 본래의 모습으로 변하여 군사의 시체를 땅에 떨어뜨리고 하늘을 우러러보며 괴이하게 간간대소하였다.

"해! 해! 해! 통쾌하다 통쾌해."

"……."

"해, 왜들 보고만 있느냐? 소신이 간 후 모든 죄범의 족쇄를 풀어 주어라. 너희들은 지금부터 자유의 몸이니 이후의 일은 너희들이 스스로 알아서 하여라."

"미륵이시여! 천은이 망극하나이다. 소인들은 미륵보살님을 위해 싸우겠나이다."

수십만 명의 죄인들이 일망무제한 숲의 바람에 허리를 굽히듯 무릎을 꿇으니 그 모습이 장관이었다.

"해, 미륵은 무슨 개똥 같은 미륵이냐. 나는 어머님을 모시고 북두칠성아래 태백산으로 가는 동천공 정 용자다. 맹신은 우매와 자멸이고 우상화는 악마들의 상투적인 수법이라는 것을 명심들 하여라. 자, 그럼 나는 간다."

"천은이 망극하나이다!"

"해, 저것들 봐라. 비는 하늘이 내리고 절은 보살이 받는다더니 흥, 천은은 무슨 천은이냐? 이 정 용자의 덕이지."

정 용자는 중얼거리며 휙 몸을 날려 하늘에 솟아 구름을 잡아타고 가다 성안에 내려 길가 주점에서 먹을거리를 푸짐히 사가지고 다시 하늘에 날아올랐다. 정 용자가 점심거리를 얻어오자 정 용축은 눈이 떼꾼해서 물었다.

"형님, 별일 없었우?"

정 용자는 그를 바라보며 연신 눈을 껌빅이다 머리를 기웃하고 거짓말을 하였다.

"해, 점심거리를 사들고 돌아서는데 여우처럼 생긴 금호가 수천 명 병사를 거느리고 너를 잡아야 된다고 야단이더라. 그래서 한판 붙었는데 그놈이 어디서 그런 신통력을 얻었는지 도무지 당할 수가 없어 삼십륙계 줄행랑이 제일이라고 도망쳤다. 그러니깐 그놈은 더 뒤쫓지 않고 하는 말이 금성미륵보살 동상의 목을 친 정 용축의 목과 아버님의 시신을 요구하지 네 놈은 아무짝에도 소용없다고 하는 것이 아니겠느냐. 해, 난생처음 너보다 못한 취급을 받았다."

"헤헤…"하고 정 용축은 흡족해졌으나 어딘가 모르게 두려움이 생겼다. 그래서 정 용자를 보며 짐짓 난감한 표정을 지어보이며 말하였다.

"형님의 신통력으로 그놈을 당해내지 못하였다면 이 아우는 그놈을 만나면 죽은 목숨이구려. 형님이 저의 모습으로 둔갑하면 그래도 목숨이야 부지하겠지만 헤헤…"

"해,"하고 정 용자는 머리를 기웃하고 정 용축을 지켜보았다. 해, 이

자식이 제법 총명해졌는데 흥, 그게 바로 내가 바라던 바다. 이렇게 생각한 정 용자는 연신 머리를 끄덕였다.

"그래, 그래 이 형이 신통력으로 그놈한테 죽기까지야 하겠느냐. 점심 먹고 나의 모습으로 둔갑시켜 주마."

"용자야, 놈들이 너희들 부친의 시신을 노린다니 심히 불안하구나."

정 소저는 점심요기를 하며 말하였다.

"어머님, 심려치 마소서. 오늘부터 부친의 시신을 소자에게 맡겨 주옵소서. 소자 맹세코 안전하게 모시겠나이다."

정 용인이 말이었다.

"오냐. 그게 좋겠구나."

정 소저는 한숨을 길게 내쉬며 머리를 끄덕였다.

점심식사를 하고 정 용자는 정 용축과 자신의 모습을 바꾸어 둔갑하고 길을 떠났다. 정 소저가 가짜 청용 시신보따리를 만들어 메자 정 용인이는 부친의 시신을 모신 함을 보이지 않게 저고리 옷섶 밑으로 해서 허리에 단단히 두르고 당나귀 고삐를 잡았다. 위험을 피해 성을 에돌아 백여 리를 가니 날은 어느새 저물어 어두워지는데 다행히도 아사달산 아래에 사오백 호쯤 되는 마을이 나타났다.

길가에 있는 한 집에 이르러보니 문밖에 여인숙이란 깃발이 세워져 있고 집안에는 등불이 휘황한데 향기로운 기름 냄새가 풍기어 나왔다. 그들이 문밖에서 서성거리는데 중년 여인 한 분이 나오더니 문을 닫으려 하였다.

정 소저는 급히 당나귀 등에서 내려 합장배례하며 하룻밤 묵어갈 수 없는가 물었다. 여인은 그들을 유심히 살펴보며 머리를 끄덕이었다. 바로 그때였다. 저쪽 길가에서 웬 여인의 울음소리가 자못 구슬프게 들려왔다. 하도 구곡간장을 후비는 듯한 울음소리인지라 정 소저는 집 대문으로 들어가려다 말고 삼 형제들을 데리고 가보았다.

허름한 삿자리로 웬 늙은 송장의 몸을 덮고 그 곁에 쭈그리고 앉아 서럽게 울고 있는 소녀는 그들이 다가오자 가까스로 울음을 참으며 머리를 들고 바라보는데 해쓱한 얼굴이 소복에 알맞아 보이기도 하고 더 아름다워 보이기도 하였다. 겁을 먹고 떠는 양이 흡사 배꽃 한 가지가 몹쓸 비바람에 부대껴 떠는 것 같아서 누가 보든지 애처로운 동정심이 들게 하였다.

정 소저는 눈물을 훔치며 물었다.

"황송하오나 낭자 어인 일이나이까?"

"소녀는 월 나리라 부르나이다. 금일 미륵보살님의 동상머리가 떨어졌는데 소녀의 부친이 모르고 지나오나 그 쪽을 향해 침을 뱉었다 하여 이렇게 무참히 살해당했나이다. 헌데 은전 이십 냥이 없어 장사도 못 지내고 이렇게 있나이다."

"얘들아, 얼른 은자 이십 냥을 꺼내 주어라."

"예. 저희 품에 오늘 점심 요기거리를 사자던 은자가 있나이다."

정 용자로 변신한 정 용축이 급히 품속에서 은자를 꺼내 월 나리 소녀에게 주었다. 월 나리는 은자를 받으며 정 용축을 바라보는데 그 은정이 샘처럼 솟구치는 호수 같은 눈동자와 동글동글한 얼굴에 옴실거리는 앵두 같은 입술은 어느새 소리 없이 정 용축의 넋을 한 절반 뽑아 갔다.

"어허, 어…"

정 용축은 불에나 덴 듯 엉거주춤하고 군소리를 내었다.

"해,"하고 정 용축으로 변신한 정 용자는 눈을 연신 깜박이며 월 나리를 눈 박아보았다. 허나 아무리 보아도 요괴 같지는 않았다. 그래서 정 용자는 일행을 재촉하여 여인숙으로 돌아왔다. 그들이 여인숙에 들어서자 주인 여인은 방을 잡아주고 나서 음식상을 차리라고 하인들에게 분부하였다.

하인들은 전전긍긍하여 한식경 넘어서야 겨우 상을 차려놓았다. 먼저 과일과 남새가 들어왔고 잇따라 찰밥 소고깃국 김치들이 들어왔다. 그들의 막 수저를 들려 하는데 월 나리가 술 주전자를 들고 들어와 비바람에 젖은 꽃송이 고개 숙이듯 비감에 흐느끼며 무릎을 꿇었다.

"소녀 덕분에 금방 관을 사서 부친을 입관하였나이다. 비록 상복 입은 몸이오나 은공들에게 탁주나마 부어드리며 하고 싶은 말이 있어 찾아왔나이다."

"오냐, 무슨 청이 있으면 어려워 말고 말하여라."

정 소저의 말이었다.

"소녀 목석이 아닌들 그 어이 대해 같은 은혜에 보답하리오리까. 소녀 비록 못생긴 몸이오나 애오라지 남은 것은 몸뿐오이니 귀부인의 장자에게 남은 여생 맡기려 하나이다. 당돌한 청이오나 의지가지 없는 소녀를 가긍히 여기고서 부디 윤허하여 주옵소서."

소녀 말을 마치고 눈물을 비오는 듯 흘리니 정 소저 난감한 기색을 짓고 삼 형제들을 둘러보는데 정 용축은 벌써 입이 함지박이 되었다. 정 용축은 퉁방울눈으로 형제들의 기색을 살피더니 급히 무릎을 꿇고 간곡히 청들었다.

"낭자는 소자를 염두고 하는 말이니 모친께서는 주저치 마시고 어서 윤허하여 주옵소서. 그러면 소자 당장 낭자와 함께 장인어른의 상을 뜬눈으로 지켜드리겠나이다."

"해?!"

정 용자는 코웃음 치는데 셋째가 말하였다.

"소녀의 마음은 고마우나 그 어이 소녀의 불행을 기회로 난민 집 귀

382

한 규수를 취하겠나이까?"

그제야 정 소저는 정색하여 말하였다.

"낭자의 고마운 마음 모르는 바 아니나 자고로 혼인은 인간중대사라 그 어이 낭자의 불행을 우리의 복으로 삼는 기회로 여기리오. 낭자의 깊은 생각을 바라오."

"소녀는 이미 하녀의 신분일지라도 여생을 은공에게 바치기로 결단을 내렸으니 그리 알고 윤허하여 주옵소서."

정 소저 어찌할 바를 몰라 망설이는데 정 용인이 말하였다.

"이 일은 후일 미루는 것이 지당한 줄 아나이다."

"오냐."하고 정 소저는 말을 이었다.

"낭지 이한 야밤에 홀몸으로 그 이이 부친상을 지키며 징례 지낸 다 더냐 내 주인장 하고 방 하나 더 마련할 터이니 근심 말고 여기서 식사한 후 우리와 함께 자고 내일 부친을 모시도록 하라."

월 나리는 묵묵부답으로 사례하고 삼 형제들에게 술을 부어 올리니 저녁 식사는 어색한 기분이 없지 않았으나 그래도 자못 화기애애하였다.

그날 밤 월 나리는 도저히 잠들 수가 없었다. 그는 워낙 이 마을 순박하고 예쁜 처녀였다. 허나 착실하고 아름답기로 소문난 그녀는 금호요괴의 눈독에 걸려들었다. 아버지가 견결히 반대하자 금호요괴는 월 나리 부친을 죄범수용영채에 감금하고 그녀를 억지로 애첩으로 삼았다. 운명이라 받아들인 그녀는 금호요괴를 정성들여 모시며 아버지를 찾아 줄 것을 간절히 요구하였다.

그러던 중 금호요괴는 그녀에게 삼 형제들한테서 괴상한 목탁과 청용의 시신을 훔쳐오라고 명하였다. 그래서 집에 돌아와 삼 형제 일행을 기다리는데 공교롭게도 죄범수용영채에서 도주하여 온 아버지를 만났다.

아버지는 딸이 자신들을 구출하여 주신 은공들을 해하려 왔다는 말을 듣고 놀라며 그간 금호요괴의 죄행과 자신이 겪은 피눈물나는 이야기들을 들려주면서 금호요괴를 도와 은공들을 해하면 아니 된다고 하였다. 허나 월 나리는 그러면 아버지를 구할 수 없게 된다며 거절하였다. 월 나리 부친은 자기 때문에 딸이 결단내리지 못한다고 여기고 스스로 목숨을 끊었다. 이에 월 나리는 삼 형제 일행이 진정 좋은 분들이라면 구해주고 그렇지 않으면 손을 쓸 생각이었다.

이때 잠을 못 이루는 사람이 또 있었다. 경계심이 높은 정 용자는 은근히 월 나리를 의심하고 잠을 자지 않고 감시하고 있었으며 정 용축은 마음이 싱숭생숭하여나 도저히 참을 수가 없었다.

월 나리 자색과 그의 태도를 보아 찾아가기만 하면 금시 반겨줄 것만 같았다. 뒤척거리며 생각을 굴리던 그는 끝내 정욕이 솟구치어 슬그머니 자리에서 일어나 숨소리를 죽이고 발끝걸음으로 어슬렁어슬렁 춤추듯 발걸음을 옮겨놓았다. 그 모습을 보고 정 용자는 입을 싸쥐고 터져나오는 웃음을 참다가 그가 지나가는 것을 뒤척이는 척하며 슬쩍 다리를 걸었다.

"에크, 이 놈 쥐새끼!"

넘어져 엉덩방아를 찧은 정 용축은 퉁방울눈을 부릅뜨고 동정을 살폈으나 모두 코를 골며 자고 있었다. 다행이라 생각한 그는 어금어금 기어 방문을 나서서 곧게 월 나리 방문가로 다가갔다.

정 용축이 기어 방문을 나서는 것을 본 정 용자는 즉시 모기로 둔갑하여 뒤쫓아 나갔다. 정 용축이 살그머니 방문을 열고 들여다보는 순간 정 용자는 월 나리의 침대 가에 날아가 앉았다. 나불나불거리는 촛불은 거의 타고 있었고 월 나리는 끊어진 꽃가지마냥 다리를 꼬부리고 벽을 마주하여 누워 있었다.

방문을 열고 들어선 정 용축은 얼굴을 씰룩거리며 조심스레 다가왔다. 그것은 흡사 한 걸음 한 걸음 몰래 상대방에 접근해서 후닥닥 덮쳐들어 한입에 상대방의 멱통을 물려는 음특한 야수 같았다.

이윽고 정 용축은 바지 끈을 풀고 바지를 벗으며 월 나리를 보았다. 순간, 에크 이게 웬일인가?! 커다란 구렁이가 침대 가에 똬리를 틀고 앉아 노려보고 있지 않는가?!

정 용축은 너무 기겁하여 소리도 못 내고 주저앉아 손으로 뒷걸음치다 방문을 나서서야 벌건 엉덩짝을 드러내고 어슬어슬 기었다. 모기로 둔갑한 정 용자는 뒤쫓아 날아가 정 용축의 엉덩이에 연속 모기 침을 박았다. 정 용축은 한손으로 자신이 잉딩이를 짱짱 내리치면서도 사람들이 잠에서 깨어날까 봐 소리는 치지 못하였다. 정 용자는 제자리에 돌아와 본래의 모습을 드러내고 모르는 척하고 짐짓 드렁드렁 코 굴러대었다.

이튿날 아침 정 소저 일행은 주막집에서 제물들을 준비하여 가지고 아사달산으로 향하였다. 정 용축은 아침까지 엉덩이가 아파났으나 군소리 없이 눈치만 흘끔흘끔 살피며 따라나섰다.

마을 동구 밖까지 정 소저 일행을 배웅한 월 나리는 이제 금호대왕의 추궁에 대응할 방도를 생각하며 되돌아오는데 한 병졸이 달려와 금호대왕이 벌서 여인숙에서 월 나리를 기다리니 빨리 오라는 전갈을 가지고 왔다. 병졸을 따라 여인숙에 들어서니 장병들과 대신 그리고 후궁들까지 데리고 온 금호대왕은 의자에 앉아 물었다.

"목탁과 시신을 훔쳤느냐?"

월 나리는 무릎을 꿇고 아뢰었다.

"아뢰옵기 황송하오나 삼 형제들은 목석 같은 괴한들이라 색에는 아예 관심이 없었나이다. 소첩이 못나고 무능함이라 처벌을 달게 받겠나이다."

"암, 사내들이 미녀를 마다 하다니?"

금호대왕은 여우상판에 간교한 실눈으로 이윽히 월 나리를 지켜보더니 말을 이었다.

"금일 놈들은 단군제단에 제를 올리고 내려오면 저물어 또다시 여기에 머물 것이다. 짐이 추 국화와 두 견여까지 데리고 왔으니 공모하여 금일 밤중으로 목탁과 청용의 시신을 훔쳐 내도록 하라."

"황은이 망극하나이다."

월 나리 사례하고 물러서자 금호대왕은 여인숙 주인 여인을 불러 영을 내렸다.

"삼 형제 일행이 저녁에 오면 밥과 반찬은 물론 마시는 물에까지 몽혼약을 타도록 하라. 한 치의 차실이래도 생기면 구족을 멸하리라. 알겠느냐?!"

"예, 예 명심하겠나이다."

주인 여인이 머리를 조아리는데 한 병졸이 황급히 달려들어와 무릎을 꿇고 아뢰었다.

"급보나이다! 어제 죄범 수용영채의 수십만 죄인들의 모두 도주하였고 대신 죄범영채의 군사들의 족쇄를 차고 있다는 급보나이다."

"뭐라?! 그래 군사는 어떻게 되었느냐?"

"죄범수용영채에서 시신으로 발견되었나이다. 삼 형제의 소행이라 하나이다."

"이런, 이런. 빨리 가서 방도를 세워야겠구나. 빨리 서둘러라!"

금호대왕은 황급히 군사와 대신들을 데리고 성으로 달려갔다. 월 나리는 속으로 잘코사니를 부르면서도 내색내지 않고 있는데 추 국화가 월 나리를 보며 입이 볼록해서 말하였다.

"언니, 우리 세 자매의 부친들은 모두 행방이 묘연한데 혹시 금성대왕이 우리들 때문에 죄인수용영채에 감금하지 않았는지 모르겠다."

두 견여는 얼굴을 찡그리며 말하였다.

"밤낮 춤과 노래로 금성대왕이 신심을 기쁘게 해 드리고 몸까지 바쳐 모셨는데 이렇게 도적 살인마로 이용하니 우리 삼 자매는 도대체 애첩이오? 성노리개요? 아니면 도둑이오?"

"어쩌겠니? 운명이니 받아드리고 이미 몸을 바쳤으니 주인으로 모셔야할 게 아니니?"

월 나리의 한숨 섞인 말이었다.

"아이참, 언니는…"

추 국화는 입을 비쭉하였다.

"저 언니하고는 말도 말아."

두 견여는 홱 앵돌아졌다.

"잡생각들 말고 저녁 준비나 잘하여라."

월 나리는 말을 마치고 담담한 표정으로 방문을 나섰다.

아사달 산에 오른 정 소저 일행은 아사달산 경개에 놀라 탄성이 절로 나왔다. 세상에 이렇 듯 기묘하고 황홀한 산이 있다니?!

서해 해풍을 거연히 막아 솟은 아사달산의 용등 같은 능선 따라 불꽃 같은 석봉들이 즐비한데 그 위용은 삽시에 하늘을 불태울 듯 대단하였다. 넓은 평야와 마을들을 휘감아 안은 산봉에서는 백여 길이나 되는 폭포가 굽이쳐 흘러내리는데 그 깊은 소용돌이 속에서 많은 신용들이 여기저기로 뻗쳐 꼬리치며 날아다니듯 이 계곡 저 계곡에서 폭포수 흘러넘치고 비단결 같은 운무 속에 잠긴 괴암 석벽의 울긋불긋한 나무숲과 벼랑들은 깊은 계곡에 이리 갈리고 저리 엉켜 아름답고도 신기한

한 폭의 국화를 방불케 하였다.

허나 다시 보니 계곡에서 구름마냥 뭉게뭉게 피어오르는 물안개와 아아히 솟은 괴암절벽 산정의 옅은 실안개들은 수시로 바람과 햇빛에 변화무쌍한 절경을 펼쳐 그야말로 볼 적마다 다른 경관이었다.

"산봉과 산세에는 저항이 맥이 흘러 꿈틀거리고 신비하고 아름다운 곳곳에는 단군신화와 기묘한 민족의 혼이 살아 숨쉬는 것 같구나!"

정 용인이 저도 모르게 한 마디 하였다.

"해, 산은 산인데 산이 아니고 물은 물인데 물이 아니니, 아사달에서 하늘이 무색함을 알겠노라!"

"그게 무슨 시오? 체!"

정 용축도 한 마디 하였다.

"폭포에 내려 미역 감는 선녀들의 물장구 소리 안개에 잠겨 애간장만 불태우는데 이 세상 괴한들 다 모여 훔쳐보는가? 불끈하는 사랑의 방망이 분노에 요동치네."

"됐다, 됐어. 요동이고 작동이고 어서 단군님께 제를 올리도록 하자."

정 소저의 호통소리에 삼 형제들은 아쉬운 듯 아사달 산천경개에서 눈을 떼고 제상을 차리기 시작하였다.

한편 죄인 수용영채에 이른 금호대왕은 대노하여 즉시 군사를 풀어 길목마다 지키며 죄인들을 모조리 잡아들이라고 분부하고 친히 모든 군사를 일으켜 여인숙을 철통같이 에워싸고 목탁과 시신을 손에 넣었다는 신호만 기다리고 있었다.

저녁 때가 되자 정 소저 일행은 또다시 여인숙에 들었다. 그들 일행이 여인숙 대문에 들어서자 주인 여인은 반겨 맞으며 음식상을 차리라고 하인들에게 분부하였다.

월 나리는 절은 하지 않고 정답게 정 소저의 손을 잡으며 슬쩍 손바닥에 쪽지를 넘겨주며 추 국화와 두 견여를 그들에게 인사를 시켰다. 정 소저는 대강 인사를 받고 급히 방에 들어가 슬그머니 쪽지를 펼쳐보니 금호대왕이 여인숙을 에워싸고 있으며 모든 음식과 물에 몽혼약이 들었다는 내용이었다.

소스라치게 놀란 정 소저는 가까스로 마음을 다잡고 남몰래 정 용자를 불러 쪽지를 보였다. 정 용자는 별로 놀라는 기색이 없이 연신 눈을 깜빡이더니 "해, 해"하고 정 소저의 귓가에 대고 여차여차 하라고 속삭였다. 그리고는 흥이 난 원숭이마냥 들뛰어나가 정용인이와 정 용축에게도 귓속말로 속삭였다. 그러자 정 용자의 모습으로 둔갑한 정 용축은 눈이 떼꾼해서 엉겁결에 허리춤에 목탁과 비수를 어루만시며 중얼거렸다.

"혹시 그러다 불문곡직하고 나를 먼저? 아 그래, 쥐 형님으로 둔갑했지 허허…"

주인 여인이 저녁상이 준비되었다고 하여 정 소저 일행은 방에 들어가 둘러앉았다. 월 나리는 국화와 두 견여를 데리고 들어와 끼어 앉았다. 월 나리가 먼저 자리에서 일어나 술 주전자를 들고 다니며 술잔에 술을 부어 놓더니 담담한 표정을 짓고 입을 열었다.

"황송하오나 소녀는 이슬 같은 인생을 이슬처럼 맑고 아름답게 보내려 하였나이다. 그 이슬 같은 마음이 담긴 술이오니 양껏 드옵소서."

삼 형제들은 말없이 술잔을 들어 마시는 척하며 눈가림 술법으로 술을 그대로 팔소매에 흘러버렸다. 그리고는 몽혼약에 마취된 듯 쓰러졌다. 월 나리는 술병을 상 위에 놓더니 주인 여인을 불러 음식상을 물리고 빨리 금호대왕님께 소식을 전하라고 하였다. 주인 여인은 하인들에게 상은 물리게 하고는 몸소 달려 나가 금호대왕께 소식을 전하였다.

금호대왕은 너무 기쁜 나머지 단숨에 달려 들어왔다. 여기저기에 죽은 듯이 쓰러져 있는 삼 형제들을 본 그는 정 용자의 모습으로 둔갑한 정 용축을 보고

"이 놈은 신통력이 대단하기에 이대로 두면 후회막급이니라."

주저 없이 검을 뽑아들고 다가와 단칼에 목을 치려 하였다. 순간 정 용축은 버럭 "이놈?!" 하고 비수로 금호대왕의 배를 푹 찔렀다.

금호대왕이 비명을 울리며 검을 추켜드는데 정 용자는 번개같이 자리에서 일어나며 창으로 그의 등을 질렀다. 그러자 금호대왕은 몸을 세차게 떨며 원형을 드러내는데 그것은 한 마리의 여우였다. 네 다리를 버둥거리며 악을 쓰던 여우는 끝내 바닥에 부르르 한 주홍색 꼬리를 맥없이 드리우고 아가리 옆에 안개라도 낀 듯이 검고 뾰죽한 상판대기 눈을 부릅뜨고 아연해 서 있는 세 후궁들을 지켜보았다.

삼 형제들은 즉시 뛰쳐나가 장병들을 맞아 싸웠다. 허나 금호대왕이 죽은 것을 알고 군사들은 창검을 내던지고 뿔뿔이 흩어져 달아났다. 삼 형제들은 싸움을 걷어치우고 돌아와 월 나리에게 허리를 굽혀 사례하였다.

"해, 낭자 덕에 화를 면했소이다."

"고맙소이다. 낭자!"

"소녀 창피함에 몸 둘 바를 모르겠나이다."

월 나리는 아미를 숙이고 여우한테 다가가 살포시 무릎을 꿇으며 손으로 부릅뜬 여우의 눈을 내리쓸어 감겨주었다. 그리고는 하염없이 눈물을 흘리며 흐느끼더니 자리에서 일어나 정 소저 일행과 두 자매들을 둘러보더니 담담한 표정으로 입을 열었다.

"비록 악한 여우였사오나 소첩의 주인이었나이다. 주인을 죽인 죄 그 어이 적다 하리까? 하오나 만백성을 위한 일이라 후회는 없나이다.

소첩의 몸은 이미 더러워진 몸이라 그 어이 깨끗하게 이 세상에서 머리를 들고 살겠나이까? 이제 죽어 깨끗하고 아름다운 한 송이 꽃으로 다시 피어나고 싶나이다.”

월 나리는 말을 마치고 급히 품속에서 비수를 꺼내 자신의 가슴을 찔렀다.

“낭자?!”

“언니. 언니, 그 어이 혼자 가오?!”

월 나리를 붙안고 안타깝게 잡아 흔들며 흐느끼던 추 국화는 갑자기 월 나리 가슴에 칼을 뽑아들고 보더니 주저없이 자신의 가슴에 박았다.

“아이, 다가고 나 홀로 어이 살리오. 나도 나시 피어나고 싶으니 데리고 가주소”

두 견여는 추 국화의 가슴에 칼을 뽑아들고 자신이 가슴을 질렀다. 너무나 급작스레 생기는 일이어서 정 소저 일행은 얼이 나가 멍하니 그 자리에 굳어져 있었다. 이윽고 정 소저는 몸을 가누지 못하고 시래기처럼 그 자리에 주저앉아 실성한 사람처럼 중얼거렸다.

“어이쿠, 기차구나! 눈을 뻔히 뜨고 죽는 사람을 구하지 못하다니? 어이구 애석코나! 아이고.”

“씨, 저와 인연을 맺어 주었더라면 이런 일 없었을 텐데 젠장?!”

정 용축이 볼 부은 소리하였다.

“걷어치워라! 눈앞에서 죽는 여인을 구하지 못하는 주제에 무슨 여인 타령이냐?!”

“어머니, 주인 여인을 불러 관을 부탁하고 후히 장사 지내 줌이 마땅한 줄 아나이다.”

정 용인이 말을 이었다.

정 소저는 그의 말을 옳게 여기고 주인 여인에게 관을 부탁하고 친히 나서서 세 낭자들의 시신을 깨끗이 영검하고 예쁜 수의를 얻어다 입혔다. 그리고는 향을 피우고 제사를 지낸 후 삯꾼들을 불러 아사달산 양지바른 언덕에 묻고 제상을 차리게 하였다.

정 소저와 정 용축은 제를 지내며 낭자들의 안녕을 빌었으나 정 용자는 낭자들의 소원대로 아름다운 꽃으로 피어나라고 주문을 외웠으며 정 용인은 제사에는 아예 참여도 하지 않고 따로 홀로 서서 두 손을 모아 낭자들의 영혼이 부활하기를 기도하였다. 그래서인지 낭자들의 무덤에서는 아름다운 꽃이 피어났다.

월 나리의 무덤에는 주황색 꽃잎에 검은 진주 같은 주근깨가 가득 박힌 꽃송이에 기다란 여섯 갈래의 꽃술이 휘어진 꽃송이가 땅을 향해 피어났고 추 국화의 무덤에는 연보랏빛 잎에 소담스럽고 정겨운 꽃이 피었으며 두 견여 무덤에는 핏빛에 불타는 듯한 아름다운 연분홍 꽃이 피어났다. 그 후부터 아사달 산에는 나리꽃, 가을국화, 두견화가 많이 피어 곳곳에 살아 숨쉬는 민족의 향기를 더한층 진하게 풍겼다.

30회

정 용자는 왕검성에서 금용과 크게 싸우고
정 용인은 대노하여 정 용자와 맞서다

세 미녀들을 장사지내어 주고 정 소저 일행은 또다시 북쪽을 바라고 길을 떠났다. 험한 준령을 넘어 계속 걸음을 재우치는데 문득 눈앞에 높은 산 하나가 나타나 앞을 막았다. 그래서 일행은 잠깐 걸음을 멈추고 길을 찾아 서성거리는데 정 용자가 몸을 돌려 정 소저를 보며 말하였다.

"해, 소자 하늘에 날아 올라가 살펴보고 오겠나이다."

"오냐."

정 소저가 머리를 끄덕이자 정 용자는 씽 하니 하늘에 날아 올라가 조각구름을 밟고 살펴보았다. 손 채양하고 살펴보니 수백 리 산천이 한눈에 안겨왔다. 저 멀리 산 너머 넓고 넓은 평야는 병풍처럼 둘러 솟은 산들에 포근히 싸여 있고 그곳으로 동, 북, 남의 크고 작은 강들이 굽이치며 흘러들어 큰 강을 이루어 서해로 흘러들고 있었다.

그것은 흡사 삼면에 널린 새끼 용들이 엄마 용을 찾아 달려가는 것 같은데 그 큰 강 하류에 먼저 달려간 검은 용이 둥그렇게 몸뚱이를 틀고 도사리고 있는 듯 하류에 한 웅장한 성이 자리잡고 있는 것이 바라보였다.

정 용자는 구름을 낮추어 산봉에 내린 후 주문을 외워 토지신을 불렀다. 그러자 풀썩 운무가 땅에서 솟으며 그 속에서 조롱박을 단 구불구불한 지팡이를 짚은 토지신이 모습을 드러내고 읍하며 물었다.

"동천공 무슨 일이나이까?"

"해, 저기 저성은 무슨 성이냐?"

토지신은 정 용자 가리키는 곳을 바라보고 말하였다.

"저곳은 부르나(평양)란 곳이고 저 성은 환인성이라 부르는데 지금은 왕검성(평양성)이라 부르기도 하고 경성이라 부르기도 하나이다."

"해, 저 강은 무슨 강이냐?"

"삼면 수백 리 여러 물이 모여서 돌아 흐르므로 열수라고도 하고 왕성강(대동강)이라고 하나이다."

"해, 수백 리 삼면의 크고 작은 용들이 다 모여들고 넓고 넓은 기름진 평야는 둘러막아선 산정기를 한몸에 받아 품으니 도읍지로는 그야말로 명당에 명당이구나."

"하오나 요즘 저곳에 박사(고조선시대벼슬품명) 신혁당 천용(新革堂天龍)이 나타나…"

"해, 이놈아 박사 신혁당 천용이라니?!"

"아니, 소신은 모르는 일이나이다."

토지신은 겁이 나 황급히 땅속으로 사라졌다.

"해?!" 하고 정 용자는 머리를 기웃하고 연신 눈을 깜박이며 토지신이 사라진 땅을 노려보다 급기야 그 무엇을 깨달은 듯 휙 몸을 날려 구름을 타고 되돌아왔다.

"어머님, 이 산을 넘으면 바로 넓은 평야이나이다. 이제 반나절 걸으면 왕검성에 도달하게 되나이다."

"왕검성이라면 경성이 아니냐?"

정 소저의 말이었다.

"해, 그렇소이다."

정 용축이 기쁨에 겨워 큰소리로 웃었다.

"허허허 경성을 구경하게 되었구려. 하하하…"

"어머니, 지금 이 땅에 병란이 일어나 소란스러우니 경성을 에돌아 피해 감이 마땅한 줄 아나이다."

정 용인이 당나귀 고삐를 잡고 신중한 표정을 짓고 말하였다.

"어허? 대인은 대로행이라 하였다. 무엇이 두려워 경성을 피해 가겠느냐?"

정 용축이 더럭 볼 부은 소리 하며 눈을 흘겼다.

바로 그때였다. 수십 기의 병사들이 말을 타고 웬 쌍두마차를 호위하며 질풍같이 영을 넘어 달려오고 있었다. 자신들을 추격하는 장병들이라고 생각한 정 소저 일행은 급히 길가 숲속에 몸을 숨기고 내다 보았다. 먼지를 구름처럼 일구며 지나가는 장병들의 어깨에는 영 자를 새긴 기를 둘러메고 쌍두마차를 중간에 세우고 달려가고 있었는데 마차에는 흰천으로 덮은 영구가 모셔져 있었다.

장병들이 지나가자 정 소저 일행은 시름을 놓고 숲속에서 걸어 나오는데 뒤떨어졌던 장병 한 놈이 그들을 발견하고 놀라 급히 말갈기를 잡아채니 말은 앞발을 하늘 높이 쳐들며 포효하였다. 순간 정 용자는 번개같이 몸을 솟구쳐 날아가 그놈을 말잔등에서 끌어내렸다.

　"아이고?! 살려주시오. 아이고, 허리야…"

　"해, 웬 놈이냐?"

　장병은 급히 무릎을 꿇고 머리를 조아렸다.

　"소인은 왕검성 박사 신혁당 천용 호위대 병졸이나이다. 아사달산 금호대왕이 승하하였기에 영을 받고 영구를 모시고 경성으로 가는 길이었나이다. 소인과는 관계 없는 일이오니 제발 살려 주옵소서. 집에 팔십 넘은 노모 계시나이다."

　"애야, 살생하지 말거라!"

　정 소저는 급히 달려오며 소리쳤다. 병졸은 다가온 정 소저 일행에게 머리를 조아리며 목숨을 살려달라고 애걸하였다.

　"해, 도대체 박사 신혁당 천용이란 무슨 소리냐?"

　"위만이 압록강을 넘어올 때 금용이란 자를 데리고 준왕천왕한데 왔는데 그놈이 바로 아사달산 금호대왕의 친형인 금용이라 하나이다. 그는 북두칠성 아래 태백산에서 히브리어인을 만나 그 분과 함께 위만을 따라 부르나(평양)에 왔나이다. 허나 권력을 쥐자 이 땅에 히브리어 사람들을 모조리 숙청하고 스스로 신혁당 천용이라 자처하면서 백성들의 돈을 수탈하였나이다. 그놈 위에 미륵보살이라는 금성대왕이 있는데 위만은 이 세 대왕과 공모하여 내란을 일으켜 천왕이 되었나이다. 천왕이 된 위만은 신혁당 천용이라 자처하는 놈을 박사벼슬을 주었기에 백성들은 박사 신혁당 천용이라 부르나이다."

　"해, 그 어미도 지금 왕검성에 있느냐?"

"천상공주는 지금 신선이 되겠다고 향산 단군굴에서 마늘과 쑥을 먹으며 수도하고 있고 미륵보살님은 칠보산에서 그 무슨 정 용자의 목탁을 대처할 백골 조롱박을 연마하고 있다고 들었나이다."

"해,"하고 정 용자는 연신 눈을 깜박이다 말하였다.

"너는 이 길로 집에 돌아가 부지런히 농사나 지으면서 노모를 효성으로 모시도록 하여라."

"예, 예 목숨을 살려준 은혜 백골난망이나이다."

병졸은 머리를 조아려 사례하고 꽁지 빠지게 줄행랑을 놓았다.

정 소저는 근심에 잠기며 말하였다.

"아무래도 경성을 에돌아가야겠다."

"아니나이다. 경성에 들어가 그 신혁당 천용이란 자를 없애 버리아 하나이다."

"허, 아까는 에돌아가자고 하더니? 허참, 내원 신혁당 천용을 믿는 자가 신혁당 천용을 없애 버리려하다니? 별일 다 보겠다. 허허."

"형님, 세상에서 제일 무서운 마귀는 신으로 자처하며 백성들을 유혹하여 해하는 자들이오. 하기에 마땅히 없애버려야 하오."

"해, 너희들은 어머님을 모시고 천천히 오너라. 나는 먼저 가서 염탐해 봐야겠다."

"아무튼 매사에 조심하여라. 웬일인지 가슴이 떨린다."

"어머니, 심려치마소서. 이 정 용축이 있지 않사옵니까?!"

"해, 너희들은 어머님을 잘 보살펴라. 난 먼저 이 말을 타고 가서 알아봐야겠다."

정 용자는 그 자리에서 주문을 외워 병졸로 둔갑한 후 훌쩍 말 잔등에 뛰어 올라타고 급히 뒤쫓아 갔다. 그가 한참 뒤쫓으니 저 멀리 장병들의 달려가는 것이 바라보였다.

"프루~ 프루."

정 용자가 탄 말이 연신 숨찬 소리를 질렀으나 그는 아랑곳하지 않고 채찍질하였다. 이윽고 장병들을 따라잡고 보니 장병들은 그때까지도 그가 뒤쫓아오는 것을 발견하지 못하고 그저 연신 채찍을 휙 휙 휘두르면서 말들을 후려갈기었다. 그때마다 채찍은 실뱀처럼 엉켰다 풀렸다 하며 이리저리 번뜩이다가 말이 둥그런 엉덩이에 내리 떨어지곤 하였다.

성벽 대문 어귀에 수없이 많은 군사들이 성을 드나들고 있는 백성들을 일일이 수색하고 있었으나 영구 행렬은 그 어떤 검문도 없이 곧게 성안으로 달려 들어갔다. 정 용자는 성문 어귀에 경계가 삼엄한 것을 보고 정 소저 일행이 다가오고 있는 것을 미리 알고 있는 것 같아 심히 불안하였으나 그런대로 장병들을 따라 들어갔다.

사람들이 밀려다니는 거리 양편에는 거북이 등 같은 기와집들이 즐비하고 주막들과 길바닥 장사꾼들이 늘어서서 야단법석이었다. 이따금 시꺼면 대문짝에 반달 쇠고리가 달린 기와집들이 정적을 지키며 늘어서 있는 것이 보이는데 문 앞마다 무서운 돌사자가 두 마리씩 꿇어 앉아 있었다.

사람들은 영구마차를 보고 황급히 무릎을 꿇는데 양편에 엎드린 사람들의 흰머리수건과 상투 뒤에 어깨에 진 등짐들만 보일 뿐 머리들은 땅에 거의 붙어 움직이지 않았다. 무슨 무서운 힘에 백성들을 이렇게 굴종하는지 양편에 엎드리어 있는 백성들의 행렬은 수십 리나 되는 빈전 궁 대문 앞까지 이어졌다.

돌로 네모 번듯하게 지은 빈전 궁 정원에는 칠성별이 그려져 있는 고인돌들이 널려져 있는데 빈전도감, 산릉도감, 혼전도감 등 대신들이 벌써 빈전 궁 계단 아래에 줄쳐 서서 영구차를 기다리고 있었다. 영구

차가 들어서자 대감들은 황급히 무릎을 꿇고 머리를 조아리며 곡을 하였다. 말을 탄 장병들은 빈전 궁으로 들어갈 수 없기에 정 용자는 말에서 내려 대문가로 다가가 이 모든 것을 들여다보았다.

"이놈아! 어이하여 그곳에서 기웃거리는 거냐?!"

우두머리 장병인 듯한 자가 소리쳤다.

"해해" 하고 정 용자는 웃으며 원숭이 걸음으로 대문 계단에서 뛰어내려와 말고삐를 잡는데 그 장병이 의아한 기색을 짓고 눈 박아 정 용자를 쏘아보았다.

"네 놈은 누구냐?"

"해," 하고 자신을 쏘아보는 장병들을 발견한 정 용자는 그제야 자신의 실수를 느끼고 멀뚱하니 서 있다가 짐짓 "해 해 해…" 하고 웃으며 얼빠진 표정을 지어보였다. 그러자 우두머리 장병은 "이자식이 영구차를 모시고 오더니 귀신이 붙었느냐?" 하고 채찍으로 정 용자를 사정없이 후려치며 호통쳤다.

"이놈아! 빨리 말에 오르지 않고 뭘 하느냐?!"

채찍에 얻어맞은 정 용자는 번쩍 정신을 차린 듯이 훌쩍 말잔등에 뛰어 올라 두 손을 맞잡고 읍 했었다

"영을 쫓겠나이다."

"음, 인제야 정신을 차렸군."

우두머리는 병졸로 둔갑한 정 용자를 지켜보며 중얼거리더니 포효하는 말갈기를 늦추며 "짜!" 하고 채찍으로 말 엉덩이를 때렸다. 그와 거의 동시에 수십 명 기병들이 두 발로 말배를 차며 말에 채찍을 가해 질주하니 사람들로 붐비는 성안 거리는 쑥대밭이 갈라지는 듯하였다.

한참 달려가니 거리 한편 자그만한 정자 아래의 넓은 뜰과 거리에는 사람들이 모여 인산인해를 이루고 있었다. 그 곳에 도착한 우두머리

장병은 급히 말에서 내려 모두 여기서 대기하라 명하고 자기는 급히 어딘가 달려가는 것이었다. 병졸로 둔갑한 정 용자는 말에서 내려 사람들을 헤집고 들어가 앞을 내다보았다.

하늘 천자와 금용이란 글자에 용이 그려진 깃발이 숲을 이루어 둘러 싸인 정자 단 위에 희고 긴 도포를 입은 사람이 끝머리가 용머리로 된 굵직한 장대를 짚고 서서 우렁우렁한 목소리로 선동하고 있었다.

용이 그려진 흰머리 수건으로 이마를 질끈 동인 그 사람은 비대한 몸집에 어깨가 쩍 벌어지고 둥글 넙적한 얼굴의 턱에는 부챗살 모양으로 펴진 긴 수염이 앞가슴을 내리덮은 거인이었다. 그의 목소리는 우레 소리 같았으나 말은 너무도 이상하고 허황하여 무슨 뜻인지 똑똑히 알아들을 수는 없었으나 들어보니 대강 이러한 것이었다.

나는 백성들을 위하여 하늘에서 내려온 용이다. 하늘에는 하늘님이란 존재하지 않는다. 그러니 너희들은 이 땅에 백성의 나라를 세워야 한다. 지금 나의 손에는 히브리어가 새겨진 와당이 있다. 이것은 서천에서 하늘님을 믿는 자들이 이 땅에 왔다는 증거다. 나는 일찍 북두칠성 아래 태백산에서 히브리아인들을 소멸한 적이 있다. 그 중 한 놈을 데리고 왔는데 그 놈은 과인을 따르고 있다. 하기에 살려주고 중용하고 있다. 앞으로 하늘나라는 영원히 존재하지 않을 것이다. 그러니 너희들은 나를 따라 이 땅에 백성들의 지상낙원을 세워야 한다는 것이었다.

병졸로 둔갑한 정 용자는 곁에 있는 노인과 물었다.

"해, 노인님 저 사람은 누구이시나이까?"

노인은 의아한 기색을 짓고 그를 지켜보더니 말하였다.

"박사 천용도 몰라 보다니?"

"해 해 죄송하나이다."

정 용자는 어깨를 으쓱해 보이고는 흘끔흘끔 눈치를 보며 뒷걸음으로 사람들 속에서 빠져나왔다. 해, 여우의 뱃속에서 태어나 감히 천용이라 자칭하다니? 저놈을 좀 사람들의 많은 곳에서 망신시켜야지 이렇게 생각하며 연신 눈을 깜박이던 그는 부지중 하늘 반공에 날아올라 원래의 모습을 드러내고 호통쳤다.

"이놈아! 여우의 뱃속에서 태어나 감히 천용으로 자처하다니?!"

"아?!"

"……."

잠깐 모든 것이 벼락에 맞아 모진 심연 속에서 곤이지는 듯하더니 외야 하고 거리와 뜰에 사람들은 세찬 파도처럼 술렁였다.

"하하하 요괴가 왔구나."

금용은 너털웃음을 쳤다.

정 용자는 조각구름을 낮추어 사람들의 머리 위의 가까운 공간에 멈추고 삿대질하였다.

"해, 이놈아! 천용이란 뭣인지 알고 지껄이느냐?!"

"이 세상을 만드신 옥황상제의 신하가 바로 천용이다."

"해, 헛소리! 이 세상이 그 무슨 콩알이라고 만들었다고 그러느냐?!"

"그래, 만든 이가 없이 어찌 이 세상에 존재하느냐? 네 놈도 청용과 정 소저 만들었느니라."

"해, 네 놈이 말 한 마디는 잘하였다. 그래 네 놈은 흑용이 혼자 만들었느냐? 아니면 여우 요괴가 혼자 만들었느냐? 아니지 않느냐? 그와 같이 이 세상은 음과 양이 만들었다. 밑도 끝도 없는 무한한 태공은 보이지 않는 음성과 양성으로 이루어졌다. 음성과 양성이 부딪쳐 티 되고 티가 된 음성과 양성이 부딪쳐 작은덩이가 되었고 그 덩이가 부딪치면서 큰 행성이 되었느니라. 그것들이 큰 것이 작은 것을 잡아먹고 뭉치여 맞부딪쳐 불이 생겼다. 불이 생기니 자연 풍이 생기고 서로 밀고 당기는 마당이 생겨 별들이 규칙적으로 돌고 있느니라. 똑같은 크기와 힘을 가진 음과 양이 부딪치면 불이 이는데 태양이란 바로 이 땅만큼 큰 것이 수만 개로 이루어져 생긴 것이고 지금도 그것들이 부딪치며 타고 있기에 빛이 있는 것이다. 인간도 음과 양으로 이루어졌는데 죽을 때에는 그것이 빠져나와 강한 자의 음과 양은 공간에 떠다니며 생령을 이른다. 인간들은 이것을 귀신이라 착각하거나 신이라 착각한다. 세상에 하늘이란 둘이 있다. 그 하나는 있으면서도 없어 보이고 없으면서도 있는 천체양음 공간인데 이를 대신하는 분은 석가모니이고 다른 하나는 몇몇 위인들이 인간들의 정신을 다스리기 위해 만든 보이지도 만질 수도 없는 하나님인데 이를 대신하는 사람은 하늘이라고 한다. 석가님이든 하늘님이든 모두 사랑을 베푸는 분이지 네 놈처럼 음특한 마음으로 백성을 선동 유혹하여 권력을 쥐는 분이 아니다!"

"웬 요괴가 이론이 이렇게 괴상하고 장황하냐?! 금일 천용의 이름으로 만백성들 앞에서 네 놈을 심판하여 지옥에 쳐 넣으리라!"

"해, 어디 천용의 솜씨를 피워 봐라."

"자, 받아라!"

갑자기 금용이 압! 하고 내공을 이용하여 적을 공격하는 내가중수 비법으로 한 손을 힘껏 뻗쳤다. 그러자 정 용자 또한 웃으며 한손을 뻗치니 쌍방이 강기가 부딪쳐 달덩이 같은 불공을 이루어 용암처럼 이글거리며 점점 커지어 밀고 당기며 떠오르니 두 괴한도 함께 서서히 반공에 떠올랐다.

402 이윽고 괴음과 함께 뭉친 강기가 터지자 금용은 번개같이 호주머니

에서 도착하였다는 히브리어가 새겨진 와당(기와의 한 종류)들을 꺼내 정 용자를 겨누고 뿌렸다. 반짝반짝 눈을 부시며 살처럼 연속 날아오는 와당들을 발견한 정 용자는 능파미보 비법으로 춤추듯 움직이어 와당들을 귀전으로 슬쩍슬쩍 흘러 보내며 해해 웃어댔다.

금용은 대노하여 십자가 달린 장대를 부여잡고 건곤구공 비법으로 어느새 정 용자의 신변에 날아들어 장대로 그의 머리를 겨누고 내리쳤다. 정 용자는 경공으로 번개같이 몸을 틀어 피하며 앙칼진 이빨을 드러내고 수염을 뽑아 쌍창을 만들어 쥐었다. 그리고는 성난 고양이마냥 이빨 새로 몸서리치는 아츠러운 소리를 토하며 맹호마냥 금용에게 덮쳐들었다.

"해, 감히 신혁당 전용으로 자처하다니? 오늘이 내 놈이 제삿날인 줄 알아라!"

"이 고약한 쥐새끼야! 감히 부친과 동생을 죽이고 스스로 찾아와서 행패를 부리다니? 내 기어코 네 놈의 목을 베어 동생의 영전에 올려야겠다!"

정 용자는 발딱 성을 냈다.

"해, 주제 넘는 소리! 그 무예로 감히 어디라고?! 해, 창을 받아라!"

금용은 용맹을 떨쳐 맞받아 싸웠다. 둘은 서로 어울려 백여 합이나 싸웠으나 좀처럼 승부가 날 기미가 보이지 않았다. 허나 이백여 합을 넘어 싸우자 금용은 뒷걸음치기 시작하였다.

"해, 이놈아 아직도 무릎을 아니 꿇겠느냐?!"

"어리석은 자식!"

갑자기 금용은 장대를 높이 쳐들며 몸을 번뜩이어 한 가닥 음기로 화하여 덮쳐들었다. 다급해진 정 용자는 공중제비하며 즉시 양기로 화하여 회오리바람처럼 몰려오는 음기를 돌풍마냥 짓쳐나갔다. 양기와 음기가 반공에서 맞붙어 싸우니 구름이 몰려오고 번개가 치는 것 같아 온 왕검성 백성들과 군사들이 놀란 나머지 넋을 잃고 쳐다보았다.

이때, 왕검성 가까이에 이른 정 소저 일행은 왕검성 하늘 반공에서 싸우는 정 용자와 금용의 모습을 발견하고 발걸음을 멈추었다.

정 소저는 당나귀 잔등에서 손 채양하고 바라보며 말하였다.

"용자가 싸우고 있는데 누가 가서 도와야 하지 않겠느냐?"

정 용축은 대수롭잖게 웃으며 말하였다.

"형은 추하게 생겨도 신통력은 대단하나이다. 괜한 걱정이나이다."

"나무 위에 원숭이도 실수하여 떨어질 때가 있다 하였느니라."

정 소저의 말에 정 용인이 받았다.

"소자 가서 돕겠나이다."

그러자 정 용축이 어이 없다는 표정을 지으며 우쭐해서 말하였다.

"아니, 아니다. 정 그러시다면 내가 가겠나이다. 네보다야 그래도 싸움에는 내가 났지. 너는 어머님을 조심해서 모시도록 해라."

정 용축은 선인장을 둘러메고 몸을 솟구쳐 하늘에 날아 올랐다. 구름을 밟고 이리 기웃 저리 기웃하며 왕검성을 둘러보니 만백성들이 쳐다보는지라 그는 바람에 옷자락이 헤쳐져 나온 함지박만 한 배를 저도 모르게 쑥 내밀며 거드름을 피웠다. 이 정 용축이 본때를 보여 소문날 기회가 아닌가? 으흠, 어디지? 어허 저기구나. 이렇게 생각한 정 용축은 구름을 재우쳐 다가가 싸움에 끼어들려 하였다.

허나 원 모습을 드러내지 않고 싸워 도대체 누가 정 용자인지 구별할 수가 없었다. 그래서 선인장을 비껴들고 그저 멀뚱멀뚱 서성거리기만 하는데 회오리바람 속에서 웬 표범이 아가리를 쫙 벌리고 급작스레 뛰쳐나오는 바람에 정 용축은 놀라 구름 위에서 곤두박질하여 데굴데굴 굴러 떨어졌다. 얼마간 떨어져 내려오다 다시 정신을 차리고 올라가는데 저쪽 모란꽃처럼 생긴 산봉으로 흰 학이 애처롭게 울며 내리꽂히듯 날아가는 것이 바라보였다. 그 뒤로 검은 독수리가 뒤쫓고 있었다.

정 용자가 독수리로 둔갑하여 뒤쫓아오는 것을 발견한 금용은 모란봉 버드나무 숲속에 들어가 흰토끼로 둔갑하여 아무 일도 없었던 듯이 태연한 척 풀을 뜯었다. 그것을 눈치챈 정 용자는 날개를 치며 내려오는가 싶더니 어느 결에 제꺽 주린 늑대로 둔갑하여 흰토끼한테 확 덮쳤다. 그러자 금용은 화닥닥 놀라 엉겁결에 우악스러운 곰으로 둔갑하여 늑대한테 달려들었다.

그러자 황급해진 정 용자는 무늬가 얼룩덜룩한 사나운 호랑이로 둔갑하여 곰한테 덮쳐들었다. 다급해진 금용은 급히 큰 코끼리로 둔갑하여 싣고 굵은 코를 휘둘러내며 호랑이를 감아올리려고 무섭게 달려들었다. 당황해진 정 용자는 급히 작은 쥐로 둔갑하여 잽싸게 코끼리 다리를 타고 올라가 코끼리 콧구멍에 기어들려고 하였다. 그 바람에 혼비백산한 코끼리는 기다란 코를 추켜들고 괴함 치며 마구 들뛰며 광기를 쓰더니 풀썩 운무를 일으키며 정 용자의 모습으로 둔갑하였다.

정 용자는 방법 없어 원 모습을 드러내고 삿대질하였다.

"해, 이놈아?!"

가짜 정 용자도 삿대질하며 호통쳤다.

"해, 이놈아?!"

이때 헐떡거리며 뒤쫓아온 정 용축은 그만 어안이 벙벙하여 퉁방울 눈만 히뜩히뜩 굴렸다.

"해, 둘째야 저놈이 가짜이다!"

"해, 둘째야 저놈이 가짜이다!"

정 용자는 안타까워 정 용축을 원망하였다.

"해, 바보야 친형도 몰라보느냐?!"

가짜 정 용자도 똑같은 음성으로 원망하였다.

"해, 바보야 친형도 몰라보느냐?!"

"둘 다 똑같으니 낸들 어떻게 구분한단 말이우?! 젠장"

정 용축은 볼 부은 소리하며 두 정 용자를 찬찬히 살펴보았다. 허참, 아무리 보아도 구분할 수 없으니 어쩌지? 진짜를 구분 못하고 싸움에 끼어들었다간 친형을 죽일 수도 있고 나 자신의 목숨도 위태하지 않은가? 에라, 모르겠다. 진짜 쥐새끼 형님은 신통력이 있으니 자연 가짜를 죽이고 돌아오겠지. 젠장, 삼십육계 줄행랑이 제일이라고 이럴 때에는 피하는 것이 상책이지. 이렇게 생각한 정 용축은 짐짓 딱한 표정을 짓고 말하였다.

"형님, 나로서는 방법이 없소이다. 그러니 형님의 신통력으로 해결하시우. 축은 돌아가 어머님을 뵙고 아뢰리다."

정 용자는 밸이 꼬여났으나 방법이 없었다. 그래서 달아나는 정 용축을 욕할 사이도 없이 싸우는 수밖에 없었다. 선인장을 둘러메고 개선장군처럼 돌아온 정 용축은 자초지종을 일일이 정 소저에게 아뢰었다.

"그래서 그저 돌아왔단 말이냐?!"

정 용축이 더럭 큰소리쳤다.

"방법이 없지 않나이까?!"

"닭대가리도 써야 한다 하지 않느냐?! 이전에 남쪽 태백산에서 이무기를 잡던 머리는 어디 갔느냐?!"

정 용인이 급히 나서서 말하였다.

"식노하소서. 소자 갔다 오리다."

정 용인이 말을 맡치고 막 몸을 솟구치려는데 하늘에서 두 용자가 싸우며 내려오고 있었다. 정 소저 일행을 본 정 용자는 날아드는 창을 비껴 쳐버리고 날아내려와 무릎을 꿇고 정 소저를 쳐다보며 억울한 듯 말하였다.

"해, 모친께서는 소자를 알아보리라 믿사옵니다. 가짜와 진짜를 구별하여 주옵소서."

잇따라 가짜 정 용자도 무릎을 꿇고 정 소저를 쳐다보며 억울한 듯 말하였다.

"해, 모친께서는 소자를 알아보리라 믿사옵니다. 가짜와 진짜를 구별하여 주옵소서."

"아니?! 이런…"

정 소저는 놀란 가슴을 가까스로 눅잦히며 두 용자를 번갈아 깐깐히 살펴보았다. 아무리 살펴보아도 겉 모양을 보아서는 도저히 식별할 수가 없었다. 그래서 난감한 표정을 짓고 생각을 굴리는데 정 용축이 그 무슨 좋은 구경거리라도 생긴 듯 껄껄 웃으며 말하였다.

"허허 어머님 소자 말했지 않았나이까? 방법이 없다고."

순간 정 소저는 번개불빛마냥 피뜩 뇌리를 치는 생각에 정 용인이를 당나귀 가까이 불러놓고 귓전에 손나팔을 하였다. 그리고는 여차여차 하라고 속삭였다. 정 용인은 얼굴에 희색이 만면하여 연신 머리를 끄덕이더니 허리에 찬 비용검을 쑥 뽑아들고 두 용자 앞에 다가가 호통 쳤다.

"두 용자는 똑똑히 들으라! 나의 물음에 먼저 대답하는 자는 진짜 정 용자가 분명하니라. 지금 묻겠으니 명심하여 들으라."

정 용인은 비용검을 추켜들고 잠깐 침묵을 지키다가 갑자기 물었다.

"누가 진짜 정 용자냐?!"

"소인이 진짜나이다!"

"해?!"

순간, 정 용인은 사정없이 진짜라고 먼저 대답하는 정 용자를 비용검으로 내리쳤다. 가짜 정 용자는 팔을 들어 막았으나 썩둑 한쪽 팔이 잘려 피를 뿌리며 나가 떨어졌다. 혼비백산한 금용은 비명을 찌르며 한 가닥 기운으로 화하여 북쪽을 바라고 꽁지 빠지게 줄행랑을 놓았다. 정 용자가 급히 뒤쫓으려는 것을 보고 정 소저는 말렸다.

"막다른 골목에 이른 짐승은 문다. 해가 이미 기울었으니 경성에 들어가 쉬어 가자구나."

"그게 좋겠우! 경성에 들어가 한 끼 배불리 먹고 미인 구경 좀 합시다!"

정 용축이 엉겁결에 큰소리치고 일행의 기색을 살피더니 모두 비웃는 듯한 기색인지라 스스로 무안하여 얼굴을 붉혔다.

"해, 너의 그 눈과 머리는 호박이냐? 썩박이냐? 머리에는 그저 먹는 것과 미녀만 있고 속에는 똥만 들어찼으니 에그, 쯧쯧…"

정 용축은 눈을 부라리며 한참 멍하니 있더니 목이 터지는 괴함을 쳤다.

"나라고, 이렇게 태어나고 싶어 태어났우?!"

"해, 이것 봐라? 한다는 소리."

"부모 몸을 낳지 뜻이야 어떻게 낳겠느냐. 하오나 부모의 잘못이 그 어찌 없다 하겠느냐?"

"보우?!"

정 용축은 우쭐해서 눈을 흘기었다.

"형님들, 쓸데없는 공론을 말고 어서 갑시다."

"가더라도 이 귀한 팔을 어찌 던지고 가느냐?"

정 용축은 떨어진 금용의 팔을 선인장으로 찍어 어깨에 둘러메고 중뿔나게 앞장서 걸으며 소리쳤다.

"박사 신혁당 천용의 팔이요! 삼 형제들이 천용을 잡았으니 어서 어서 길 내시우!"

정 용축의 금용의 팔을 선인장으로 찍어 메고 가며 소리치니 성안 백성들과 군사들은 물론 박사, 대부, 상 대신, 장군, 비왕 등 대신들마저 땅에 엎드려 머리를 조아리며 영접하였다. 정 용자는 엎드려 있는 대신들을 보고 물었다.

"너희들 중에 어느 놈이 위만이냐?"

"아뢰기 황송하오나 위만천왕은 준왕을 뒤쫓아 전선에 나가 있나이다."

한 대신이 머리를 쳐들었다 숙이고 조아리며 아뢰었다. 그 대신이 생김새가 이상하여 정 용자는 다그쳐 물었다.

"해, 네 놈의 생김새가 이상하구나. 이 고장 사람이냐?!"

"아니옵니다. 소인들은 서천 땅에서 태어나 자랐는데 난을 피해 온 사람이나이다."

"해, 몇 명이 왔느냐?"

"십이 명이 와서 하늘님의 복음을 전하다 천용님께 붙잡혔나이다."

"그래서 천용의 충신이 되었단 말이냐?"

"예, 황공하나이다."

"해, 이놈이?!"

정 용자는 발광난 원숭이마냥 두 팔을 마구 내저으며 아우성쳤다.

"이놈을 당장 참하여라! 하늘님의 신자가 되었다 천용의 충신이 되었다 하니? 너 같은 놈이 나의 모습으로 둔갑하면 큰일난다! 어서 이런 괴이한 놈을 참하여라! 그렇지 않으며 모조리 참하리라!"

정 용자의 호통소리에 몇몇 장병들이 검을 비껴들고 일어서는데 정 용인 급히 나서서 말하였다.

"형님, 어이하여 죄 없는 신혁당 천용의 천사를 참하려 하오?!"

"해, 이 땅은 부처님의 땅이다!"

"아니오! 이 땅은 신혁당 천용의 땅이오!"

"해, 네 놈이 인제야 본색을 드러내는구나!"

"형님의 검은 마음 도저히 용서할 수 없소!"

"해, 그래? 어디 한번 해 보자!"

정 용자는 앙칼진 이빨을 드러내며 하늘에 치솟아 올랐다.

"하늘이여!"

정 용인도 비용검을 뽑아들며 하늘에 날아올랐다.

"애들아?!"

정 소저는 숨이 넘어가는 소리하며 연속 불렀으나 두 용자는 하늘에 오르자마자 들어붙어 싸웠다. 백 오십여 합을 어울리어 싸우던 정 용자는 갑자기 공중제비하어 물러서더니 허리춤에서 목탁을 꺼내 두드렸다. 그러자 정 용인은 급히 가슴에 십자가를 들어 금강불괴 비법으로 막자 강기가 십자가에 부딪쳐 오색 광채를 뿌려 눈부셨다.

"목탁소리에 오장육부 흩어지고 십자가 오색 빛에 정신이 혼미하어 숨이 넘어가는구나. 너는 두 형제 싸우는데 구경만 할 예산이냐?"

정 소저는 신음하듯 말하며 당나귀 잔등에서 까무러치니 정 용축은 급히 정 소저를 안아 내리우고 씽 하니 하늘에 날아 올라가 벽력 같은 소리쳤다.

"이 불효자식들아?! 모친께서 승하하신다!"

그제야 두 형제는 싸움을 멈추고 급히 내려와 정 소저를 안아 일으키고 안타깝게 부르며 흔들었다. 정 소저는 간신히 눈을 뜨고 두 형제를 바라보더니 입을 열었다.

"부처님이나 하늘님이나 모두 대해 같은 마음으로 우매한 인간들을 깨우치며 복과 사랑을 주시는 분이 아니냐? 서로 제가 잘났다고 싸우면 그게 마귀와 무엇이 다르단 말이냐?"

"해, 모두 소자의 잘못이오니 식노하소서. 나무아미타불!"

"하늘 그리스도 이름으로 참회하나이다. 서로 사랑하며 공존하기를 기원하노라!"

"흥, 무슨 부처님이고 신혁당 천용이고 공연히 친형제도 싸우게 하는 것이다!"

정 용축은 콧방귀를 뀌고 돌아서서 선인장으로 찍어멘 선인장에 피 뚝뚝 떨어지는 천용의 팔을 손가락질하며 호통쳤다.

"감히 천신으로 자처하는 놈은 모두 이 모양 이 꼴이 되니 다시는 유혹되지 말라! 알아들 들었느냐?!"

"예, 밍극하나이다!"

한 대신이 큰 소리로 사례하니 잇따라 백성들과 군사들의 일제히 머리를 조아리며 사례하였다. 이로부터 서천 열두 명 야곱의 사제들의 이민 와서 고조선 땅 방방곡곡에 뿌린 그리스도의 빛은 가짜 천용이 뿌린 와당과 함께 세월 속에 묻히고 대신 부처님이 유교학설이 성행하였다는 말이 미간에 떠돌다 가뭇없이 사라져 버리고 말았다.

31회

정 소저 일행은 향산에서 붙잡히고
정 용자는 조롱박 속에서 목탁을 두드리다

왕검성에서 하룻밤을 보낸 정 소저 일행은 아침 일찍 행장들을 수습하여 가지고 길을 떠났다. 정 소저는 곧게 북두칠성 아래 태백산으로 가자고 하였으나 삼 형제들이 향산(묘향산)에 들러 원수들을 잡아 부친의 원한을 풀겠다고 우기는 바람에 방법 없이 향산으로 향하였다.

정 소저 일행은 길을 물으며 반나절 걸어서야 향산 아래 깊은 계곡에 이르렀다. 잠깐 걸음을 멈추고 향산을 바라보니 장엄하게 우뚝우뚝 치솟아 연봉을 이른 향산은 그야말로 명산 중에 명산이었다.

하늘 아래 은색 수정궁이 녹수기암에 싸여 솟았는가? 흰바위 절벽에 신비한 실안개 감돌고 하늘에 중들의 하계에 내려와 옷섶을 풀어 헤치고 너그럽고 불룩한 앞배들을 드러내었는가? 험상궂게 생긴 이 세상 도깨비들이 웅크리고 모여 앉아 하늘 선녀들이 미역 감는 것을 훔쳐보며 오줌들을 싸는가?

괴암으로 밀고 떨어지고 엉키어 쌓인 석봉들과 계곡, 그리고 바위 이곳 저곳에서 각양각색 크고 작은 백용, 실뱀들이 구불구불 꼬불꼬불 기어가고 날아가고 떨어지는가?

폭포수가 흐르며 졸졸 노래하는 거울판 같은 흰바위의 맑은 샘물에는 해님이 오색영롱한 빛을 뿌리고 구름이 둥둥 떠 흘러 도대체 산에 올라왔는지? 하늘에 올리왔는지? 은하수 계곡에 떨어졌는지? 도무지 종잡을 수 없이 황홀하고 아름다웠다.

서리뫼 산에 온 듯 아사달 산에 온 듯 분간할 수 없는데 두 명산보다 더 수려하고 빼어난데다 향나무와 측백나무의 향기가 넘쳐나 입에서 천하제일 명산이란 찬탄이 절로 나오게 하였다.

"향산에 세 번 오르면 신선이 된다더니 과시 듣던 바로구나!"

정 용인이 혀를 찼다.

"체, 향산에 세 번 올라 신선이 된다면 천상공주는 인젠 여래불이 됐겠다."

정 용축이 코웃음쳤다.

"해," 하고 정 용자는 정 소저를 보며 말하였다.

"소자 먼저 하늘에 올라가 향산을 살펴보고 오겠나이다."

"오냐."하고 정 소저 머리를 끄덕이자 정 용자는 두 아우에게 어머님을 잘 보살피라 당부하고 몸을 솟구쳐 하늘에 올랐다.

정 용자 하늘에 올라 향산을 살펴보니 구름 위에 솟은 산봉들은 연꽃

봉우리처럼 구름과 안개 위에 피어 둥둥 떠다니것만 같았다.

구름을 낮추어 뭉실대는 구름과 안개 속에 들어가 살펴보니 향기가 진동하는데 거북이, 펭귄 같은 동물들의 돌로 굳어져 금시 살아 움직이는 것 같고 새소리, 짐승들의 울음소리, 요란한 폭포소리들의 바람소리에 어울리어 그 무슨 신비한 협주곡처럼 들려왔다.

흰바위 절벽 아래 깊은 계곡은 그 깊이를 알 수가 없고 구름과 안개로 하여 단군굴이 어디에 있는지 찾을 수가 없었다. 그래서 그는 토지신을 불러내어 물어보기로 작심하고 매지구름을 잡아타고 급히 뒤돌아왔다.

"해, 산이 구름 위에 솟아 단군굴을 찾을 수가 없나이다."

"허참, 공연한 고생 사서 할 게 있소? 가만 앉아 있어도 놈들이 벌써 알고 찾아올 것이 아니우?! 점심요기나 합시다!"

정 용축이 볼 부은 소리하며 정 용자의 말을 받았다.

"둘째 형님의 말이 틀리지 않나이다. 하오니 점심 요기하며 어떻게 대처할지 토의함이 좋을 것 같나이다."

정 용인의 말에 정 용축은 대수롭잖게 말하였다.

"그까짓 놈들, 토의는 무슨? 찾아오는 족족 잡아 죽이면 될 게 아니냐?!"

"자고로 상대를 알고 자신을 알면 백전백승한다 하였소이다. 천상공주는 교활한 여우이나이다. 셋째를 잃은 데다 둘째까지 상하였으니 필연코 칠보산 금성미륵까지 불러다 꾀로 맞서려고 할 것이나이다. 우리는 어떤 상황에나 대처할 수 있으나 모친님과 백록신 당나귀기는 속수무책이니 심히 염려되나이다."

"해," 정 용자는 연속 눈을 깜박이며 머리를 기웃하고 귀뿌리를 살살 만지더니 "해 해…" 하고 웃었다. 그리고는 정 소저한테 다가가 귀속

말로 그 무엇이라 속삭였다.

한편 천상공주는 이때 단군굴 어귀에 나와 칠보산 큰아들이 오기를 기다리고 있었다. 복수를 꿈꾸며 그간 단군굴에서 수련한 그의 모습은 예나 다름없이 요염하고 아름다웠고 백옥 같은 비단치마 저고리로 단장한 그는 어깨에 걸친 세길 남짓한 흰 비단수건을 양손으로 잡고 있었는데 그 모습은 흡사 신선을 기다리는 흰 두루미를 방불케 하였다.

향산 향로봉 남쪽 아란봉 아래 깎아지른 듯한 산중턱에 바윗돌로 여닫이문이 된 단군굴 문 어귀 위에는 등천굴이라고 쓴 패루가 씌어져 있고 그곳에서 왼쪽 수십 보 거리 밖에는 단군이 무예를 연마하던 강무대라 부르는 작은 누대가 공중에 걸려 있었는데 나지막한 소나무 몇 그루가 땅을 덮고 있었다.

그 왼편 아아히 치솟아 오른 층암절벽으로 폭포수가 뭉게뭉게 서린 하늘 계곡을 헤치며 깊은 계곡으로 흘러 떨어지고 굴 바로 정면으로 하늘을 고인 듯이 직립한 천주석 이백 여 개가 창끝처럼 솟아 있었다. 신비한 안개가 감도는 그 천주석 사이로 금성미륵이 조각구름을 타고 날아오는 것이 바라보였다. 금성 미륵은 구름을 낮추어 단군굴 어귀에 내려 천상공주의 앞에 무릎을 꿇었다.

"어머님, 소자 불민하여 철천지 원수를 갚아드리지 못하고 오히려 재앙을 불러일으켜 심려를 끼쳤으니 그 죄 작지 않나이다."

천상공주는 급히 아들을 부축하여 일으키며 목메는 소리로 말하였다.

"그 어찌 네 탓이라 하겠느냐? 그간 이 어미 방심하여 셋째를 잃고 둘째까지 상했으니 이 마음 미어지는 것 같구나."

"어머님, 너무 심려치 마소서. 이번에 기어코 원수를 갚아 모친의 한을 풀어 드리겠나이다."

"흑…"

천상공주는 흐느끼며 무릎을 꿇고 하늘을 우러러 흑용을 부르며 목 메는 소리로 말하였다.

"여보?! 소첩이 그 어이 한시인들 철천지원수들을 한시도 잊었겠나 이까?! 단군굴에서 수련하며 그간 북해용왕님과 함께 옥제에게 상주문 도 올리고 하늘 신하들에게 예물도 주면서 요망한 삼 형제들을 징벌하 여 달라고 영관전을 집문 나들 듯하였나이다. 이제 소첩이 옥제를 얼 마간 삶아 놓았으니 낭군님은 구천에서 잠시만 기다려 주옵소서."

금성이 천상공주를 부축하여 일으키며 말하였다.

"무능하고 부패한 옥제를 믿고 어떻게 원수를 갚는다고 그러시나이 까?! 원수들이 제발로 찾자온다고 하니 이번에 모조리 잡아 부친과 셋 째의 영전에 올립시다!"

"오냐."

천상공주는 아들의 손을 잡고 바위 돌로 된 여닫이 굴문을 열었다. 단군굴이라 하기보다 단군 궁 같은 굴 안은 높이는 네 길이 넘었고 전 면의 넓이는 오십여 척, 깊이는 삼십오 척 남직한 것 같았는데 벽을 이 른 화강석에는 녹색 백색 무늬가 각양각색 선을 둘러 그야말로 아름답 기 그지없었다.

물이끼가 파랗게 덮인 동편 바위로부터 일조의 옥수가 옥빛을 번쩍 이며 흘러내리어 은바가지 같은 우물을 이루었는데 그곳에서 엄습하 여 오는 청신한 공기는 뼈 속까지 스며들어 선뜩선뜩 손발까지 저리었 다. 좀 더 들어가니 관솔 불빛에 어른거리는 서편 그윽한 돌베개 위에 정면, 남향으로 세 개의 위패가 달빛에 드러나는 암흑 속의 그 무슨 단 검처럼 위엄스러운 빛 뿌리며 소담히 모셔져 있었다. 왼편 위패는 "남 무환웅천왕지위"라 쓰여 있고 중앙에는 보다 큰 것은 "남무단군천신지위"라 씌어져 있었고 오른편에는 "북해태자흑용지위"라고 쓴 위패가 놓여 있었다.

금성미륵이 위패 아래에서 엎드려 아홉 번 절을 하고 돌아서자 천상공주는 그의 손을 잡고 관솔불 아래 침상에 누워 있는 금용이 침상으로 끌고 갔다.

금용이 반쯤 몸을 일으키자 금성은 급히 만류하며 말하였다.

"일어나지 말거라. 어떠하냐?"

"염려치 마오. 능히 싸울 수 있소!"

"원수는 십년 후에 갚아도 늦지 않다고 하였다. 몸조리나 잘하여라."

"형님, 무슨 소리하오? 원수가 눈앞까지 찾아왔는데?!"

"이 형이 원수를 갚아 주마."

"아니오. 이 아우도 나가 싸우겠소!"

금성미륵이 이를 갈며 물었다.

"놈들이 지금 어디에 있나이까?"

"지금쯤은 아마 향산에 이르렀을 것이다."

"그러하다면 빨리 나가 한 놈의 머리라도 베어 막내아우의 영전에 올려야 하지 않겠나이까?!"

"옳소!"

금용은 벌떡 자리를 차고 일어나 이를 부득부득 갈며 악에 받쳐 소리쳤다.

"얘들아, 급히 먹는 밥에 목이 멘다 하였느니라. 싸움이란 힘으로 하는 것이 아니라 머리로 하여야 한다. 지금까지 우리가 당한 것은 서로 떨어져 있었기 때문이다. 하기에 놈들을 분리시키고 한 놈씩 죽여야 한다. 우선 약한 고리부터 족쳐야 하는데 정 소저를 잡아 죽이고 청용의 시신을 고아 먹은 후 막내를 쳐야한다. 하기에 우격다짐으로 싸우지 말고 유인하여 이리저리 끌고 다녀라. 그러다 기회를 보아 정 소저를 공격하는 것이다."

천상공주는 이빨을 앙당그려 물며 군침을 꼴딱 삼키었다. 천상공주의 말에 금성미륵이 머리를 끄덕이고 주먹을 불끈 부르쥐며 말하였다.

"어머님의 말씀이 지당하오나 우선 정면 대결하여 가슴에 불이나 꺼야겠나이다. 소자 그간 백골들이 음기로 용자 놈의 목탁소리를 잡아들이는 백골조롱박을 만들었나이다. 그러니 두려울 것이 없나이다."

금성미륵의 말에 금용이 벌떡 자리를 차고 일어나며 소리쳤다.

"빨리 내려가 싸웁시다! 분통이 터져 죽을 것만 같소이다!"

"아니다. 너희들은 좀 천천히 따라 오너라. 너희들이 아무래도 맹동할 것 같으니 내가 먼저 내려가 봐야겠다."

천상공주는 말을 마치고 은형술로 자신의 모습을 감추고 바람처럼 굴 문 밖으로 사라졌다. 일진 회오리바람으로 화하여 날아가며 살펴보던 천상공주는 만포동 폭포수를 따라 올라오는 정 소저 일행을 발견하고 그 근방 앞에 내려가 몸을 떨어 보다 젊은 미녀로 둔갑하고 소리쳤다.

"사람 살려 줘요! 사람 살려요!"

비명소리에 정 소저 일행은 걸음을 멈추고 서로 마주보았다.

"해?!" 하고 정 소저로 둔갑하여 당나귀 잔등에 앉아 있는 정 용자는 정 용축을 골려주고 싶은 생각에 웃으며 말하였다.

"해, 여인의 비명소리 아니냐? 둘째야, 네가 가 보렴."

정 용축은 의아한 표정으로 두 눈을 부릅뜨고 정 용자를 쳐다보더니 땅바닥에 침을 탁 뱉으며 더럭 볼 부은 소리 하였다.

"퉤, 싫소! 저 여인은 보나마나 요괴가 분명하오. 난 싫소. 싫어."

"해 해…"

"그러다 요괴가 아니라 사람이면 어쩌느냐? 사경에 처한 사람을 구해 주는 것은 인간이 기본 도리다."

정 용자의 모습으로 둔갑한 정 소저의 말이었다.

정 용축이 황황히 머리를 설레설레 흔들며 눈을 희뜩 흘겼다.

"자칫 잘못하면 소자 목이 떨어지나이다."

"자신의 안전을 생각하면 남을 구하지 못하거늘 어이하여 사내대장부가 사람이 위급함을 보고 좀스럽게 이것저것 따진다더냐?! 약초 캐려왔던 민간 여인일 수도 있으니 어서 가보아라."

정 용축이 입이 불룩해서 망설이고 있는데 또다시 비명소리가 들려왔다. 그 소리에 정 소저는 얼굴에 조급한 표정을 짓고 재촉하였다.

"빨리 가보지 않고 뭘 꾸물거리느냐?!"

"소자 가보겠나이다."

정 용인이 당나귀 고삐를 놓고 급히 소리 나는 쪽으로 달려갔다. 좁은 골짜기의 기슭을 따라 올라가니 개암나무가 우거져 있었는데 그 아래 포근한 폭포수 여울목에 웬 여인이 반쯤 몸을 일으키고 쓰러져 있었다. 붉은 비단 천으로 반달 같은 하얀 엉덩이와 젖가슴을 간신히 가린 그녀는 세 길 남짓한 흰수건을 어깨에 걸치고 양팔에 감아쥔 채 말끄러미 정 용인이를 지켜보았다. 홍조를 살짝 띤 석고처럼 해말쑥한 얼굴에 샘처럼 반짝이는 두 눈에는 음란한 정욕이 가득 고여 이글이글거렸다.

정 용인은 쑥스러움에 가까이 다가가려다 말고 머리 숙이며 두 손을 합장하고 심란해지는 마음을 기도로 애써 다잡은 후 경건한 마음으로 "하늘이시여"하고 나직이 부르짖었다. 미녀는 그 모양이 우스운지 곱게 눈을 흘기며 한 손으로 입을 살짝 가리고 생긋 웃어 보였다. 정 용인은 속으로 요괴가 분명하다고 생각하면서도 혹시나 하여 시탐조로 물었다.

"황송하오나 낭자는 인간은 아니고 요괴가 분명하온데 무슨 일로 이곳에서 소인들을 기다리고 있나이까?"

"어머나?!"

미녀는 자못 놀란 눈길로 이윽히 정 용인을 지켜보다 부끄러운 듯이 소곳이 아미를 숙이고 가냘픈 목소리로 말을 이었다.

"황송하오나 대인께서 다 알고 물으시니 소첩이 그 어찌 감히 신분을 숨기오리까? 실은 인간이 아니라 하늘에서 내려 온 선녀이나이다. 일전에 자매들을 따라 향산에 내려왔다가 천상공주를 만나 싸우다 상하여 하늘에 오르지도 못하고 죽지도 못하는 신세가 되었나이다."

"천상공주와?!"

"예."하고 미녀는 얼굴을 붉히며 할끔 정 용인의 기색을 훔쳐보았다. 그리고는 버들가지처럼 날씬한 허리를 비틀며 고통스러운 듯 앞가슴을 은근히 뻗쳐보이었다. 그러자 봉긋한 젖가슴은 팽팽히 솟아올라 그야말로 향산 바윗돌도 굴러 내려와 눈독을 들일만치 요염하고 아름다웠다.

이년이 사람을 유혹하는 걸 보니 요괴가 분명하구나. 이렇게 생각한 정 용인은 비용검을 뽑아들려 하였으나 웬일인지 일신이 말을 듣지 않았다. 마치도 그 미녀의 체내에서 그 무엇인가 그녀의 말과 표정을 통하여 자신이 체내로 감염되어 오는 것 같았다. 그와 동시에 이 미녀가 진정 선녀가 아닐까? 하는 의식이 어렴풋이 들면서 자신을 채찍질하는 것만 같았다. 결국 억센 경계심이 유혹을 물리쳤으나 안개처럼 일어나는 의구심은 그의 발길을 돌리게 하였다. 그는 등 뒤에서 들려오는 그녀의 안타까운 부름소리도 뿌리치고 급히 돌아와 말하였다.

420

"형님, 한없이 아름다운 미녀가 선녀라고 하는데 도대체 선녀인지?

요괴인지? 분간키 어렵소이다."

"해?!"하고 정 소저로 둔갑한 정 용자는 당나귀 잔등에 앉아 의아한 듯 머리를 기웃하고 눈만 깜박이는데 정 용축이 중뿔나게 성큼 나섰다.

"소자 가보겠나이다!"

정 용축은 씨엉씨엉 급히 달려갔다. 지금까지 미녀요괴에게 여러 번 혼이 나서 여인이라면 무작정 요괴라는 편견이 생긴 그였으나 정 용인마저 그녀를 분간 못하는 데다 선녀라는 말에 불쑥 호기심이 솟구쳐 올랐다. 동시에 그의 본능적인 정욕은 번쩍 불이 붙어 일어났다. 그래서 그는 단숨에 뛰어갔다.

아나나 다를까 그녀는 보기 드문 절세가인이었다. 봉긋이 솟은 젖가슴과 물만두 같은 하얀 엉덩이 그리고 정이 고여 이글거리는 두 눈동자는 요괴라 해도 우선 잡아먹고 보자는 마음이 세찬 불길처럼 일며 그의 정신을 혼미하게 만들었다.

그 어떤 요술막대기의 최면에 걸린 듯 정 용축은 정신이 나간 사람마냥 헤헤거리며 바라보기만 하는데 천상공주는 네 이놈, 다가오기만 해봐라 단칼에 목을 베어 셋째의 영전에 제물로 올리리라. 하고 속으로 윽 벼르면서도 숨이 넘어가는 애끓는 비명을 토하며 간을 녹이는 요염한 눈웃음을 해죽 지어 보였다.

이때 정 용자로 둔갑한 정 소저는 어쩐지 마음이 불안하여 말하였다.

"용자야. 둘째는 여인만 보면 오금을 못 쓰니 네가 좀 가보아라. 어쩐지 마음이 심히 떨리는구나."

"해," 하고 정 용자는 워낙 당나귀 잔등에서 기다리고 있다가 덮쳐드는 요괴를 단칼에 목을 치려고 하였는데 어머님의 분부인지라 방법 없이 당나귀 잔등에서 내려 급히 달려갔다. 정 소저로 둔갑한 정 용자 달려가 보니 정 용축은 더위를 만난 황소처럼 씩씩거리며 춤이 질질 게 발린 입이 헤 해서 바지부터 벗고 있었다. 그 모습에 손을 쓸까말까 옴 자르던 천상공주는 정 소저가 급히 다가오는 것을 눈결에 얼핏 발견하 고 짐짓 죽는 소리 하였다.

"아이고, 허리야…"

정 소저로 둔갑한 정 용자는 달려오자 바람으로 정 용축의 함지짝 같 은 벌건 엉덩이를 사정없이 철썩 때리며 호통쳤다.

"이 자식아?!"

"에크?!"

정 용축은 놀란 짐승마냥 껑충 들뛰며 소리쳤다. 그 바람에 바지는 홀딱 벗겨졌고 방망이처럼 일어선 고추는 향산을 향해 끄덕거리다 삽 시에 풀이 죽어 삶은 시래기처럼 훌쭉해지면서 볼품없는 쪼그랑오이 되었다.

"해, 무슨 짓 하려는 거냐?!"

"씨. 오줌을 싸려는데 왜 그러는 거우?!"

정 용축은 급히 바지춤을 추슬러 올리며 얼굴이 지지벌개서 큰소리 로 달려들었다.

"형님은 오줌을 안 싸우?! 씨?!"

"해?!" 하고 정 용자는 억이 막혀 손가락질만 하다 무언중 머리를 돌 려 여인을 바라보았다. 해, 천상공주?! 이년을 어떻게 하지? 하고 첫눈 에 요괴를 알아본 정 용자는 연신 눈을 깜박이며 생각을 굴리는데 천 상공주는 자신도 모르게 가슴이 섬뜩해짐을 느꼈다. 용자가 정 소저로 둔갑하다니? 이러다 애들이 저놈을 정 소저로 알고 덮치면 큰일나지 않겠는가? 이렇게 생각한 천상공주는 급히 몸을 솟구쳐 달아났다.

"해, 요망한 년이 눈치를 채고 달아나다니."

정 용자는 근두운을 날려 바싹 뒤쫓았다.

정 용자가 뒤쫓아오는 것을 본 천상공주는 원형을 드러내고 그를 이리저리 끌고 다니며 골려주려고 작정하는데 방정맞게도 산속에 숨어 이 모든 것을 엿보고 있던 금성과 금용은 창황히 날아와 정 용자의 앞을 막아서며 호통쳤다.

"괘씸한 놈이 감히 제 할미도 못 알아보고 쫓다니?!"

금성미륵의 말에 정 용자는 낄낄 웃어댔다.

"해, 할미?! 할미 좋아하네. 해해… 이내 모양새를 봐라. 내가 바로 너희들 할미다! 히히히…."

"동해황후였으면 너희들 할미였다! 그래 우리가 얼마나 두려웠으면 네 놈이 세 어미로 둔갑하였겠느냐?! 하! 하! 하!"

한쪽 어깨를 천으로 감아 싸맨 금용이 껄껄 웃었다.

"해, 늙은 여우요괴가 무슨 짓인들 못하겠느냐? 모친을 보호하기 위해 우린 서로 둔갑한단다. 너희들 눈에는 소신이 정 용자로 보이느냐?!"

"네가 정 용자라면 괴이한 목탁을 가지고 있을 것이 아니냐?! 담이 있으면 어디 또다시 두드려라. 나에게 전문 네 놈의 목탁을 대처하는 백골조롱박이 있다."

금성은 백골로 만든 조롱박을 흔들어 보이며 말하였다.

"해," 하고 정 용자는 머리를 기웃하고 비양조로 말하였다.

"흥, 이 바보야! 백골로 어떻게 나의 목탁소리를 막는 다더냐?! 해 해 철부지로구나."

"쥐새끼 같은 놈아! 쓸데없는 으름장을 치지 말고 담이 있으면 두드려 봐라!"

"해," 하고 정 용자는 밸이 꼬여 허리춤에서 목탁을 꺼내들고 주문을 외우며 목탁을 두드렸다. 그것을 본 금성미륵은 급히 백골조롱박을 내들고 속으로 주문을 외웠다. 그러자 목탁소리의 울림은 태풍처럼 밀려가다 회오리바람처럼 백골조롱박의 구멍으로 빨려들어가는 것이었다.

"해?!" 하고 악연히 놀란 정 용자는 약이 송곳처럼 치솟아 올라 앙칼진 이빨을 드러내며 수염을 뽑아 쌍창으로 만들어 가지고 금성을 향해 살처럼 씽 하니 날아갔다. 용자가 날아오는 것을 본 금성은 웃으며 백골조롱박으로 정 용자를 겨누고 주문을 외웠다. 그러자 백골조롱박에서 거세찬 바람이 불어나와 정 용자를 가랑잎처럼 하늘로 날려보냈다. 정 용자는 날려가지 않으려고 발버둥쳤으나 그럴수록 몸은 점점 더 멀리 날려갔다.

갑자기 정 용자는 누르스름한 땅에 금이 쭉쭉 간 부드러운 언덕에 굴러 떨어졌다. 급히 일어나 눈을 부비고 사위를 둘러보니 저 멀리 아득한 곳에 황토로 빚어 만든 듯한 다섯 천주석이 기둥마냥 하늘을 받치고 우뚝우뚝 솟아 있었다. 정 용자는 그 중에 제일 낮게 솟은 첫 산봉우리에 날아올라가 손 채양하고 살펴보고 나서 침을 탁탁 내뱉으며 관세음보살을 욕하였다.

"해, 백골보다도 못한 가짜 목탁으로 제자를 이렇게 골탕을 먹이다니?! 이제 모친께서 놈들에게 욕보기만 해 봐라. 그때면 관세음보살을 가만두지 않을 테다. 퉤, 내원 더러워서…"

"용자야, 목탁은 네가 훔쳐간 것이지 내가 너에게 주신 것도 아니거늘 어이하여 소승을 함부로 욕하는 거냐?!"

"해?!" 하고 정 용자는 지척에서 들려오는 관세음보살님의 목소리에 놀라 그만 그 자리에 물앉아 하늘을 쳐다보았다. 찬찬히 보니 흘러가는 구름 뒤에 관세음보살의 한쪽 귀가 보일라말락하였다.

그제야 자신이 지금 관세음보살의 엄지손가락 위에 앉아 있다는 것을 발견한 정 용자는 대경실색하여 대굴대굴 손바닥으로 굴러 떨어져 내려와 황급히 무릎 꿇고 연신 머리를 조아렸다.

"해, 잘못했나이다. 허나 소자 목탁을 가져올 때 글로 밝혔으니 훔쳐 온 것이라 말할 수는 없나이다. 하오나 백골도 당해내지 못하는 목탁을 관세음보살님이 갖고 계실 줄이야 소자 어찌 꿈에도 생각했나이까?! 분통이 터져 죽겠나이다. 아이고! 소자 이 꼴이 되었으니 모친인들 무사하겠나이까?! 이게 다 관세음보살님의 탓이오니 관세음보살님이 다 책임져야 하나이다! 아이고 관세음보살님이 백골보다도 못한 목탁을 갖고 계시다니?!"

"용자야, 괴변을 부리지 말고 똑똑히 들어라! 목탁이란 경상적으로 두드리며 경을 외우며 도를 닦는데 쓰는 것이다. 그런데 너는 몇 번이나 그 목탁을 두드리며 도를 닦았느냐? 아무리 좋은 물건도 사용하지 않으면 그 효험을 잃고 망가진다. 그리고 목탁소리는 살아 있는 생령에게 효험이 있느니라. 백골은 죽은 것이니 아무리 목탁을 두드려 본들 무슨 소용이 있겠느냐. 백골조롱박 속에 생령이 들어가 있으면 목탁소리는 효험을 발생한다. 그리 알고 빨리 가서 정 소저 일행을 구하도록 하여라."

"해 해, 그래도 관세음보살님은 옥제보다 낫나이다. 해 해…"
"이 여석이 무슨 망언을 지껄이느냐?!"

관세음보살은 입김으로 손바닥에서 연신 머리를 갸웃거리며 이죽거리는 정 용자를 휙 불었다. 그러자 정 용자는 깨알마냥 씽 하니 날려 어느새 향로봉에 다다라 하늘을 찌를 듯 솟아오른 천주석 바위를 겨우 잡고 바람처럼 감돌아쳤다.

정 용자는 한 팔로 천주석을 붙안고 손 채양하고 살펴보았다. 신비한 안개가 감도는 맞은편 깎아지른 듯한 아란봉 아래 산중턱에 등천굴이라 쓴 패루가 달린 단군굴이 바라보이었는데 세 요괴가 마구 호통치며 정 소저 일행을 꽁꽁 묶어가지고 굴로 끌고 들어가는 것이 바라보였다. 정 용자는 즉시 날아가 대노하여 소리쳤다.

"해, 이놈들아! 감히 모친을 포박하다니?!"

갑자기 나타난 정 용자를 발견한 금성은 잠깐 멍하니 바라보더니 허허 웃으며 비꼬았다.

"패전한 놈이 부끄럽지도 않느냐?"

"해, 누가 패전했느냐? 잠깐 오줌 싸고 왔다. 그런데 또 똥이 마려우니 급히 네 놈과 목탁으로 겨루어야겠다."

정 용자는 허리춤에서 목탁을 꺼내들며 말하였다.

"허허, 네 놈이 벌써 달아날 핑계부터 대는구나. 어디 두드려 봐라!"

정 용자는 주문을 외웠다. 그것을 보고 금성도 백골조롱박으로 용자를 겨누고 주문을 외웠다. 거세찬 바람이 몰아쳐 백골조롱박 속에 빨려 들어가기 시작하자 정 용자는 급히 목탁을 콩알만큼 만들고 자신은 꿀벌로 둔갑하여 목탁에 바싹 붙어 백골조롱박 속으로 날아 들어갔다. 정 용자와 목탁까지 빨려 들어오는 것을 발견한 금성은 급히 조롱박 마개를 틀어막고 의기양양하여 굴에 들어섰다.

"허허… 어머님, 정 용자 놈이 이 백골조롱박 속에 감금되었나이다. 인젠 시름 놓고 이 놈들을 잡아먹게 되었나이다."

금성미륵의 말에 정 소저는 흠칫 놀라며 삽시에 얼굴 기색이 흑빛이 되었다. 인젠 실오리 같은 희망도 없다고 생각한 정 소저는 한숨을 크게 내쉬며 말하였다.

"죽이고 싶으면 어서 빨리 죽여라. 당당히 죽어 한 점의 부끄럼도 없이 정든 님을 만나고 싶다."

"호호호…"

천상공주는 미친 듯이 웃어대었다. 그에겐 지금 이 순간이 퍽이나 기뻤다. 그는 이 순간을 되도록 오래 끌며 자기의 사냥물이 발악하는 모습을 보는 것이 재미있었다. 여우의 긴 주둥이에 물려 버둥거리며 기를 쓰고 기어 도망가려는 토끼를 보고 기뻐하는 여우와 같은 눈살로 그는 먹이를 엿보고 있었다. 사로잡힌 짐승의 절망적인 움직임을 느끼며 숨통을 발톱으로 움켜잡는 것이 그 얼마나 재미나는 일인가!

"어머니, 잠이 길면 꿈이 많다고 빨리 잡아 먹어야 하나이다! 어느 놈부터 피를 받겠나이까?!"

금용이 한손에 칼을 들고 재촉하였다.

정 용축이 눈을 부라리며 괴함쳤다.

"이왕 집아먹을 깃이면 나부디 잡으리! 얼핏 보이도 살이 진 나의 고기가 맛있지 않겠느냐? 우리 모친의 고기는 비린내 난다!"

"네 놈들은 우리들을 잡아먹을 것 같으냐? 지금 하느님의 빛의 나의 눈에는 보인다. 하늘이시여!"

이때 백골조롱박 속에서 정 용자는 주문을 외우며 목탁을 두드렸다. 그러자 백골조롱박에서 새뽀얀 연기가 솔솔 피어오르더니 부지중 금성의 손에서 빠져나와 빙빙 돌아쳤다. 당황해진 금성이 아무리 주문을 외워도 백골조롱박은 금성이 말을 듣지 않았다.

일이 상서롭지 못함을 느낀 요괴들은 급히 병장기를 추켜들고 정 소저 일행의 목을 치려고 하였다. 순간, 백골조롱박은 요란한 소리를 내며 풍비박산 나더니 그 속에서 목탁소리와 함께 거대한 바람이 터져나오며 요괴들을 먼지마냥 흔적도 없이 날려버렸다.

정 소저 일행도 목탁소리에 머리가 터지는 것 같아 머리를 붙안고 죽는 소리 하였다.

32회

천상공주는 꾀로 삼 형제들을 모함하고
두 용자는 천궁을 크게 소란하다

정 용자 두드리는 목탁소리에 정처 없이 날려가다 간신히 칠보산으로 도망쳐 온 천상공주는 두 아들을 바라보며 악에 받쳐 부르짖었다.

"아이, 이 원수를 어이 갚는단 말이냐?!"

금성미륵이 무릎을 꿇고 머리를 조아리었다.

"소자 참괴함을 금할 수 없나이다."

"철천지 원수를 갚지 못하고 셋째까지 잃었으니 소첩이 그 어이 황천에서 너희들 부친을 만나 뵙는단 말이냐?!"

"황송하오나 모친께서는 심히 염려마소서. 하늘이 무너져도 솟아날 구멍이 있다고 하였나이다."

금용이 말하였다.

"하늘?!"

천상공주는 실눈을 짓고 사색에 잠기더니 부지중 철썩 무릎을 치며 "호호호… 그렇지! 하늘이 우리를 돕게 해야지." 하고 미친 듯이 웃어 대였다. 이윽고 천상공주는 입술을 깨물고 잠자코 있더니 말하였다.

"하늘의 칼을 빌어 원수를 갚아야 한다."

"무슨 뜻이나이까?"

금성미륵이 머리를 쳐들고 눈을 껌벅거렸다.

"너희들 할아비지인 북해용왕과 함께 나는 여러 번 옥제를 찾아가 상주문을 올리었다. 그때마다 나는 미모와 예물로 하늘의 여러 대신들과 옥제를 삶아놓았지. 그런데 태백금성과 태상로군은 정 용자는 관세음보살의 제자라면서 징벌을 극구 반대하는 바람에 일을 성사하지 못하였다. 하니 우리는 태백금성과 태상로군이 더는 삼 형제들을 두둔하지 못하게 놈들에게 죄를 엎어 씌우고 하늘이 우리들을 대신하여 원수를 갚게 하는 수를 써야 한다."

"놈들이 내일 뒤쫓아오겠는데 어떻게?"

금성미륵의 말에 천상공주는 허리를 굽혀 친히 그를 부축하여 일으키며 말하였다.

"나는 지금 해칠보에 가서 동해 자라왕을 유혹하여 증거를 만들어 가지고 하늘에 올라가 옥제를 만날 터이니 너희들은 도술로 가짜 정 용축은 해칠보에서 미녀를 강간하게 하고 정 용자는 가짜 만 마리 사자와 나한들 그리고 민간의 벼 섬을 박탈하여 산봉에 쌓아놓고 종을 두드리며 다스리는 것처럼 만들어 놓아라. 그러면 그 후에 일은 내가 알아서 처리하겠다. 알겠느냐?"

"예, 알겠나이다."

말을 마친 천상공주는 또다시 신신당부하고는 급히 해칠보로 날아갔다. 칠보산 해칠보는 백여 리의 해안선이 깎아찌른 듯한 단애절벽과 바위섬으로 해안선에 이루어졌는데 북쪽의 솔섬과 남쪽의 코끼리 바위, 달문은 그 경관이 신비하고 아름답기 그지없었다.

천상공주는 달문 아래에서 주문을 외워 동해바다 자라왕을 부르자 갑자기 달문에서 얼마 되지 않은 곳에서 엄청나게 큰 자라 한 마리가 물위에 떠올라왔다가 다시 대가리를 물속에 박더니 자취를 감추었다.

얼마 후에 그 자라는 다시금 배처럼 떠올라 네발을 쭉 뻗고 헤엄쳐 왔다. 그리고는 다시 가라앉았다가는 다시금 떠올라 머리를 내밀고 눈알을 희뜩희뜩거리며 해안을 둘러보더니 뚝섬 같은 몸을 뒤번지며 풀썩 운무를 일으켜 눈 깜짝할 사이에 사람으로 둔갑하여 평지를 걷듯 물위를 걸어 나왔다.

천상공주의 앞에 다가온 자라왕은 읍하고 물었다.

"천상공주님 웬일이나이까?"

천상공주는 요염하게 웃으며 한들한들 허리를 흔들며 다가가 정답게 자라왕의 팔을 잡았다.

"소첩은 동해황후였을 적부터 못내 자라왕을 흠모하여 왔나이다. 금일 이렇게 만나니 소첩이 마음 기쁘기 그지없소이다."

"허허 소신을 기억하여 주어 영광인 줄로 아나이다."

"소첩이 비록 불민하여 동해를 떠났으나 그 어이 한시인들 동해를 잊었겠나이까. 근래 저의 큰 아들이 이 땅에서 벼슬하며 여기 칠보산을 관할하니 자연 동해용왕이 생각나나이다. 이전에 동해용왕은 칠보산 입곱 봉우리 중에서 해안에 솟은 저 산봉우리를 한없이 욕심내었나이다. 하룻밤 부부 정도 백일은혜라. 동해용왕과 몇 년 부부로 보낸 소첩이 그 어이 동해용왕을 잊을 수가 있겠나이까?! 소문에 동해용왕이 중병환에 시달린다니 소첩이 칠보산 저 산봉우리를 동해 왕님께 넘겨주어 생전에 그 소원을 풀어주려 하나이다. 이 일이 성사되면 자라왕은 더없는 동해 용왕의 총애를 받을 것이 아니오리까? 호호호…"

"망극하나이다!"

자라왕이 허리를 굽혀 사례하니 천상공주는 그의 몸에 다가서며 요염하게 웃어보였다.

"호호호… 하오나 동해용왕이 칠보산 일곱 봉우리 중 한 개 봉우리를 가져갔다는 문서는 있어야 우리 아들도 임금님께 할 말이 있지 않겠나이까? 하오니 자라왕께서 문서를 작성하여 주시기를 바라나이다."

"황송하오나 그건?"

자라왕은 머리를 기웃하고 눈을 껌벅거렸다.

"아이참, 우리 아들이 핑계거리로 종이 한 장에 지장이면 되는데 그 뭐 주저하나이까? 동해의 자라왕이 그만한 권리도 없다니?! 자라왕의 소심 때문에 진주처럼 아름다운 산봉우리를 가지지 못하였다는 말을 동해용왕이 들으면 아마 자라왕은 참형을 면치 못할 것이나이다."

"글쎄?"

자라왕은 어딘가 꺼림직해졌으나 동해에 이익이 되는 일인데다 동해용왕이 욕심냈다는 말에 그만 머리를 끄덕이고 말았다.

자라왕은 그 자리에서 자신의 큼직한 지장이 찍힌 문서를 작성하여 천상공주에게 넘겨주고는 즉시 바다에 뛰어 들어가 원형을 드러내고 파도를 일으키며 주문을 외웠다. 그러자 삽시에 바다가 불어나며 해안선의 진주 같은 산봉우리는 서서히 동해에 침습되어 들어가 그 종적을 영영 감추고 말았다.

천상공주는 그 모습을 잠깐 지켜보고 나서 자라 같은 얼빠한 놈들 때문에 이 세상이 망한다고 속으로 비웃으면서도 자신 같은 요망한 계집들 때문에 세상에 더 큰 풍파가 일어난다는 생각은 털끝만치도 하지 않고 일종 우월감과 승리감에 미친 듯이 웃어대었다. 이윽고 천상공주는 몸을 솟구쳐 하늘에 날아올랐다. 시간이 급박하다고 여긴 그는 곧게 영관전으로 날아갔다.

옥제는 천상공주가 뵙기를 청한다는 전갈을 받고 선뜻 대답하지 못하고 대신들이 눈치를 살피는데 법무신이 만나보아야 한다고 주장했어야 대령시키라고 어명을 내렸다. 영관전에 들어선 천상공주는 무릎을 꿇고 흐느끼며 머리를 조아렸다.

"전능전지하신 옥황상제님께 삼가 고해 아뢰나이다. 소첩이 비록 비천한 출신이오나 천 년간 옥제님을 우러러 수도하여 도에 귀의한 몸이 되었나이다. 그간 작은 불민스러운 일이 너무 없지는 않았으나 하늘과 땅에 죄를 짓는 악과를 낳지는 않았나이다. 하오나 정 소저 일행은 하늘과 땅을 다스리는 영재를 후대에 남기려고 청용의 시신을 태백산 천황용 용두에 묻으려 하나이다. 그뿐만 아니라 해동국에서 죄 없는 신선들을 해하였고 소첩의 아들까지 살해하였나이다. 특히 용납할 수 없는 것은 요즘 칠보산에서 유부녀를 강탈하고 민간의 노적가리를 빼앗아 칠보산에 쌓아 놓았을 뿐만 아니라 해동국의 중들을 모조리 칠보산에 모아놓고 동해를 위해 기도를 드리라고 강요하고 있나이다."

"노적가리는 왜 칠보산에 쌓았다더냐?!"

옥제는 노기충천하여 물었다.

"노적가리뿐만 아니라 칠보산의 보물까지 모두 동해에 받친다고 들었나이다. 소첩은 금일 동해용왕이 칠보산 일곱 봉우리 중 해안선의 진주 같은 한 산봉우리를 빼앗아 가는 것을 목격하였나이다. 그러면서 동해 자라왕은 이런 문서를 남겼다 하나이다. 소첩이 그 문서를 갖고 왔사오니 깊이 통촉하여 주옵소서!"

시관이 문서를 받아 옥제에게 올리자 옥제는 대충 읽어보고 대노하여 호통쳤다.

"여봐라! 즉시 천병을 일으켜 정 소저 일행을 징벌해야겠다!"

태상로군은 급히 반열에 나서서 읍하고 아뢰었다.

"황송하오나 옥제께서는 식노하소서. 자고로 한쪽 말을 듣고서는 살인죄가 없다고 하였나이다."

대백금성이 잇따라 아뢰었다.

"황송하오나 소신은 동해국을 자주 오가나이다. 워낙 칠보산은 수려하고 보석처럼 아름답기로 유명한 산이나이다. 용암이 분출하여 생성된 칠보산에는 괴암들이 천태만상이라 만 마리 사자가 떼 지어 앉아 있는 것 같다하여 만사봉, 천 개의 불상을 모아 놓은 것 같다하여 천불봉, 종을 엎어놓은 것 같다하여 종각봉 노적가리를 쌓아놓은 것 같다하여 노적봉 등 여러 봉들이 있나이다. 천상공주가 이런 천태만상을 이용하여 하늘을 기만하려는 심사가 아닌지? 심사숙고해 보아야 하나이다."

천상공주는 대뜸 얼굴색이 창백해서 땅을 치며 통곡하면서도 옥제를 쳐다보며 추파를 던졌다.

"아이고?! 소첩을 면전에 두고 어이하여 이런 한심한 소리하나이까? 소첩이 일개 꽃잎 같은 마음으로 무슨 담이 있어 존귀하고 사랑스러운 옥제님을 기만하려 들겠나이까?! 옥제님 소첩을 좀 보소서. 소첩이 그런 여인 같나이까?!"

옥제는 천상공주의 눈길에 면구스러워 "음, 음" 하고 군소리 내며 긴 수염만 만지는데 천상공주의 예물을 받아먹은 적이 있는 법무신이 급히 면전에 무릎을 꿇고 머리를 조아리며 아뢰었다.

"아뢰옵기 황송하오나 두 대신의 주장은 틀린다고 면책할 수 없나이다. 하기에 소신이 탁 탑 이 천왕을 모시고 칠보산에 내려가 알아 볼까 하오니 윤허하여 주옵소서."

"음" 하고 옥제는 탁 탑 이 천왕더러 법무신과 함께 천상공주를 따라 칠보 산에 내려가 알아보라고 어명을 내렸다. 어명을 받은 두 대신은 천상공주를 따라 영관전 동대문을 빠져나와 즉시 상서로운 구름을 잡아타고 칠보산으로 향하였다. 구름을 재우쳐 칠보산 상공에 이른 천상공주는 탁 탑 이 천왕보고 말하였다.

"저걸 보세요. 소첩이 말이 거짓이나이까?"

탁 탑 이 천왕이 왼손 바닥에 탁 탑을 받쳐 들고 내려다보니 칠보산 해칠보 온수평 산 위에 발가벗은 정 용축이 연장을 꿋꿋이 일구고 하신을 다 드러난 골짜기 여인을 할까 말까 주저하며 뻗치고 서 있는 모습이 바라보였다.

대노한 탁 탑 이 천왕은 그 모습이 너무나 해괴망측하고 바라보기 면구스러워 즉시 탁 탑을 쳐들고 불벼락을 불러 연속 내리쳤다. 그리고 다른 곳을 살펴보니 모두 천상공주의 말과 다름없는지라 마구 불벼락을 퍼부었다.

벼락을 맞은 괴암들은 더욱 생생하게 그 자리에 굳어져 탁 탑 이 천왕을 골려주는 듯하였다. 허나 한번 정 용자에게 혼이 난 적 있는 이 천왕은 정 용자가 두려워 내려가 확인할 염은 하지 않고 그저 불벼락만 마구 퍼부어댔다. 이때 칠보산 아래 협곡에 이른 정 소저 일행은 난데없는 불벼락 속에 잠긴 산봉들을 바라보며 놀라움을 금할 수가 없었다.

정 소저는 나귀 등에서 놀라 굴러 떨어지듯 내리며 말하였다.

"이게 웬 날벼락이냐? 불길한 예감이 드는구나."

정 용자는 연속 눈을 깜박이며 머리를 기웃하더니 말하였다.

"소자 하늘에 올라가 알아보고 오겠나이다."

정 용자는 말을 마치고 씽 하니 하늘에 날아올라가 보았다. 검은 구름을 헤치고 칠보산 상공을 살펴보니 탁 탑 이 천왕 일행이 서 있는 것이 바라보였다. 대노한 정 용자는 급히 날아가 삿대질하였다.

"해, 이놈아! 하늘에서 옥제를 모시지 않고 요괴와 어울려 무슨 짓거리 하느냐?!"

이 천왕은 흠칫 놀라며 대꾸하였다.

"이놈아! 너희들이 칠보산에서 유부녀를 강탈히고 노적가리와 헤안선 보석 같은 산봉우리를 동해에 바치려는 죄행과 중들을 불러모아 동해를 위해 경을 읽게 강요한 죄상을 내가 너희들이 떼질 못쓰게 이미 돌로 굳게 하여 그 증거로 남겠다. 그러니 순순히 오라를 지고 나를 따라 하늘에 올라가 죄를 청하여라!"

"해, 무슨 잠꼬대 같은 소리하냐?!"

정 용자 칠보산을 내려다보니 노적가리가 쌓이고 중들이 모여 앉아 있고 여인을 강탈하려는 상까지 있어 그야말로 천태만상이었다. 요망한 천상공주가 또 무슨 꿍꿍이를 꾸미었다고 생각한 정 용자는 이빨을 앙당그려 물고 콧수염 두 대를 뽑아 단창을 만들어가지고 달려들었다.

"해, 네 놈들이 목을 따들고 하늘에 올라가 청백함을 밝혀야겠다!"

"쥐새끼 같은 놈이 감히 천명을 거역하다니?! 어디 탁 탑 맛을 봐라!"

대노한 이 천왕은 탁 탑을 쳐들고 주문을 외워 먹장구름을 불러오며 정 용자에게 연속 불벼락을 안기었다. 정 용자는 물살을 헤가르며 뛰어오르는 은빛 버들치마냥 공중제비하여 불벼락을 피하고 쏜살같이 이 천왕에게 덮쳐들었다. 그러자 천상공주는 급히 팔소매에서 쌍 갈고리를 꺼내 휘두르며 이 천왕을 막아 싸웠다. 허나 천상공주는 정 용자의 적수가 못되었다.

일이 상서롭지 못함을 느낀 이 천왕과 법무신은 급히 몸을 돌려 황황히 뒤돌아보며 달아나는데 칠보산에 숨어 있던 금성미륵과 금용은 급히 하늘에 날아올라 천상공주를 도와 싸웠다. 그제야 천상공주는 이 천왕을 따라 도망칠 수 있게 되었다. 이때에야 정 용축은 하늘에서 싸우고 있는 정 용자를 발견하고 놀라 부르짖었다.

"아니, 저 놈들이?!"

"형님, 어머니를 명심해 돌보시우. 내가 올라가 싸우리다."

"체, 싸움에야!"

정 용축은 부질없이 눈을 흘겨 보이고는 선인장을 둘러메고 하늘에 날아올라 싸움에 끼어들었다. 정 용축이 올라온 것을 본 정 용자는 금성과 금용을 뿌리치고 급히 구름을 재우쳐 천상공주와 이 천왕을 뒤쫓았다.

정 용자가 뒤쫓아오는 것을 발견한 이 천왕과 천상공주는 법무신과 함께 내 꼬리 봐라 하고 줄행랑을 놓아 어느새 영관전 동문에 이르러 검문도 없이 날아 들어갔다. 이 천왕과 법무신은 천상공주와 함께 영관전에 들어가 복명하고 급히 아뢰었다.

"천상공주의 상소대로 정 소저 일행의 죄행은 하늘에 사무치나이다."

"그래, 그놈들이 지금 어디에 있는고?!"

"황송하오나 정 용자의 신통력이 너무나 비상하여 소신들의 법력으로는 도저히 당해낼 수가 없었나이다. 소신들을 뒤쫓아온 정 용자는 지금 궁궐 밖에 있는 줄로 아나이다."

"뭐라?!"

이때 동천문으로 정 용자가 쳐들어오고 있다는 급보와 함께 정 용자는 영관전에 나타났다. 그의 모습에 기겁한 옥제는 불문곡직하고 호통쳤다.

"이 횡포무도한 녀석을 어서 잡아라!"

"해, 옥제가 이렇게 무도하다니?!"

태백금성이 호통쳤다.

"함부로 천궁에 뛰어 든 네 놈이 무도하지?! 옥제가 무도하냐?!"

"해, 요녀 천상공주는 마음대로 천궁을 드나드는데 이 정 용자 드나드는 것은 무도란 말이냐?! 진상을 밝히자고 스스로 찾아온 사람을 이렇게 대하는 법이 어디 있느냐?!"

"뭣들하고 있느냐?! 저 놈을 어서 포박하지 않고?!"

천둥 같은 옥제의 호통소리에 탁 탑 이 천왕을 비롯한 천병들이 일시에 정 용자한테 덮쳐들었다. 피할 수 없는 궁지에 몰린 정 용자는 대노하여 쌍창을 마구 휘둘러댔다. 그 바람에 영관전은 삽시에 아수라장이 되었다.

문무백관들이 아우성치고 여기저기 옥상과 기둥이 넘어져 천장이 와르르 무너져 내렸다. 천상공주와 천병들이 합세하여 정 용자를 막아 싸웠으나 정 용자의 적수가 아니었다. 정 용자는 몸을 솟구쳐 이 천왕의 어깨를 밟고 곧게 옥제를 향해 날아갔다. 다급해진 태상로군은 소매를 걷어 올려 왼팔에 끼었던 동그란 쇠테인 금강탁을 뽑아 번개같이 정 용자를 겨누고 뿌렸다.

"앗차!"

정 용자는 옥제를 쫓는 데만 정신이 팔리다 보니 왼편에서 날아오는 금강탁을 보지 못하고 머리를 맞아 넘어졌다. 발딱 자리를 차고 일어나 보니 이 천왕과 천상공주는 어느새 옥제를 부축하고 영관전 밖으로 달아나고 있었다. 천상공주의 날씬한 허리를 감아안고 황황히 달아나는 옥제를 본 정 용자는 분통이 굴뚝처럼 치솟아 급히 몸을 솟구쳐 쫓으려 하는데 정 용축이 기겁한 소리가 등 뒤에서 들려왔다.

"형님! 형님은 이 아우를 구할 생각은 조금치도 없구려!"

"해?!" 하고 정 용자 몸을 솟구치려다 말고 머리를 돌려 바라보니 정 용축이 천병들과 금성, 금용의 포위에 들어 간신히 목숨을 지탱해 가고 있었다. 다급해진 정 용자는 급히 몸을 솟구쳐 위기에 몰린 정 용축을 구하였다. 정 용자가 불의에 싸움에 끼어드는 바람에 금성과 금용은 놀란 나머지 황급히 천병들과 함께 도망쳤다. 그제야 몸이 풀린 정 용축은 대노하여 소리쳤다.

"백성들은 풍찬노숙하는데 옥제는 이렇게 호화로운 궁전에서 허황한 칙지만 내리다니?! 아예 천궁을 박살내고 말기우?!"

"해 해 해…"

정 용자는 갑자기 무슨 생각이 들었는지 몸을 솟구쳐 옥제가 앉아 세상을 호령하는 용석에 날아가 앉았다. 그리고는 미친 원숭이마냥 손발을 마구 저어대며 깔깔 웃어대더니 급기야 그 무엇을 깨달은 듯이 눈을 연신 깜박이며 머리를 기웃거렸다. 이윽고 그는 입속으로 진언을 외워 옥제의 모습으로 둔갑하여 옥제의 흉내를 내었다.

"너 이놈?!"

정 용자의 호통소리에 머리를 돌린 정 용축은 깜짝 놀라며 엉겁결에 선인장을 추켜들었다.

"너 이놈 형님도 알아 못 보느냐?!"

"엉?, 헤헤…"

정 용축이 말을 이었다.

"아예 형님이 옥제질 하시우."

"옥제벼슬 아무나 하는 줄 아느냐?!"

정 용자는 팔소매를 걷어붙이고 용상에 붓을 쥐어들고 돌아서더니 둥근 해가 둥실 그려져 있는 병풍에 떠오르는 대로 붓을 날렸다.

하늘 용상에 앉아 굽어보니
개천에 해님이 비껴 빛나누나.

정 용축이 붓을 와락 빼앗아 그 아래에 응답하여 적었다.

흙탕물에서 솟은 미꾸리는 밑바닥만 굽어 살피고
하늘에서 내려온 용신은 해님만 쳐다보네.

"해!"하고 정 용자는 붓을 받아 쥐고 화답하였다.

인간들의 의문은 모여 하느님을 만들었고
목탁소리는 옥제를 만들었거늘

정 용축이 호탕하게 웃으며 붓을 받아 적었다.

인생풍파 거세차고 죽음의 번개 내리쳐도
하늘에서 기어코 옥제를 끌어내리리라

정 용자는 머리를 기웃하고 말하였다.

"해, 그러면 반역 시가 된다."

"반역이 없이 그 어이 새로 세운단 말이우?!"

정 용축이 우기니 정 용자는 코웃음치며 그 아래에 소대가리만큼 크게 일필휘지하였다.

반역이 없이 그 어이 충의가 있고
사가 없이 그 어이 공이 있으리?!

사가 모여 공이 되고
공은 공과 사를 구분하여 위하더라.

두 신심은 언제나 어울려 살아가니
옥제와 하느님은 그래서 있어야 하리라.

"무슨 개떡 같은 소리?!"

정 용축은 눈을 흘기며 볼 부은 소리 하더니 눈결에 용상에 과일들을 발견하고 와락와락 끌어 모아 비단보에 싸서 둘러메었다.

"과일들을 보니 어머님의 생각이 나네!"

"해?!" 하고 정 용자는 원래의 모습을 하고 손에 붓을 팽개쳤다.

"네 말이 옳다! 빨리 가자. 어머님의 생사가 근심되는구나."

그들은 즉시 영관전을 빠져나와 상서로운 구름을 잡아타고 칠보산으로 향하였다. 칠보산에서 정 소저와 정 용인이를 만난 그들은 천궁에서 있은 일들을 서로 자랑스럽게 떠들어댔다. 그들의 말을 묵묵히 듣고 있던 정 소저는 하늘을 우러러 길게 한숨을 내쉬며 말하였다.

440   "천궁을 소란하고 반역 시까지 남겼다니 이 일을 어이하면 좋단 말

이냐?! 이 어미가 바라는 것은 반역이 아니다."

"그 뭐, 대수라고?"

정 용축은 입이 불룩해서 말하였다.

"해, 반역하고 싶어 반역하는 것이 아니지 않나이까?"

"안되겠다. 용인아 두 형에게 벌을 주어야겠다."

"어머니?!"

"해, 벌이라니요?!"

"어서 무릎을 꿇지 못할까?!"

정 소저는 눈물을 훔치며 큰소리쳤다.

정 용자와 정 용축은 억울하였으나 방법 없이 무릎을 꿇었다. 그러자 정 소지는 주위에서 팔뚝만 한 장대기를 주워들고 사정없이 두 용자의 엉덩이를 때리기 시작하였다. 갑자기 하늘에서 천둥이 울고 번개가 치면서 먹장 같은 구름들이 밀려오기 시작하였다.

33회

정 소저 일행은 태백산에 오르고
옥제는 십만 천병을 일으키다

갑자기 우레가 머리 위에서 무서운, 귀가 멍해지는 듯한 우지끈 소리를 내더니 하늘이 쭉 짜개져 나갔다. 하늘 끝에 시커먼 뭉게구름들이 어느새 하늘을 반나마 메우고 땅을 송두리째 움켜쥐고 삼키려는 그 어떤 괴악하게 생긴 짐승들마냥 욱실거렸다.

지금 옥제가 대노하여 신들을 불러모으고 있다고 생각한 정 소저는 천병이 내려오기 전에 칠보산을 떠나 태백산에 올라야 한다면서 일각도 지체 말고 밤도와 길을 재촉하여 태백산에 오르자고 삼 형제들을 몰아세웠다.

칠보산에서 하룻밤 묵어가자고 우기던 정 용축은 정 소저의 명인지라 방법 없이 따라나섰다.

"그래 밤에도 자지 않고 걸어야 한단 말이우?"

"해," 하고 정 용자는 어깨를 으쓱해 보이었다.

"싫으면 넌 여기서 하룻밤 자고 내일 구름을 타고 오려무나."

"안 된다. 부친의 시신을 천황용 용두에 모시기 전에는 한시도 서로 떨어져서는 아니 된다. 옥제가 조회를 열고 군사를 일으키자면 내일 아침에야 가능할 것이니 그전에 부친의 시신을 모셔야 한다."

정 소저는 백록신인 당나귀의 엉덩이에 채찍을 가하며 말하였다. 백록신인 당나귀는 태백산이 가까워질수록 걸음이 날렵해지고 빨라졌다. 게다가 정 소저 또한 경마에 익숙하여져 정 소저 일행의 걸음은 그야말로 바람결 같았다.

이때 정 소저의 예견대로 옥제는 주물신을 불러 영관전을 잠깐 사이에 수건하게 한 후 하늘 모든 신들을 영관전에 불러 긴급 조회에 참석하게 하였다. 옥제는 문무백관들과 여러 신들을 위엄부리며 둘러보다 갑자기 뒤에 병풍을 가리키며 대성질호하였다.

"보라?! 경들은 이 시를 보고 어이 생각하는고?!"

문무백관들과 대신들은 일시에 쑥대 넘어지듯 황급히 무릎을 꿇고 이구동성으로 소리쳤다.

"극악무도한 죄 하늘에 사무치나이다."

법무신이 머리를 조아리며 아뢰었다.

"아뢰옵기 황송하오나 정 용자의 스승은 관세음보살이라 하옵고 정 용축의 스승은 북천의 사탄 우 마왕이라 하옵고 정 용인의 스승은 서천이 하늘이라 들었나이다. 하오니 이 세 신들을 영관전에 불러 진상을 묻고 그 죄를 물음이 마땅한 줄로 아나이다."

태상로군이 급히 아뢰었다.

"자고로 큰일은 작은 일로 만들고 작은 일은 없던 일로 하여야 한다는 말이 있나이다. 유망한 신들을 불러 사건을 크게 하여 구천을 흐리게 함은 현명한 처사라 할 수 없사오니 깊이 통촉하소서."

법무신은 연신 머리를 조아리며 우겼다.

"아뢰기 황송하오나 반역시에는 하느님은 인간들이 만들었고 옥제는 목탁소리로 만들었다는 허망한 글귀가 있나이다. 이러한 망념은 그 스승이 가르침과 관련이 없다고 어이 하겠나이까?! 하오니 스승들을 불러 준엄히 죄를 물어 후환이 없이 다스리는 것이 마땅한 줄로 아나이다."

태백금성은 엎드려 옥제를 쳐다보며 큰 소리로 고하였다.

"황송하오나 소신의 부모는 몸을 낳지 뜻을 낳지 못하고 스승은 가르치나 악심을 가르치지는 않는다고 들었나이다. 제자들 중에 영재가 있으면 스승이 영광이요. 악인이 있음은 스승이 수치라는 말은 있어도 제자의 행실로 그 죄를 따지는 사례는 세상에 없는 줄로 아나이다. 깊이 통촉하소서."

옥제는 "음" 하고 수염을 부르릉 떨며 입을 열었다.

"경들은 우선 일어들 나라."

"천은이 망극하나이다!"

대신들과 문무백관들은 일제히 머리를 조아리어 사례하고 계하 양편에 줄지어 갈라섰다. 이윽고 옥황상제는 가까스로 분을 삭이며 입을 열었다.

"짐이 금일 대노함은 이 반역시가 하늘을 둘로 갈라놓았다는 것이노라. 그래 경들은 하늘에 하느님이 따로 있다고 생각하는고?! 하느님이 존재한다면 옥제는 뭐고 하느님은 뭐란 말인고?! 태초에 이 세상이 생겨나서 하늘을 둘로 쪼개며 짐을 감히 하늘에서 끌어내리려는 자는 한 놈도 없었거늘 그 어이 극악무도한 자라 아니 할 수 있겠느냐?! 이번 일은 경솔히 대할 일이 아닌즉 관련 있는 자들을 모조리 잡아들여야 하노라!"

법무신은 반열에서 나서서 무릎 꿇고 머리를 조아리며 아뢰었다.

"동해용왕 오광은 천의를 누설하였을 뿐만 아니라 삼 형제들의 조부라 즉시 잡아들여야 하나이다. 윤허하여 주옵소서!"

태백금성이 잇따라 반열에서 나서서 읍하고 아뢰었다.

"동해용왕 오광은 늙은 데다 병환으로 거의 죽는다 하오니 잡아들여도 별 의미 없사오나 시초에 사난을 일으킨 천상공주와 그 자식들은 우선 잡아가두어야 하나이다. 그렇지 않으면 세상이 불복할 것이나이다. 통촉하소서."

"음, 그건…"

옥제는 머리를 머뭇머뭇거리며 주저하는데 탁탑 이 천왕이 반열에서 썩 나서서 아뢰었다.

"아뢰옵기 황송하오나 아직 삼 형제 일당을 잡지 못한즉 천상공주의 일은 후일 논함이 마땅하나이다. 통촉하여 주옵소서!"

이 천왕의 말에 법무신이 머리를 조아리며 "통촉하소서!" 하고 소리치니 천상공주의 예물을 받아먹은 대신들이 일제히 무릎을 꿇고 고하였다.

"통촉하여 주옵소서!"

태상로군이 급히 나서서 아뢰었다.

"아뢰옵기 황송하오나 지금까지 천상공주는 패하기만 한 무용지물에 불과하나이다. 하오니 천상공주 일당을 잡아 가두고 서천 여래님을 청하여 삼 형제들을 징벌함이 좋겠나이다. 윤허하여 주옵소서."

태상로군이 말을 옳게 여긴 옥제는 방법 없이 천상공주 일당을 잡아 감금하라 하고 시관에게 문서를 작성하여 서천에 가서 여래님을 모셔 오라고 령을 내렸다. 그리고는 이 천왕을 바라보며 호통쳤다.

"이 천왕은 즉시 천상공주의 일당들을 옥에 잡아넣은 후 십만 천병을 일으켜 내일 아침 여래님과 함께 삼 형제 일행을 잡아오도록 하라!"

"천은이 망극하나이다!"

탁 탑 이 천왕은 방법 없이 복명하고 아뢰었다.

"아뢰옵기 황송하오나 북두칠성 아래 태백산은 천상으로서 환웅단군의 영기가 어린 신령적인 영산인데다가 천지는 그 수심이 끝이 없어 변화무상하기로 귀신 같은 즉 여래님도 그 수심에는 속수무책인 줄로 알고 있나이다. 하오니 사해용왕들도 소신과 동행하여 주시기를 윤허하여 주소서!"

옥제는 쾌히 머리를 끄덕이려는데 갑자기 법무신이 반열에서 나서서 읍하고 아뢰었다.

"사해용왕들은 본 안건 시말부터 연관이 있는 자들이나이다. 혐의 자들을 초무하여 하늘의 위망과 위엄에 손색주어서는 아니 되나이다. 정 소저는 신통력이 없을 뿐만 아니라 한길 물속에도 들어가지 못한다고 들었나이다. 그가 있는 한 삼 형제들은 한시도 그녀의 신변에서 떨어지지 않으니 심히 염려할 바가 아니라고 생각하나이다."

이때 전령신이 급히 달려 들어와 무릎을 꿇고 락가산 관세음보살님과 서천 하느님, 그리고 북천의 사탄 우 마왕이 옥제를 급히 뵙기를 청한다고 고하였다.

전갈을 받은 옥제는 대경실색하여 이 천왕더러 소문 없이 병사를 일으켜 정 소저 일행을 징벌하라고 명하고 태백금성과 태상로군에게는 자신은 화병이 위중하여 뵙지 못하겠으니 대신 나가 잘 구슬려 돌려보내라고 부탁하였다. 그리고는 급급히 조회를 마치고 황황히 용봉전으로 피해 달아났다.

한편 정 소저 일행은 밤도와 길을 재우쳐 이튿날 아침 때에야 태백산 장군봉에 다다랐다. 아직 아침 때여서 태백산은 안개에 잠겨 지척을 분간할 수 없었다. 그저 자욱하게 깊은 안개뿐이었다.

정 소저 일행은 그 안개바다 속의 하늘방석 같은 장군봉 봉우리를 깔고 앉아 그간 수없이 많은 산과 협곡을 넘어오며 겪은 고생과 이야기들을 그저 한숨으로 확확 토해내고 있었다. 인젠 자신들에게 주어진 운명을 버리고 신비로울 만치 황홀한 자유를 맘껏 맛보고 싶었다. 허나 이 안개 같은 희미하고 무서운 위험이 지금 비로 다가오고 있다는 것을 잘 알고 있는 그들은 한순간의 희열도 한순간의 환희도 느낄 수가 없었다.

반대로 최후의 결전을 앞둔 용사들의 심정이라 할까? 죽음을 앞둔 수인의 심정이라 할까? 그들은 그저 멍하니 안개 속에 잠긴 천지를 내려다보고 있었다. 안개가 누릿누릿해지고 무척 환해졌다. 쌀알 같은 안개의 포말들이 서리서리 엉키며 바삐 흩어지고 있었다.

"얘들아! 이렇게 앉아 있을 사이가 없다. 빨리 일어나 삭정이들을 주워 오너라."

정 소저의 말에 정 용축이 의아한 기색을 짓고 눈이 떼꾼해서 물었다.

"삭정이를 주워다 뭘 하나이까?!"

"애야?"

정 소저는 다가가 정 용축이를 껴안고 잔등을 쓰다듬으며 말하였다.

"아침밥도 덥히고 옷도 말리고 천지에 들어갔다 나와 몸도 녹이고 해야 하니 삭정이를 좀 많이 주워 오너라."

"예, 알겠소이다!"

정 용축은 좋아 입이 함지박이 되어 껑충껑충 뛰어갔다.

"해," 하고 정 용자는 머리를 기웃하고 눈을 연신 깜박거리는데 정 소저 다가와서 말없이 그를 끌어안았다.

"애야, 너희 공이 크고나. 고생만 시킨 이 어미 마음 아프구나."

정 용자는 흐느끼는 정 소저를 의아한 눈길로 지켜보며 말하였다.

"해, 어머님, 웬일이시나이까?"

"흑, 너무 기뻐 그런다. 어서 백록을 원형대로 변신시켜 놓아라. 얼마나 명록신이 그립겠니? 너도 인젠 장가갈 수 있다고 생각하니 기쁘기 그지없구나."

"해," 하고 정 용자는 모친의 기색을 살펴보더니 급히 당나귀한테 다가가 주문을 외웠다. 그러자 원형을 드러낸 백록은 하늘을 우러러 쳐다보다 껑충 들뛰며 용을 쓰더니 곧게 정 소저의 앞에 와서 앞발을 꿇고 눈물을 흘렸다. 정 소저는 말없이 백록의 목을 끌어안고 정답게 쓰다듬더니 혀끝으로 밀어내듯 말하였다.

"나의 당나귀가 되어 그 얼마나 억울하였겠느냐? 고맙구나. 백록아, 어서 명록신을 찾아가거라."

정 용인의 정 소저를 부축하여 일으키자 백록은 또다시 정 소저에게 절을 하고 두 용자들을 둘러보더니 하늘을 우러러 한번 크게 울었다. 그리고는 옴짝 않고 오직 머리만 움직이고 서 있었지만 그 모든 자세에서 당황해하고 불안해하는 기색을 감추지 못하였다.

"백록아, 빨리 가거라. 나를 울리지 말고!"

그제야 백록은 정 소저의 말에 놀란 듯 너부죽한 뿔에 짓눌린 그리 크지 않은 머리를 약간 뒤로 재끼고 쏜살같이 안개 속으로 사라졌다.

"어머님, 오늘 어머님의 신심이 이상하여 보이나이다. 웬일이시나이까?"

정 용인이 물었다.

"얘야, 금일 너희들 부친의 유언대로 시신을 태백산 천지 천황용 용두에 모시는 날이다. 그러니 이 마음 그 어이 평시와 같겠느냐. 좀 있으면 천병이 내려올 것이니 시간이 없다. 너희들도 내려가 삭정이를 주워 오너라. 난 제물을 갖추어야겠다."

정 소저의 재촉에 정 용인은 정 용자와 함께 삭정이 주우러 내려갔다. 산 정상에는 나무가 자라지 않아 삭정이란 그림자도 없었다. 그래서 그들은 좀 멀리 내려갔다.

삼 형제들의 식정이 주우러 내려가자 징 소저는 급히 제물들을 차려 놓고 태백산 산신령께 위령제를 올린 후 청용의 시신 앞에 술을 부어 놓고 절을 하였었다. 그러기를 세 번 한 정 소저는 미리 준비하여 두었던 칼과 한지를 꺼내 무릎 위에 펼쳐놓고 이빨로 손끝을 깨물어 혈서로 유언을 써 내려갔다. 그 유서는 중문으로 되었으나 독자들의 편의를 고려하여 한글로 적었다.

— 얘들아! 너희들의 이름을 부르자니 눈물이 앞서는구나. 자식들의 잘되고 행복하게 사는 모습을 바라보며 살아가는 것이 부모들의 낙이건만 너희들을 하늘의 역적으로 남겨놓고 떠나가야만 하는 이 마음 갈기갈기 찢어지는구나.

이 세상 모든 일은 따지고 그 결말을 캐고 보면 모두 후대들을 위함이라. 너희들과 이 세상 후대들을 위해 떠나간다고 생각하니 눈물은 떨어져도 걸음은 옮겨놓을 만하구나. 이 길만이 너희들을 사경에서 구원할 수 있는 유일한 길이니 죽음이라 생각지 말고 부모의 헌신과 희생이라 생각하고 부디 원망 말아다오.

삭정이에 이 몸을 화장한 후 너희들 부친의 시신과 함께 태백산 천지 천황용 용두에 모셔다오. 이 어미가 장대기로 너희들 엉덩이를 때린 그 아픔을 잊지 말고 천병들의 징벌을 피해 천지수심에서 각각 헤어져 두만강, 송화강, 압록강으로 빠져나와 각기 다른 성씨로 성가하여 능히 천하를 다슬릴 영재를 보아 기어코 부친과 나의 소원을 풀어다오.

미안하구나. 사랑한다. 애들아! 너희들 부친과 함께 태백산 천지에서 이 세상 후대들의 생명수가 되고 맑고 밝은 정기가 되리라.

너희들이 울면 이 가슴이 미어지니 제발 웃으며 보내다오. 나도 웃으며 가련다. 제발 영원히 이 세상을 위해 살기를 바란다.

유서를 다 쓴 정 소저는 유서를 바람에 날리지 않게 큼직한 돌로 눌러놓고 주저없이 칼을 주워들고 머리를 들었다. 면사포 같은 안개가 그의 몸을 스쳐지나갔다. 저 멀리 하늘에서 우레 소리가 희미하게 들려왔다. 안개 속에서 희미하게 드러나는 산악들은 무서운 도깨비마냥 그를 노려보고 있었고 하늘바가지 같은 천지에는 희고 흰 상복을 입은 유령들이 욱실욱실 팔소매를 저으며 춤을 추는 것 같았다. 불현듯 그 속에서 오색 광채를 뿌리는 세 소년이 의젓이 뒷짐지고 서서히 하늘로 솟아오르고 있었다.

정 소저는 저도 모르게 환성을 울렸다.

"애들아! 여기다!"

"예. 어머니 잠깐만 기다리세요."

정 소저 정신을 차리고 보니 저쪽 산 아래에서 삼 형제들의 삭정이들을 주워들고 올라오고 있었다. 정 소저는 그 모습을 바라보며 빙긋이 미소를 지어보이더니 불의에 칼로 자신의 가슴을 찔렀다. 순간, 그는 흠칫하며 얼굴이 새파랗게 질렸다. 그리고는 핏빛 같은 아랫입술을 이빨로 깨물고 휘청휘청거렸다.

"어머니?!"

"해, 어머니가?! 어머니?!"

"허허, 어머니가 춤을 추는 게 아니우?!"

별안간 꽈르릉! 번쩍, 주위의 모든 것이 환해지더니만 태백산이 몸서리치고 와르르 하늘의 천장이 박살나 내려앉는 것 같았다. 번쩍, 번쩍 내리치는 은빛 번개불빛 속에서 정 소저는 장군봉에서 치맛자락을 날리며 별빛에 스러지는 저녁노을 같은 미소를 머금고 손을 흔들고 있었다.

"어머니?!"

억장이 무너져 내리는 듯한 삼 형제들의 부름 소리는 태백산에 메아리쳐짐을 깨우는 무거운 여운으로 길게 울려왔었다. 십만 천병들이 먹장구름을 몰고 오며 우레와 번개로 기세를 올리는 하늘에서는 눈발이 새뽀얀 전연진지 먼지마냥 상공을 메우며 흩날리어 내렸다.

정 소저를 부르며 장군봉으로 맹호마냥 달려 올라가는 삼 형제들의 발밑에서는 은빛지렁이 같은 번갯불이 일었다. 홀지에 광풍이 크게 일어 태백산 상공은 삽시에 음침하고 으스스한 세상으로 변해버렸다. 해님은 무자비한 눈발에 젖어 희미해지더니 어디론가 형체를 숨기고 바람은 소름끼치는 악마들의 장송곡처럼 왱왱 불어댔다.

허나 거연히 솟은 태백산은 세차게 몰아치는 눈보라 속에서 태연히 틀고 앉아 길고긴 흰 수염을 쓰다듬으며 묵묵히 앉아 있었다. 갑자기 세찬 불빛에 어른어른거리던 천지에서 세 갈래의 은광이 눈 갈기에 어울리어 태백산의 거친 숨결마냥 날렸다.

이 도서의 국립중앙도서관 출판시도서목록(CIP)은 서지정보유통지원시스템 홈페이지(http://seoji.nl.go.kr)와 국가자료공동목록시스템(http://www.nl.go.kr/kolisnet)에서 이용하실 수 있습니다.(CIP제어번호: CIP2014011570)

김 영 장편무협소설

용의 삼 형제

발행일 · 2014년 4월 15일

지은이 · 김   영
편집장 · 박 옥 주
펴낸이 · 박 종 현
펴낸곳 · 세계문예
등록일 · 1998년 5월 27일 (제7-180호)

대 표 · 995-0071   편집부 · 995-1177
영업부 · 995-0072   팩 스 · 904-0071
주간실 · 995-0073

E-mail · adongmun@naver.com
          · adongmun@hanmail.net
Homepage · www.adongmun.co.kr

(132-033) 서울시 도봉구 도봉로 109길 78

ISBN 978-89-6739-008-2